btb

Aus Freude am Lesen

Ronan Bennett · Über den dunklen Fluß

Ronan Bennett

Über den dunklen Fluß

Roman

Deutsch von Annette Meyer-Prien

btb

Die Originalausgabe erschien 1998
unter dem Titel »The Catastrophist«
als Review Hardback bei Headline, London

Umwelthinweis:
Dieses Buch und sein Schutzumschlag wurden auf chlorfrei gebleichtem Papier gedruckt.
Die Einschrumpffolie (zum Schutz vor Verschmutzung) ist aus umweltschonender und recyclingfähiger PE-Folie.

btb Bücher erscheinen beim Goldmann Verlag,
einem Unternehmen der Verlagsgruppe Bertelsmann

1. Auflage

Satz: Uhl + Massopust, Aalen
Druck: Presse-Druck, Augsburg
Bindung: Großbuchbinderei Monheim
Printed in Germany
ISBN 3-442-75017-2

FÜR GEORGINA

Sankuru River, Dezember 1960

Wohin soll ich jetzt sehen? Der Sankuru ist nicht so breit wie der Kongo, zumindest nicht hier, wo die *barque* ihn quert, aber er hat noch immer dieselbe trübe Schlammfarbe, dieselbe Tönung wie Rost nach einem Regenschauer, und es schwimmen noch immer dieselben Schlingen von Wasserhyazinthen darin, wie ich sie schon von Léopoldville her kenne. Ich habe sie einmal hier gesehen und auch im Stanley Pool und bei den Katarakten unterhalb der Hauptstadt, und ich habe sie in Matadi gesehen, wo sie sich ins Meer ergießen. Die Blüten sind purpurrot oder magenta, manche auch taubenblau. Sie sind schön und unheilvoll, noch mehr Parasiten für dieses blutentleerte Land. Die Flüsse werden diese Zeugnisse des Befalls nie fortspülen können. Am Nachmittag ist zwei Stunden lang schwerer Regen niedergegangen und hat unseren absurden Konvoi von der Straße heruntergetrieben – eine Verzögerung mehr nach vielen anderen. Bald nachdem sich der Himmel gelichtet hatte, meinte einer seiner Helfer, er hätte ein Aufklärungsflugzeug gehört, und alles war in heller Aufregung, aber als ich nachgesehen habe, war da nichts. Was macht es schon? Wir haben den Sankuru erreicht. Auf der anderen Seite liegt die Sicherheit, und er und Auguste und die anderen engsten Vertrauten sind schon drüben. Die Luft hat sich abgekühlt. Dies sind die bezaubernden Minuten, die dem roten Ball der Sonne gehören und den Palmen, in denen die buntscheckigen Krähen nisten – wenn der Bambus ächzt und die Arbeiter in langen Schlangen über die staubige, zerfurchte Straße heimwärts ziehen. Wie weit gehen diese Leute an einem einzigen Tag? Neben mir, ganz dicht, quakt ein Frosch. Die Zikaden setzen zu ihrem Chorgesang an. Was sollte ich noch erwähnen? Ich bin der geübte Beobachter. Gerüche? Ja, es gibt einiges zu riechen. Ich rieche die Fische, die die Frauen wie ordentliche Haufen aus gebogenen Silbernägeln vor sich aufgeschichtet haben. Ich kann die gekochten Eier riechen und das *pilipili* und den gebratenen Maniok, den sie in der Hoffnung auf durchziehende Kundschaft zubereitet haben. Und ich rieche das heiße Öl und die Abgase aus den Soldatentransportern. Jenseits des Flusses wartet er mit dem alten Bootsführer.

Die Soldaten mischen sich unter uns, oder eher unter *sie*, denn ich gehöre nicht wirklich dazu, und weil mein Status, meine nur allzu flüchtige Gegenwart, trotz meiner sichtbaren Wunden offenkundig ist, muß ich mich nicht ebenso fürchten, wie es die anderen offensichtlich tun. Inès hat Angst, wenn auch nicht um sich selbst. Sie steht neben dem himmelblauen Peugeot, in dem Pauline und der kleine Roland die letzten drei Tage gereist sind. Die Türen stehen offen, um Luft hereinzulassen. Auf der Rückbank hält Pauline den Jungen in den Armen. Inès beobachtet wie alle von uns die Bewegungen der Soldaten und versucht zu erkennen, was sie vorhaben. Bisher haben sie sich nur allgemein mürrisch und feindselig gezeigt: Solange ihr Haß nicht aufsteigt und sich auf jemanden Bestimmtes richtet, könnten wir immer noch hinübergelangen und zu ihnen stoßen. Sie streichen um die Autos und ihre Insassen herum. Niemand sagt ein Wort. Sie kommen zu Paulines Wagen. Ein Offizier erkennt sie und fragt erst in Lingala, dann auf französisch: *»Où est-il? Où est-il?«* Pauline schweigt. Die Stimme des Offiziers wird lauter, ihm stehen Schweißperlen auf der Stirn. Ein Soldat greift in den Wagen hinein und zerrt Roland seiner Mutter aus den Armen. Ein Schrei. Inès stürzt nach vorn. Pauline ist jetzt ausgestiegen.

Sie sieht nur noch ihr Kind: Die Gewehre der Soldaten sind ihr gleichgültig. Dann aufgeregt gebrüllte Worte in einer ihrer Sprachen, fragend und unnachgiebig. Ein Soldat hebt den Gewehrkolben und zieht ihn Roland über das Gesicht. Und jetzt wissen wir Bescheid.

Wohin soll ich sehen? Jetzt, wo wir wissen, daß es um unser Leben geht. Einem Kind ist brutal ins Gesicht geschlagen worden, aber ich habe in den letzten Tagen so vieles gesehen. Ich habe Leichen gesehen und Blut. Ich habe Jammern und Entsetzensschreie gehört. Ich sehe die Dinge ablaufen wie einen Film, ich höre, als wäre es eine Aufnahme, die ich jederzeit unterbrechen kann: die Verwünschungen und das Flehen, die Drohungen und das Klagen. Ich denke daran, wie leprös die ganze Politik ist und wie banal dieses Land mit seinen Schwierigkeiten. Eine Schmierenkomödie. In Wirklichkeit denke ich an Ruskin. Ja, *Ruskin*. Und das alles macht mich wütend auf Inès, denn ich sollte gar nicht hier sein, und sie sollte nicht hier sein: Keiner von uns hat in dieser Farce etwas zu suchen. Ich bin tatsächlich zornig, beinahe fassungslos. Inès werde ich das nie zugeben können. Aber ich habe mehr als nur geringen Anlaß dazu. Diese ganze Geschichte hat eine künstliche Dramatik, etwas Überhitztes. Selbst diese Fahrt. Wir hätten gestern in Stanleyville sein können – wir hatten einen Tag Vorsprung, die Straßen sind überwiegend gut befahrbar. Er – der Gesuchte – ist auf jeden Fall außerhalb der Reichweite der Soldaten. Aber wenn wir uns auch nur ein wenig beeilt hätten, wären sie alle in Sicherheit: Roland würde jetzt nicht bluten und weinen, sein Gesicht wäre nicht verletzt. Ich habe allen Grund, wütend zu sein.

Die Situation verschlimmert sich. Die Soldaten sind nervös, hier und da kommt es zum Handgemenge. Jemand sagt, sie seien vom Stamm der Baluba. Ich kann das nicht beurteilen, aber wenn es stimmt, wird es ernst, denn die Baluba haben einige Rechnungen zu begleichen. Ich gehe zu Inès hinüber. Sie ist so schmal und zerbrechlich. Ich lege den Arm um sie, einerseits zur Ermunterung, aber auch, um sie zurückzuhalten; ich bin nicht sicher, daß sie die Ruhe bewahren wird. Außerdem tue ich es aus einem gewissen Besitzanspruch heraus, das kann ich nicht leugnen. Auguste sieht von der anderen Seite des Flusses her zu. Er beobachtet uns, und dieses eine Mal – zum erstenmal seit langer Zeit – bin ich näher als er. Ich bin wieder bei ihr, und vielleicht werde ich bei ihr bleiben können.

Es ist, als wollte man einen Vogel festhalten. Sie wendet sich rastlos nach allen Seiten, in dem Versuch nachzuvollziehen, in welche Richtung sich der brodelnde Tumult entwickelt. Ich weiß nicht, ob sie mich überhaupt bemerkt, meine Berührung und meine zaghaften Absichten. Sie sieht mich nicht an, sondern entwindet sich dem Käfig meiner Arme und arbeitet sich auf den provisorischen Bootssteg zu, wo sich inzwischen, wie durch einen Befehl zusammengerufen, den ich nicht gehört habe, unsere Leute und die Soldaten drängen. Als ich sie loslasse, wirft sie mir einen denkbar kurzen, halb erschreckten, halb anklagenden Blick zu: Da hat sie von einer drohenden Tragödie zu berichten, und ich habe einmal mehr nicht zugehört. Schon ist sie weg, fort von mir, und läuft zu den anderen. Plötzlich hat der Aufruhr ein Ende, es ist kein menschliches Geräusch mehr zu hören. Ich gehe hinter ihr her, und als ich näher komme, entdecke ich auch den Grund für diese unvermittelte Stille. Wir starren hinüber zur anderen Seite des Flusses.

Mit einem Fuß steht er schon auf der *barque*. Das roh gezimmerte Gefährt kann immer nur ein Fahrzeug und seine Passagiere aufnehmen. Mungul und die anderen hatten darauf bestanden, daß er als erster geht. Selbst da hatten sie noch getrödelt. Jetzt kann ich Mungul sehen und auch Mulele und Kemishanga, wie sie auf ihn eindringen, nicht wieder umzukehren. Immer wieder sehen sie nervös zu den Soldaten herüber; und jetzt verschwinden sie im Busch, während ihr Abschiedsgruß noch in der Luft schwebt, beschönigende Worte für das, was im Grunde einer Desertion gleichkommt. Auguste – er sieht elend aus und den Tränen nahe – umarmt seinen Führer. Dann ist auch Auguste verschwunden. Nun ist nur noch der Bootsmann da.

Die Stange durchsticht die Wasseroberfläche, die Muskeln am Arm des Bootsführers wölben sich … und sie sind auf dem Weg. Ich sehe, wie Inès die Augen schließt. Einige von uns verlassen bekümmert und in Gedanken verloren den Bootssteg wie die ersten Trauernden bei einer Beerdigung. Ich werde immer wütender und würde sie gern an all die unnötigen Verzögerungen erinnern, die zu alldem hier geführt haben.

Er steht im Bug der *barque*, groß und dünn, und seine Brillengläser funkeln im letzten Licht der Sonne. Was denkt er jetzt? Er wird gesehen haben, wie der Soldat seinen zweijährigen Sohn geschlagen hat, und bestimmt macht er sich Sorgen um Paulines Sicherheit. Vielleicht gilt ihr diese Geste, als Entschädigung für seine zahllosen Abenteuer. (Inès, der ich immer vorwerfe, sie hätte etwas von einer Puritanerin, hat sich seit unserer Ankunft hier viele Male beschwert: »Die Männer in diesem Land!«) Ich glaube, er befürchtet nicht, daß er auf dem Weg über den Fluß seinem Tod entgegenfährt. Wahrscheinlich zählt er darauf, daß es ihm gelingen wird, uns aus dieser Klemme herauszureden. So, wie er sich aus der letzten herausgeredet hat und aus der davor. Das hier ist keine heroische Selbstaufopferung. Es ist, was es immer bei ihm ist: politische Berechnung und Glauben an sich selbst.

Als sie noch etwa zehn Meter vom Steg entfernt sind, taucht ein kleines Flugzeug auf und stößt direkt über der *barque* herab. Es folgt dem Flußlauf, macht dann eine scharfe Kurve und steigt auf, um über uns zu kreisen. Wieder schlägt die Atmosphäre abrupt um. Unglaube und Resignation machen höchster Anspannung Platz, die Erwartung ist mit Händen zu greifen. Ich höre eine gepreßte Stimme aufschreien, »Nein!« Es ist Inès. »Nein, Patrice!«

Pauline preßt Roland an sich und starrt entgeistert hinüber. Ich habe sie bisher nie anders als in eleganter europäischer Kleidung und hochhackigen Schuhen gesehen, aber jetzt ist sie ein junges Dorfmädchen: Kläglich sieht sie von einem Gesicht zum anderen – kann ihr irgend jemand erklären, was hier vor sich geht? Wie geht es nun weiter für sie und das Kind? Mit einem trägen Schlag treffen das Holz von Boot und Steg aufeinander. Die Soldaten kommen nach vorn, um sich ihren Gefangenen zu holen. Ich trete zurück und stelle mich abseits, ein wenig entfernt von den beteiligten Personen und der Kulisse dieser überflüssigen Ereignisse. Die Zikaden zirpen, die Frösche quaken.

Als die Baluba-Soldaten ihn abführen, erscheint ein erschrockener Ausdruck in seinem Gesicht; jetzt versteht er, wie es um seine Position bestellt ist. Ich denke an das Gebot: *Wenn zu deinen Füßen jemand stirbt, ist es nicht deine Aufgabe, ihm zu helfen, sondern auf die Farbe seiner Lippen zu achten.* Am anderen Ufer ist Auguste wieder aufgetaucht, um wortlos Abschied zu nehmen. Inès sieht unter Tränen auf und hebt die Hand, ein Soldat stürmt vor, um auf ihn anzulegen, und Auguste verschwindet wieder im Busch.

Dies ist die Geschichte eines Mißerfolgs.

ERSTER TEIL

Léopoldville, November 1959

1

Der löchrige Schwamm, der Dschungel, weicht Buschwerk und Sandbänken. Die Sonne steht rot im Osten.

Ich bin hier, um bei Inès zu sein, allein ihretwegen bin ich hier, obwohl ich nicht weiß, wie sie mich aufnehmen wird. Niemand, der mich kennt, würde mich als sentimental bezeichnen, aber in meiner Hand halte ich einen Brief aus den ersten Wochen unserer Affäre. Ein Mann meines Alters sollte es besser wissen, als so etwas immer wieder zu lesen, und noch einmal und noch einmal. Die Zeilen, in denen ich einen Weg zu ihr zurück zu finden glaubte, sind schon verblaßt. Jedesmal, wenn ich sie betrachte, verirre ich mich tiefer darin.

Das Flugzeug fliegt über dem rostbraunen Fluß ein. Die Räder treffen mit kurzem Kreischen auf die Rollbahn, und wir sind gelandet.

Ich möchte, daß Du mich kennst. Du sollst verstehen, wie man mich finden kann und wo. Ich will, daß Du Teil einer Welt wirst – sehr eigensüchtig! –, die mir gehört, das fühle ich. Ach, jetzt wird es wirklich kompliziert, aber ich muß es sagen. Ti amo, ti amo, sempre – Inès. Ich falte die Worte aus einer anderen Zeit zusammen und stecke den Brief wieder ein. Ich schäme mich meiner eigenen Melodramatik, aber ich bin hier, weil ich weiß – bis in mein tiefstes Inneres weiß –, daß dies meine letzte Chance ist, die Liebe in mein Leben zu holen, und ich habe Angst, daß ich versagen werde.

Die Stewardeß zeigt mir den Weg, und ich reihe mich mit

den heimkehrenden Siedlern und ihren Familien ein, mit den Geschäftsleuten, den Priestern und Nonnen, den Studenten und Verwaltungsleuten und den Armeeoffizieren. Wir passieren einen abgestellten Militärhubschrauber und ein paar Piper Clubs. Vor uns erstreckt sich das Flughafengebäude mit seiner Fassade aus Beton und Glas, und dahinter, in einem entfernten Bildausschnitt mit Bananenbäumen und Palmen, steht ein kleiner Junge mit seinen Schafen.

Ein Träger hält die Glastür auf und bedenkt mich unvermittelt mit einem Lächeln. Ich zeige einem Beamten, der erst flämisch, dann französisch spricht, meinen Paß. Die Ankunftshalle ist mit breitblättrigen Topfpflanzen und Schmiedeeisengittern verziert. In einer eiligen, von vielen schwarzen Händen durchgeführten Aktion wird unser Gepäck aufgereiht.

Inès wartet schon, eine kleine, linkische Person im ärmellosen blauen Tupfenkleid. Sie zieht mit einem Winken meine Aufmerksamkeit auf sich, und ich lächle vorsichtig zurück, als wäre sie nicht viel mehr als eine Bekannte, als stünde für sie nichts auf dem Spiel; ich bin – wie immer – von meiner eigenen Distanz umgeben. Ich darf mir meine Chancen nicht durch Drängen verderben. Ich muß geduldig sein, wenn ich sie wieder mit nach Hause nehmen will. Und wenn sie nein sagt, wird sie mich nicht klagen hören. Jedenfalls sage ich mir das selber.

Der Zollbeamte stellt ein paar Routinefragen, dann gehe ich zu ihr.

»Da bist du«, sagt sie. Sie küßt mich auf beide Wangen. »Ich bin so glücklich, dich zu sehen.«

Ich sage nichts, versuche damit, meine Gefühle im Zaum zu halten.

»Bist du nicht glücklich?« fragt sie.

Ihr Englisch ist gut, abgesehen von ein paar hartnäckigen Eigenarten bei Präpositionen und Tempusformen, aber das ist Musik für mich, gesungene Grammatikfehler – wie sonst soll man »Ich bin fertig, dich zu lieben« nennen, ihre erste Gefühlserklärung an mich, die nun zwei Jahre zurückliegt? Sie hat allerdings einen starken Akzent.

»Ich bin glücklich«, sage ich.

»Du siehst nicht aus.«

Ich sehe nicht aus, weil ich der Liebende auf der Verliererseite bin. Ich bin der Gefangene, der auf ihr Urteil wartet. Ich bringe es nicht fertig, glücklich auszusehen, auch wenn ich weiß, daß Melancholie wenig attraktiv ist.

Ich quäle mir ein Lächeln ab. »Natürlich bin ich glücklich – nur ein bißchen müde.«

Sie zwickt mich in die Wange und nimmt mich in die Arme, und gerade diese Umarmung schmerzt mich. Ich weiß noch nicht, was es zu bedeuten hat, daß sie mich in ihre Arme schließt, denn sie ist von Natur aus überschwenglich. Die Worte, die ich brauche, liegen zu fern. Sanft schiebe ich sie von mir, um ihren Anblick in mich aufzunehmen. Sie hat abgenommen im Kongo, während der Wochen, in denen wir getrennt waren. Und weil sie so mager ist, fühle ich mich plötzlich fleischig und schwer und übergewichtig, obwohl ich nicht glaube, daß ich das wirklich bin, nichts von alledem. Ihre Schultern sind knochig und ein wenig nach vorne gebeugt, ihr Rücken leicht gerundet. Ihre Haut ist gerötet und klar.

Ich lege den Daumen auf ihren Haaransatz.

»Ich weiß«, sagt sie und verdreht die Augen, »nicht mehr lange – und dann Glatze.«

Sie macht sich Sorgen wegen ihrer Haare. Ich auch. Seit ich sie kenne, ist ihr Haar immer dünner und stumpfer geworden.

Sie wird von jemandem begleitet, einem Mann. Sie stellt mich Zoubir Smail vor. Obwohl ich ihn auf etwa Fünfzig schätzen würde, wirkt Smail so frisch, daß ich mich dagegen verbraucht und ausgelaugt fühle. Er ist groß und durchtrainiert mit silberdurchzogenem, glattem dunklen Haar. Das Weiße um seine grünbraunen Augen ist sehr klar. Meine eigenen Augen sind entzündet und brennen. Sie sind schon immer mein Schwachpunkt gewesen, ständig überanstrengt. Ich kann da nicht mithalten; ich bemühe mich, ihm ins Gesicht zu sehen, während wir uns die Hand schütteln, und behaupte, es sei mir eine Freude, ihn kennenzulernen.

»Zoubir hat mich zum Flughafen gebracht«, erklärt Inès.

Was hat sie getan, wenn sie Sex brauchte? Das gleiche wie ich? Smail lächelt sie voller Wärme an, sie lächelt zurück. Sie hat schon Freunde hier, sie wird gemocht. Sie läßt es sich nicht nehmen, mir ihre kleinen Triumphe vorzuführen.

»Zum ersten Mal im Kongo, James?« fragt er freundlich.

Er hat diese mediterrane Lässigkeit und Eleganz, die Engländer und Iren – und Leute wie ich, die so richtig weder das eine noch das andere sind – immer bewundern und beneiden.

»Zum ersten Mal in Afrika«, antworte ich in meinem spärlichen Französisch.

Er hilft mir mit dem Gepäck, und dann gehen wir zum Ausgang. Im heißen Sonnenlicht hakt Inès sich bei mir ein, so wie sie es früher getan hat.

»Also, was denkst du?« fragt sie.

»Worüber?«

»Das alles hier.«

»Wie in einer Spielzeugstadt«, sage ich.

Meine Bemerkung gefällt ihr. Und es stimmt auch: Alles ist so reich und ordentlich und neu und so makellos gepflegt, daß es unwirklich erscheint. Da ist etwas an einem Platz geschaffen worden, wo es keinen Platz hat. Selbst ich kann das sehen.

Smail muß einen Umweg machen, um jemanden zu treffen. Wir verlassen nach ein paar Minuten die Teerstraße und biegen in eine Lehmpiste ein – mein erster Eindruck von der ursprünglichen Welt. Auf einer Lichtung mit fensterlosen runden Lehmhütten mit niedrigen Türen scharren Hühner im Dreck, eine Ziege tänzelt auf einem Termitenhaufen, und ein Mädchen wäscht Kleider in einer Zinkwanne. Zwei etwas ältere Frauen sitzen schwesterlich beieinander und schweigen wissend. Das Ganze wirkt seltsam vertraut, selbst für jemanden, der noch nie einen Fuß hierher gesetzt hat. Die Frauen sitzen reglos da und starren uns unverwandt an – Europäer würden sich nicht so verhalten, aber neu ist mir diese Art auch nicht. Ich habe die Wochenschauen gesehen.

Bei einer abseits stehenden Strohhütte nimmt Smail im Tausch für ein schmales Päckchen Francscheine ein zusammengefaltetes, schmutziges Stück Stoff von einem Mann in Empfang, den er Harry nennt und der dem Aussehen nach ein Inder oder ein Pakistani sein könnte.

»Worum geht's?« frage ich Inès.

»Ein bißchen Schmuggel«, sagt sie in dem typisch weiblichen Tonfall der Herablassung, wenn man Männern ihre Kinderspielchen gewähren muß. »Zoubir hat einen kleinen Diamantenhandel.«

»Wie hast du ihn kennengelernt?«

»Er ist in der Partei. Die Sûreté hält ihn ständig unter Bewachung. Ist er nicht eine faszinierende Persönlichkeit?«

Sie erzählt mir, wie aufregend es ist, gerade jetzt im Kongo zu sein, wo so vieles im Umbruch ist, daß sie mich mit noch mehr Menschen wie Smail bekannt machen will, und ich wolle doch sicher über all das schreiben. Ich erinnere sie daran, daß ich mein Buch noch nicht fertig habe, aber sie sagt nur, ich werde einfach nicht umhinkönnen. Sie lehnt sich vor und gibt mir einen Kuß auf die Wange. Dann blickt sie mir forschend in die Augen.

»Warum bist du nicht glücklich?«

»Ich werde schon glücklicher«, sage ich.

Da gibt sie mir einen langen Kuß. Ich *werde* glücklicher. Es gibt vieles zu bereden, aber die Art, wie sie sich mir gegenüber verhält, macht mich zuversichtlich, daß unsere Probleme zu lösen sind. Ich sehne mich danach, mit ihr im Bett zu liegen und einen neuen Anfang zu machen. Sie soll wieder mir gehören.

Smail stößt wieder zu uns, und wir fahren auf demselben Weg zurück, den wir gekommen sind. Voll der neu erwachten Wärme für meine Mitmenschen, frage ich Smail nach seinem Werdegang aus. Zu meiner Erleichterung antwortet er in Englisch. Er ist noch vor dem Libanonkrieg von dort in den Kongo gekommen. Hat in Brüssel und Antwerpen »Diamanten gelernt«. Die richtigen Diamantminen liegen im Süden, in Katanga.

»Bei den großen Steinen macht man guten Profit. Bei kleinen wie diesen hier« – er klopft auf das Stoffpäckchen in seiner Hemdtasche – »sind es ungefähr fünf Prozent. Es ist nicht leicht.«

Plötzlich ein Schlag und ein Krachen. Der Wagen schlingert ein wenig. Smail hält an.

»Was ist los?« frage ich.

Haben wir irgend etwas überfahren? Die Straße schien doch frei. Smail steigt aus. Ich wende mich Inès zu, die aus dem Rückfenster starrt.

»Was ist passiert?« frage ich wieder.

Sie hat etwas gesehen.

»Wahrscheinlich nur ein Stein, der von der Straße hochgeschleudert worden ist«, sagt sie mit ausweichendem Schulterzucken. Sie steigt aus dem Wagen. Ich tue es ihr nach.

»Er kam nicht von der Straße«, sagt Smail und mustert prüfend seine Windschutzscheibe. Das Glas ist angeschlagen, und brüchige Risse ziehen sich wie Blitze in alle Richtungen; kein großer Schaden. Um seine Augenwinkel spielt ein Lächeln. Er ist ein fröhlicher Mann, der sich seinen Humor bewahrt hat. Ich fange an, ihn zu mögen.

Nun beginnt er, in die Richtung, aus der wir gekommen sind, die Straße hinunter zu gehen. Ein sinnloser Versuch, den Schuldigen zu finden. Der Motor summt. Die Luft steht still. Vom Dschungel her dringen entfernte Geräusche zu uns herüber. Affen? Nur eine Vermutung – woher soll ich so etwas wissen? Ich starre in die Bäume und Blätter hinein. Der

Dschungel ist dicht und undurchdringlich, aber er sieht nicht bedrohlich aus. Der Straßenrand wird von hübschen, wildwachsenden Blumen gesäumt, und an den weichen Rändern der Regenpfützen saugen kleine violette und gelbe Schmetterlinge die Mineralien aus dem Schlamm. Der Himmel über uns ist jetzt wieder klar, nur die Sonne brennt unerbittlich.

»Du hast etwas gesehen«, sage ich.

»Nein, nichts«, antwortet sie.

Ich sehe ihr direkt in die Augen, aber sie hält meinem Blick stand. Ganz plötzlich hat sich etwas verändert. Sie ist fern von mir, in ihren eigenen Gedanken. Ich versuche sie mit Geplauder und Neuigkeiten von unseren Freunden in London zu umschmeicheln, aber sie läßt sich nicht zurückholen.

Die Randbezirke sind weitläufig und gepflegt. Die Bungalows sind weiß getüncht und der Rost auf den Eisendächern über Jahre mit Farbe – dunkelrot oder olivgrün – überdeckt, so daß das dünne Metall inzwischen aussieht wie ölbemalte Leinwand. Hinter den Mauern und spitzenbewehrten Zäunen liegen blühende Sträucher in glänzenden Hüllen. Gärtner in Arbeitskleidung und Gummistiefeln sind bereits an der Arbeit. Die Luft riecht nach Sommer, nach frisch geschnittenem Gras und dem Dieseltreibstoff der Rasenmäher. Das Herz der Stadt wird von einer langen, breiten Allee durchschnitten, dem Boulevard Albert Ier. Auf Verkehrsinseln stehen weißbehandschuhte Polizisten mit Tropenhelmen und regeln den Strom. Die Autos, europäische Luxusmodelle und teure amerikanische Cabrios mit viel Chrom und extravaganten Heckflossen, sind auf Hochglanz poliert. Es gibt Laster mit flachen Ladeflächen, Lieferwagen und Taxis und Busse und eine ganze Flut schwarzsilberne, von Kongolesen gefahrene Fahrräder. In den Straßencafés lesen Europäer bei Kaffee und Croissants ihre Zeitung. Es gibt Boutiquen, Juweliere und Delikatessengeschäfte, Konditoreien, Eiscafés und feine Hotels. Gerade werden die Türen zur Banque d'Afrique geöffnet.

Smail setzt uns vor einem neuen, siebenstöckigen Apartmenthaus ab, das zu einem ganzen Komplex diesseits des zweiteiligen Boulevards gehört. Inès hat die Wohnung von jemandem geliehen, der für ein Jahr in Uganda ist. Ich bedanke mich bei Smail fürs Mitnehmen. Er schlägt vor, am Abend im Zoo essen zu gehen. Die Besitzer sind Franzosen, und die Küche ist die beste von ganz Léopoldville.

Ich gähne und strecke mich genüßlich. Es war ein guter Empfang.

2

Im Kreuz, gleich über den Hüften, hat sie zwei sanfte Einbuchtungen, zwei kleine Kerben, die ich mit den Fingerspitzen berühre. Sie liegt in meinen Armen. Ich sinke immer wieder in den Schlaf.

Sie redet – wie ich ihren Singsang liebe – von Dingen, denen ich nur halb folgen kann. Von Zeit zu Zeit hält sie inne, um mich auf die Brust zu küssen und mich an sich zu drücken. Während des trübsinnig langen Fluges von London hierher meinte ich ausschließlich Grund zum Pessimismus zu haben, aber dabei hatte ich übersehen: Sie braucht mich. Sie freut sich an *mir*, sie fühlt sich physisch von mir angezogen, von diesem Körper, diesen Armen. Einmal hat sie mir von einem Liebhaber erzählt, dessen starre Finger sie beinahe wie Klauen auseinanderbiegen mußte, bevor er sie berührte. Wenigstens meine Hände sind nicht so. Sie mag meine Finger, zu welchen Stellen sie finden und was sie mit ihr machen. Ich schließe die Augen und sauge die dahinfließenden Worte in mich ein.

Ihre Geschichte hat mit dem Krieg zu tun, als sie klein war und die Deutschen in Bologna saßen. Sie erinnert sich an einen Soldaten, der jeden Tag auf einem weißen Pferd über die Piazza Maggiore ritt, ein Offizier, wenn auch *kein großer Offizier*. Eines Morgens ritt der Deutsche wie üblich mit seinem Pferd los. Er kehrte nie mehr zurück. Es wurde gemunkelt, er sei desertiert und mit seiner Geliebten, einer verheirateten Italienerin, davongelaufen; andere sagten, die Partisanen hätten ihn gefangengenommen und umgebracht. Niemand wußte wirklich, was passiert war. Als sie und ihr Vater wieder vereint waren – der Partisanentrupp ihres Vaters war in den letzten Besatzungstagen der Stadt aus den Bergen heruntergekommen –, fragte sie ihn, ob er wisse, was aus dem Pferd geworden sei, denn sie liebte Pferde schon als Kind. Aber er hatte nichts gehört. Ich bin nicht sicher, ob ihre Geschichte eine Pointe hat oder ob ich sie überhaupt verstanden habe: Wenn ich müde bin, fällt es mir manchmal nicht leicht, ihrem Akzent und ihren eigenen Grammatikregeln zu folgen. Wir liegen still da, und vor meinem inneren Auge sehe ich das kleine Mädchen, großäugig und voller Hoffnung, wie es in den schattigen Säulengängen auf den Tag wartet, an dem das Pferd des Soldaten herrenlos auf den Platz galoppiert kommt und nach ihr Ausschau hält, damit sie es mit nach Hause nehmen kann.

Ich spüre, wie ihre sich senkenden Wimpern über meine Schultern streichen, und schließe die Augen, um zu schlafen.

Es riecht nach Kaffee. Sie sitzt am Fußende des Bettes. Daß sie schon angezogen ist, empfinde ich mürrisch als eine Art Zurückweisung. Sie legt mir die Hand auf den Kopf und zerstrubbelt mein Haar. Ich reibe mir die Augen.

»Wie spät ist es?«

»Fast neun.«

Nacht? Morgen? Ich habe keine Ahnung.

Sie reicht mir die Tasse. »Trink das.«

»Warum bist du angezogen?« frage ich.

»Zum Dinner. Aber wir müssen nicht hingehen, wenn du nicht willst.«

Sie macht sehr süßen Kaffee.

»Was war da los, auf der Straße?« frage ich. »Ich weiß, daß du etwas gesehen hast.«

Sie zuckt die Achseln und zieht die Mundwinkel herunter.

»Es war nur ein kleiner Junge, zwölf oder dreizehn Jahre alt. Er hat sich zwischen den Bäumen versteckt.«

»Hast du gesehen, wie er den Stein geworfen hat?«

»Ja.«

»Warum hast du dann gesagt, du hättest nichts gesehen?«

Schulterzucken. Sie läßt sich nicht zum Reden bringen. Aber ich weiß schon Bescheid. Sie hatte nicht etwa Angst, eher lag es daran, daß sie auf der falschen Seite erwischt worden war – eine weiße Frau im Wagen eines weißen Mannes – und sich dessen schämte.

»Werden hier viele Steine geworfen?«

»Nein, eigentlich ganz im Gegenteil. Die Gegend hier ist gut unter Kontrolle. Die Belgier sind sehr fähige Polizisten, besonders die Flamen. Wenn sie jemanden für einen Unruhestifter halten, nehmen sie ihn sofort fest. Genau wie sie es mit Patrice gemacht haben.«

»Ich habe viel über Patrice gelesen.«

»Das liegt daran, daß ich viel über ihn geschrieben habe.«

»Ich weiß, aber inzwischen taucht sein Name auch in der britischen Presse auf.«

Sie gibt ein verächtliches Geräusch von sich. Neuerdings mögen ja auch andere Lumumbas Bedeutung anerkennen, aber sie ist die erste gewesen. Seinetwegen ist sie in den Kongo gekommen – weil er die Hoffnung verkörpert hat, und weil er sie auch in anderen weckte. Das erste Interview erschien nur wenige Tage nach ihrer Ankunft in *L'Unità*. Ich las es in London, und mir wurde schwer ums Herz. Hinterher schrieb sie mir ganz begeistert von Verpflichtung und Hingabe an eine Sache. *Du mußt verstehen*, hieß es in dem Brief, *daß mein Leben nun nicht mehr so sein kann wie früher.* Was wollte sie damit sagen? Und was war mit *unserem* Leben?

Sie erzählt: »Patrice hat früher im Postamt von Stanleyville gearbeitet. Sobald er dabei war, sich in der Befreiungsbewegung einen Namen zu machen, haben die Belgier behauptet, er hätte Geld genommen. Jetzt können sie sagen, Patrice Lumumba sei nichts weiter als ein Dieb.«

»Und? Hat er das Geld gestohlen?«

Gestohlen, ich habe das Wort *stehlen* absichtlich gewählt. Sie tut, als hätte sie den Unterschied nicht bemerkt.

»Natürlich nicht.« Sie ist geradezu inbrünstig. »Du wirst ihn kennenlernen. Er ist faszinierend.«

Faszinierend, so wie Smail faszinierend ist. Ihre Sprache hatte schon immer etwas Kompromißloses, Absolutes. Nichts – alles; nie – immer; schlechtester, bester, faszinierend – jede Menge faszinierend. Selbst ich war früher mal faszinierend. Ich erinnere mich, wie sie einmal sagte: »Die Jahre nach dem Krieg waren eine sehr omologierende Zeit.«

»Omologierend?«

»*Omologare?* Gibt es das Wort bei euch nicht? Es bedeutet, daß man alles hinnimmt, ohne darüber nachzudenken«, hatte sie geduldig erklärt. »Ein sehr kommunistisches Wort.«

»Wie in Homologation vielleicht?« schlug ich vor. »Aber ich glaube, das hat keine politische Bedeutung.«

»Natürlich hat es das.«

»Ich bin mir aber sicher, daß es ein juristischer Begriff ist.«

Wieder gab sie eins dieser typischen kleinen Geräusche von sich, ein Mittelding zwischen Quieken und heiserem Kehllaut. Wir sahen in Wörterbüchern nach, und schließlich gab sie äußerst widerstrebend zu, daß *Homolegation* so etwas wie eine Umschreibung sein könnte, aber eine notwendige. Den Sprachmangel schrieb sie weit größeren Mankos in der britischen Sichtweise zu.

»Wen wundert es, wenn die Briten einfach nicht links sein können? Sie haben nicht einmal die Worte für eine linke Denkungsweise.« Dann hatte sie mich grinsend angesehen. »Was für ein Glück für mich, daß du Ire bist.«

»Inès«, hatte ich mit übertriebener Erschöpfung, aber liebevoll gesagt – es gab häufig solche Diskussionen, und inzwischen hatten sie schon ihre eigene Dynamik entwickelt –

»wenn du irgendwo in Irland eine ›linke Denkungsart‹ entdecken kannst, dann ist das die Sensation des Jahrhunderts.«

»Du hast zu lange in London gelebt.«

Sie gibt mir einen Kuß auf die Stirn. Es war typisch für ihre Art zu diskutieren: Stets besiegelte sie Auseinandersetzungen mit einer übertriebenen Verallgemeinerung, einem letzten kritischen Sticheln und einem Kuß.

Ich dusche und rasiere mich. Abtrocknen ist ohnehin zwecklos. Die Luft ist feucht. Die Fenster und Wände schwitzen.

Während ich mich anziehe, erzählt sie mir mehr von dem faszinierenden Patrice Lumumba. Sie ist in seinem Haus in Tshopo gewesen, dem Schwarzenviertel von Stanleyville, und auch in dem am Boulevard Albert Ier, direkt gegenüber vom Golfplatz. Sie kennt seine Frau Pauline, die bescheiden und zurückhaltend ist. Sie haben vier Kinder; eines davon – Roland – ist noch ein Säugling und sehr schön. »Sie haben mich sozusagen adoptiert«, sagt sie. »Wir sind uns jetzt so nahe.«

Morgen werden wir Patrice sehen, weil das Mouvement National Congolais eine Unabhängigkeitsversammlung abhält.

Während wir zum Zoo gehen, nimmt sie mich am Arm. Die Straßen sind hell beleuchtet, und die Leute geben sich betont unbekümmert. Schwarze gibt es nicht. Das Gerede über Lumumba und die Versammlung morgen hat Inès angeregt. Es wird eine große Demonstration geben. Im Kongo ändert sich alles so schnell. Ich bewege mich zwischen Schlafen und Wachen, und ich glaube ihr jedes Wort.

3

Smail und seine Freunde heißen mich willkommen in Léopoldville. Sie sind bester Laune und reden lautstark durcheinander. Inès wird ans eine Ende des Tisches zu einem Platz bei Smail geführt, ich ans andere, wo ich mich zwischen einem kleinen, blassen Mann und einer gutaussehenden, kräftig gebauten Frau wiederfinde, die etwa in meinem Alter sein muß. Sie hat blaue Augen und dickes, glattes, flachsblondes Haar.

Der Mann stellt sich vor: Romain de Scheut, Generaldirektor einer Seifenfabrik von Unilever in Léopoldville. Sein ausgedörrtes Gesicht ist voller Raucherfalten, der Blick aus seinen wäßrigen Augen freundlich.

»Smail hat uns von dem Überfall auf dem Rückweg vom Flughafen erzählt«, sagt er mit einem Lächeln.

Ich weiß erst gar nicht, wovon er spricht; dann sage ich »Oh, ja«, als der Groschen gefallen ist. Er meint es nicht ernst. Aber ich bin mir bewußt, daß die Blonde zuhört.

»Es war kein Überfall«, sage ich deshalb. »Ich bin mir nicht einmal sicher, ob es Absicht war.«

»Natürlich war es das«, sagt die Frau. »Sie kennen die Makaken nicht.«

De Scheut ist amüsiert über ihre heftige Reaktion.

»Madeleine denkt ziemlich streng in diesen Dingen«, sagt er.

»Und Sie?« frage ich.

»Ich bin einer der berüchtigtsten Liberalen von Léopoldville, was mich bei Madeleine sehr unbeliebt macht. Ist es nicht so, meine Liebe?«

»Sie sollten eingesperrt werden«, erwidert Madeleine in vollem Ernst und auch wieder nicht.

Ihre Augenbrauen sind sorgfältig gezupft, was ihr Gesicht mit den hohen Wangenknochen und dem kräftigen Kinn wie in Stein gehauen erscheinen läßt. Die oberen Knöpfe ihrer Bluse stehen offen.

De Scheut empfiehlt das Hühnchen in Butter oder Talapia oder das Fondue. Die Auswahl ist riesig. Ich entscheide mich für Fisch.

»Zoubir hat mir erzählt, daß Sie Schriftsteller sind«, sagt de Scheut. »Was schreiben Sie denn?«

»Romane«, sage ich.

»Werden Sie auch einen Roman über Afrika schreiben?«

»Ich gehöre zu den Autoren, die lieber bei dem bleiben, was sie kennen.«

»Und das wäre?«

»London, nehme ich an.«

»Aber Sie sind doch Ire, nicht?«

Das ärgert mich immer wieder. Ire, Engländer, wo ist da der Unterschied, ist es nicht ganz egal? Ich sage doch nur, daß ich lange Zeit in London gelebt habe.

»Sind Sie auch Journalist wie Inès?«

»Manchmal schreibe ich für Zeitungen, um ein bißchen Geld zu verdienen.«

»Romane bringen nichts ein?«

»Meine nicht.«

»Sind Sie deshalb in den Kongo gekommen, um für Zeitungen zu schreiben?«

»Nein, eigentlich bin ich hier« – ich scheue davor zurück, dies einem Fremden gegenüber zu sagen, aber irgend etwas an de Scheut hat mich gleich für ihn eingenommen –, »weil Inès hier ist.«

»Sie haben die richtige Entscheidung getroffen«, sagt er und klopft mir auf den Unterarm. »Sie ist eine ganz außergewöhnliche Frau, und sie ist hier bei uns sehr beliebt.«

»Sie liebt es, beliebt zu sein«, sage ich.

»Wie wir alle.«

Er sieht mich mit einem mitfühlenden Blick an, als wüßte er, was in meinem Kopf vor sich geht, welche Ängste und Zweifel ich hege. Ich hatte schon immer eine Schwäche für Vaterfiguren.

Dann kommt das Essen. Ein Gang nach dem anderen. Als die Teller abgeräumt werden, stellen die Kellner eine Käseauswahl mit Camembert und Brie und – als Konzession an den flämischen Geschmack – Herveser vor uns auf den Tisch. Sie bringen Liköre und Cognac; dann eine Flasche Champagner und noch eine und noch eine.

Meine Augen gleiten unwillkürlich immer wieder zu Inès und ihrer fröhlichen Gruppe hinüber. Vielleicht würde ich mich allmählich ärgern, daß ich von ihren Lachsalven ausgeschlossen bleibe, hätte ich nicht soviel Freude daran, wie sie in Gesellschaft ihre Federn spreizt – an ihren blitzenden Augen und ihren weit ausholenden Gesten, der pantomimischen Leichtigkeit, mit der sie Tonfall und Aussehen wechselt: Irgend jemand sagt etwas, und sie zeigt unverhohlen, wie wenig sie damit einverstanden ist, und nur Sekunden später ist sie mit derselben Person vollständig und geradezu übertrieben einer Meinung. Zufällig wirft sie einen Blick in meine Richtung und bedenkt mich mit einem frechen Zwinkern, dann wendet sie sich wieder ihren Freunden zu. Sie hat immer Freunde; sie ist immer mit anderen Menschen zusammen. Soweit ich mich erinnern kann, habe ich sie in den ganzen zwei Jahren, seit wir ein Liebespaar sind, niemals allein gesehen. Ich übertreibe. Für Momente, ja, aber nur für diese kurzen, unvermeidlichen privaten Momente: Wie ich ins Apartment zurückkomme und sie beim Kochen oder einer anderen ihr lästigen Tätigkeit vorfinde. Bilder steigen aus der Erinnerung auf. Wie sie bäuchlings auf dem Bett liegt, mit einem Kissen unter dem Oberkörper und einem Buch vor der Nase, bekleidet nur mit einem Hemdchen. Oder dieser schreckliche Nachmittag, an dem ich sie unvermutet oben von einem Doppeldeckerbus aus sah, als sie gerade von einem Arzttermin kam. Wie zerbrechlich sie aussah, als sie durch den häßlichen Januarmatsch die Kentish Town Road hinunterging. Fast hätte ich diese kleine, verlorene Gestalt gar nicht erkannt. Aber das war nicht Inès – die vitale, rebellische, ungestüme, die aus dem Leben anderer nicht wegzudenken war.

»Sie sehen älter aus als Inès.«

Das ist Madeleine.

»Bin ich auch.«

»Aber wieviel älter?«

Niemand soll denken, ich wolle mich verteidigen, aber ich bin absolut nicht daran gewöhnt, daß man mir persönliche Fragen stellt.

»Dreizehn Jahre«, sage ich, so ruhig ich kann.

Sie mustert mich eindringlich, bevor sie sich eine Zigarette aus der Schachtel nimmt.

»Das ist so gut wie nichts«, sagt sie. »Mein Mann ist siebenundzwanzig Jahre älter als ich. Er ist Farmer.«

Ich gebe ihr Feuer. Sie hält als stumme Frage eine Champagnerflasche hoch. Ich nicke, und sie schenkt ein.

»Sind Sie auch hier, um über den großen Patrice Lumumba zu schreiben, wie Inès?«

Sie schlägt die Beine übereinander und lehnt sich ein wenig vor.

»Ist er so groß?« erwidere ich.

»Ha!«

Sie nimmt einen Schluck aus ihrem Glas. Vor ihrem Ohr läuft eine Schweißperle herunter; ihr Haar ist straff zurückgebunden.

»Gehen Sie morgen zu Bernard Houthhoofd?« fragt sie.

»Zu wem?«

»Bernard Houthhoofd empfängt am Samstag immer in seinem Haus in Brazzaville.«

»Ich weiß nicht, ob wir eingeladen sind«, sage ich.

»Inès war schon mal da. Sie sollten kommen.«

Das sagt sie wie eine Herausforderung. An ihrem Hals glänzt noch mehr Schweiß. Sie wendet sich wieder ihren Begleitern zu.

Inès findet, es sei Zeit, nach Hause zu gehen. Smail und de Scheut brechen mit uns auf. Madeleine, die mit jemand anderem beschäftigt ist, merkt gar nicht, daß ich gehe.

Hinter dem Zoo werden die Straßen dunkler, die Häuser ärmlicher, und an einem Kontrollpunkt stehen zwei Wachsoldaten.

»Die Cité, die Eingeborenenstadt, wo die Schwarzen leben«, sagt sie.

Wir gehen einen anderen Weg.

»Die Kongolesen müssen den europäischen Teil verlassen, bevor es dunkel wird, es sei denn, sie haben eine Sondererlaubnis von der Polizei«, erklärt mir Smail; dann setzt er leicht sarkastisch hinzu: »Damit wir Siedler uns sicher fühlen können.«

»Nicht alle Siedler sind gleich«, wirft de Scheut freundlich ein. »Im Grunde gibt es zwei Vertreter. Der eine ist hier geboren und hat schon lange hier gelebt. Er kennt die afrikanische Seele, spricht Lingala oder Suaheli oder Kikongo oder eine der anderen Sprachen, wenn nicht gar mehrere davon. Er liebt das Land, es ist seine Heimat. Er will hier sterben und begraben werden.«

»Und die anderen?« frage ich.

»Der andere Siedler sieht sich als Belgier. Er trägt Anzug und Krawatte und schaut auf die Weißen herab, die sich nicht ständig die Schuhe wienern lassen. Er importiert gefrorene Butter und Käse, Hummer und Hühnchen, statt sich von dem zu ernähren, was es hier in der Gegend gibt und zudem besser und billiger ist. Diese Leute sitzen mitten im exotischsten Obstgarten der Welt und lassen sich Birnen und Pfirsiche in Dosen kommen – und das für viel Geld. Sie beklagen sich unablässig über die Hitze, das Wasser und die Kongolesen; sie haben panische Angst vor Malaria, Schlafkrankheit, Bilharziose, Flußblindheit, Sumpffieber und Gonorrhö. Sie kennen immer jemanden, der all diese Krankheiten auf einmal gehabt hat. Sie sind hier, um Geld zu machen und dann wieder nach Hause zu verschwinden.«

Von irgendwo in nicht allzu weiter Entfernung hören wir erregte Stimmen. Wir drehen uns um und sehen an der Grenze zum Eingeborenenviertel drei oder vier Weiße in gespannter, angriffslustiger Haltung bei den Gendarmen stehen.

Ein Polizeitrupp stürmt zum Anfang der Straße. Man hört splitterndes Glas und Schreie.

»Was ist denn los?« ruft de Scheut zu den Gendarmen hinüber.

»Das sind die Makaken«, brüllt einer von ihnen zurück.

»Ich höre das immer wieder hier, dieses ›Makaken‹«, sage ich.

»Aber Sie wissen doch, was Makaken sind«, erläutert Smail. »Eine Affenart.«

Die Leute sind von ihren Tischen aufgestanden und vor die Restaurants und Clubs getreten. Verwirrt und leicht beschwipst spähen sie in die dunkle Cité hinüber.

Wir folgen den Gendarmen bis zur Grenze, wo sich ein kleiner Trupp von Siedlern zusammengerottet hat. Ihnen gegenüber formiert sich eine Gruppe Schwarzer. Ich könnte nicht sagen, ob es Hunderte oder nur ein paar Dutzend sind. Ihre Gesichter und Gliedmaßen scheinen nur sekundenweise im Licht auf, um dann wieder wie unruhige Schatten mit dem Dunkel zu verschmelzen. Neben mir zerspringt ein Fenster.

»Nicht noch mehr Steine«, sagt Smail in komisch gequältem Tonfall. »Kann denen vielleicht mal jemand sagen, daß wir Freunde von Patrice sind!«

Wir gehen in Deckung. Alle außer Inès, die in der Mitte der Straße steht, während um sie herum die Steine niedergehen. Jetzt ist sie schon wieder auf der falschen Seite erwischt worden. Ich renne zu ihr hinüber und ziehe sie hinter ein parkendes Auto.

Die Gendarmen scheinen sich in einer Art Schockzustand zu befinden; sie können einfach nicht glauben, daß das hier tatsächlich passiert. Keiner rührt sich von der Stelle.

Inès ist mit ihren Gedanken woanders, wieder weit fort von mir, im Widerstreit mit sich selbst.

Die Schwarzen stimmen einen weittragend dröhnenden Sprechgesang an: *Depanda, depanda, depanda!*

»Was rufen sie?« frage ich.

Wieder regnet es Steine. Es gehen noch mehr Fenster zu Bruch. Die Menge rückt näher. Die Gendarmen sind noch immer wie gelähmt und bewegen sich nur, um den Steinen auszuweichen.

Depanda, depanda!

Plötzlich strahlt Inès. Für sie hat der Singsang eine Bedeutung. Sie dreht sich mit weit aufgerissenen Augen zu mir um.

Ein Gendarm flucht. Er hat jetzt genug davon. Ohne Vorwarnung und völlig unüberlegt rennt er brüllend und mit erhobenem Knüppel direkt in die Menge. Da stürzen wie auf einen stummen Befehl hin auch seine Kameraden vor und schlagen sich ins Dunkel. Die Aufrüher zerstreuen sich hektisch und verschwinden von der Bildfläche.

»Depanda«, wiederholt Inès in andächtigem Flüsterton.

»Was bedeutet das?«

»Unabhängigkeit!« sagt sie. »Sie haben nach Unabhängigkeit geschrien.«

Und sie nimmt mich so fest in die Arme.

Ich wache auf, als sie ins Badezimmer geht. Sie pinkelt und tapst dann barfuß zurück ins Bett. Sie gähnt und streckt sich leise seufzend. Dann kriecht sie wieder unter die Decke und beginnt tief zu atmen. Ich liege mit dem Rücken zu ihr und bewege mich nicht. Ich bin schon wieder halb eingeschlafen, als ich das kratzende Geräusch von Fingern auf Schamhaaren höre; dann, nach einer kurzen Stille, etwas leiseres, langsameres: ein Tasten auf feuchtem Fleisch. Die Decke bewegt sich nur ganz wenig. Ich höre eine Veränderung in ihrem Atem, ein Stocken, dann einen unterdrückten Aufschrei, und obwohl wir uns nirgends berühren, kann ich fühlen, wie sich ihre Muskeln zusammenziehen und wieder entspannen. Ich bin zwar nicht der Grund für ihre Erregung, nicht heute nacht, aber ich fühle mich nicht ausgeschlossen oder erniedrigt. Ich bin voller Begierde.

Ich drehe mich zu ihr um, und sie lächelt mich schuldbewußt an.

»Warst du wach?«

»Ja«, sage ich.

»Warum hast du nichts getan?«

Sie schmeckt salzig und metallisch, und ihre Erregung kehrt wieder.

Hinterher sagt sie: »Ich nehme an, du hast andere Frauen gehabt.«

»Habe ich nicht.«

Es ist eine Lüge.

»Du weißt, daß ich sehr eifersüchtig bin.« Sie sagt *eifersügtig*.

Ich schweige.

»Ich liebe dich«, sagt sie.

»Immer noch?« Ich bin nicht sicher.

»*Ti amo*«, sagt sie; und sie fügt hinzu, wie sie es früher getan hat: »Vergiß das nicht.«

Wir küssen uns heftig und lange.

Jetzt ist sie auf mir. Ich greife hoch in ihr Haar und ziehe ihren Kopf auf meine Schulter hinunter, gar nicht sanft. Ich zittere unter ihr und sage ihr Dinge – die ich noch nie mit ihr gemacht habe. Meine Hingabe stimuliert sie. Sie kommt zum heißen Atem meiner Drohversprechen an ihrem Ohr. Dann sackt sie über mir zusammen und zieht mit einem lauten Atemzug Luft in ihre Lungen.

Sie küßt mich und sagt: »Ich mag es, wenn du leidenschaftlich bist.«

Ich habe alles vergessen. Für mich existiert nur noch der Zustand des Liebenden – das Bett, die Laken und ihre Arme und ihr Atem. Ich bin verwirrt in diesen Tagen. Wo sind meine Gefühle? – Sie schweben umher, und ich kann sie nie einholen. Das war nicht immer so. Früher war ich mehr wie Inès, offen und zugänglich und lustig und voller Hoffnung. Ich habe mich mit der Zeit in jemanden verwandelt, den ich nicht mag. Aber wenigstens heute nacht ist der Widerspruch zwischen Leere und Leidenschaft aufgehoben.

4

Sie ist nicht gerade eine Frühaufsteherin, aber heute ist es anders. Ein Beben liegt in der Luft, die Wolken bilden Muster, und sie kann Dinge darin sehen. Ich sitze schweigend auf der Bettkante, die Füße auf dem Boden. Sie kniet nackt, auf die Hände gestützt, hinter mir. Ihre Erregung strahlt noch immer in heißen Wellen von ihr aus, und die Haare in meinem Nacken richten sich auf unter ihren Küssen. Sie geht unter die Dusche, und ich bleibe mit mir zurück. Ich knülle das weiße Baumwollaken in meinem Schoß zusammen. Ich habe keine Ahnung, wo ich stehe.

Ihre Stimme tönt schrill und hastig über das Rauschen des Wassers hinweg. Sie spricht von Jahrhunderten der Sklaverei, als Europäer und Araber die Kongolesen zu Millionen gejagt haben; von Léopold und Stanley, von Plantagen der Kolonialzeit, den Gefangenentrupps in Ketten, von Verstümmelungen und Vergewaltigungen; und von den Ländereien und Fabriken der Union Minière und Brunifa, Unilever und der Banque Empain.

Sie kommt aus der Dusche und wirft ihr Handtuch auf den Boden. Ihre Haarspitzen sind noch naß und ringeln sich. Sie steht, immer noch redend, mit dem Rücken zu mir und beugt sich vor, um ihr Höschen von gestern aufzuheben. Als sie es anzieht, bemerkt sie etwas an der Innenseite ihres Oberschenkels – einen Insektenstich, irgendeinen kleinen roten Fleck. Sie stellt die Füße auseinander, beugt sich zu einer halbgebückten Stellung hinunter und rollt das Fleisch zwischen den Fingern, um den Makel zu begutachten. Ihre Unterwäsche wird von ihren Beinen gleich unter dem Knie auseinandergehalten. Im Augenblick erzählt sie mir von der Société Générale de Belgique, einem sagenhaften Giganten, der überall mitmischt: Baumwolle, Zucker, Bier, Palmöl, Pharmaindustrie, Versicherungen, Eisenbahngesellschaften, Fluglinien, Autos, Diamanten, Viehzucht, Frachtverkehr. Schließlich zieht sie ihr Höschen hoch, das Gummiband schnalzt zusammen, und sie sieht sich nach ihrem Kleid um.

Woher nimmt sie das Recht zu dieser unvergleichlichen Unbefangenheit? Sie sieht tatsächlich weder meinen Blick noch sich selber. Sie hat, so ganz ohne jede freundlich verhüllende Bekleidung, einen eckigen und knochigen Körper. Ich weiß selbst nach zwei Jahren noch nicht, wie sie zu ihrer eigenen Figur und ihrem Aussehen steht. Sie verbringt nicht die geringste Zeit damit, sich zu verschönern, und ich habe von ihr noch nie einen begeisterten oder verzweifelten Kommentar und auch keine versteckte Aufforderung zu einem Kompliment gehört... Da fällt mir wieder etwas ein, und ich muß innerlich lächeln. Es war in den ersten Tagen unserer Verliebtheit. Kurz nachdem sie nach London gezogen war, um bei mir zu sein, gingen wir ins Kino und sahen uns *Liebe am Nachmittag* an. Als wir an jenem Abend nach Hause gingen, tat sie den Film als ziemlich oberflächlich ab, aber immerhin war er mit Audrey Hepburn.

»Sie sieht aus wie ich«, hatte sie ganz nebenbei hingeworfen.

Sie warf mir von unten einen Blick zu, um zu sehen, wie ich reagiere.

»Ja«, sagte sie dann noch mal mit ein wenig mehr Betonung, »sie ist mir sehr ähnlich.«

Es gibt in diesen Dingen ganz bestimmte Regeln, die den Anschein von Bescheidenheit beim Sprecher wahren helfen. Sie hätte sagen können, eine Freundin von ihr habe einmal behauptet, sie sähe ganz ähnlich aus wie die Schauspielerin, obwohl sie das gar nicht finden könne, und was meinte ich denn dazu? Aber nein. Audrey Hepburn sah aus wie sie. Inès hatte nur eine einfache Tatsache festgestellt, und das in einer Art, die suggerierte, die andere sei die Kopie. Es kam mir trotzdem nicht anmaßend vor. Dazu war sie zu unschuldig.

Wir gehen an einer frisch mit Parolen beschmierten Mauer entlang.

WEG MIT DEN KOLONIALISTEN, WEG MIT DEN GENERALGOUVERNEUREN!
SCHLUSS MIT DER KOLONIALREGIERUNG NOCH 1959!
UNABHÄNGIGKEIT ODER TOD!

Sie nimmt die Sprüche wohlwollend zur Kenntnis und sagt in einem gewissen provozierend-freundlichen Tonfall: »Weißt du, Roger Casement hat einen berühmt gewordenen Bericht über die Gummiplantagen geschrieben. Er war es, der Léopolds Verbrechen an die Weltöffentlichkeit gebracht hat.«

»Ja, aber das war, glaube ich, vor langer Zeit.«

»Casement war Ire.«

»Zu der Zeit, als er den Bericht schrieb, war er der britische Konsul. Er ist für seine Dienste geadelt worden.«

»Das ist unwichtig. Die Briten haben ihn aufgehängt.«

Sie hält mich für einen schlechten Iren, im Grunde nicht einmal das. Ich reise mit britischem Paß, und Orange and Green oder die Sechs oder die Sechsundzwanzig sind mir genauso gründlich egal wie diese Grenze, die sie für so furchtbar wichtig hält. Ich bin die ewigen Versuche leid, den Leuten zu erklären, daß diese Linie auf der Landkarte irgendwann einmal vielleicht eine Bedeutung gehabt hat, daß es aber jetzt nicht mehr so ist und nie wieder so sein wird.

»Du könntest auch so was wie Casement über die jetzige Situation schreiben«, schlägt sie vor.

Sie hält sich viel auf ihr Urteilsvermögen zugute. Ich lächle amüsiert und gerührt über ihre aus Zuneigung übertrieben hohe Meinung von meinen Fähigkeiten als Autor; ständig bedrängt sie mich, meine Feder in den Dienst dieser oder jener Sache zu stellen. Doch ist damit wirklich jemandem geholfen? Und selbst wenn dies der Fall wäre, dann um welchen Preis? Wann hätte es einem Autor je gutgetan, wenn er sich für eine Sache, egal für welche, engagiert?

»Warum wirst du jetzt nicht wütend?« verlangt sie gut gelaunt zu wissen.

»Wem sollte meine Wut schon nützen?«

»Dir könnte sie vielleicht nützen.«

Bei jeder Gelegenheit hätte meine Gleichgültigkeit vielleicht zu einer langen Diskussion über dieses Thema geführt, aber nach dem Zwischenfall vom gestrigen Abend ist sie nun ohne jede Bedeutung. Der Kongo wird frei sein und Lumumba ein großer afrikanischer Führer, genauso groß wie Nkrumah – sogar größer noch, weil die Ghanaer durch Nkrumahs jüngste Fehleinschätzungen zu Kompromissen gezwungen waren. Bei so manchem würde dieser Absolutheitsanspruch und die selbstverständliche Annahme, daß man zu grenzenloser Hingabe bereit ist, aufgesetzt klingen, naiv oder einfach nur nervtötend; bei Inès scheint es einem nichts weiter als ein zusätzlicher Beweis für ihren sonnigen Optimismus. Ich lege den Arm um sie und gebe ihr einen Kuß auf den Scheitel. Ihr dünnes schwarzes Haar ist ganz warm von der Sonne. Ich lehne meine Wange an ihren Kopf und drücke sie an mich. Sie sagt mir, wie glücklich sie ist.

Bei Tageslicht besehen ist kein großer Schaden entstanden – hier und da eine eingebeulte Karosserie und ein paar kaputte Fenster, die bereits wieder repariert werden. Die Leute trinken unverändert ihren Kaffee in den Straßencafés und gehen ihren Besorgungen nach, aber selbst ich als ganz neu Hinzugekommener spüre in der Stadt eine Atmosphäre von Ernüchterung und Wachsamkeit. Auf der Straße fährt ein Militärjeep vorbei, und neben den Gendarmen patrouillieren jetzt auch Soldaten. Inès spricht kurz mit einigen Ladenbesitzern und Händlern, Polizisten und Passanten. Das hier ist nicht ihre Seite, das sind nicht die Leute, die sie eigentlich befragen möchte, aber sie behandelt sie trotzdem respektvoll und mit Bedacht. Ich bin stolz auf sie und würde sie so gern beschützen: Ich möchte um nichts in der Welt, daß sie durch irgend etwas entmutigt wird.

Die Zufahrtsstraßen zur Cité sind von Soldaten und Gendarmen gesperrt, die uns wieder zurückschicken – zu unserer eigenen Sicherheit, wie sie immer wieder behaupten. Inès will mit ihnen verhandeln, aber sie sind unerbittlich und auch gleich sehr unfreundlich. Sie versucht, von einem der Hausdiener und Arbeiter, die durch die Absperrungen tröpfeln, herauszubekommen, ob der Aufstand des MNC, des Mouvement National Congolais, anhält. Niemand weiß etwas Genaues, aber wahrscheinlicher ist, daß niemand etwas sagen will. Das MNC-Büro in der Stadt ist geschlossen. Ihre Stimmung beginnt zu sinken. Sie fürchtet nicht nur um ihre Story, sondern auch, daß Patrice und seine Partei den Schwung verlieren könnten.

Ich überrede sie zu einem verspäteten Frühstück. Sie stochert in ihrem Essen und steht dann auf, um ein paar Telefonate zu führen. Sie kommt weder zu Lumumba noch irgendeinem anderen MNC-Führer durch. Der Morgen schleppt sich dahin, nichts passiert. Im Schatten des knallbunt gemusterten Sonnenschirms über unserem Tisch trinken wir ein kühles Bier.

Die Sonne steigt immer höher, und mein hitzebenebelter Geist träumt sich zur letzten Nacht zurück, zu dem Bett, Inès und dem Gefühl ihrer kleinen Brüste auf meinem Oberkörper, als sie atemlos und lachend über mir zusammenbrach.

Zwei Männer steuern auf einen Tisch in unserer Nähe zu. Inès erkennt einen englischen Reporter namens Grant und hält sich mit einer komischen Geste die Speisekarte schützend vors Gesicht. Sie verabscheut Journalisten privat wie beruflich und meidet sie, wo es geht. Das hat nichts mit Rivalität zu tun. Sie kann nur ihre Selbstgefälligkeit, die versteckten Kumpeleien und die beschämende Großspurigkeit, mit der sie auf ihre Neutralität pochen, nicht ausstehen. Grant, dem ich keine dreißig Jahre gebe, ist ein schlaksiger Mann mit langsamen Bewegungen. Sein braunes Haar, an dem er ständig etwas zurechtzuzupfen hat, ist geckenhaft schick geschnitten; er trägt das ausgesucht gleichgültige Gehabe eines Sohnes aus besserem Hause zur Schau.

Inès trinkt ihr Bier aus und beschließt, daß wir nun doch heute nachmittag zu Bernard Houthhoofd fahren sollten. Sie sagt, die meisten Leute dort würden wohl unangenehme Zeitgenossen sein, aber vielleicht könnte sie ein paar nützliche Informationen aufschnappen.

Wir gehen zu den Docks hinunter, am Palace Hotel zu unserer Linken und dem Depot von GB Ollivant gegenüber vorbei. Am Hafen herrscht reger Betrieb – Schleppdampfer, Frachtschiffe, Küstenwachboote, Kanus, Einbäume, Flußkähne; schier endlos dehnen sich Piers, Lagerschuppen, Krähne, Öltanks, Trockendocks, Werften. Ein viergeschossiges Passagierschiff, ein blau-weiß gestrichener Heckraddampfer, wird von Schleppkähnen flußaufwärts in Richtung Stanleyville gezogen.

»Bernard Houthhoofd ist einer der reichsten Männer im Kongo«, erzählte mir Inès, »und einer der einflußreichsten. Ohne ihn passiert hier gar nichts.«

»Hat das Auswirkungen auf die Unabhängigkeit?«

»Nein«, antwortet sie ohne Zögern. »Nicht einmal Houthhoofd kann die Unabhängigkeit verhindern.«

Von lachenden Frauen auf dem Weg zum Markt hin und her gedrängelt, besteigen wir die Fähre nach Brazzaville.

5

Wir sind auf der anderen Seite des Flusses und damit in einem anderen Land. Die französische Kolonie ist großzügiger, ohne strikte Regeln und weniger gepflegt, Weiße und Schwarze vermischen sich; sie sitzen am selben Tisch im Restaurant und stehen gemeinsam in der Warteschlange. Wir schlendern eine Weile durch die Straßen und stöbern auf dem Markt herum, wo wir uns einen Weg zwischen den Frauen mit ihren Bergen von Tapioka und Maniok, Zuckerrohr und Bananen, Avokados, Mandarinen und Kokosnüssen hindurch bahnen. In der Nähe des Busbahnhofs nehmen wir ein Taxi – Inès findet diese Extravaganz schrecklich, aber Houthhoofds Haus liegt zehn Kilometer vor der Stadt. Je weiter wir fahren, desto lauter wird das einschläfernde Brausen der Katarakte an den Livingstone-Fällen.

Ein Diener öffnet das Tor zu der von Mauern umschlossenen Villa. Zu unserer Rechten liegt ein Tennisplatz. Madeleine ist unter den Spielern. Sie trägt ein kurzes weißes Tenniskleid, und ihre Glieder sind lang und kräftig und sonnengebräunt.

Auf der anderen Seites des Hauses neigt sich ein weitläufiger Garten sanft dem Fluß entgegen, auf dem ein paar Schnellboote Wasserski-Fahrerinnen herumziehen. Weit hinten, links am anderen Ufer, erstreckt sich die niedrige, langgezogene Skyline von Léopoldville. Direkt gegenüber ist in knapp zwei Kilometern Entfernung eine Ansammlung staubiger Backsteinbauten mit Blechdächern zu sehen – irgendeine Schwarzensiedlung, niemand scheint zu wissen, wie sie heißt.

Etwa sechzig Gäste stehen mit ihren Drinks in der Hand in Grüppchen zusammen, verteilt um einen Swimmingpool und einen Pavillon.

Ein dicker, weichlicher Mann mit Kropf und hervortretenden Augen kommt auf uns zu. Inès stellt mich Bernard Houthhoofd vor. Unser Gastgeber winkt befehlend einem Hausdiener zu, der zusammen mit ungefähr einem Dutzend anderer aufgereiht dasteht und geradezu ungeduldig darauf wartet, herbeigerufen zu werden. Er holt Drinks für uns bei der kleinen Holzbar im Schatten des Mangobaumes.

»Haben Sie von den Zwischenfällen letzte Nacht gehört?« fragt er Inès.

»Wir waren da. Wir haben es selbst gesehen.«

»Die Force Publique muß nächstes Mal härter durchgreifen.«

»Die können so hart sein, wie sie wollen«, erwidert Inès, »es wird ihnen doch nichts nützen. Die hunderttausend Europäer hier wollen die Unabhängigkeit nicht, und die vierzehn Millionen Schwarzen wollen sie. Das Ergebnis ist unvermeidlich.«

Houthhoofd zeigt ein tolerantes Grinsen.

»Andere Zahlen haben mehr Bedeutung«, sagt er.

»Und das wären?« frage ich.

»Geld«, sagt er mit noch breiterem Grinsen.

Nichts an Bernard Houthhoofds Äußerem ist in irgendeiner Weise protzig, aber er sieht trotzdem wie ein sehr reicher Mann aus: Es muß an seiner Selbstgewißheit und seinen Manieren liegen – zuvorkommend, aber unterschwellig dennoch den Eindruck von Macht vermittelnd. Sein Blick, selbst wenn er lächelt, ist kühl und abschätzend. Er ist der Herr im eigenen Schloß. Wir unterhalten uns ein paar Minuten höflich weiter, bis er sich entschuldigt.

De Scheut spielt Krocket mit einem anderen Herrn und einem Mädchen und einem Jungen, die um die zehn Jahre alt sein dürften. Es sind gesunde, strahlende und hübsche Kinder, und sie nennen Herrn de Scheut *papa*. Inès und ich sehen sie an und sagen nichts. Für einen kurzen Moment schnürt sich mir die Kehle zusammen. Wir können über dieses Thema nicht reden. Wieder sitze ich im Bus, der die Kentish Town Road entlangfährt, während Inès nach ihrem Arztbesuch mit nassen Füßen durch den grauen Schnee läuft. Ich hatte mich darum herumgedrückt, an dem Nachmittag in die Wohnung zurückzugehen. Ich wollte nicht dort sein, wenn sie nach Hause kam, denn ich konnte schon ihrem Gesichtsausdruck und ihrem Gang ansehen, wie die Nachricht gelautet hatte. Sie weinte natürlich, aber nicht lange. Inès trägt Unglück mit großer Fassung, und ich versicherte ihr, daß es für mich keinen Unterschied machte. Damals glaubte ich das auch; heute bin ich mir nicht mehr so sicher. Was wird das für uns bedeuten, wenn wir keine Kinder haben? Aus verschiedenen Gründen haben wir uns bisher geweigert, uns den Regeln und Träumen eines konventionellen Lebens zu zweit zu unterwerfen. Wir haben nie ernsthaft von Heirat gesprochen, haben nie nach unserem Traumhaus Ausschau gehalten. Aber wir spüren beide die Verlockungen eines häuslichen Lebens, und in Momenten wie diesen, beim Anblick von de Scheuts Kindern, wenden sich unsere Gedanken unwillkürlich dem zu, was wir, wie wir wissen, niemals haben werden.

Zwei zerzauste African Greys hocken verloren in ihrem kleinen Käfig und starren ins Leere. Wir mischen uns unter eine Gruppe von Gästen beim Pavillon. Sie wirken wohlwollend und höflich, ja sogar ein wenig scheu. Sie fragen nach unseren Eindrücken, geben Ratschläge zur Gesundheitsvorsorge, empfehlen Restaurants und Ausflugsziele. Wir sollten mit dem Dampfer nach Stanleyville fahren. Und wir sollten uns Goma ansehen, eine hübsche Stadt mit angenehmem Klima. Von dort aus können wir dann den Virguna-Nationalpark besuchen. Und natürlich dürften wir uns die Ruwenzori-Berge nicht entgehen lassen.

Während sich das Gespräch immer neuen Themen zuwendet, beginne ich die verstreuten Hinweise aufzuschnappen, die der Fremde überall braucht, um sich auf seinem neuen Terrain zu orientieren. Daß die Diplomaten gern auf die Geschäftsleute herabsehen und sie nur selten zu Gesellschaften in der Botschaft einladen. Daß man den Briten in Geschäftsdingen allgemein viel Vertrauen entgegenbringt. Daß die Belgier Schwierigkeiten haben, mit Angehörigen anderer Nationalitäten zurechtzukommen, und die Flamen noch mehr – Houthhoofd ist da die Ausnahme. Daß die Wallonen üblicherweise auf der Händlerseite zu finden sind, die Flamen eher in der Verwaltung und im Sicherheitsbereich. Daß die afrikanische Seele anders ist als die europäische.

»Die afrikanische Seele?« frage ich. »Was ist das denn?«

Also, wenn wir nun schon von den Schwarzen reden, dann muß ich mir zuerst einmal klarmachen, daß die alle wie Kinder sind.

»Ungezogene Kinder«, präzisiert ein portugiesischer Händler.

»Mutwillig«, ergänzt ein schwedischer Zahnarzt.

»Man kann die Schwarzen aus dem Dschungel holen«, sagt ein anderer, »aber nicht den Dschungel aus ihnen. Zeigen Sie ihnen gegenüber niemals Schwäche: Sie sind entweder der Jäger oder der Gejagte.«

Der Mann, der mit de Scheut Krocket gespielt hatte, steht jetzt am Rand der Gruppe. Er hat die ganze Zeit geschwiegen. Er ist nicht groß, nicht auf diese Weise körperlich beeindruckend, aber seine Gegenwart ist unübersehbar. Obwohl ich erst den zweiten Tag in diesem Land bin – den zweiten Tag in Afrika –, habe ich schon genug gesehen, um zu wissen, daß die Weißen Kompromisse eingehen mit ihrer neuen Umgebung, die einen mehr, die anderen weniger. Dieser Mann aber ist davon unberührt, seine Haltung weist ihn als immun aus. Er trägt Krawatte zum kurzärmeligen Hemd. Ich nehme an, daß er zu de Scheuts zweitem Siedlertypus gehört, er wirkt vom Scheitel bis zur Sohle wie die Karikatur eines *colon*. Jedesmal wenn ich hochsehe, habe ich den Eindruck, als suche er meinen Blick.

»Vor ein paar Monaten«, unterrichtet mich der portugiesische Händler, »habe ich meinen Fahrer einmal nachmittags einen Freund heimfahren lassen. Seine Farm liegt am Weg nach Kikwit, und die Straße ist in gutem Zustand. Die Fahrt hätte höchstens zwei Stunden dauern dürfen. Abends kein Zeichen von meinem Fahrer. Am nächsten Morgen fand ich ihn sieben Kilometer außerhalb der Stadt seelig schlafend auf dem Rücksitz. Ich sage zu dem Kerl: ›Was fällt dir eigentlich ein?‹ Er wußte nicht einmal, wovon ich sprach. Wo lag das Problem? Er wußte ja, daß ich irgendwann kommen würde, um die Sache zu regeln.«

»Und wo lag das Problem?« frage ich.

Inès hält sich mühsam zurück. Ich wundere mich, daß sie bisher noch nichts gesagt hat.

»Er hatte kein Benzin mehr.«

Köpfe werden geschüttelt zur Bestätigung, daß sie alle ähnliche Erfahrungen gemacht haben.

»Meiner Meinung nach hat sich Ihr Fahrer absolut logisch verhalten.«

Das kommt nicht von Inès, sondern von dem Mann in Hemd und Krawatte. Er spricht fließend Französisch mit amerikanischem Akzent.

»Wenn man einen Erwachsenen wie ein Kind behandelt«, fährt er fort, »dann wird er sich auch so benehmen. Ihr Kind hat getan, was alle anderen Kinder auch tun würden, und er hat noch dazu auf Ihren Besitz aufgepaßt. Ich kann nicht finden, daß Sie irgendeinen Grund zur Klage hätten.«

Für einen so kräftigen Mann und einen derart schroffen Einwand klingt die Stimme irritierend liebenswürdig.

»Ich glaube nicht, daß er sich beklagen wollte«, sagt Roger, ein britischer Arzt, gelassen. Er ist der rotblonde Typ, etwa in meinem Alter, mit einem Anflug von Sommersprossen und einem Schnurrbart, wie ihn die Offiziere von der Royal Air Force während des Krieges so populär gemacht haben; so ein Schnurrbart wird üblicherweise von einer Pfeife und einem trägen Geist begleitet. Er stochert angelegentlich mit der Schuhspitze in einem Ameisenhaufen herum.

»Wollte er nicht?« sagt der Amerikaner. »Dann habe ich mich geirrt.«

Weiter hinten im Garten steht Houthhoofd und ruft alle zu sich: Er will uns auf irgend etwas am anderen Flußufer aufmerksam machen. Die Gruppe zerstreut sich, man ist froh, daß sich ein Anlaß dazu bietet.

Der Amerikaner streckt mir die Hand hin.

»Mark Stipe.«

»Sehr erfreut«, sage ich. »Ich bin James Gillespie, und das ist Inès Sabiani.«

Mir ist überdeutlich klar, daß mein Gegenüber genau das verkörpert, was ich selber nicht bin. Die braunen Augen mildern sehr erfolgreich den Eindruck von unterschwelliger Aggression, der von dem großen, runden Kopf mit dem kurzgeschnittenen, graublonden Haar ausgeht. Er hat ein offenes Gesicht, und seine breite, hohe Stirn wird in der Mitte von einer dickgeschwollenen, pochenden Ader durchzogen: Einen Moment lang verspüre ich das seltsame Verlangen, dieses heftige Pulsieren mit dem Daumen niederzudrücken, als könnte ich besser verstehen, woher der Mann seine Autorität nimmt, ja sie sogar teilen, wenn ich ihn nur dort berühre, wo sein Blut am dichtesten an der Oberfläche fließt. In der Armee sind mir solche Männer begegnet, und ich habe über sie geschrieben und – wie jeder Schriftsteller – so getan, als durchschaute ich sie.

Stipe sieht den Garten hinunter, unseren Gefährten hinterher.

»Wann werden diese Leute endlich merken, daß sie ein Problem haben und schleunigst etwas dagegen unternehmen müssen?«

Ich sage gar nichts, weil ich nicht einstimmen will in etwas, wovon ich so wenig verstehe.

»James Gillespie«, sagt Stipe langsam und überlegt laut: »Woher kenne ich den Namen? Sie sind wohl nicht der Schriftsteller, oder?«

Doch. Bin ich.

»Ich habe etwas von Ihnen gelesen. Einen Roman. Spielt in London, richtig?«

»Schon möglich.«

»Ich habe ein schlechtes Gedächtnis. Helfen Sie mir ein bißchen auf die Sprünge.«

Ich nenne ihm drei Titel. Er entscheidet sich für meinen zweiten Roman.

»Das Buch hat mir sehr gefallen, wissen Sie.«

Ich bin geschmeichelt, mehr als ich mir anmerken lasse. Meine Bücher sind nicht sehr bekannt.

»Sind Sie auch Schriftstellerin, Inès?«

»Nein«, antwortet sie.

Die anschließende schroffe Stille versuche ich zu überbrücken, indem ich ihm erkläre, daß Inès als Korrespondentin der *L'Unità* hier ist.

»Italiens Kommunistenzeitung«, sagt sie.

Dieser Zusatz wirkt angesichts der entschieden freundlichen Art von Stipe absolut überflüssig, aber die Grobheit ist offenbar beabsichtigt. Ich sehe sie erstaunt an. Ich hatte erwartet, daß sie in Stipe nach seiner Zwischenbemerkung eher einen Verbündeten entdeckt hätte. Ihr Hals ist flammend rot. Sie hat eine Abneigung gegen ihn gefaßt, das sehe ich sofort. Und ihm geht es umgekehrt auch so.

»Ich selber bin eher ein *Wall-Street-Journal*-Leser«, sagt Stipe.

»Etwas anderes hätte ich auch nicht erwartet.«

»Ich von Ihnen auch nicht, Inès.«

Jetzt ist ihr ganzes Gesicht zorngerötet; Ironie ist nicht gerade ihre Stärke, und sie kann auch gar nicht genug Englisch, um mit Stipes betont unbekümmerter Haltung fertig zu werden.

»Sie sind also kein Journalist?« sage ich, um den etwas peinlichen Augenblick zu überspielen.

»Ich arbeite im Konsulat. Bevor ich den Posten hier bekam, war ich zwei Jahre lang an der Botschaft in London«, ergänzt er lächelnd, zum Zeichen, daß er nicht beleidigt ist. »Wir sollten uns irgendwann mal über große kühle Drinks unterhalten. Léo hat seine Vorzüge, aber Kultur gehört nicht gerade dazu.«

Inès blickt mit gerunzelter Stirn zum anderen Ende des Gartens hinüber, wo inzwischen Houthhoofds Gäste zusammenlaufen.

»Auf der anderen Flußseite ist irgend etwas los«, sagt sie und schließt sich der übrigen Gesellschaft an.

Hinter ihr hersehend, sagt Stipe in einem gutmütig-amüsierten Ton, den ich gar nicht gerne höre: »Ich mag Frauen, die wissen, was sie wollen.«

Darauf reagiere ich nicht; er ist ein Fremder. Wir spähen ans andere Ufer hinüber.

»Ich habe ein Fernglas im Auto«, sagt Stipe und entfernt sich mit einer Entschuldigung.

Ich gehe zu den anderen hinunter und finde mich neben Madeleine wieder. Die Wasserskifahrerinnen ziehen ihre Kreise und schlängeln über die Oberfläche, in etwa sieben Meter Höhe schwebt ein buntgefiederter Königsfischer über dem Wasser. Auf der anderen Seite sieht man Männer in Militäruniformen.

»Was ist da los?«

»Sehen Sie?« sagt Madeleine und zeigt über den Fluß auf die Häuser der Eingeborenensiedlung.

Drüben sieht man abgerissene Bewegungen. Menschen laufen hin und her. Die Geräusche, die zu uns herüberdringen, sind gedämpft und undeutlich.

»Das wird sie lehren, wer hier der Boß ist«, sagt Madeleine voller Befriedigung.

»Es war unvermeidlich«, höre ich Houthhoofd sagen. »Wenn wir nichts getan hätten, wäre in den Köpfen zurückgeblieben, daß sie damit durchgekommen sind, und dann wäre es das nächste Mal nicht bei ein paar zerbrochenen Fensterscheiben geblieben.«

»Damit handeln Sie sich doch nur noch mehr Ärger ein, Bernard«, sagt de Scheut.

»Und was, Romain«, setzt Houthhoofd in nachsichtigem Tonfall an, »wäre Ihrer Meinung nach die Alternative?«

»Es gibt immer eine Alternative zur Gewalt«, erwidert de Scheut. »Sprechen Sie mit ihnen, sprechen Sie mit ihren Führern, lassen Sie sie spüren, daß sie dazugehören.«

»Wie soll man mit diesen Leuten denn sprechen«, sagt Madeleine. »Die können doch gerade mal genug Französisch, um zu kapieren, daß sie das Haus saubermachen sollen.«

Jetzt kommt Stipe wieder zu uns. Er hat einen Feldstecher dabei.

»Sieht ziemlich ernst aus«, sagt er nach einer Weile und reicht mir das Fernglas.

Zunächst einmal sehe ich nur einen verschwommenen Bildausschnitt – es könnte ebensogut das vielfach vergrößerte Blattwerk des Busches sein wie das schlammige Flußwasser oder der graue Himmel über mir. Irgend etwas streift, immer schneller werdend, vor meinen Augen. Eines der Schnellboote. Ich stelle das Fernglas darauf ein und bleibe dran. Das Boot wird jetzt langsamer, das Mädchen auf den Wasserskiern gleitet sanft wie ein landender Wasservogel in den Fluß, das Boot beschreibt einen Kreis und nimmt sie auf. Ich wende das Glas in eine andere Richtung und erwische den Königsfischer, der mit seinem gereckten, hammerförmigen Kopf auf Bewegung im Wasser lauert. Er legt die Flügel an und sticht hinunter.

Ein neues Bild: Von einer Wand spritzt unerwartet eine kleine Staubwolke hoch, dann gleich daneben noch eine. Ich bin verwirrt; dann höre ich entfernt trockenes Knallen.

Jetzt ist das Gewehrfeuer deutlich auszumachen. Was ich gesehen habe, waren Einschüsse.

»Mein Gott«, flüstert de Scheut.

Stipe nimmt mir das Fernglas wieder ab.

»Ich sehe einen Mann am Boden«, sagt er. »Zwei.«

Das Schießen geht noch vier oder fünf Minuten lang in kurzen Abständen weiter. Ich sehe mich nach den Gesichtern der Gäste um. Es ist seltsam, aber ich kann darin nicht die Spur von Bewegung erkennen. Da werden Menschen erschossen, und sie zeigen keinerlei sichtbare Reaktion. Aber andererseits… warum sollten sie auch? Das hier ist schließlich ein Gartenfest. Da gibt es den Tennisplatz und den Krocketrasen und die Kinder, die Wasserskifahrerinnen und den Königsfischer und all die Sorglosigkeit und den Spaß, die dazugehören. Es ist geschossen worden, aber diese Umgebung hier ist weit fort von Verwundung und Tod. Niemand – und ich als allerletzter – kann genau sagen, was wir mit den Ereignissen auf der anderen Seite des weiten Flusses zu tun haben.

Die Gäste fangen an, sich unter Gemurmel zu zerstreuen, zurück zum Swimmingpool oder zum Pavillon. Madeleine geht wieder zu ihrem Tennispartner. Ein Hausdiener erscheint und fragt, ob er die Gläser nachschenken soll.

Stipe reicht mir wieder das Fernglas hin und weist mir die Blickrichtung.

»Sehen Sie die grüne schwimmende Insel? Die bei dem kleinen Steg?«

Ich stelle die Gläser scharf und bekomme verschlungenes Grünzeug in den Blick. Zwischen den schwimmenden Wurzeln und den breiten, fleischigen Blättern sitzen Blüten in einem hellen Blau.

»Wasserhyazinthen«, erklärt Stipe. »Eine exotische Pflanze. Irgendein Idiot hat sie aus Südamerika hergebracht, weil er meinte, sie würden sich gut in seinem Gartenteich machen. Das verdammte Zeug hat sich ausgebreitet wie die Pest.«

»Sieht aber schön aus.«

»Es sind Parasiten«, sagt de Scheut abwesend. »Sie fressen den Sauerstoff, bis alles im Fluß tot ist.«

Jetzt sehe ich noch etwas anderes als Blumen. Ich bin mir nicht bewußt, eine Reaktion gezeigt zu haben, aber Stipe reicht irgendeine winzige Veränderung in meiner Haltung oder meinem Atem.

»Sehen Sie jetzt?« fragt er.

Ja, ich sehe.

Es ist ein menschlicher Körper, der von den wirren Armen der schwimmenden Insel halb unter Wasser gedrückt und halb oben gehalten wird. Ich richte mein Blickfeld auf den Steg hinauf, wo einige schwarze Soldaten unter Führung eines weißen Offiziers einen zweiten Mann ins Wasser heben. Weitere Leichen werden herangebracht.

Das Schießen hat aufgehört. Man hört nur noch die Geräusche von Madeleines Tennismatch und das kilometerweit entfernte Rauschen der Katarakte.

»Ich muß meine Kinder nach Hause bringen«, sagt de Scheut.

Er legt mir die Hand auf die Schulter.

»*Du calme, du calme*«, sagt er. »*Adieu*.«

Er preßt seine Kinder rechts und links an sich. Gemeinsam stapfen sie durch den Garten.

Ich gehe zu Inès. Ich kann ihre Wut förmlich sehen. Sie bebt vor Wut und Trauer. Etwas wie das, was heute hier geschehen ist, habe ich nie zuvor miterlebt, aber ich habe es schon vor langer Zeit aufgegeben, die Wut in mir selber suchen zu wollen. Ich denke an die Liebe – die schreckliche Liebe – und an Loyalität und daran, was diese beiden für eine Bedeutung haben. Meine Mutter liebte, leidenschaftlich und selbstlos. Sie liebte den Mann, den sie einmal vergöttert hatte, liebte ihn selbst noch, als er sie und die Kinder verlassen hatte. Inès würde es leugnen, aber sie liebt mich nicht mehr, nicht so wie früher. Ich weiß es. Ich kann es sehen. Trotz des warmen Empfangs und trotz letzter Nacht. Fürs erste haben andere Dinge meinen Platz eingenommen. Dramatische Geschehnisse, in die sie sich verstrickt hat – sie werden sie gänzlich gefangennehmen. Aber ich werde die Hoffnung nicht aufgeben. Idealismus wird unweigerlich enttäuscht, und wenn bei ihr die Enttäuschung einsetzt, werde ich immer noch da sein.

Draußen auf dem Fluß haben sich die Schnellboote mit den Wasserskifahrern wieder in Bewegung gesetzt. Wie Autofahrer an einer Unfallstelle nehmen sie das Tempo runter, als sie an den Wasserhyazinthen und ihrem blutenden Abfall vorbeikommen. Dann beschleunigen sie wieder und steuern auf unverschmutztes Gewässer zu, um weiter ihrem Sport nachzugehen.

In den Tropen muß man vor allem die Ruhe bewahren. Natürlich. Hinter mir höre ich jemanden auf dem Tennisplatz rufen: »Gut gespielt, Madeleine!«

Du calme, du calme. Natürlich. Immer.

6

Sie spaltet mich. Ihre Worte spalten mich. Ihre Sprache stellt alles in Frage, was uns das Auge, die Geschichte und die Erfahrung gelehrt haben. Ihre Phantasie beschäftigt sich mit Symbolen und Mythen. Sie läßt sich von ihren Sympathien für alles und jeden davontragen, und manchmal, wenn ich ihr so zuhöre, werfen meine müde gewordenen Gefühle ihre Fesseln ab und folgen ihr auf ihrem blind der Sache ergebenen Sturmlauf; doch dann fährt ein Wort dazwischen, ein einziges Wort, ein Ton, der so unüberhörbar falsch ist, und schon bin ich nur noch wütend auf sie und ihre Theatralik. Einmal sagte sie zu mir – das war während meines ersten Aufenthalts in Bologna, als sie mir die Gedenktafeln zeigte, die an die Partisanen der Stadt erinnern – »Ich schätze mich oft so glücklich, die Partei *erfahren* zu haben, zu wissen, daß es da etwas gibt, das dich immer unterstützen wird, und daß du nicht allein auf der Welt bist. Ich kann mir gar nicht vorstellen, wie ich ohne das auskommen sollte.« Wir hatten einen schönen Tag verbracht: Wir waren spät aufgestanden, hatten Kaffee und Beignets zum Frühstück gehabt, Wein zum Mittagessen getrunken und waren am Nachmittag durch die Gemäldesammlungen geschlendert. Sie hatte uns die ganze Zeit mit ihrem euphorischen Gerede umzwitschert, aber als sie diesen Satz sagte, sah ich sie nur an, und fühlte die brutalen Gedanken auf mich einprasseln wie einen Steinregen: *Was glaubst du eigentlich, wer ich bin? Was habe ich je gesagt oder geschrieben, das dir den*

Eindruck vermittelt hätte, daß ich mit dem, was du da redest, auch nur irgend etwas zu tun habe?

Damals hätte ich ihr sagen sollen: »Inès, ich kenne mich selbst zu gut. Das mit uns wird nicht gutgehen.«

Aber ich tat es nicht, ich konnte es nicht; ich liebte den Geist, der aus diesen hoffnungsfrohen, endlos ausgesponnenen Monologen sprach. Ich liebe ihn immer noch.

Sie ist aus der Wohnung gegangen, um ihre Story von dem kleinen Büro in der Nähe des Marché Indigène aus abzuschicken, das sie mit dem Korrespondenten von ABC teilt. Warum hat sie so heftig reagiert? So wild?

Sie hatte an dem kleinen Tisch am Fenster zur Straße hinaus gesessen und in die Tasten ihrer Schreibmaschine gehauen. Ein Wind kam auf, und das letzte Nachmittagslicht wurde von einem diffus schimmernden Dämmer verdrängt. Plötzlich fegte grauer Regen über die Straße, es tat einen ohrenbetäubenden Donnerschlag, und dann ging der Wolkenbruch los. Sie reichte mir die Seiten frisch von der Walze und übersetzte, was ich nicht verstand.

»Also«, hatte sie dann mit über den Text gebeugtem Kopf gesagt, »was hältst du davon?«

»Ich glaube, du solltest dir erst einmal eine Stunde Zeit lassen, um dich zu beruhigen.«

Ihr Kopf schoß hoch, und sie funkelte mich zornentbrannt an: »Was?«

Ich zuckte die Achseln; sie hatte es ja gehört. Und schon stand sie auf den Füßen.

»Was sagst du da?«

Ich hatte für so etwas keine Zeit. Sie packte mich am Arm.

»Was sagst du da?« drängte sie noch einmal.

Ich schüttelte sie ab.

»Also gut«, sagte ich hitzig. »Sei von mir aus wütend. Aber du bist Journalistin. Bewahr dir wenigstens einen letzten Rest von Sachlichkeit, bemüh dich um ein bißchen Distanz.«

»Und wie würdest du darüber schreiben?«

»Du brauchst nicht zu schreien, damit man dich versteht.«

»Da sind Menschen ermordet worden!«

»Es sind Menschen erschossen worden«, korrigierte ich, »und du warst nicht die einzige, die das gesehen hat.«

»Habe ich das etwa behauptet? Wo habe ich irgend etwas dergleichen gesagt?«

Sie verkrampfte den Unterkiefer, ihr Gesicht war zorngerötet.

»Wo?«

Es war in jedem einzelnen Wort. Die Wut, mit der sie schrieb, erhob sie zum einzigen Zeugen. Wir anderen waren verbannt, disqualifiziert. Dieses vermeintliche Monopol auf die angemessene Einfühlsamkeit hat mich schon immer aufgebracht.

»Es ist nur ein Unrecht mehr«, schrie sie mich von hinten an, während ich nur steif dasaß, »wenn man ohne Wut über Unrecht schreibt.«

»Ich bin sicher, daß ich sehr gute Argumente für das genaue Gegenteil finden könnte«, antwortete ich mit der herablassenden Ruhe, die sie immer wieder in Rage bringt.

Sie schnappte sich ihre Seiten und ging.

Warum habe ich so scharf reagiert? Nach der Antwort brauche ich nicht lange zu suchen. Ich werde aus ihrer Welt gedrängt. Ich bin fast zweitausend Kilometer hierhergekommen, nur um festzustellen, daß ich in diesem Tumult, in dem sich die Ereignisse überschlagen, überhaupt keine Chance habe. Ich bin verbittert. Hier gibt es keinen Platz für mich.

Aber es hat auch mit unserer Sprache zu tun, und was damit zusammenhängt, geht weit tiefer. Es geht um unsere Art, wie wir die Welt sehen. Sicher gibt es innere Belange, unterschwellig, verborgen, und ich weiß, daß diese Dinge bis zu einem gewissen Grad auch zählen. Aber nicht weiter. Nicht so weit, wie Inès glaubt. Für mich sind die Dinge real, die ich mit meinen Augen sehen kann; das Gesehene ist mir vor allem anderen wichtig. Sie aber wird von Dingen bewegt, die sich nicht beschreiben, kaum richtig wahrnehmen lassen, und wenn sie schreibt, dann tut sie das – ist das für eine Journalistin überhaupt zulässig? – nicht zuallererst, um ihre Leser zu informieren, sondern um sie zu rühren. Damit bin ich nicht einverstanden; ich finde es beschämend, unprofessionell, und diejenigen unter uns, die sich beim Schreiben nicht so offensichtlich entrüsten können oder wollen, kollaborieren noch lange nicht mit dem Feind und sind auch nicht herzlos, egoistisch oder oberflächlich. Worte, wirkliche Worte, die auch wirklich eine Aussage haben, bedeuten mir viel. Inbrünstige Glaubensbekenntnisse habe ich noch nie ernst genommen. Ich war Historiker, bevor ich Schriftsteller wurde.

Sie ist fort, und ich fühle mich plötzlich sehr allein. Ich trinke allen Whisky, den ich finden kann. Ich möchte sie schütteln und ihr sagen, sie solle endlich erwachsen werden und ihre Illusionen über Bord werfen wie alle anderen auch. Und dann will ich aber wieder, daß sie sich nie, niemals verändert, weil ich sie so brauche, wie sie ist: Sie hat mich angeregt, ich habe Dinge entdeckt, auf die ich sonst nie gestoßen wäre. Ich lebe im Spannungsfeld unserer Verschiedenheiten. Aber wohin soll sie führen, diese seltsame Affäre?

Das Unwetter ist vorbei. Ich schenke mir den letzten Whisky ein, kippe ihn auf einen Schluck hinunter und gehe nach draußen. Ich muß mir meinen Ärger von der Seele laufen. Mit großen Schritten mache ich mich auf den Weg, ohne auf die Richtung zu achten. Das Licht nimmt schnell ab. Ich gehe und gehe, bis ich mich in einem der Wohnviertel befinde. Die Straßen sind menschenleer, die meisten Häuser verschlossen. Ich gehe weiter, weiter und weiter hinaus aus der Stadt. Die Häuser werden spärlicher, der Straßenbelag hört auf, die Nacht bricht herein. Bitter und rachsüchtig wüte ich gegen Inès und schaue gar nicht mehr auf meinen Weg. Nach kurzer Zeit habe ich mich komplett verlaufen.

Irgendwann läßt sich ein Wagen von mir an den Rand winken, und ich frage einen Mann nach dem Weg, der erst sehr auf der Hut ist und dann um meine Sicherheit besorgt, nachdem ich ihm die Situation erklärt habe. Wer weiß, was die Schwarzen vorhaben, sagt er, nach dem, was heute passiert ist. Angeblich ist es zu weiteren Zwischenfällen gekommen, und nicht weit von hier steht schon ein Besitz in Flammen. Ich schmecke Rauch und noch etwas anderes, Scharfes – Tränengas vielleicht. Er bietet an, mich mitzunehmen, aber ich lehne dankend ab und versichere ihm, daß mir nichts passieren wird. Ich brauche Zeit für mich selbst.

Ich halte mich an seine Wegangaben, aber sie führen mich ins Nirgendwo. Es ist eine schwüle Nacht, das Hemd klebt mir am Rücken, meine Haare liegen vor Schweiß dicht am Kopf. Fluchend wünschte ich, ich hätte das Angebot doch angenommen.

Da sehe ich Lichter in der Ferne, und als ich näher komme, höre ich das Stimmengewirr einer Party. Das Gift, mit dem ich meine Worte zu Inès gefüllt hatte, pulsiert noch immer in meinen Adern, und das Lachen von fröhlichen Freunden und Geliebten nährt nur meinen Groll. Als ich zu dem Bungalow komme, bleibe ich stehen und schließe die Augen. Ich will jetzt wirklich niemanden sehen, auch nicht, um nach dem Weg zu fragen. Was tue ich hier? Was mache ich in diesem Land? Warum bin ich hergekommen? Die Hitze hat mich ausgedörrt, durch den Alkohol verfalle ich in Selbstmitleid.

Ich muß Bestandsaufnahme machen, Inès, ich muß nachdenken, und ich muß einmal in meinem Leben ehrlich sein.

Ich öffne die Augen und sehe zwei junge Frauen auf die hellerleuchtete Veranda des Bungalows treten. Sie tragen trägerlose Abendkleider und sind in eine angeregte Unterhaltung vertieft. Ich selbst bin im Dunkel bisher unbemerkt geblieben. Der Geruch nach Rauch ist jetzt stärker, und die Luft ist voller Glutfunken. Mit dem Wind, der plötzlich aufkommt, fliegt die glimmende Asche vorbei wie versprengte Glühwürmchen. Die Frauen mit ihrer entblößten Haut kreischen gespielt verängstigt auf. Dann mimt die Jüngere, ein großes Mädchen mit kurzem dunklen Haar, die Mutige und bläst unter dem Beifall ihrer fröhlichen Begleiterin auf die Ascheflocken ein, als wären es Seifenblasen. Mit ihrem Tumult haben die beiden auch ihre Freunde aufgescheucht, und nun treten die Männer auf die Veranda, um sich lachend als galante Retter zu produzieren. Fasziniert von diesem Frohsinn, an dem ich selber nicht teilhaben kann, sehe ich ihnen bei ihren Albernheiten zu. Ich sehe. Und ich sehe zu lange hin, denn was da schließlich vor meinen Augen Gestalt annimmt, sind die Verachtung und der Neid in meinem eigenen Gesicht – eben jene Mischung, die den gewohnheitsmäßigen Zuschauer besonders unsympathisch macht. Wie oft habe ich mich nicht selber dabei überrascht, daß ich Inès so ansah und mich fragte, was ihr Geheimnis ist, woher sie ihren Optimismus nimmt und ihre Kontaktfreudigkeit, um im gleichen Atemzug zu bezweifeln, daß das alles echt ist, und mich selbst zu meiner eigenen Distanz und Selbstgenügsamkeit zu beglückwünschen?

Ich will ehrlich sein. Auch Selbstgenügsamkeit hat ihre Grenzen. Ich habe viel zuviel Zeit freudlos und einsam mit mir selbst verbracht. In den letzten paar Wochen ohne Inès war es mehr, als ich ertragen konnte.

Da gibt es eine Frau in London. Sie heißt Margaret. Ich bin nicht stolz auf diese Sache. Einige Tage vor meiner Abreise nach Léopoldville habe ich sie angerufen. Ich hatte sie mehrere Wochen lang nicht gesehen und seit Inès nicht mehr mit ihr geschlafen. An dem Abend trafen wir uns in dem Pub nicht weit von meiner Wohnung in Camden. Zu Beginn war ich wie so oft zögerlich, ja sogar schüchtern, sagte kaum ein Wort und wich ihren Blicken aus, wo ich nur konnte. Nach einigen vergeblichen Versuchen, mich aus der Reserve zu locken, fragte Margaret, ob ich in diesem Moment nicht lieber an einem anderen Ort wäre. Ich machte ein vage verneinendes Geräusch. Sie erkundigte sich nach Inès und wie sie im Kongo zurechtkäme. Ich sagte, es ginge ihr gut, und beließ es dabei. Margaret sah mich eine Weile an und sann über mein Schweigen nach.

»James«, sagte sie schließlich schlicht, »jedesmal wenn wir uns sehen, wirkt es, als bräuchtest du erst mal eine Stunde, um dich zu entschließen, ob du mich nun magst oder nicht.«

Vielleicht wäre es verletzender für Margaret gewesen, wenn ich einfach aufgestanden und gegangen wäre. Aber das ist nicht der Grund, warum ich blieb. Ich brauchte unbedingt Gesellschaft, und ich wollte Inès vergessen – vergessen, welche Macht sie über mich besitzt. Ich wollte mir selber meine Unabhängigkeit beweisen. Alles ganz banal. Es war mir schon damals bewußt, aber das konnte mich nicht aufhalten.

Ich sagte ihr also, daß ich wirklich sehr, sehr glücklich sei, sie wiederzusehen. Sie war nicht überzeugt. Ich spürte sehr genau, wie wenig glaubwürdig ich klang, aber ich baute darauf, daß die Zeit und der Alkohol für mich arbeiten würden. Und tatsächlich entspannte ich mich mit jedem Glas mehr. Ich ermutigte sie zum Reden, was Margaret immer sehr gut kann, und ließ ihr flinkes Geplapper meine Passivität überdecken. Langsam erinnerte ich mich wieder, warum ich sie mochte, warum ich mich in ihrer warmherzigen Gegenwart wohlfühlte. Sie brachte mich immer zum Lachen. Sie erzählte mir Geschichten vom Set für ihren neuen Film und wie der Versicherungsarzt bei der letzten Untersuchung gefragt habe, wie groß sie sei. Einsfünfundsiebzig, habe sie geantwortet, nur um zu hören, daß sie in Wirklichkeit nur einsachtundsechzig sei.

»Sind Sie sicher?« hatte sie entrüstet gefragt, ganz von oben herab. »Ist Ihr Meßdingsbums da auch richtig?«

Sie quiekte vor Lachen.

»In dem Punkt habe ich so oft gelogen, James, daß ich schon gar nicht mehr wußte, wie groß ich wirklich bin.«

Margaret amüsierte sich ständig über irgend etwas – das Leben, andere Leute, mich, ihren eigenen ausgeprägten Materialismus. Ihr feines Haar fiel locker um ihre Schultern. Sie hatte großes Vergnügen daran, die üblichen kleinen Verführungstricks auszuspielen – ab und zu mit den Augenlidern klappern, sich nach vorne beugen, um den Blick ins Dekolleté freizugeben, beiläufiges Zurechtzupfen des Rocks, was unweigerlich die Aufmerksamkeit auf ihre Beine lenken mußte. Sie genoß die Sinnlichkeit, die ihr der liebe Gott geschenkt hatte, aus vollen Zügen.

Als der Laden schloß, fragte sie noch einmal, ob ich auch sicher sei. Inzwischen hatte der Alkohol seine Wirkung getan. Glücklicherweise bin ich in Begleitung von Frauen ein fröhlicher Betrunkener und flirte gern. Margaret pflegte zu sagen, ich sollte öfter trinken.

Und danach, habe ich mich schuldig gefühlt? Im Geiste sah ich mich mit Inès streiten, wie ich mich gegen ihre eifersüchtigen Vorwürfe wehren würde: *Du hast mich verlassen, du bist fortgegangen und hast mich sitzenlassen! Was hast du erwartet?* Dann kam mir etwas viel Schlimmeres in den Sinn. Daß sich nämlich ihre Gefühle für mich so sehr geändert haben könnten, daß es ihr vielleicht überhaupt nichts mehr ausmachte.

Ich gehe weiter. Die Gegend wird mit jedem Schritt verlassener. Nur das pulsierende Geräusch der Frösche und Zikaden gibt mir noch Sicherheit, und jedesmal wenn es aufhört, bleibe ich ganz still stehen, verschreckt und wachsam wie ein nervöses Stück Wild. Ich kann nicht mehr sehen, wohin ich meine Füße setze. Ich stolpere und falle auf die Straße. Ein unsichtbares Insekt krabbelt über meine Hand, und ich wische es schnell weg.

Ein Wagen kommt näher und erfaßt mich mit den Scheinwerfern. Ich stehe auf und winke, daß er anhalten soll. Wahrscheinlich sehe ich ziemlich fürchterlich aus, deshalb bin ich erstaunt, als er tatsächlich das Tempo drosselt und hält. Der Fahrer greift herüber und öffnet die Beifahrertür. Ich steige ein und murmele ein Dankeschön auf französisch.

»Es ist gefährlich, so zu Fuß unterwegs«, sagt der Fahrer halb tadelnd, halb besorgt.

»Ja, ich weiß«, antworte ich reumütig. »Ich habe mich verlaufen.«

»Heute nacht spielen die Schwarzen verrückt.«

7

Auf der Avenue Vangele finde ich eine Bar, die noch geöffnet hat, das Kolibri. Mir ist längst klar, daß das weiße Léopoldville eine Kleinstadt ist. Die Siedler besuchen sich gegenseitig und treffen sich reihum auf Parties; sie gehen in dieselben Restaurants und Clubs. Ich bin also nicht allzu überrascht, als ich unter den wenigen Gästen Stipe vorfinde. Er steht allein am Tresen und kippt den letzten Schluck seines Drinks hinunter. Im Moment meines Eintretens hat er mich auch schon ausgemacht. Als ich ihn in Houthhoofds Garten das erste Mal sah, fand ich, daß er wie ein Mann aussah, der jederzeit zu irgendeiner geheimnisvollen Mission abberufen werden kann. Heute abend aber hat er eine beruhigende Wirkung auf mich, denn es liegt ein mitfühlender, väterlicher Zug in seinem Gesicht.

Obwohl er offenbar gerade gehen wollte, als ich eintraf, führt er mich nun an einen Tisch am Fenster. Der Innenraum der Bar ist klein und tiefrot gestrichen. Die Möbel sind aus dunklem Holz, und um die Theke führt ein Messinggeländer, hinter dem auf einem schmalen Absatz Spirituosenflaschen in Glasregalen aufgereiht stehen. Aus den Boxen dringt Musik von Charles Trenet.

»Sie machen den Eindruck, als müßten Sie sich mal richtig aussprechen«, sagt er.

Da ist jemand, der mich versteht. Ich weiß schon jetzt, daß wir uns nähergekommen sein werden, wenn ich nachher hier rausgehe. Er bestellt zwei Cognacs bei der ältlichen, wallonischen Besitzerin, die er mit Anna anspricht und mit der er ganz unbekümmert flirtet. Dann nippt er an seinem Drink.

»Ich versuche immer, eine Bar wie diese hier zu finden, egal, wo ich stationiert bin«, sagt er. »Einen Ort, an dem ich mich zu Hause fühle, wo mich die Leute kennen und mir kleine Gefälligkeiten erweisen, wie zum Beispiel meinen Lieblingscocktail mixen, sobald ich die Nase zur Tür hereinstecke, oder mich zuerst bedienen, wenn viel los ist. Wenn man dann mal einen schlechten Tag gehabt hat, weiß man immer, daß es diesen einen Platz gibt, wo man hin kann. Das Leben kann sehr einsam sein, und wenn man erst mal in meinem Alter ist, hat man gelernt, solche Dinge zu schätzen.«

Er hält inne und sieht mich an. Seine braunen Augen stehen ziemlich eng zusammen, man könnte beinahe meinen, daß er schielt. Wenn er sich aufmerksam vorlehnt, so wie jetzt – Arme auf dem Tisch, die Knöchel unter dem Stuhl gekreuzt, konzentriert auf sein Gegenüber –, bekommt sein Ausdruck etwas unwiderstehlich Offenes.

»Also«, sagt er mit freundschaftlichem Grinsen, »wie war Ihr Tag?«

Das paßt eigentlich gar nicht zu mir. Nicht einmal meine engsten Freunde wissen irgend etwas von diesen Dingen. Vielleicht liegt es daran, daß er ein Fremder ist; vielleicht bin ich auch nur erschöpft, so als hätte ich nicht länger die Kraft, die Wahrheit zurückzuhalten. Ich erzähle ihm alles. Vor allem, daß Inès auch nach sechs Monaten unseres Zusammenseins damals nicht schwanger geworden war.

Ich gebe mich so wenig wie möglich mit Ärzten ab und hätte ebensogern weitere sechs Monate gewartet oder auch ein Jahr oder bis in alle Ewigkeit. Unwissenheit hat ihre Vorteile.

Sie war da anderer Ansicht. Sie wollte Tests machen lassen, Bescheid wissen. Hinterher dachte ich, daß sie die Wahrheit möglicherweise schon geahnt hat. Wir gingen zu den Untersuchungen. Das Problem waren, wie sich herausstellte, nicht meine Spermien, sondern ihre Eileiter. Nur durch puren Zufall sah ich sie an dem Tag, an dem sie den Termin beim Arzt hatte. Es war etwa drei Uhr nachmittags. Der Morgen war trübe gewesen, das Licht war nie richtig durchgekommen. Die Leute auf der Straße gingen eilig ihrer Wege, in Gedanken schon zu Hause. Ich sah aus dem Busfenster und bemerkte zufällig ein Schulmädchen, das mit dem Rücken zu mir ziellos und verträumt, wie es ihrem Alter entsprach, vor sich hin ging. Der Schlamm und die Kälte und der beißende Wind schienen ihr als einziger unter den Passanten nichts auszumachen. Sie sah sich um, ohne irgend etwas wahrzunehmen. Sie erinnerte mich an die Mädchen von St. Dominic's und Fortwilliam mit ihren nackten dürren Beinen im Winter und dieser rührenden Selbstvergessenheit.

Als der Bus näher kam, erkannte ich das blasse, kalte Gesicht immer noch nicht. Es wirkte verlassen und allein, gezeichnet von einer Niederlage. Schockiert sah ich, daß es Inès war, und senkte den Kopf, weil ich sofort verstanden hatte. Mein erster Impuls war, auszusteigen und zu ihr zu gehen. Schon griff ich nach der kalten Metallstrebe am Sitz vor mir. Und dann lockerte ich den Griff wieder. Ich wußte, daß ich ihrem Unglück nicht gewachsen war. Nicht sehr nobel, aber sehr einfach. Der Bus nahm Fahrt auf. Die Haltestellen glitten vorbei. Auch meine. Ich rührte mich nicht.

Ich weiß nicht mehr, wo ich ausgestiegen bin, aber ich erinnere mich noch, daß ich die Charing Cross Road hinuntergeschlendert bin und in den Buchläden herumgestöbert habe. Ich kaufte eine antiquarische Ausgabe von Henry James' literarischen Essays. Dann ging ich über die Waterloo Bridge und das Embankment entlang. Ich war nicht wie Inès. Mir war kalt. Der Matsch sickerte mir in die Schuhe, die Socken wurden feucht. Ich wußte, daß sie in der Wohnung sein und mit ihrer Nachricht auf mich warten würde. Also ging ich weiter, die Füße waren wie Eis, und immer weiter.

Irgendwann überquerte ich den Fluß wieder und machte mich langsam auf den Weg nach Hause. Gegen elf kam ich dort an. Sie lag bereits im Bett. Schweigend.

»Ich habe mit Alan noch etwas getrunken«, sagte ich, als ich mich auszog. »Tut mir leid. Ich hätte anrufen sollen.«

Sie murmelte irgend etwas, das sei schon in Ordnung. Hätte sie mein Gesicht gesehen, hätte sie sofort gemerkt, daß ich Bescheid wußte, aber sie war mit sich beschäftigt, von mir abgekehrt.

Ich legte mich neben sie ins Bett und küßte sie auf den Nacken. Damals liebten wir uns jede Nacht. Sie reagierte nicht, und ich bin kein Mann, der sich aufdrängt. In jener Nacht aber tat ich es doch. Ich hätte es besser wissen müssen. Ich dachte, es würde so etwas wie eine überschwengliche Bestätigung sein, ein Aufbegehren gegen die Natur und gegen das Versagen; statt dessen war es nur trostlos. Am Morgen sagte sie es mir dann. Ich antwortete ihr, es sei nicht wichtig, und wir sprachen nie wieder darüber.

Inès' Liebe ist wie heiße Luft. Sie verträgt keine Enge. Sie muß sich ausdehnen. Damals hätte diese Liebe ein Kind gebraucht, und als sie keines fand, wandte sie sich anderem zu.

Stipe hört zu wie ein guter Priester. Und im Gegenzug gibt er selbst auch ein wenig von sich preis. Nicht viel, und keine Einzelheiten. Aber genug. Ich erfahre, daß er seinen Vater kaum gekannt hat, genau wie ich. Wie ich hat er erlebt, wie die Mutter sich abmühen mußte. Und wie ich ist er in der Lage dessen, der mehr liebt. Es ist genug. Genug, um zu wissen, daß es eine Verbindung zwischen uns gibt.

Er sieht auf die Uhr. Die Bar ist leer. Anna gähnt. Wir sollen gehen. Er sieht mich intensiv an. Ich kann sehen, wie es hinter seiner Stirn arbeitet.

»Wo gehen wir jetzt hin?« fragt er.

»Nach Hause, nehme ich an.«

»Warum kommen Sie nicht mit zu mir?« sagt er nach einer Pause. »Vielleicht habe ich da etwas, was Sie interessieren könnte.«

Auf dem Boulevard Albert 1er sieht man nur Militärfahrzeuge. Die Siedler sind in ihren Häusern.

Wir kommen am Friedhof vorbei und am Golfplatz und an einem soliden, zweigeschossigen Backsteinhaus in einem von Mauern umgebenen Garten. Hinter der geschlossenen eisernen Pforte gehen Soldaten und Polizisten hin und her. Sie drehen sich nach uns um, als wir vorbeifahren, und starren uns hinterher.

»Das Haus von Lumumba«, erklärt Stipe. »Er war einer der ersten Schwarzen, die im europäischen Teil der Stadt wohnen durften. Es sind bis heute nur sehr wenige. Die Belgier werden ihn festnehmen, sobald er sich zeigt. Ich habe ihm Bescheid geben lassen, daß er zu meinem Fahrer nach Hause gehen soll. Dort wird er eine Weile sicher sein.«

»Wie viele sind heute getötet worden?« frage ich.

»Dutzende, es könnten auch Hunderte sein. In Afrika hat der Tod die Eigenart, sich genauen Zahlenangaben zu entziehen.«

»Was genau ist denn passiert?«

»Der MNC hat seine Versammlung abgehalten. Patrice' Rede war ziemlich mitreißend, das können Sie sich ja vorstellen.« Er grinst mich an. »Und da haben sich die jungen Hitzköpfe mitreißen lassen zum Steinewerfen und Ladenplündern. Nach der kleinen Vorführung von gestern abend war den Belgiern allerdings gar nicht danach, ihnen freie Hand zu lassen, also haben sie einen Trupp regulärer belgischer Soldaten und die Force Publique anrücken lassen. Den Rest wissen Sie.«

»Was ist die Force Publique?«

»Das ist keine richtige Armee – obwohl einige Kontingente im letzten Krieg unter den Alliierten gedient haben. Aber im

Grunde ist es eine interne Sicherheitstruppe. Vierundzwanzigtausend Mann stark – zur Hälfte Soldaten, zur Hälfte Polizisten –, mit knapp über tausend belgischen Offizieren.«

Von irgendwo weit weg hört man das Geräusch einer Explosion.

»Das ist aber nicht, was ich denke, oder?« sage ich.

Wir lauschen. Dreißig oder vierzig Sekunden später eine zweite Explosion. Es klingt eher gedämpft als scharf und widerhallend, wie beim ersten Mal.

»Das ist ein Mörser, nicht wahr?« frage ich.

»Was für ein Wahnsinn«, sagt er und schüttelt den Kopf. »Was für ein verdammter Wahnsinn.«

Wir sind vom Boulevard abgebogen und nähern uns nun einem Kontrollpunkt an der Stadtgrenze. Ein schwarzer Oberst winkt uns heran. Stipe greift in sein Jackett und nimmt seine Papiere heraus, dazu ein weiteres Dokument, auf das er den Soldaten aufmerksam macht. Der Soldat geht weg, um sich mit einem weißen Offizier zu beratschlagen, der seinerseits zu uns kommt, nachdem er die Papiere inspiziert hat. Eine weitere Beratung. Der Offizier zieht sich wieder zurück.

Stipe sagt mit Blick auf die Soldaten: »Kongolesen können bei der Force Publique höchstens Unteroffiziere werden. Sie können sich denken, daß sie über diesen Zustand nicht gerade glücklich sind. Nicht, daß das den Kommandanten, General Janssens, irgendwie stören würde. Er ist ein Offizier der alten Schule. Ein richtiger Kommißkopp und in Rassenfragen nicht gerade das, was man fortschrittlich nennen würde.«

Stipe greift mit dem Arm durchs offene Fenster und trommelt mit den Fingern aufs Metall.

»Das könnte etwas länger dauern«, sagt er. »Ich habe alles mit der Sûreté geregelt, aber die Soldaten hier werden es selber noch mal überprüfen wollen.«

Er bietet mir eine Zigarette an. Eine dritte Explosion und etwa eine Minute später eine vierte. Was wird da bombardiert? Ich versuche mir die Soldaten und ihre Mörser vorzustellen und die Granaten, die ohne Sinn und Verstand in die riesigen dunklen Slums der Cité geschleudert werden. Was versprechen sie sich davon?

»Wie lange können sich die Belgier hier noch halten, was meinen Sie?« fragt Stipe nebenbei.

»Sie scheinen ganz gut zurechtzukommen.«

»Da bin ich ganz anderer Meinung«, sagt er ungerührt. »Die Ereignisse heute nachmittag, die Schießereien – das ist der letzte Strohhalm. Die Belgier sind kurz davor, sie zuzulassen.«

»Was zuzulassen?« frage ich.

»Die Unabhängigkeit.«

»Ja – in zehn oder zwanzig Jahren.«

»Wohl eher in sechs Monaten.«

Er nimmt einen langen Zug an seiner Zigarette. Er weiß, daß er meine ganze Aufmerksamkeit hat.

»Das ist aber nicht die offizielle Position«, rufe ich ihm in Erinnerung.

Die offizielle Position, die Inès in jedem einzelnen ihrer wütenden Artikel verdammt, war früher im Jahr in der *Déclaration Gouvernementale* in Brüssel festgelegt worden. Die Belgier hatten beschlossen, daß die Kolonie noch auf lange Sicht nicht reif war zur Selbstverwaltung, und deshalb sollte das kongolesische Volk *graduellement et progressivement* an die Unabhängigkeit herangeführt werden.

»Die *Déclaration Gouvernementale* ist das Papier nicht wert, auf dem sie geschrieben wurde. Die machen sich für den Rückzug bereit, noch während wir uns hier unterhalten.«

»Und, ist das Land reif für die Unabhängigkeit?«

»Was glauben Sie?«

»Ich bin gestern hier angekommen.«

»Trotzdem, haben Sie auch nur irgendwelche Schwarzen gesehen, die wie Geschäftsleute aussahen?«

Ich muß lachen, weil er recht hat. Schon nach fünf Minuten in Léopoldville war nicht zu übersehen gewesen, wie und von wem die Tagesgeschäfte der Kolonie abgewickelt werden.

»Es gibt keinen einzigen schwarzen Soldaten in einem höheren Rang als Sergeant«, sagt Stipe. »Kein einziger Beamter oberhalb des Hilfssekretärs, nicht ein schwarzer Arzt oder Ingenieur oder Banker. Angeblich gibt es einen Anwalt – die Journalisten nehmen schon Wetten an, wer ihn als erster ausfindig machen wird. Was ich damit sagen will, ist: Wer wird das Land führen, wenn die Belgier gehen?«

»Heißt das, Sie sind gegen die Unabhängigkeit?«

Der Offizier kommt zu unserem Wagen herüber und gibt Stipe seine Papiere zurück.

»Es wimmelt nur so von Banden«, verkündet der Offizier ernst. »Ich kann Ihnen eine Eskorte bereitstellen, wenn Sie wollen.«

»Danke, aber das wird nicht nötig sein«, antwortet Stipe munter und legt den Gang ein.

»Sind Sie bewaffnet?«

»Durchaus.«

Ich war nicht auf die Idee gekommen, daß Stipe einen Revolver bei sich haben könnte. In der gegenwärtigen Situation ist es zwar beruhigend, das zu wissen, aber es wirft auch Fragen über diesen Mann auf, von dem ich immer noch nicht weiß, wer er ist und was er tut.

Der Offizier gibt den Soldaten am Schlagbaum ein Zeichen und salutiert zackig in Stipes Richtung. Stipe scheint das als Selbstverständlichkeit hinzunehmen. Ich sehe ihn an. Ich sehe die dicke Ader auf seiner Stirn und die langen, gebogenen Wimpern über seinen sanften, braunen Augen. In der Ferne hört man wieder das dumpfe Krachen aus einem Mörser. Während wir den Kontrollpunkt durchfahren und der Offizier immer weiter salutiert, während die Soldaten herbeieilen, um die Schranke zur Seite zu schwingen und den Weg in die Cité für uns freizumachen, bemerke ich wieder, was mir schon in Houthhoofds Garten aufgefallen ist: die Autorität, die Sicherheit, den Glauben an sich selbst. Selbst wenn ich mir vor Augen führe, daß das hier nichts weiter ist als eine finstere Ecke in einer Kolonialstadt, die kaum ein Mensch kennt, kann ich doch nicht verhindern, daß meine Gedanken eine ganz bestimmte Richtung einschlagen. Ich muß unweigerlich an Macht denken, an Einfluß, und wie nutzlos es ist, Schriftsteller zu sein.

8

Durch die offenen Kanäle in den schmalen, ungeteerten Straßen der Cité fließt Abwasser. Die niedrigen Kastenhäuser sind zu kleinen, von engen Gassen durchzogenen Blocks zusammengedrängt. Dieses elende Labyrinth ist nur spärlich beleuchtet. Andere Autos gibt es nicht. Weit und breit kein Mensch zu sehen.

»Sie haben mir noch nicht gesagt, wie Sie zur Unabhängigkeit stehen«, erinnere ich Stipe.

»Meine Regierung hat die Entkolonisierung Afrikas seit jeher mit wohlwollendem Interesse beobachtet. Die USA sind eine der wenigen westlichen Nationen, die im Kongo keine selbstsüchtigen strategischen oder ökonomischen Interessen verfolgen.«

»Aber es gibt hier doch einige amerikanische Firmenniederlassungen, oder?« frage ich.

Was er sagt, hört sich inzwischen selbst für mich nicht ganz glaubwürdig an.

»Sicher, aber die ökonomischen Interessen der USA sind vergleichsweise unbedeutend. Mobil Oil ist eine der größten US-Firmen, die sich hier engagiert haben. Sie haben etwa zwölf Millionen Dollar in Tankstellen investiert, aber wenn Sie das mit den vier bis fünf Milliarden Gesamtinvestition in der westlichen Welt vergleichen, kann man nicht gerade behaupten, daß Mobil im Kongo mit besonders großem Einsatz spielt.«

»Und Sie persönlich, was halten Sie von der Unabhängigkeit?«

»Vielleicht setze ich ja zuviel voraus, James«, antwortet er, »aber ich glaube auch nicht mehr daran als Sie. Wenn ich an etwas glaube, dann an eine Regierung aus Managern – und zwar guten Managern. Ausgeglichene Bilanzen, verläßliche Finanzpolitik, niedrige Steuern, Wehrtüchtigkeit im Verteidigungsfall – das ist meine Philosophie. Ich wäre mit einem unabhängigen Kongo zufrieden, solange er stabil ist und gut geführt wird. Ich wäre aber auch zufrieden, wenn alles so bliebe, wie es jetzt ist, wenn mir jemand beweisen könnte, daß er dann stabil wäre und gut geführt. Aber was ich denke, ist gar nicht wichtig. Tatsache ist, daß die Belgier sich in sechs Monaten von hier zurückziehen werden, und das ist die Situation, mit der wir zurechtkommen müssen.«

Er biegt in eine Gasse ein. Die Autoscheinwerfer sind die einzige Beleuchtung. Langsam rollen wir weiter, und er zählt die Hütten ab. Sie sind nicht numeriert. Dann hält er an und stellt Licht und Motor aus.

»Können Sie sich vorstellen, was passieren wird, wenn die Siedler es spitzkriegen?« fragt er, als wir aus dem Auto steigen. »Die meisten stecken im Moment doch den Kopf in den Sand. Sie wollen sich nicht einmal selbst eingestehen, was hier vor sich geht. Da stehen die Männer auf dem Golfplatz rum und brüsten sich mit ihren Autos und ihren Pensionen, während die Frauen reihum beieinander auf dem Sofa sitzen und sich über Vorhänge und Kücheneinrichtungen unterhalten. Sie glauben, daß ihre Kolonie ewig bestehen wird, und sie selber werden bis ans Ende ihrer Tage leben wie die Fürsten. Dabei werden sie sich schon sehr bald erheblich anpassen müssen, in der Denkungsweise und in ihrem Lebensstil. Das wird nicht einfach für sie sein.«

Ich muß an Madeleine denken. Es ist offensichtlich, daß sie an Anpassungen keinen Gefallen finden wird.

Stipe führt mich zu der Tür einer schmuddeligen Hütte.

Er muß nicht klopfen, man hat uns längst bemerkt. Ein mittelgroßer Schwarzer erscheint und begrüßt uns. Er trägt dunkelbraune Hosen mit scharfer Bügelfalte und ein wild gemustertes Hemd in Knallgrün und Gelb aus schimmernder Kunstseide. Die lächerlich großen Schnallen auf seinen Lackschuhen schimmern im Halbdunkel. Außerdem trägt er eine schwere Kette aus Golddoublé und mehrere Ringe mit roten und bernsteinfarbenen Glassteinen.

Stipe legt dem Mann den Arm um die Schultern.

»James, das hier ist mein Fahrer Auguste«, sagt er auf französisch.

Auguste ist ein gutaussehender Mann mit hoher, gewölbter Stirn, ausgeprägten Wangenknochen und einem kräftigen Kinn, und er hätte beängstigend oder zumindest sehr streng ausgesehen, hätte er bei unserem Eintreten nicht gelächelt. Doch sein Grinsen hat die ganze Schönheit vernichtet; er sieht plötzlich geradezu lächerlich ergeben aus.

»Das ist mal ein Prachtjunge«, sagt Stipe mit väterlichem Blick zu Auguste und schüttelt ihn liebevoll und ein wenig ruppig. »Haben Sie dich bei der Schießerei nicht erwischt?«

»Ich war da, aber ich bin in Ordnung«, antwortet Auguste.

»Du hättest nicht hingehen sollen.« Stipes Stimme klingt vorwurfsvoll und sehr besorgt. »Ich habe dir gesagt, daß es Ärger geben würde.«

Auguste macht die Tür hinter uns zu. Der schmale, fensterlose Raum ist leer, bis auf ein nacktes Bettgestell und eine lange, graue Planke aus grobem Holz, die auf etwa dreißig Zentimeter hoch gestapelten Lehmziegeln aufliegt und als Bank dienen soll. Die trübe Beleuchtung rührt von einer alten Sturmlampe. Auf Augustes kurz angebundenen Befehl hin rutschen zwei junge Männer von der Bank auf die vergleichsweise unbequeme Bettstatt weiter. Die schwarze Farbe auf dem eisernen Gestell wirft Blasen und blättert ab. Die Luft riecht klamm nach feuchter Erde und Schweiß. Auf der Bastmatte, die den Lehmboden bedeckt, spielt ein räudiges Katzenjunges. Auguste und seine beiden Kumpane sitzen uns gegenüber wie gelangweilte Kinder, die Blicke auf uns gerichtet, aber irgendwie abwesend und ohne etwas zu sagen.

Stipe möchte Genaueres über die Ereignisse vom Nachmittag erfahren. Auguste spricht zwar sehr langsam Französisch, aber die Sprache ist mir so wenig vertraut, daß ich nur schwer folgen kann. Allerdings entgeht mir nicht, daß »Patrice« erwähnt wird.

»Geht es Patrice gut?« fragt Stipe.

Auguste deutet mit einem Kopfnicken zur gegenüberliegenden Wand, wo ein altes Bettuch vor einer Maueröffnung wohl den Durchgang zu einem anderen Zimmer bedeckt, aus dem ich verschiedene Stimmen herüberklingen höre. Wir setzen uns, um zu warten.

»Warum sollten die Belgier ihre Kolonie aufgeben wollen?« frage ich Stipe nach einer Weile.

»Wenn man die Belgier fragt, warum sie im Kongo sind, sagen sie *dominer pour servir.* Herrschen, um zu dienen. Zu dienen und zu zivilisieren. Das, behaupten sie, ist die ganze Rechtfertigung für den Kolonialismus. Natürlich alles Quatsch. Der Profit ist die einzige Rechtfertigung. Wenn es erst einmal keine Profite mehr zu machen gibt, ist es mit den Rechtfertigungen auch vorbei.«

»Gibt es denn keine Profite mehr zu machen?«

»Das war einmal. Die Wirtschaft in der Kolonie liegt am Boden.«

»Danach sieht es nicht aus.«

»Es ist ein Katastrophengebiet«, sagt er rundheraus. Dann fügt er hinzu: »Wenn Sie darüber einen Artikel schreiben wollen, kann ich Ihnen helfen.«

Der Vorschlag kommt für mich überraschend.

»Warum?«

»Je früher die Siedler erfahren, was vor sich geht, desto mehr Zeit bleibt ihnen, sich an den Gedanken zu gewöhnen.«

»Nein, ich meinte, warum ich?«

»Was soll ich dazu sagen? Manchmal entwickelt man einfach so ein Gefühl.«

Er zieht die Schultern hoch und streckt die Arme vor sich, um die schlichte Tatsache zu bekräftigen, daß wir einander instinktiv mochten.

»Ich habe die Dokumentation«, fährt er fort. »Alle Fakten, alle Zahlen.«

Jemand schlägt das aufgehängte Bettuch zur Seite.

Ich sehe einen großen, dünnen Mann mit Brille und einem Kopf, der für seine breiten Schultern zu klein zu sein scheint. Er trägt dünne graue Hosen und ein kurzärmeliges weißes Hemd mit offenem Kragen. Ich erkenne Patrice Lumumba von den Pressefotos wieder. Er sieht erst Stipe an, dann mich. Einen Moment lang hält er meinen Blick fest, mit völlig ausdruckslosem Gesicht. Zwei andere Männer treten zu ihm.

»Mark, mein Freund.«

Stipe geht zu Lumumba hinüber, und sie schütteln einander freundschaftlich die Hand.

»Patrice, wie geht es dir?«

»Es war kein guter Tag. So viele sind tot.«

»Wir müssen dich hier rausschaffen«, sagt Stipe. »Irgendwohin, wo es sicher ist. Erst mal Brazzaville, und dann vielleicht Accra.«

Lumumba denkt einen Moment nach. Dann sagt er: »Ist es richtig, wenn ein Führer wegläuft und seine Anhänger ihrem Schicksal überläßt?«

»Ist es richtig, wenn ein Führer seinen Feinden die Möglichkeit gibt, ihn ins Gefängnis zu stecken? Ohne dich wird die Bewegung auseinanderbrechen.«

Lumumba schweigt. Sein Blick fällt auf mich.

Stipe sagt: »Patrice, das hier ist James Gillespie. Ich glaube, du kennst seine Freundin, Inès Sabiani.«

»Natürlich kennen wir Inès«, sagt Lumumba mit plötzlich viel lebhafterer Stimme. Er nimmt meine Hand mit beiden

Händen. »Inès ist eine gute Freundin unseres Volkes und der Sache des Kongo. Sie ist Ihre Frau?«

Ich höre mich schnell und mit Nachdruck bejahen und sehe, wie Stipe mir einen Blick zuwirft. Ich bin es nicht gewöhnt, Inès so zu bezeichnen – *meine Frau* –, und die Worte flößen mir wieder Hoffnung ein, als wäre es schon allein deshalb die Wahrheit, weil ich es so vehement behauptet habe. Stipe sieht einen Moment lang weg. Er weiß, was in mir vorgeht, und es tut ihm leid.

Stipe stellt mich den beiden Männern in Lumumbas Begleitung vor – Nendaka und Mungul. Sie sind leitende MNC-Funktionäre. Nendaka ist von der Kleidung her eine wohlhabendere Ausgabe von Auguste, alles schick und gut geschnitten. Sein Lächeln ist zu breit, sein Händedruck zu herzlich, als daß man ihm trauen könnte. Mungul ist nüchtern und ernst, und obwohl er durchaus höflich bleibt, werde ich das Gefühl nicht los, daß ihm die Gegenwart dieser fremden Weißen ausgesprochen unrecht ist.

Stipe sagt zu mir: »Ich habe ein paar Dinge mit Patrice zu besprechen. Es wird nicht lange dauern.«

Die vier Männer verschwinden in dem anderen Zimmer.

Ich setze mich wieder auf die Bank und sehe auf die Uhr. Es ist nach eins. Ich schließe die Augen. Dann spüre ich, daß jemand meine Schulter berührt. Auguste grinst mich an.

»Dieser Mann ist mein Bruder«, sagt er auf Englisch und deutet auf einen der jungen Männer auf dem Bettgestell.

»Und der andere?« frage ich.

»Er ist auch mein Bruder.«

Ich lächle dem anderen Bruder zu. Auguste verzieht unterwürfig das Gesicht.

»Sie sprechen sehr gut Englisch«, sage ich.

»Ad graecas litteras totum animum impuli.«

»Und Latein auch.«

»Wissen ist essentiell wichtig«, sagt er, als würde er mir eine verborgene Wahrheit enthüllen. »Aus demselben Grund, aus dem Erasmus Griechisch gelernt hat, habe ich Englisch gelernt.«

Ich nicke, wobei ich mich nach Kräften bemühe, so ernst zu bleiben wie er.

»Englisch ist die Sprache der neuen Römer«, antwortet er verwirrenderweise.

»Der neuen Römer?«

»Der Amerikaner.«

»Ach ja, natürlich.«

»Ich werde nach Amerika gehen, um zu studieren«, sagt er.

»Was werden Sie studieren?«

»Psychologie, Psychiatrie, Pädagogik, Physik...«

»Das sind ziemlich viele Fächer auf einmal, und alle fangen mit p an.«

»Ja«, sagt er ernst. »Haben Sie Freunde in Amerika?«

»Ein paar.«

»Können Sie mir ihre Adressen geben?«

Ich zögere. »Ich habe mein Adreßbuch jetzt nicht bei mir. Ich werde später einige Namen für Sie heraussuchen und sie Stipe geben.«

»Danke, *nókó«,* sagt er feierlich. »Ich glaube, Amerika ist ein guter Ort.«

»Ich denke schon.«

»In Amerika wird man für das respektiert, was man erreicht. Die Hautfarbe ist unwichtig.«

Ich fühle mich hin und her gerissen; ihm jetzt zuzustimmen, wäre zugleich herablassend und unaufrichtig, aber ich möchte auf gar keinen Fall eine Phantasievorstellung zerstören, die möglicherweise notwendig ist, um ein unerträgliches Leben hier erträglich zu machen.

Statt dessen frage ich ihn, was er tun will, wenn er erst mal seine diversen Studien beendet hat.

»Ich werde Rechtsanwalt«, sagt er mit einem Grinsen.

»Verstehe«, erwidere ich mit unsicherem Kopfnicken. »Warum wollen Sie Rechtsanwalt werden?«

»Um die Armen gegen die Ungerechtigkeit zu verteidigen.« Er lächelt, diesmal mit einem verschmitzten Funkeln im Blick, und fügt dann hinzu: »Und damit ich ein Büro an der Park Avenue mit sechs hübschen Sekretärinnen bekomme.«

Er beginnt zu lachen. Seine Brüder lachen auch, obwohl ich nicht sicher bin, ob sie verstanden haben. Nach einer Weile ist mir ganz so, als lachten sie über mich.

9

Eines Tages wird sie meine Gedanken nicht mehr beherrschen, und vielleicht kommt dieser Tag schon bald. Noch aber ist es nicht soweit.

Sie liegt mit dem Gesicht zur Wand und hochgezogenen Knien auf ihrer Seite. Das Zimmer ist heiß und stickig. Ich ziehe mich aus und lege mich neben sie, eng angeschmiegt an die Linie ihres Rückens und ihrer Hüften. Ganz automatisch hebt sie ihren abgeknickten Arm, damit ich eine Hand auf ihre Brust legen kann. So schlafen wir immer. Ihre Finger liegen tröstend zwischen ihren Beinen.

»Hast du deine Story abgeschickt?«

Ich streiche eine Strähne zur Seite und küsse ihren Haaransatz.

»Die Sûreté hat Journalisten daran gehindert, das Telex zu benutzen, aber ich habe einen Bootsführer aufgetan, der mich nach Brazzaville gebracht hat.«

Ihre Stimme klingt entfernt und verletzt. Die Scherben von unserer Auseinandersetzung liegen immer noch zwischen uns.

»Wo bist du gewesen?«

»Ich war mit Stipe zusammen.«

Sie gibt ein leises Brummen von sich. Beeindruckt ist sie nicht gerade.

»Er ist anders, als du denkst«, sage ich.

»Die Amerikaner und die Belgier sind auf einer Seite. Sie sind Feinde der Unabhängigkeitsbewegung.«

»Vielleicht ist es ja doch komplizierter«, schlage ich vor.
»Das ist nun wirklich naiv.«

Himmeldonnerwetter noch mal, aber ich will mich vertragen. Ich beuge mich hinüber und küsse sie aufs Ohr. Sie rührt sich nicht, geht überhaupt nicht auf mich ein. Die Augen sind geschlossen.

»Inès«, sage ich leise. »Ich bin deinetwegen hergekommen.«

»Laß uns jetzt nicht darüber reden.«

»Wann werden wir dann darüber reden?«

Sie gibt einen leisen, schläfrigen Laut von sich. Ich drücke sanft ihre Brust und dränge mich an ihre Hüften. In London hätte sie sich jetzt zärtlich und bereit zu mir herumgedreht, wenigstens während des ersten Jahres. Jetzt stellt sie sich schlafend.

»Inès«, flüstere ich.

Ich lausche ihrem Atem, während sie in tiefe Ruhe fällt, diesen Zufluchtsort nur für sich, an den ich ihr nicht folgen kann. Ich schließe die Augen und halte sie ganz fest. Inès... Inès... Du hattest es so eilig, und ich ließ mir Zeit. Bevor wir zusammenlebten, warst du diejenige, die drängte: Wann kann ich dich sehen? Wann können wir uns treffen? Du sagtest immer: Du kannst dir nicht einmal vorstellen, wie sehr ich dich liebe, vergiß das nicht. Und ich antwortete: Nie. Ich sagte *mai, mai,* wie du es mir beigebracht hast. Als wir zum ersten Mal miteinander geschlafen haben, hatte ich nicht vor, mich zu verlieben. Ich mochte dich, ich fand dich bezaubernd, und ich begehrte dich, aber ich wollte dich nicht lieben – da waren so viele Gründe, die dagegensprachen. Es wäre zu kompliziert, es würde alles in Unordnung bringen. Ich bin ein langsamer Mensch. Ich brauche Zeit. Und du – es traf mich völlig unvorbereitet, als du dich mir so schnell erklärtest. *Ich liebe dich schon jetzt.* Es hat noch einige Zeit gedauert, bis ich auch soweit war, wie es meiner Art entspricht. Es brauchte Zeit – in Belfast und Donegal, in Rom und Bologna und schließlich in London.

Nun liegst du neben mir und schläfst. Zu dieser nächtlichen Stunde nach einem Tag, wie wir ihn gerade hinter uns gebracht haben, kommt mir das alles vor wie eine Tragödie. Dabei ist es in Wahrheit eine ganz banale Situation; es widerfährt allen, jeden Tag. Und jetzt passiert es mir. Es ist schmerzhaft und traurig. Ich sagte *mai*. Du hattest danach gefragt, und jetzt hast du deine Frage vergessen und wartest nicht mehr auf Antwort. Du willst keine mehr.

Wir lernten uns auf einer Party im Haus meines Verlegers in London kennen. Sie war für *L'Unità* auf dem Weg nach Irland, nachdem sie ihre Zeitung nicht dazu hatte bringen können, sie nach Algier zu schicken. Jemand hatte meinen Namen erwähnt, und daraufhin bat sie, mir vorgestellt zu werden. Kurz zuvor war eins meiner Bücher in Italien herausgekommen. Sie hatte es nicht gelesen, aber einige Kritiken gesehen. Alan brachte sie zu mir. Ich nahm ihre kleine Hand in meine und war sofort hingerissen. Weniger von ihrem Aussehen als von ihrer Vitalität, ihrer Offenheit und – ich will ehrlich sein – von ihrem offensichtlichen Interesse an mir. Vielleicht war das auch schon alles: Ein Mann, der sich von der Aufmerksamkeit einer jungen Frau umschmeicheln läßt. Wenn ich mich verteidigen wollte, könnte ich das Ganze so darstellen – mich über mich selbst lustig machen, um der Lächerlichkeit zu entgehen –, aber im Grunde meines Herzens weiß ich, daß das nicht alles war.

Am folgenden Tag trafen wir uns zum Mittagessen in Soho und verbrachten den Nachmittag und den Abend zusammen. Ich bedrängte sie nicht, und ich glaube, daß sie das ein wenig aus dem Konzept gebracht hat. Am nächsten Morgen rief sie an. Mittags sollte sie nach Dublin abreisen. Wir redeten und redeten – das ist für mich etwas sehr Ungewöhnliches. Nach etwa einer Stunde war uns beiden bewußt, daß sich der Ton zwischen uns geändert hatte. Wir waren an einer Schwelle angekommen. Ihre Stimme wurde weicher. Immer wieder schlich sich ein kurzes Schweigen ein. Sie nahm allen Mut zusammen und fragte, ob ich sie in Irland besuchen würde.

Ich war auf ein Abenteuer aus gewesen und hatte eins bekommen. Aber das war nicht alles. Ich nahm die Gelegenheit wahr, meine Mutter in Belfast zu besuchen, die ich zwei Jahre lang nicht mehr gesehen hatte. Ihr ganzes Leben besteht aus Schmerz und Geduld; ich kann nicht behaupten, daß meine Gegenwart ihr besondere Freude bereiten würde, aber ich muß sie natürlich von Zeit zu Zeit besuchen.

Ich holte Inès vom Zug ab – sie kam von Dublin hoch. Wie üblich war ich zu reserviert, zu vorsichtig (was, wenn sie ihre Meinung geändert hatte?), um sie so zu begrüßen, wie ich es gerne getan hätte. Ich nahm ihr die Tasche ab, und wir besorgten ihr ein Zimmer im Robinson's in der Donegal Street.

Wir nahmen den Trolley Richtung Greencastle bis zur Endstation und wanderten von dort nach Whitehouse und den Küstenabschnitt entlang, wo meine Schwester und ich als Kinder immer mit dem Hund spazierengegangen waren. Sie redete und redete – und dann lachte sie und sagte, das sei ein Fehler von ihr, dieses ständige Reden. Aber sie konnte nicht still sein; und ich hätte das auch gar nicht gewollt.

Sie erzählte mir, wie sehr Irland ihr gefiele. Und sie erzählte von dem Urlaub, den sie als Kind mit ihrem Vater hier verbracht hatte. Ganz aufgeregt erzählte sie mir von den Interviews, die sie in Dublin mit der IRA geführt hatte. Sie war in Carrickmore gewesen, wo die Leute so wunderbar waren, und in Edentubber, wo im Monat zuvor diese schreckliche Bombe hochgegangen war. Ich schwieg zu alldem. Diese seltsame Begeisterungsfähigkeit, die Menschen mit politischem Sendungsbewußtsein an sich haben, war mir schon immer fremd; und auf Wut wegen politischer Mißstände reagiere ich – heftiger als bei allem anderen – je nach den Umständen mit Spott oder Zorn. Es würde noch genug Zeit bleiben, ihr den Kopf zurechtzurücken, Zeit genug, sie darüber aufzuklären, wie Irland wirklich war. Bis dahin aber konnte ich mich getrost als der überlegene Ältere fühlen und ihre idealistischen Verkündigungen belächeln.

Während wir so gingen, fing ich ein- oder zweimal ihren Blick auf – ich kannte ihn schon von anderen Geliebten: Sie wußte nicht, ob sie umworben oder zurückgestoßen werden würde. Mit mangelnder Begierde hatte das nichts zu tun, nur mit einem inneren Widerstreit. Worauf ließ ich mich da ein? Und gleichzeitig wünschte ich und wünschte... wünschte verzweifelt... daß ich nur nicht so heftig für sie empfände.

Der Himmel war wolkenverhangen und trübe. Es begann zu regnen, und wir suchten Zuflucht unter der Eisenbahnbrücke bei Whitehouse Park. Dort küßten wir uns zum ersten Mal. Sie küßte mich mit weit offenem Mund, leckte und fuhr mit der Zunge herum. Sonst küsse ich so nicht, aber ich war ungeheuer erregt. Der Regen ließ nach, bis es nur noch nieselte, und wir gingen weiter, um uns ein zurückgezogenes Plätzchen zu suchen. Hinter einer Mauer legten wir uns unter ein paar Bäume und küßten uns wieder, und ich zog ihren Pullover hoch und küßte ihre Brüste und den Bauch. Sie sagte, wir könnten uns lieben. Dann zog sie mir die Hose aus und ergriff mich mit ihren kleinen Fingern. Aber ich stoppte sie, was sie wohl sehr verwirrte. Ich nahm sie in den Arm, und sie sagte: »Und wenn ich mich verliebe?« Ich antwortete: »Wirst du nicht.« Da kniff sie mich in die Wange. »Ich liebe dich jetzt schon. *Ti amo.*«

Sie fühlte, wie ich ihr entglitt. Ich brauchte gar nichts zu sagen; sie *fühlte* es. Es war nicht zu übersehen. Ich konnte es nicht ändern. Es war nicht einfach peinlich, es war grausam. Zwischen uns war Schweigen, während sie die Erkenntnis verarbeiten mußte, daß es da Grenzen gab. Das Herz tat mir weh, ich fühlte mich leer und unzulänglich.

Langsam gingen wir zur Endstation zurück. Es fielen nur wenige Worte. In der Straßenbahn war es kalt und feucht, und ich legte den Arm um sie. Ihre trübe Stimmung war bald wieder verflogen. Sie zeigte auf ein Schild – *Spucken verboten* –

und sagte, so etwas hätte sie in einer Bahn noch nie gesehen. Sie fand es ungeheuer lustig und amüsierte sich über mich, weil es mir eher unangenehm war. Ich sollte doch stolz sein auf meine Heimatstadt, sagte sie. Aber worauf soll man bei diesem spröden, abweisenden Ort schon stolz sein? Ich fragte sie über Italien aus, wo ich noch nie gewesen war. Ich fragte nach Florenz und dem Palazzo Vecchio, nach Venedig und dem Markusplatz. Sie erzählte mir von der Gründung der PCI, der Kommunistischen Partei Italiens, von Gramsci, Togliatti, den Partisanen und der *svolta di Salerno.* Sie redete, als ginge sie selbstverständlich davon aus, daß ich über alle diese Leute und Ereignisse Bescheid wüßte. Als ich wieder in London war, führte mich mein erster Weg in die St.-Pancras-Bibliothek.

Am nächsten Morgen verließ ich das Haus meiner Mutter in St. James, um mich mit ihr im Abercorn in der Castle Lane zu treffen. Als ich ankam, war sie noch nicht da. Ich wartete, und langsam wurde ich nervös. Vierzig Minuten später zahlte ich und war schon auf dem Weg nach draußen, als sie hereinkam. Sie schenkte mir ein strahlendes Lächeln, gab mir einen Kuß und seufzte.

»Wohin möchtest du gehen?« fragte ich sanft.

»Egal, wohin.«

Es war ihr egal, solange sie nur bei mir war. Ich war erfüllt von Glück und Zuversicht. Der trübgraue Tag war von Leuchten erfüllt.

Wir mieteten uns einen Wagen und fuhren Richtung Westen. Es nieselte, und es war kalt. Auf dem Glenshance-Paß tat sich der Nebel auf, und wir blickten in den blaugrauen Himmel hinein, der sich dramatisch über Lough Foyle wölbte. In Derry machten wir Station. Ich habe Familie in der Stadt, aber ich wollte sie nicht sehen. Statt dessen suchten wir uns einen Pub in der Shipquay Street und saßen dort zwischen lauter Leuten mit Einkaufstaschen an einem groben Holztisch, vor uns eine Schale Irish Stew, weißes Kastenbrot und ein Glas Stout. Es herrschte eine warme, intime und lustige Stimmung zwischen uns. Ich war selber überrascht, wie entspannt und gesprächig ich war.

Wir passierten die Grenze und kamen eher zufällig nach Carrigart; es war eine Fahrt ins Blaue. Am Strand stellten wir den Wagen ab und gingen spazieren und küßten uns. Der Dezemberwind pfiff schneidend aus allen Richtungen, mein entblößter Kopf bekam seine Wut besonders zu spüren. Ihre lange Nase war rot und kalt und tropfte. Sie erzählte mir, sie zelte so schrecklich gern und wenn sie nur ihr Zelt mitgebracht hätte, hätten wir es jetzt aufstellen können. Ich sagte, dafür sei ich zu alt. Sie war sechsundzwanzig.

Wir suchten uns ein Hotel. Bevor wir eintraten, fischte sie aus ihrer Manteltasche – sie trug nie eine Handtasche bei sich – einen dünnen goldenen Ring. Als sie ihn über den Finger streifte, grinste sie. Daß sie so gut vorbereitet war, ließ plötzlich doch Zweifel in mir aufkommen. Wer ist sie? Wie oft tut sie so etwas? Sie nahm fröhlich meinen Arm, und wir marschierten zur Rezeption. Was für einen Namen wir angegeben haben, weiß ich nicht mehr.

Im Zimmer zogen wir uns fast sofort aus. Sie hatte einen kleinen, schmächtigen Körper; damals war sie noch nicht so knochig. Sie kam, indem sie mich mit den Händen auf der Hüfte oder meinen Pobacken zum Stillhalten brachte und sich gegen mich rieb. Es ging schnell und anscheinend ganz leicht. Sie war sehr leise dabei. So war es dann immer: Erst war sie wild und hemmungslos, und dann brachte sie mich mit einem Flüstern zur Ruhe. Danach ging der Sex noch weiter, obwohl ich beim erstenmal, als sie mir ins Ohr flüsterte, mit ihr zusammen kam. Als ich mich aber erst einmal an sie gewöhnt hatte, ließ ich sie auf ihre Weise kommen und blieb danach noch ganz lange in ihr.

Wir aßen Sandwiches und gingen dann in den Pub, wo ich mehr über ihre Vorlieben und Abneigungen und die Notwendigkeit, sie zu äußern, erfuhr. In Mailand gab es zu viele Banken, und die Leute sprachen mit einem arroganten Akzent; die Häuser in Turin waren zu groß und faschistisch sowieso, wenn auch nicht ganz so schlimm wie die Universität von Rom – eine wirkliche Scheußlichkeit »des Faschismus«; Neapel, wo eine rote Ampel höchstens als Meinungsäußerung zu verstehen war, war wunderbar, und die Leute im Süden waren wie die Iren – warmherzig und immer gastfreundlich.

Um Mitternacht gingen wir ins Hotel zurück. Ich lag auf dem Rücken, während sie mich küßte. Sie drehte sich auf den Rücken und bot sich mir dar. Ich machte es ihr mit dem Mund und sie mir. Später liebten wir uns wieder. Sie redete und redete, und ich schlief mit dem Gedanken ein: *Fallen ihr denn nie die Augen zu?* Immer schien ich der Müdere zu sein. Wann immer ich sie in dieser Nacht ansah, waren ihre Augen weit geöffnet und sahen mich an.

»Warum schläfst du nicht?« fragte ich.

»Weil ich dich mehr liebe als du mich.«

Ich hätte etwas sagen können, vielleicht sogar etwas Überzeugendes. Ich legte meine Hand auf ihren schmalen, flachen Bauch und wühlte mich mit den Fingern in ihre Haare. Ich war verwirrt, ich kämpfte mit mir; diese Worte kamen zu früh, zu früh – ich war nicht sicher, ob ich ihr glaubte. Aber eines konnte ich mir selber nicht verhehlen: Was ich hörte, gefiel mir. Von irgendwo tief in mir stieg ein bisher unbekanntes Bedürfnis auf und drängte hervor wie ans rettende Licht des Tages. Ich schloß die Augen, um im Dunkel zu bleiben, und wandte mich von ihr ab.

Uns blieben noch vier gemeinsame Tage.

Ich fuhr sie zum Flughafen von Dublin. Sie sagte so gut wie gar nichts. In der Lounge tranken wir Kaffee und lasen Zeitungen, Inès mit wenig Interesse und immer noch sehr still. Als wir auseinandergingen, weinte sie. Ich kann für mich nicht sagen, daß ich so heftig empfunden hätte wie sie. Unser Abenteuer war vorbei, unsere gemeinsame Zeit beendet. Ich hatte es von Anfang an als unvermeidlich angenommen, daß diese Affäre so verlaufen würde, und einen Teil von mir darauf vorbereitet, plötzliche Gefühlswallungen im Keim zu ersticken. Ich gab ihr einen Abschiedskuß und machte lahme Witze über die Tränen in ihren Augen.

Bei mir stellen sich die Gefühle immer erst mit Verzögerung ein, aber kaum war ich zurück in London, wurde mir bewußt, daß mir etwas fehlte. Ich fühlte mich matt und lethargisch; ich war sehr in mich gekehrt. Als Margaret anrief, behalf ich mir mit irgendeiner Ausrede.

Inès schrieb mir aus Rom.

»Ich fühle mich verloren«, sagte sie in ihrem Brief. »Das italienische Wort ist *perso,* aber ich glaube, das hat eine etwas andere Bedeutung. Ich weiß nicht, wie ich es sonst sagen soll. Meine Augen sind verloren und meine Stimme auch. Ich bin *persa.*«

Einen Monat später fuhr ich nach Rom, und nicht lange danach gelang es ihr, als Korrespondentin nach London versetzt zu werden.

Ich habe mich im Bett in Inès verliebt. Ich habe mich auf der Straße in sie verliebt und in Bars, in Gegenwart anderer, wenn ich den Ausdruck ihres Gesichtes beobachtete, während sie redete und stritt, und wenn ich zuhörte, wie sie leise seufzte und scharf den Atem einzog. Am meisten habe ich mich, glaube ich, in sie verliebt, weil sie mir einen Weg versprach, aus mir selber herauszufinden.

Jetzt sehe ich sie neben mir schlafen, friedlich, behütet. Ich bin angespannt und voller Zweifel, aber ich habe mich noch nicht von ihr gelöst. Ich brauche sie noch immer. Wir sind in den grundlegenden Dingen anderer Meinung, zwei Seelen, die nicht zueinander passen, aber ich lebe in unserer Verschiedenheit: Meine Schwärze schöpft aus ihrer Vitalität. Sie macht mich leben.

Wir alle beginnen in diesen Dingen am selben Punkt. Wir durchleben dieselben Stadien: Erregung, Verzauberung, Streit, Wut, Versöhnung, Liebe. Und das Ende der Liebe. Wir durchlaufen diese Stadien, jeder in seinem Tempo, bis wir schließlich, wenn alles ausgeschöpft ist, zu einem Punkt kommen, an dem es heißt: *Es ist mir einfach nicht mehr wichtig.*

Wie zornig mich das macht. Sie ist mir zuvorgekommen.

Aber schon bald werde ich auch die komische Seite sehen können. Diese Dinge passieren. Sie passieren jeden Tag. Normalerweise anderen, jetzt mir. Ich lache schon jetzt.

10

An einem Tisch auf der anderen Seite des Swimmingpools läßt sich eine kleine Gesellschaft zum späten Frühstück nieder – dem Aussehen nach eine Sabena-Crew, die sich ein bißchen Freizeit gönnt, bevor sie alle wieder losfliegen müssen. Ein Mann und eine Frau springen ins Wasser und tauchen eine ganze Länge durch. Am anderen Ende kommen sie prustend und lachend wieder hoch.

Ich trinke meinen Kaffee und blättere Stipes Aktenordner durch – einzelne Artikel aus dem *Economist*, aus *Le Monde* und dem *Wall Street Journal;* Auszüge aus einem Geheimbericht der britischen Marine mit dem Vermerk »nur für dienstlichen Gebrauch«; Bankberichte und Gutachten zur finanziellen Situation und vertrauliche Analysen des State Department sowie von Botschaftsmitarbeitern, viele davon von Stipe selber unterschrieben. Da gibt es Einschätzungen der gegenwärtigen politischen Lage und Persönlichkeitsprofile der prominentesten Schwarzenführer, Lumumba, Kasavubu und Gizenga – unter anderen.

Zu Lumumba heißt es, er werde »höchstwahrscheinlich nach der Unabhängigkeit in die Führungsposition aufsteigen. Zielstrebig, energisch, hitzköpfig, charismatisch, zäh, kann rücksichtslos sein. Republikaner und Reformer. Sein großes Vorbild ist Kwame Nkrumah aus Ghana. Glaubt wie Nkrumah, daß ein junger Staat von starken, nach außen hin transparenten Kräften geleitet werden muß. Glaubt an eine kraftvolle, moderne Zentralregierung für den unabhängigen Kongo; Föderalisierungspläne lehnt er ab und tritt auch einer Lenkung durch Stammesfürsten entgegen. Auf einer Linie mit Nyerere in Tanganjika und Sekou Touré im Senegal. Wurde allerdings von strengkatholischen Eltern erzogen und war trotz gelegentlicher sozialistischer Ausrutscher stets prowestlich orientiert.«

Kasavubu, Präsident der Abako, der Alliance des Bakongo, und Anführer des Bantuvolkes der Bakongo, erhält die Charakterisierung: »Lethargisch, in sich gekehrt, mißtrauisch, ablehnend und ernst. Engster Ratgeber ist A. J. J. van Bilsen, stramm katholischer belgischer Liberaler. Bei den Belgiern als einer ihrer ›Vertrauensmänner‹ hochgeschätzt. Durch und durch konservativ, gutbürgerlich, aber auch dickköpfig und stolz. Steht eher für die Neuerschaffung des früheren Königreiches Bakongo – das Territorium umfaßte das heutige Nordangola, Bas Congo und Brazzaville – als für einen vereinten, unabhängigen Kongo. Föderalist.«

Gizenga, Anführer der Afrikanischen Solidaritätspartei PSA, die die Kwango- und Kwilo-Gebiete von Léopoldville unter ihrer Kontrolle hat, ist ein »Extremist ohne jede Einschränkung. Von einer Reise nach Osteuropa Anfang des Jahres als überzeugter, linientreuer Kommunist zurückgekommen. Antiwestlich, pro Moskau. Dem Vernehmen nach Rassist. Die PSA ist eine kleine Partei, aber Gizenga scheint gefährlichen und wachsenden Einfluß auf Lumumba zu haben.«

Der größte Teil der Akte aber beschäftigt sich mit Wirtschaftsfragen. Es gibt Zahlen zu Ausmaß und Gegenwert der Ein- und Ausfuhr in Matadi, zu Brutto- und Nettoeinnahmen bei Palmöl, Kupfer, Diamanten und Vieh, zu Staatseinnahmen, Finanzrücklagen und Pro-Kopf-Verschuldung.

Ich bestelle einen weiteren Kaffee und zünde mir noch eine Zigarette an. Ein Blick auf die Uhr. Stipe verspätet sich. Ich blättere zu einem Abschnitt mit der Überschrift *Katanga/*

Union Minière. Der Provinz im Süden sind drei Viertel aller Minenerträge der Kolonie und fast die gesamten Auslandseinkünfte zu verdanken. Die beeindruckenden Erträge der Minengesellschaft – im Jahr zuvor waren es 4,5 Milliarden Francs, hauptsächlich aus Kupfer, aber auch aus Zinn, Silber, Zink, Magnesium, Kobalt, Platin, Radium, Uran, Tantalum, Germanium und anderen Metallen und Mineralien, von denen ich noch nie gehört habe – machen sie beinahe zu so etwas wie einem Staat im Staate. Die Gesellschaft unterhält enge Verbindungen zu einem regionalen Schwarzenführer, Moïse Tshombé, und seiner Stammespartei Conakat. Bernard Houthhoofd wird mehrfach erwähnt als überaus reicher Mann mit heimlichem politischen Einfluß.

Als ich aufschaue, sehe ich eine langbeinige Blondine mit getönter Brille und Bademantel auf den Tisch neben mir zugehen. Sie legt Zimmerschlüssel, Handtasche und Badetuch ab.

»Hallo«, sage ich.

»Hallo.«

»Wohnen Sie hier im Hotel?«

»Ich fahre morgen auf die Farm zurück. Mir war nach ein bißchen Verwöhntwerden, bevor ich Léo wieder verlasse.«

»Möchten Sie sich zu mir setzen?«

Ich ziehe einen Stuhl für Madeleine vor. Sie nimmt ihre Sachen und kommt zu mir herüber.

Sie bestellt Orangensaft, Kaffee, Toast und Rühreier. Ich biete ihr eine Zigarette an und gebe ihr Feuer. Sie lehnt sich im Stuhl zurück und schlägt die gebräunten Beine übereinander. Unter dem Bademantel trägt sie einen schwarzen Einteiler. Sie zieht an ihrer Zigarette und stößt einen Schwall Rauch aus. Durch die Schwaden kann ich ihre Augen nicht sehen.

»Wie oft kommen Sie nach Léopoldville?«

»So oft ich kann.«

»Gefällt es Ihnen nicht auf Ihrer Farm?«

»Ich liebe meine Farm.«

Sie klappert gedankenverloren mit dem Zimmerschlüssel auf der Tischplatte und nimmt den Pool und die Sabena-Besatzung ins Visier.

»Und was ist mit Ihrem Mann?«

»Ob ich meinen Mann liebe?«

»Ich meinte, ob er denn nichts dagegen hat, wenn Sie hierherkommen und ihn auf der Farm allein lassen?«

»Danach habe ich ihn noch nie gefragt.«

»Haben Sie Kinder?«

»Eine Tochter. Und Sie?«

»Nein, keine Kinder.«

»Aber Sie möchten welche«, sagt sie halb fragend, halb konstatierend.

Ich hätte wissen müssen, daß sie den Spieß umdrehen würde, wenn ich sie ausfrage. Sie merkt, daß mir die Sache unangenehm ist, und hakt sofort nach. Das sieht ihr ähnlich.

»Oder nicht?«

»Die Frage stellt sich nicht«, sage ich kurz angebunden.

»Für jemanden in Ihrem Alter stellt sich die Frage immer. Was ist mit Inès?«

Wie ich sie verabscheue, diese vorlaute, eitle, dumme, hohlköpfige Person. Ich sehe auf die Uhr und wünschte, Stipe würde sich ein bißchen beeilen. Der Kellner trägt ihre Bestellung auf.

»Die tun's alle.«

»Wie bitte?«

Sie sieht zur Sabena-Crew hinüber.

»Die Piloten und die Stewardessen – da geht jeder mit jedem ins Bett. Gehört wohl zur Berufsbeschreibung, nehme ich an.«

Sie drückt ihre Zigarette aus. Ich schweige.

»Ich bin gar nicht puritanisch in diesen Dingen«, fährt sie fort. »Es ist nur alles so offensichtlich. Ein bißchen mehr Diskretion wäre mir lieber.«

»Das denke ich mir.«

»Und Sie? Sind Sie da puritanisch?«

Sie hebt die Kaffeetasse an die Lippen.

»Nein.«

Ein leises, wohliges Stöhnen. Es könnte auch dem Kaffee gelten, aber ich bin mir sicher, daß etwas anderes gemeint ist, und genauso sicher soll ich auch verstehen, daß es ihr nicht um den Kaffee geht.

»Habe ich mir gedacht«, sagt sie. »Sie haben so etwas Gewisses.«

»Und woran sieht man das?«

Sie zuckt die Achseln. »Wenn es da ist, erkennt man es sofort.«

Als sie ihre Tasse hinstellt, klappert sie ein wenig.

»Die Leute sagen, ich hätte es auch«, sagt sie und wartet.

Als ich nichts darauf erwidere, greift sie zu Messer und Gabel. Ihre Hand zittert leicht. Sie ist nicht ganz so selbstbewußt bei dieser ganzen Sache, wie sie es gern hätte, und zu meiner eigenen Überraschung berührt mich ihre Nervosität.

»Ich habe da mit jemandem gesprochen«, sage ich nur zum Teil, um das Thema zu wechseln, »der meinte, daß der Kongo noch im nächsten halben Jahr unabhängig werden würde.«

Sie läßt ein gespielt amüsiertes Schnauben hören.

»Sie halten das nicht für möglich?«

»Es ist absurd. Nicht einmal die *indigènes* glauben, daß sie in den nächsten sechs Monaten die Unabhängigkeit erlangen werden. Und wissen Sie was, die meisten wollen sie gar nicht. Sie haben ein gutes Leben unter uns, besser als irgendwo sonst auf dem ganzen Kontinent. Haben Sie das mit den Eisenbahnen gehört?«

»Nein.«

»Unsere Lokführer und Heizer sind *indigènes,* aber wenn der Hauptzug die Grenze nach Nord-Rhodesien passiert, muß der Lokführer durch einen Weißen ersetzt werden und die Heizer und die Kellner im Speisewagen auch. *Unsere* Schwarzen können ins Theater und ins Kino gehen, wenn sie wollen. Sie können in europäischen Kaffees und Restaurants sitzen.«

»Sie dürfen nach Eintritt der Dunkelheit den europäischen Teil nicht betreten.«

»Und es gibt genauso ein Gesetz, daß sich die Europäer nachts nicht in der Cité aufhalten dürfen«, antwortet sie schroff. »Das funktioniert in beide Richtungen.«

»Aber wenn es nun so wäre, daß in sechs Monaten –«

»Es ist aber nicht so«, fällt sie mir scharf ins Wort und wirft ihr Besteck auf den Teller.

Direkt unter ihrer üppigen Unterlippe hängt ein kleiner Krümel Rührei. Ich muß mich beherrschen, um mich nicht vorzulehnen und ihn abzulecken.

»Die Schwarzen sind Kinder«, sagt sie. »Was sollen Kinder mit Wahlen anfangen? Die wollen keine Demokratie. Sie verstehen nicht, was das ist. Sie brauchen einen Vater, einen Häuptling.«

»Einen weißen Häuptling?«

»›Wie soll Weisheit lernen, der da den Pflug führt und des Glück im Stecken liegt; der da die Ochsen treibt und aufgehet in seiner Mühsal; und des Rede von Rindern ist?‹«

»Ich bin an katholischen Schulen erzogen worden. Wir haben die Schrift wenig gelesen.«

»Ich bin eine protestantische Pfarrerstochter«, sagt sie. »Zeit ist diesen Leuten egal. In Lingala heißt *lobi* gestern und gleichzeitig heute. Wie soll man mit einem solchen Zeitverständnis eine Regierung führen? Wie soll man da etwas vorausplanen?«

»Ist es vielleicht möglich, daß Sie ein bißchen übertreiben?«

Sie stößt ihren kaum berührten Teller zurück, erhebt sich und richtet sich vor mir zu voller Höhe auf. Ich nehme an, daß sie einfach weggehen wird, um über ihre festgesetzten Vorurteile vor sich hin zu brüten. Statt dessen nimmt sie ihre Sonnenbrille ab und legt sie auf den Tsich. Dann zieht sie den Bademantel aus. Auf ihren Armen und Oberschenkeln sieht man kleine blaue Flecke. Ich muß an Sex denken.

Sie ist eine kräftig gebaute, reife Frau mit breiten Schultern und vollen Brüsten. Um den Bauch herum ist sie ein bißchen übergewichtig, und die Haut an Brust und Hals und Oberarmen ist nicht mehr ganz straff. Ich bin nur wenigen Frauen begegnet, die das Selbstbewußtsein gehabt hätten, sich jemandem, der ihnen praktisch fremd war, so zu präsentieren – nicht einmal die, deren Körper noch jünger und geschmeidiger waren. Sie hält meinem Blick stand. Ich kann nicht ausmachen, ob sie wie eine verrückt gewordene Diva glaubt, sie sei noch immer jung und unwiderstehlich, oder ob sie damit sagen will, schau her, so sehen Frauen in meinem Alter aus, und ich habe mich besser erhalten als die meisten, wenn du willst, greif zu.

»Halten Sie mal.«

Sie läßt den Bademantel in meine Hände fallen, nimmt ihr Handtuch, geht an den Rand des Swimmingpools und taucht hinein. Sie krault eine Bahn, gleichmäßig atmend; ihre Hände stechen mit exakten, mühelosen Bewegungen ins Wasser. Am Ende angekommen, dreht sie sich geschmeidig dicht unter der Oberfläche und stößt sich zum Schmetterling ab. Ich sehe ihr zu und bewundere den gleichmäßigen Rhythmus und die Selbstverständlichkeit, mit der sie sich fortbewegt, die Kraft in Rücken und Schultern.

Dann wende ich mich der Akte zu und denke über das nach, was ich gelesen habe. Den Zahlen nach sind die Belgier sehr erfolgreich, aber obwohl die großen Bergwerksgesellschaften jedes Jahr Milliarden Francs einbringen, steht die Kolonie am Rande des Bankrotts. Ich gehe die Zahlen noch einmal durch. Einem ungenannten Analysten vom State Department zufolge beläuft sich das momentane Defizit des Kongo auf ungefähr vierzig Millionen Dollar. Ich habe nicht die geringste Ahnung, was eine Zahl dieser Größenordnung relativ gesehen bedeutet, aber auf jeden Fall scheint es sich doch um eine ganz erhebliche Summe zu handeln.

»Monsieur Gillespie?«

Ein Schwarzer überreicht mir mit einer knappen Verbeugung ein gefaltetes Stück Papier und tritt dann respektvoll zurück.

Es ist eine Nachricht von Stipe: »Bei Lumumba, gegenüber vom Golfplatz. So schnell Sie können.«

Ich sehe den Schwarzen an. Er verschränkt unterwürfig die Hände und grinst mich an.

»Mister Stipe hat gesagt, daß ich Sie hinbringen soll«, sagt er auf englisch.

Jetzt erkenne ich ihn – unser Erasmus zitierender Gastgeber von letzter Nacht.

»Auguste?«

»Ja, Sir?«

Er trägt dieselben braunen Hosen, nur ein anderes Hemd dazu. In einem unverzeihlichen Lila.

»Was soll das alles?«

»Mr. Stipe bittet Sie zu kommen, Sir. Zum Haus von Mr. Lumumba.«

Ich greife nach meinen Zigaretten und dem Aktenordner und stehe auf. Madeleine entsteigt gerade dem Pool. Sie streift das Wasser von Armen und Beinen und kommt zu uns herüber, während sie noch ihr Haar im Handtuch trocknet.

»Ich muß gehen«, sage ich und reiche ihr den Bademantel.

Sie nickt mir kurz zu, aber ihre Augen kleben an Auguste. Er erwidert ihren feindseligen Blick mit einer unterwürfigen Verbeugung und tritt schlurfend mehrere Schritte zurück.

»Ich hole den Wagen, *nókó*«, sagt er schnell und ist auch schon auf dem Rückzug über die Terrasse in Richtung Lobby und Ausgang.

»Was hat er zu mir gesagt?« frage ich Madeleine. *»Nókó?«*

»Das ist Lingala für Onkel. Für diese Leute ist der Onkel der Ernährer«, sagt sie und streift den Bademantel über. »Der Kongo ist ein Wunderwerk. Bevor wir gekommen sind, war hier nichts als Dschungel und Sumpf und Gestrüpp. Jetzt gibt es Städte und Plantagen und Farmen, und die Schwarzen haben gute Jobs und Häuser, sie werden medizinisch versorgt und in die Schule geschickt. Wir sind ihre Ernährer, und das wissen sie. Man hört es ständig, dieses *Les Belges sont nos oncles.* Wenn Sie das nächste Mal diesen Freund sehen, der Ihnen dieses Märchen von der Unabhängigkeit aufgetischt hat, sagen Sie ihm, er weiß nicht, wovon er spricht.«

»Das werde ich tun.«

Sie läßt sich in ihren Stuhl fallen.

»Wenn die *macaques* jemals ihre geliebte Unabhängigkeit bekommen, wird das eine Katastrophe.«

»Ich bedaure, daß wir nicht ausführlicher über diese Sache sprechen konnten«, sage ich.

»Die von draußen kommen, scheinen nie Zeit zu haben, sich unsere Seite der Geschichte anzuhören.«

Sie wirkt so feindselig wie eh und je. Wir mögen einander nicht, uns verbindet nichts außer diesem Unterschied zwischen Mann und Frau. Wir flirten miteinander.

»Vielleicht ein andermal«, schlage ich vor.

»Wenn Sie mal genug Zeit haben«, sagt sie in gelangweilt herausforderndem Ton.

11

Ich trete aus dem Regina in die grelle Sonne und halte mir schützend die Hand über die Augen. Im Rücken bricht mir sofort der Schweiß aus. Da ertönt eine Hupe, und ich sehe Auguste auf der anderen Straßenseite aufgeregt aus Stipes Chevrolet herüberwinken. Hinter ihm läßt der wütende Fahrer eines anderen Wagens jetzt wieder seine Hupe losblöken. Auguste rangiert nervös herum, damit das andere Fahrzeug an ihm vorbeifahren kann. Statt die Gelegenheit aber zu ergreifen, steigt der Fahrer aus, marschiert nach vorn zu Auguste und beginnt ihn anzubrüllen.

»Kann ich Ihnen helfen?« sage ich.

Der Mann ist jung, gerade Anfang Zwanzig, ein konturlos stumpfes, flämisches Jungengesicht.

»Ist das Ihr Fahrer?« erkundigt er sich.

»Ja.«

Auguste hat die Augen reumütig zu Boden geschlagen.

»Dann bringen Sie Ihren dreckigen Affen gefälligst bei, daß sie anderen Leuten nicht den Weg versperren.«

Der junge Mann dreht sich abrupt um und geht zu seinem Wagen zurück. Während ich mich neben Auguste auf den Beifahrersitz setze, läßt der andere den Motor aufheulen, legt sich auf die Hupe und brüllt noch irgendwas Unverständliches, bevor er mit quietschenden Reifen um die Ecke fährt. Auguste sieht jetzt wieder hoch und wirft mir einen vorsichtigen Blick zu, bevor er es mit einem leisen Lachen versucht.

Ich weiß gut genug Bescheid, um zu verstehen, daß hier ein kleiner Test stattfindet: Kommt er mir gegenüber damit durch, wenn er sich über die Wut eines anderen Europäers lustig macht?

»Es tut mir leid, Sir«, sagt er dann mit seidenweicher Stimme.

»Was tut Ihnen leid?«

»Daß ich diesen jungen *nókó* wütend gemacht habe.«

Er treibt sein Spielchen immer weiter. Ich starre stur geradeaus.

»Sagen Sie nicht Sir zu mir und auch nicht *nókó*. Ich heiße James.«

»Es tut mir leid, James.«

Er ist auch nicht annähernd so ehrerbietig, wie man seinem Gehabe nach vermuten sollte. Eher wie der Diener, der sich einen Spaß daraus macht, sich vor seinem Herrn zu erniedrigen, während er gleichzeitig hinter seinem Rücken seinen Brandy trinkt und mit seinen Töchtern schläft. Er legt den Gang ein und fährt los.

Auf dem Boulevard Albert 1er sind die meisten Geschäfte und Restaurants geschlossen, die Straßen sind leer. Die Normalität hat sich noch nicht wieder eingestellt. Bei einem Militärkontrollpunkt an der Grenze zur Cité sieht man ein paar ineinander verkeilte ausgebrannte Autos.

»Wo haben Sie Englisch gelernt?« frage ich.

»Zu Anfang habe ich empirisch Englisch gelernt«, antwortet er.

»Empirisch?«

»Durch den Kontakt mit britischen Geschäftsleuten hier in Léo. Dann war ich in Bristol.«

»Sie sind in England gewesen?«

»Ganz recht. Ich wurde zum Studium nach Louvin in Belgien geschickt. Nach vier Jahren habe ich meinen Bruder besucht, der in Bristol wohnt. Er ist Seemann.«

Diese Informationen leiert er in gleichgültigem Tonfall herunter, aber dann verändert sich seine Stimme; sie hat jetzt etwas Respektvolles, beinahe Feierliches.

»Mr. Stipe sagt, Sie wären ein Schriftsteller.«

»Ja, das stimmt.«

Er scheint schwer beeindruckt und wirft mir einen scharfen Blick zu.

»Ich mag Schriftsteller sehr«, sagt er mit ernstem Tonfall. »Plato, Sokrates, Tom Paine, John Stuart Mill.«

»Ich schreibe eine andere Art von Büchern.«

»Ja?«

Er sieht mich erwartungsvoll an, als rechne er damit, daß ich mich nun ausführlichst über die Unterschiede zwischen Platos Werk und dem meinen äußern würde.

»Haben Sie mit Lumumba zu tun?« frage ich, um das Thema zu wechseln. »Sind Sie Mitglied der Partei?«

»Nein, James. Ich bin nicht Mitglied des MNC.«

»Aber Lumumba kennen Sie offensichtlich.«

»Als Patrice nach Léopoldville kam, fing er bei Bracongo an, der Brauerei, wo ich auch arbeitete. Mr. de Scheut und seine Freunde im Cercle Libéral hatten ihm den Job besorgt. Das ›Polarbier‹ ist von Bracongo. Haben Sie die Anzeigen gesehen?«

»Ich glaube nicht.«

»Polar ist ein gutes Bier, aber Primus ist besser«, sagt er mit einem Grinsen. »Die beiden sind heftige Konkurrenten, aber ich habe immer Primus getrunken, selbst als ich für Polar gearbeitet habe. Patrice war Verkaufsleiter für Polarbier. Er war ein guter Verkäufer, weil er immer gerne mit den Leuten spricht, obwohl er, als er von Stanleyville hierher kam, kein Lingala konnte. Patrice gehört zum Batetela-Stamm aus dem Sankuru-Gebiet in Kasai. Hier in Léopoldville sind die Leute Bakongo.«

»Sind Sie auch Bakongo?«

»Ganz recht, James. Aber ich bin *évolué*.«

»Entwickelt? Was wollen Sie damit sagen?«

»Ich gehöre keinem Stamm mehr an«, sagt er feierlich. »Ich

bin Afrikaner, aber ich bin gebildet, und ich denke westlich. Ich möchte in Amerika studieren, und ich liebe besonders Plato und Sokrates. Außerdem bin ich Mitglied der *Association des Classes Moyennes Africaines*.«

Er greift in seine Tasche und zieht eine Karte hervor, die er mit vor Stolz blitzenden Augen herüberreicht.

»Was ist das?«

»Das ist meine *carte d'immatriculation*.«

Auf der braungelben Karte prangt ein Paßfoto von Auguste in schwarzer Jacke, weißem Hemd und Krawatte. Der Plato-Schüler hat seinen Zügen für diesen Anlaß einen Ausdruck erhabener Würde befohlen.

»Mit dieser Karte«, erklärt er mir, »kann ich in europäischen Restaurants sitzen. Ich kann in Hotels wie das Regina gehen, und wenn ich es mir leisten kann, kann ich meine Kinder auf eine europäische Schule schicken.«

»Wie viele Kinder haben Sie?«

»Ich bin noch nicht verheiratet«, antwortet er ein wenig ausweichend.

»Das heißt aber nicht, daß Sie auch keine Kinder haben.«

Er kichert und prustet vor sich hin.

»Also, wie viele?«

Erneutes Kichern. Ich tue so, als wollte ich ihm die Karte zurückgeben, aber als er danach greift, ziehe ich sie schnell zurück und halte sie spielerisch drohend aus dem Fenster.

»Erst sagen Sie mir, wie viele.«

Panik macht sich in seinen Zügen breit. Er versucht sich aufs Fahren zu konzentrieren, aber seine Augen hängen an der Karte. Der Wagen gerät ins Schleudern.

»Hier.«

Ich gebe ihm seine Karte wieder. Er nimmt sie schnell an sich.

»Ich habe nur Spaß gemacht, Auguste.«

»Ja, James. Es tut mir leid.«

Wir fahren weiter.

»Die meisten Bakongo stehen nicht hinter Patrice«, erklärt er nach einer Weile, um die Stille zu unterbrechen. »Als er in Léopoldville ankam, sagten sie, er sei nur ein *évolué* aus der Provinz, also weniger *évolué* als sie selber. Die Bakongo unterstützen König Kasa, den Stammesführer der Bakongo.«

»König Kasa?« sage ich und versuche mich an die Namen zu erinnern, von denen ich in der Akte gelesen habe. »Ist das Kasavubu, der Abako-Führer?«

»Ganz recht, James. Mr. Kasavubu. Abako ist eine Stammespartei und will den unteren Kongo zu einem eigenen Staat machen. Das gleiche, was Tshombé für Katanga will.«

»Moïse Tshombé?«

»Ja, James. Tshombé ist eine Marionette der Union Minière von Katanga. Das ist die reichste Provinz des Kongo, und er will sie selber regieren. Seine Partei ist die Conakat, und er gehört zum Stamm der Balunda, Freunden der Baluba.«

»Langsam komme ich durcheinander. Es scheint ja eine Menge Stämme zu geben.«

»Ganz recht. Viele Stämme«, sagt er und fügt dann verschmitzt hinzu: »Und sie beginnen alle mit b.«

»Ja«, sage ich.

»Patrice sagt, es könne auch Stämme ohne Stammesdenken geben, und der Kongo sei ein Land und seine Menschen ein Volk.«

»Glauben Sie, Patrice wäre ein guter Führer für den unabhängigen Kongo?«

»Doch, mit der Hilfe unserer amerikanischen Freunde wird Patrice, glaube ich, ein guter Führer sein.«

Unsere amerikanischen Freunde? Stipes Einfluß geht ziemlich weit.

Vor uns lenkt ein weiß behandschuhter Verkehrspolizist an einem Kreisel die Wagen vom Boulevard hinunter. Weiter hinten, wo mehrere Militärtransporter die Straße blockieren, hat sich ein Menschenauflauf gebildet. Auguste fährt um den Kreisel herum in die Avenue Crespel.

»Woher kennen Sie Stipe?« frage ich, während er nach einem Parkplatz sucht.

»Ich bin Mr. Stipes Fahrer. Ich bin bei ihm, seit ich nicht mehr bei Bracongo arbeite.«

»Was für eine Aufgabe hat Stipe denn im Konsulat?« frage ich betont unschuldig.

Ich habe mir einige Gedanken darüber gemacht, welche Art von Tätigkeit das wohl sein mag.

»Er ist im politischen Büro.«

»Im politischen Büro?«

»Ja«, antwortet er und fährt in eine Parklücke.

Ausführlicher scheint er sich dazu nicht äußern zu wollen. Dabei könnte ich nicht sagen, ob Auguste einfach nicht mehr weiß, oder ob er sich loyal und diskret verhält.

»Wissen Sie, was genau er im politischen Büro macht?«

»Mr. Stipe spricht mit Leuten. Er spricht gerne.«

»Wie Patrice.«

»Ja«, sagt Auguste. »Mr. Stipe und Patrice sind sehr gute Freunde. Sie sind außerordentlich gute Freunde.«

»Arbeiten Sie gern für Mr. Stipe?« frage ich.

»O ja. Mr. Stipe ist ein sehr guter Mann«, sagt er. »Mr. Stipe versteht.«

»Was versteht er?«

»Alles. Mr. Stipe versteht alles und versteht jeden.«

Das klingt unmißverständlich nach Ehrfurcht.

Als er den Wagen abschließt, sagt er: »Es tut mir leid, James.«

Zur Erklärung hält er seine dumme Karte hoch.

»Wir sind vierzehn Millionen Menschen im Kongo. Einhundertundzwanzig davon haben die *carte d'immatriculation*.«

»Ich hatte ja keine Ahnung«, erkläre ich ihm.

Das stolze Mitglied der afrikanischen Mittelstandsvereinigung bedenkt mich mit einem breit strahlenden Lächeln.

»Eines Tages möchte ich ein Schriftsteller sein wie Sie, James«, sagt er.

»Ich dachte, Sie wollen Rechtsanwalt werden.«

»Nein. Ich möchte ein Schriftsteller sein.«

»Wozu? Damit läßt sich nichts verdienen.«

Das ist eine dieser gedankenlosen Antworten, mit denen man jemanden abfertigt, wenn man ihn nicht ganz ernst nimmt oder schlimmer noch, gönnerhaft behandelt. Er schaut mich verletzt an.

»Geld ist nicht wichtig, und Mr. Stipe bezahlt mich sehr gut«, sagt er.

»Warum wollen Sie denn Schriftsteller werden?« frage ich etwas beschämt.

»Damit ich die Dinge in Ruhe betrachten und zeigen kann, daß ich ein weiser Mann bin.«

»Ja, o ja«, sage ich. »Das ist natürlich sehr wichtig.«

»Haben Sie ein Büro, James?«

»So etwas Ähnliches wie ein Büro.«

»Und sechs Sekretärinnen?«

»Ich fürchte, ich habe überhaupt keine Sekretärin.«

Für einen kurzen Moment sieht er entmutigt aus.

»Das ist nicht wichtig«, sagt er und grinst breit. »Ich bringe Ihnen drei Sekretärinnen aus meinem Anwaltsbüro vorbei.«

»Warum werde ich das Gefühl nicht los, daß Sie nicht ganz ernst sind?«

»Ich bin immer ernst«, antwortet er immer noch grinsend.

»Nein, aber nicht mit mir.«

»Ich bin genauso ernst mit Ihnen, James, wie Sie mit mir.«

Noch immer liegt dieses undurchdringliche Lächeln in seinem Gesicht. Ich bin erst mal beleidigt, bis mir aufgeht, wie recht er hat. Wir gehen weiter.

Weiter unten auf dem Boulevard spielt sich irgend etwas ab, was wir uns ansehen müssen.

12

Da sind zwei Menschenaufläufe. Die Weißen, weniger zahlreich, aber dafür um so selbstsicherer, haben sich auf dem Grasstreifen nördlich der Straße in kleinen Grüppchen versammelt. Sie scheinen guter Dinge, wie Theaterbesucher, die gerade ihre Plätze einnehmen, um sich den zweiten Teil eines Stückes anzusehen, das ihnen bisher gefallen hat. Die Schwarzen dagegen geben sich verdächtig unbeteiligt. Sie stehen zusammengedrängt vor dem Eingang zum Golfplatz auf der Cité-Seite des Boulevards und schauen zu Lumumbas Haus hinüber. Eine Linie Soldaten mit Gewehren im Anschlag und aufgepflanzten Bajonetten schirmen es ab. Zwei Golfer kommen unbekümmert die Fahrbahn hinaufgeschlendert, ihre schwarzen Caddies im Schlepptau.

Zwischen den beiden Gruppen läuft emsig jemand hin und her. Inès. Außerdem kann ich Smail und Grant, den englischen Journalisten, ausmachen und eine ganze Reihe anderer Reporter. Anders als sie alle hat Inès kein Notizbuch dabei. Das hat sie nie. Ihre Weigerung, sich eines anzuschaffen – sie besteht darauf, daß ein Notizbuch eine unüberwindliche Distanz zwischen ihr und den Personen einer Story herstellen würde –, ist nur eine ihrer vielen Marotten, von denen ich gedacht hätte, daß sie in ihrem Beruf hinderlich wären. Dazu kommt noch ihre chronische Unpünktlichkeit, ihr mangelnder Orientierungssinn, ihre Vergeßlichkeit – ganz zu schweigen von ihrer schrankenlosen Parteilichkeit. Aber trotzdem weiß ich, daß Inès eine außergewöhnliche Journalistin ist. Sie haßt Regierungspaläste und Ministerialbüros und ebenso die Hotels und Bars und Restaurants, in denen sich Journalisten und ihre Informanten zu treffen pflegen. Sie ist nie darauf aus, die ganz Großen zu interviewen – die Botschafter, Minister und Generäle –, und macht sich nur selten die Mühe, zu Pressekonferenzen zu gehen (»die erzählen doch nichts als Lügen«). Sie strebt nicht nach der Nähe zu hochgestellten Persönlichkeiten oder dem Respekt ihrer Kollegen (»die sind mehr an ihrer eigenen Karriere interessiert als an dem, was um sie herum vorgeht«), sondern nach der Freundschaft der einfachen Leute; stundenlang kann sie am Stand eines Marktverkäufers herumlungern und sich die ganz alltäglichen Gespräche anhören; sie ißt bei Tagelöhnern und Straßenkehrern und trinkt ein Bier mit ihnen, und wenn es zu spät ist, noch nach Hause zu gehen, schläft sie bei ihnen auf dem Fußboden.

Ich gehe zu ihr.

»Hallo«, sage ich.

»Oh, hallo«, sagt sie schnell und ohne jedes Zeichen der Freude, mich zu sehen.

»Du warst schon weg, als ich aufgewacht bin.«

»Du brauchtest deinen Schlaf.«

Sie wollte mich ganz bewußt verletzen, indem sie mich nicht geweckt hat, und dieser schwache Versuch, es als Rücksichtnahme hinzustellen, ärgert mich.

»Ich hätte gern mit dir geredet.«

»Worüber?«

»Darüber, was aus uns werden soll«, sage ich.

Sie dreht sich weg. Ich kann nicht sagen, ob sie böse ist oder traurig oder – am schlimmsten – einfach nur gelangweilt. Mein verletzter Stolz schmerzt mich bis in die Brust hinein. Soll es das wirklich gewesen sein? Sind wir wirklich am Ende angelangt?

Ich seufze schwer. »Inès, irgendwann müssen wir uns aussprechen.«

»Ich glaube nicht, daß jetzt Zeit und Ort dafür sind«, sagt sie. »Falls du es nicht bemerkt haben solltest: Da vorne geht etwas Wichtiges vor sich – sie nehmen Patrice fest.«

»Wann können wir dann reden?«

Sie zuckt die Achseln.

Ich sehe sie mit einem Blick an, in dem unsere ganze lange Geschichte zu lesen steht, aber sie lenkt nicht ein, sie läßt sich nicht erweichen. Warum ist sie so? Sie hat mich doch mal geliebt.

»Ich muß mit den Leuten reden«, sagt sie.

»Warum interviewst du nicht Auguste?« sage ich und ziehe Stipes Fahrer nach vorne; er sollte doch ihren Auswahlkriterien für einen authentischen Gesprächspartner genügen. »Er ist ein Mann aus dem Volk, und ein Freund von Lumumba ist er obendrein. Stimmt's nicht, Auguste?«

»Ganz recht, James.«

Er schlägt die Augen zu dieser übertrieben respektvollen Haltung nieder, die er, wie ich schon bemerkt habe, immer gerne einnimmt, wenn er einem Weißen zum ersten Mal begegnet.

»Inès ist Journalistin«, erkläre ich. »Sie sympathisiert mit Lumumba.«

»Ja wohl doch ein bißchen mehr als ›sympathisieren‹«, sagt sie einigermaßen abweisend.

»Ja, selbstverständlich.«

»Waren Sie bei der Demonstration gestern?« fragt sie Auguste.

Er wirkt scheu in ihrer Gegenwart. Sein Benehmen ist höflich, die Worte ausgesucht unterwürfig. Er erzählt ihr von der Schießerei.

Stipe hat mich entdeckt und gibt mir ein Zeichen, ihn an der Absperrung zu treffen. Ich lasse Inès mit Auguste zurück und remple mich durch die Menge bis zu einem Soldaten vor, der neben einem Transporter Wache hält. Stipe kommt auf mich zu und begrüßt mich.

»Tut mir leid, daß ich nicht ins Regina kommen konnte, James«, sagt er, »aber Sie sehen ja, daß die Dinge hier ein wenig außer Kontrolle geraten sind. Die Belgier haben jeden auch nur entfernt an der Unabhängigkeitsbewegung Beteiligten geschnappt, den sie auftreiben konnten. Heute morgen haben sie sogar Kasavubu verhaftet. Bis vor ein paar Tagen haben sie ihn noch gerne als den ›guten Afrikaner‹ vorgeführt. Jetzt ist er ein schlechter Afrikaner. Sie sind alle schlechte Afrikaner. Ich habe nicht gedacht, daß Patrice es riskieren würde, noch einmal in sein Haus zu kommen.«

»Er hat gewußt, daß er gesucht wird, nicht wahr?«

»Sicher, aber Patrice ist ein Familienmensch. Er kann ohne Frau und Kinder nicht sein.«

»Und was passiert jetzt?«

»Kasavubu ist schon auf dem Polizeirevier in der Avenue Lippers, also nehme ich an, daß sie ihn erst dorthin bringen werden und dann weiter ins Zentralgefängnis.«

»Warum dauert es so lange?«

»Die Belgier sind nervös wegen der Menschenmenge.«

Es müssen vier- oder fünfhundert Schwarze sein, und mit jeder Minute strömen noch mehr aus der Cité herbei. Zu viele, als daß die paar Soldaten, meiner Schätzung nach weit weniger als eine Kompanie, sie in Schach halten könnten.

»Die Regierung will vermeiden, daß es heute zu Ausschreitungen kommt«, sagt Stipe. »Lumumba sagt, daß er sie dazu bringen kann, sich friedlich aufzulösen, wenn er die Möglichkeit bekommt, eine Rede zu halten. Die Belgier sind nicht gerade begeistert von der Idee, aber ich habe vorgeschlagen, sie sollten es einfach mal versuchen.«

»Warum hören sie auf Sie?« frage ich amüsiert.

Er mag ja im politischen Büro arbeiten, aber es ist doch offensichtlich, daß Stipe ein Spion ist; irgendwie gehört er zum Komplott. Aber welche Fäden hält er in der Hand?

»Es gefällt ihnen nicht«, antwortet Stipe mit einem Grinsen, »aber was sollen sie schon dagegen tun? Haben Sie die

Akte nicht gelesen? Genau in diesem Augenblick sind die Belgier in New York und kämpfen um Kredite, damit sie wenigstens versuchen können, den Kahn hier über Wasser zu halten. Wenn sie den Yankee-Dollar wollen, müssen sie auch auf den Yankee-Rat hören.«

»Was ich immer noch nicht verstehe, ist, warum die Kolonie in solchen Schwierigkeiten steckt – bei den Bodenschätzen hier.«

»Das hat damit zu tun, wie die Belgier den Kongo organisiert haben«, sagt Stipe darauf. »Eine Neuauflage der Neuen Ökonomischen Politik der Sowjets in den zwanziger Jahren – schnelle Industrialisierung einer primitiven, bäuerlichen Wirtschaft. Sie waren recht erfolgreich damit, das muß man ihnen schon lassen. Aber die Steuern sind hoch, das Durchschnittseinkommen im Land niedrig, die wirtschaftliche Expansion hinkt hinter der Bevölkerungsentwicklung her, und die Belgier haben einfach nicht das Kapital für mehr Investitionen – und daß die Banken und Investoren aufgrund der allgemeinen politischen Unsicherheit ihr Geld abziehen, macht die Situation auch nicht besser.«

»Wie schlimm steht es denn – in wenigen Worten?«

»In wenigen Worten? Schlecht, ganz schlecht. Die Zentralbank hier im Kongo kann ihren Verpflichtungen nicht nachkommen, also haben sich die Belgier bereiterklärt, die Bürgschaft für ihre Transaktionen zu übernehmen – allerdings unter der Bedingung, daß die Gold- und Dollarreserven in den Kellern der Nationalbank in Brüssel eingelagert werden. Aber diese Kredite… es ist Wahnsinn. Man kann bestehende und schon lange verschleppte Defizite nicht dadurch auffangen, daß man Langzeitkredite aufnimmt – das ist, als würde man eine Hypothek auf sein Haus aufnehmen, um beim Kramer die Rechnung vom letzten Monat zu bezahlen.«

»So verrückt ist das gar nicht«, erwidere ich. »Wenn sie das Land übergeben, werden sie ja wohl die Schulden gleich mit abtreten.«

»Absolut richtig. Patrice ahnt die Dimensionen nicht, aber an dem Tag, an dem er ins Büro des Premierministers einzieht, wird er feststellen, daß nicht nur das Land bankrott ist, sondern daß er Brüssel darüber hinaus noch zwei Milliarden Francs schuldet. Kein schlechtes Sümmchen, wenn man das mal eben so bezahlen soll, was? Wieso heißt es bloß immer, die Belgier hätten keinen Sinn für Humor?«

»Die Gewinne wird er wohl nicht abziehen, oder?«

Stipe läßt ein kurzes, sarkastisches Lachen hören.

»Nehmen wir mal an, Sie sind Bernard Houthhoofd oder irgendein anderer Großaktionär bei der Union Minière oder der Société Générale«, setzt er an, »und Ihnen gehört ein Stück vom Zwölf-Milliarden-Francs-Investitionskuchen allein in Katanga. Ihre Kupferindustrie ist die zweitgrößte in ganz Afrika. Letztes Jahr haben Ihre Minen dreihunderttausend Tonnen Kupfer zu hundert Dollar die Tonne abgeworfen, die Sie für zweihundertfünfzig Dollar auf dem Weltmarkt verkaufen. Werden Sie es zulassen, daß Ihnen irgendein dahergelaufener Lokalpolitiker das Geschäft aus der Hand nimmt? Sind Sie des Wahnsinns?«

Aus der schwarzen Menschenmenge sind plötzlich *»Patrice, Patrice!«*-Rufe zu hören. Aller Augen sind auf den Balkon gerichtet, wo jetzt Lumumba steht, flankiert von einem belgischen Offizier. Seine Hände ruhen auf der Betonbalustrade.

»Wer ist der Soldat?« frage ich Stipe.

»Das ist Generalleutnant Emile Janssens. Ich habe Ihnen schon von ihm erzählt. Er ist der Kommandeur der Force Publique.«

Janssens ist der typische breitbrüstig-aggressive Soldat mittleren Alters, der sich viel auf seine unbeugsame Härte einbildet und verachtungsvoll auf die in die Breite gehenden Taillen und Gesäße seiner verweichlichten Mitmenschen im Zivilstand herabblickt; er sieht aus wie ein Mann, der den Tag mit einer kalten Dusche beginnt und mit einem Marathonlauf beendet.

»Ein zäher Bursche, dieser Janssens«, sagt Stipe, »ein ausgemachter Exerziermeister.«

Aus der weißen Menge kommen jetzt vereinzelte Pfiffe und Verhöhnungen.

»Was halten Sie von Lumumba?« frage ich. »Als Politiker?«

»Eine außergewöhnliche Persönlichkeit«, antwortet Stipe ohne Zögern. »Wirklich. Als Politiker und als Mensch. Ein einfacher Bursche ohne Bildung, nichts als ein dreckiger *macaque*; es spricht alles gegen ihn. Und dann verwandelt er sich durch pure Willenskraft, einfach weil er sich weigert, sich unterkriegen zu lassen, in eine wirklich mächtige Persönlichkeit. Er besitzt Charisma, Redegewandtheit und unleugbare moralische Autorität. Seine einzige Schwäche ist, daß er immer mal wieder ein wenig aufbrausend sein kann, aber er ist ja erst fünfunddreißig Jahre alt. Mit der richtigen Unterstützung und guter Beratung an seiner Seite könnte Patrice sich zu einem der großen politischen Führer Afrikas entwickeln.«

»Genau das gleiche sagt Inès auch.«

»Na, dann sind wir uns ja zumindest in einem Punkt einig«, sagt er strahlend und fügt dann ernster hinzu: »Und wie steht es heute morgen mit Ihnen beiden? Besser geworden?«

»Nicht wirklich.«

»Tut mir leid«, sagt er und legt mir kameradschaftlich die Hand auf die Schulter. »Wollen Sie einen Rat von einem Yankee?«

»Kostet das was?«

»Diesmal ist es umsonst«, sagt er grinsend. Er hat kleine und ebenmäßige weiße Zähne. Seine weit zurückgezogenen Lippen legen das Zahnfleisch bloß. »Ist Inès die Frau, die Sie wirklich wollen? Ich meine, ist sie die Richtige?«

»Ja.«

»Dann geben Sie nicht auf. Lassen Sie sich nicht entmutigen. Tun Sie, was Sie tun müssen – auch wenn es einen anderen Mann gibt.«

»Tun Sie, was Sie tun müssen, auch wenn es einen anderen Mann gibt? Was soll das heißen?«

»Ihn umbringen natürlich.« Er lacht. »Gibt es einen anderen Mann?«

Mir wird weich in den Knien bei diesem Gedanken. »Ich glaube nicht«, sage ich unsicher.

Stipe denkt eine Weile nach.

»Alles, was ich damit sagen will, James, ist: Bleiben Sie dran, egal, wie lange es dauert. Ich habe bisher noch keine Frau getroffen, die es nicht insgeheim genießt, belagert zu werden. Das ist meine Empfehlung. Nehmen Sie sie an – ich weiß, wovon ich rede.«

»Ich bin mir nicht sicher«, sage ich. »Hört sich an, als könnte es ziemlich hart werden.«

Seine Geste besagt, daß er sein Bestes versucht hat.

»Ich finde es immer wieder erstaunlich, daß die Leute nie hören wollen, wenn etwas zu ihrem eigenen Besten ist.«

»Beraten Sie denn immer zu ihrem Besten?«

»Ausnahmslos.«

»Ein Yankee-Rat ist nie verkehrt?«

»Ich kann mich nicht erinnern, wann er es je gewesen wäre – nein.«

Jetzt bemerken wir erst die dünne, hohe Stimme, die sich auf französisch vernehmen läßt, und sehen zum Balkon auf. Sie trägt nicht besonders weit, und so entgehen mir die ersten Worte. Ich verstehe »Krise« und dann, glaube ich, »es ist viel Unrecht geschehen«.

Ein Weißer neben mir formt die Hände zu einem Trichter und röhrt etwas zum Balkon hinauf. Seine Freunde fallen in das Gebrüll ein. Lumumba unterbricht sich und sieht zu uns herab. So verharrt er eine ganze Weile, bemüht, seine würdevolle Position wiederherzustellen. Mir kommt dieser Versuch ein wenig aufgesetzt vor, aber die Schmährufe verebben.

»Heute ist nicht der Tag«, fährt Lumumba fort, »und dies

ist nicht der Ort, um all das Unrecht aus der Welt zu schaffen, unter dem wir leiden mußten.«

Er spricht langsam. Wie Auguste und die meisten Afrikaner, die ich bisher gehört habe.

»Es sind Untersuchungen versprochen worden«, spricht er weiter. »Wir müssen darauf vertrauen, daß diejenigen, die damit beauftragt werden, die Wahrheit herauszufinden, ihre Nachforschungen ohne Rücksicht auf die Hautfarbe einer Person durchführen werden, daß sie die Rechte respektieren werden, die das Gesetz dieses Landes und das Recht an sich einem jeden zugesteht. Wir müssen darauf vertrauen, daß die mit der Erforschung der Wahrheit Betrauten die Wahrheit auch sagen werden, wenn sie sie finden. Wenn sie nicht mit dem übereinstimmt, was dem Volk als Wahrheit bekannt ist, wenn sie nicht mit dem übereinstimmt, was sie selbst mit eigenen Augen gesehen und mit eigenen Ohren gehört haben, dann wird das Volk diese Untersuchung ablehnen und die Beamten, die sie durchgeführt haben, werden ihre Ehre auf immer verlieren.«

Die Weißen fangen wieder an dazwischenzurufen. Es gibt Gepfeife und Verwünschungen. Diesmal spricht Lumumba dagegen an; er ist in Fahrt und spricht jetzt auch schneller.

»Tausend Jahre lang haben wir gelitten wie Tiere. Unsere Asche war im Wind verstreut, der über die Wüste streift. Sie hatten das Recht auf die Peitsche, wir hatten das Recht zu sterben, aber nun wird die grelle Fackel der Sonne wieder für uns scheinen.«

Stipe verzieht das Gesicht. »Oh, oh. Das stand nicht im Drehbuch. Janssens wird das nicht gefallen.«

Lumumbas Haltung vermittelt jetzt echte Wut. Janssens spannt die Muskeln an, als bereite er sich darauf vor, ihn höchstpersönlich vom Balkon zu zerren. Lumumba läßt die Blicke über seine Zuhörer schweifen. Dann scheint er mit den Augen an Stipe hängenzubleiben und hält inne. Ein Blick zu Stipe zeigt mir, daß seine Augen auf Lumumba fixiert sind.

Sein Kopf macht eine kaum wahrnehmbare Bewegung. Ein Zeichen an Lumumba, sich im Zaum zu halten?

Es folgt eine lange, gespannte Stille. Alle hängen dem Mann auf dem Balkon an den Lippen.

Mit einer Wendung zu der schwarzen Menge sagt Lumumba schließlich mit leiser Stimme: »Geht jetzt nach Hause. Geht ruhig und liefert den Soldaten keinen Vorwand, gegen euch vorzugehen. Geht nach Hause und denkt daran, daß ich euch dieses eine verspreche: Die schlimmen, grausamen Zeiten werden vorübergehen, und sie kommen nie wieder.«

Kein Jubel von den Schwarzen. Gar nichts. Vielleicht ist das Ende zu abrupt gewesen. Vielleicht ist es auch nicht ihre Art, zu jubeln und zu klatschen. Vielleicht liegt es aber auch nur daran, daß sie spüren, wie weit diese neuerliche Niederlage geht.

Lumumba verschwindet unter Begleitung von Janssens im Haus. Es wirkt alles furchtbar enttäuschend. Die Weißen entspannen sich und nehmen ihr belangloses Geplauder wieder auf, während ich mich einmal mehr frage, wie groß Stipes Einfluß denn nun wirklich ist. Er erstreckt sich auf Auguste, auf Janssens, die Sûreté und auf Lumumba. Er scheint nicht nur weit zu reichen, sondern auch überallhin.

Wir beide stehen auf der Avenue, auf halber Strecke zwischen den beiden Lagern. Stipe beobachtet das Geschehen. Die Schwarzen verhalten sich abwartend; ich könnte nicht sagen, ob Lumumbas Rede die Gemüter beruhigt oder noch mehr erhitzt hat. Die Weißen beginnen sich zu zerstreuen, die Vorstellung ist vorüber. Allerdings werde ich das Gefühl nicht los, daß sie von dem Ausgang enttäuscht sind.

»Also, was meinen Sie?« fragt Stipe. »Doch interessiert, etwas zu schreiben?«

»Sind Sie sicher, daß die Belgier das Handtuch werfen werden?«

»Innerhalb der nächsten sechs Monate.«

Es ist eine gute Story. Ich denke an Alan, meinen Londoner

Verleger. Er sieht es gern, wenn mein Name unter einem Zeitungsartikel steht. Ich denke auch ans Geld und an die Aussicht auf mehr Arbeit, und ich denke an Inès. Sie wird aufhorchen. Und zumindest wird es uns etwas geben, worüber wir sprechen können.

»Ich werde etwas schreiben.«

»Brauchen Sie Hilfe, um den Text unterzubringen?«

»Nein.«

»Wenn Sie sonst etwas benötigen, Daten oder Zahlen, dann rufen Sie mich an. Ich weiß, daß Sie sehr sorgfältig recherchieren werden.«

Unter den Schwarzen bricht plötzlich großer Jubel aus. Im Portal des Hauses ist Lumumba mit Janssens und ein paar Soldaten erschienen. Seine Hände sind auf dem Rücken zusammengekettet. Nun beginnt die Menge zu singen: *Depanda, depanda*! Janssens führt seinen Gefangenen zu einem Militärtransporter. Die Soldaten hieven ihn hoch und stoßen ihn auf einen Platz zwischen zwei bewaffneten Wachen.

Der Chor der Schwarzen ist jetzt ohrenbetäubend, fast ein Triumphgebrüll. Der Sprechgesang geht zu *Patrice, Patrice!* über.

»Es ist so vorhersehbar, aber es scheint nie jemand etwas dazulernen zu wollen«, sagt Stipe und deutet mit ausladener Bewegung auf die schwarze Menge. »Die Hälfte dieser Leute waren heute morgen nicht einmal Anhänger des MNC. Je mehr Demonstranten man erschießt und je mehr Führer man einsperrt, desto größer wird der Zulauf. Aber das brauche ich Ihnen ja wohl nicht zu sagen.«

Ich sehe ihn erstaunt an. Das muß er mir erklären.

»Ist in Irland nicht das gleiche passiert nach Ihrem Osteraufstand?«

»Mein Aufstand war das nicht«, sage ich gepreßt, in der Hoffnung, daß Stipe sich nicht als einer dieser gefühlsduseligen Amerikaner entpuppen wird, die herausgefunden haben, daß ihre irischen Vorfahren mit den Hungerschiffen nach

New York gekommen sind, »und außerdem ist das beides wohl kaum vergleichbar.«

Er quittiert meine Abwehr mit einem Glucksen und klopft mir zum Abschied auf die Schulter. »Das ist genau das, was immer alle sagen, jede einzelne Kolonialmacht: ›Sie verstehen das nicht – hier ist alles ganz anders und viel komplizierter.‹«

Als ich mich nach Inès umsehe, laufe ich Smail in die Arme. Der schöne Diamantenhändler schüttelt mir herzlich die Hand.

»Ich nehme an, Sie werden etwas über das hier schreiben wollen?«

»Worüber?« frage ich schroff.

Er ist ein wenig konsterniert über meine Grobheit.

»Über Patrice' Verhaftung und das, was gestern am Fluß passiert ist.«

»Ich glaube nicht«, sage ich, wieder in ziemlich unverbindlichem Ton. Als ich dann aber sehe, wie irritiert er ist, füge ich hinzu: »Inès wird darüber schreiben. Sie kann das soviel besser als ich.«

Er wünscht mir alles Gute und sagt noch, er würde sich freuen, wenn wir bald wieder etwas miteinander trinken könnten.

Ich mache Inès auf der anderen Seite des Boulevards aus, dort, wo die Schwarzen sind. Ich beginne die Straße zu überqueren. Dann sehe ich, daß sie weint. Neben ihr steht Auguste. Sie sieht ihn an, ihr Gesicht ist verzerrt. Er fährt mit dem Daumen in den Augenwinkel und wischt sich selber auch eine Träne weg.

Ich will mich ihnen jetzt nicht aufdrängen. Und so überlasse ich sie ihren bitteren Tränen und ihrer Trauer und mische mich unter die letzten versprengten Weißen, die den Schauplatz verlassen.

13

Jeden Morgen, wenn Inès gegangen ist, und dann wieder ein paar Stunden am frühen Abend arbeite ich an meinem Roman. Aber besonders gern sitze ich die mit Spannung aufgeladenen Nachmittage der Regenzeit im Colibri aus, wo ich mich mit Anna, der Besitzerin, angefreundet habe. Sie ist eine resolute Frau, die sich, geht es um Männer, zynischer gibt, als sie in Wirklichkeit ist. Warum sie mich mag, kann ich nicht sagen. Sie meint, ich sei mal eine Abwechslung von ihrer üblichen Klientel – von Sabena-Piloten und Angestellten, Rechtsanwälten und Beamten. Sie hat mich sogar verteidigt, als der *Courrier d'Afrique* und *L'Avenir* auf mich losgegangen sind. Die Leitartikel waren alles andere als freundlich, und sie bedachten mich, den Neuling in diesem Thema und in der Kolonie, mit beißend sarkastischen Kommentaren. Nie hätte ich auch nur annähernd diese Feindseligkeit erwartet, die mir da – schriftlich und auch ganz direkt – entgegenschlagen sollte.

Hätte ich gewußt, worauf ich mich einlasse, hätte ich den Text wohl nicht zugesagt. Als ich eines Abends mit Stipe und de Scheut im Sabena Guest House Austern aß, spuckte mir eine Flämin ins Gesicht und stieß mich mit ihren fetten, kraftlosen Händen vor die Brust. Sie warf mir vor, ich wolle den Kongo untergehen sehen, und brüllte, ich würde einer Übernahme durch die Kommunisten das Wort reden. Ich erwiderte kühl, ich würde nichts und niemandem das Wort reden, und zwar absolut nichts, ich sei in dieser Angelegenheit völlig neutral und würde die Sache nur so darstellen, wie ich sie sehe. Der unerschütterlich freundliche und bescheidene de Scheut beschwichtigte sie auf seine väterliche Art und geleitete die sich noch immer sträubende und keifende Frau schließlich zu ihrem Mann zurück.

»Mal wieder mit bewundernswerter Nonchalance gemeistert«, sagte Stipe zu mir und schenkte Wein nach.

»Mir steht die ganze Sache fern, und ich beurteile sie daher ruhig«, erwiderte ich mit einem süffisanten Lächeln.

Normalerweise brilliere ich vor den Leuten nicht so ohne weiteres mit Zitaten, aber ich hatte ein wenig getrunken und mußte etwas unternehmen, um den Schock zu überwinden, den mir der Zwischenfall zugegebenermaßen versetzt hatte. Wir Schriftsteller bilden uns zwar gerne ein, unsere Worte hätten über die Druckseite hinaus Einfluß und Bedeutung, aber an derart stürmische Vorwürfe sind wir dann doch nicht gewöhnt. Ich hatte nie zuvor etwas Ähnliches erlebt. Aber schließlich fragte ich mich, ob der Wutausbruch dieser Frau denn tatsächlich so unverzeihlich war. Wenn der Stift denn mächtiger ist als das Schwert, wie wir es uns selber jeden Tag neu vorbeten, kann sich dann der, der den Stift geführt hat, beschweren, wenn ein anderer, der damit getroffen wurde, mit den Fäusten zurückschlägt – einer unserer Meinung nach doch viel schwächeren Waffe?

»Josef K.«, sagte Stipe und identifizierte damit den Urheber meines Zitats, »sehr gut.«

Zu diesem Zeitpunkt hatten wir bereits viele Abende miteinander verbracht und uns bei einem Longdrink über Bücher und Schriftsteller unterhalten. Wir hatten über Flaubert und George Sand diskutiert, über Jonsons Maskeraden und die Ironie in *Mansfield Park*, aber daß er Kafka besonders schätzte, hatte er nicht erwähnt. Und zu meiner großen Enttäuschung, die ich zu verbergen suchte, so gut ich konnte, war er auch nicht mehr auf meinen Roman zu sprechen gekommen, den er angeblich gelesen hatte. Langsam fing ich an, mich zu fragen, ob das überhaupt der Wahrheit entsprach. Aber wenn er ihn nicht kannte, warum hätte er ihn dann erwähnen sollen?

Die Frau feuerte von ihrem Tisch aus noch immer Breitseiten auf mich ab. Überall im Restaurant drehten sich die Köpfe nach uns um.

»Die Liberalen und die Sozialisten in Brüssel wollen nichts von uns wissen«, schrie sie. »Wir sind ihnen nur im Weg. Aber wenn sie irgendwelche Pläne haben, dann werden wir kämpfen. Wir haben die Gewehre. Wir werden denen schon zeigen, was wir von der Unabhängigkeit halten!«

Stipe grinste. »Manche Leute nehmen die Dinge sehr ernst.«

»Wir nicht«, sagte ich und erhob mein Glas.

Stipe stieß mit mir an.

»Wenn Leute wie die gute Frau da drüben anfangen, davon zu reden, daß sie zum Gewehr greifen werden, weiß man, daß die Revolution in Schwierigkeiten ist«, sagte Stipe. »Haben Sie *Die Erziehung des Herzens* gelesen? Und Baudelaire – *Mon cœur mis à nu*?«

»Die Revolution war nur eben deshalb so berückend, weil sie so überaus lächerlich war.«

»Die Mittelklasse hat viele Talente, aber die Auflehnung gehört nicht dazu.«

Als de Scheut wieder zu uns kam, war er beschämt und voll der Entschuldigungen wegen des Betragens seiner Landsmännin. Er und Stipe, und zu meiner Überraschung auch Bernard Houthhoofd, waren meine größten Verteidiger in der Kontroverse, die durch meinen Artikel ausgelöst wurde. Es war vor allem ihrem mannigfaltigen Einfluß zu verdanken, daß sich der Unmut nicht zu etwas viel Häßlicherem auswuchs, und so hatte sich der ganze Aufruhr nach etwa einer Woche gelegt. Aber ich darf meine Rolle nicht übertreiben.

Die Story machte die Runde und hatte alsbald mit mir und meinem Artikel nichts mehr zu tun. Die Belgier hatten eine Konferenz am runden Tisch in Brüssel ins Leben gerufen, zu der alle Unabhängigkeitsführer – außer Lumumba, der wegen seiner Beteiligung an den Unruhen im Gefängnis saß – eingeladen wurden. Inès fragte auf den Seiten der *Unità* voller Sarkasmus, welche Art von Einigung denn schon zu erwarten sei, wenn die prominenteste Figur der ganzen Unabhängigkeitsbewegung nicht an den Gesprächen teilnehmen dürfe.

Ich schrieb gerade einen zweiten Artikel für den *Observer*, als ein herausgeschmuggelter Bericht der Kolonialverwaltung über die Erschießungen am Fluß anonym in unserer Wohnung abgegeben wurde. Ich nahm an, daß Stipe dafür verantwortlich war, und obwohl er meinen Verdacht nicht bestätigte, gab er sich auch keine besondere Mühe, ihn abzustreiten. Der Bericht war nichts anderes als ein Freispruch für die Force Publique, obwohl das Verhalten von einem oder zwei Soldaten als »an der Grenze zur Rücksichtslosigkeit« bezeichnet wurde. Die Schuld an den Toten wurde pauschal Lumumba und den Organisatoren des illegalen Demonstrationsmarsches beziehungsweise den Demonstranten selber zugeschoben. Bei der Durchsuchung der Leichen hatten die Soldaten in vielen Taschen Steine gefunden. Die Force Publique hatte mit Zurückhaltung auf die bewußten Provokationen eines aufrührerischen Mobs reagiert.

Ich weiß, daß Inès meine Artikel las, aber sie sprach nie mit mir darüber.

Als ich nach einem langen Nachmittag mit Stipe im Colibri zurückkomme, sitzt sie an dem kleinen Tisch und arbeitet. Es kommt nicht oft vor, daß sie schon so früh zu Hause ist. Ich frage sie, wie ihr Tag war, und sie sagt gut. Mehr ist nicht aus ihr herauszubringen. Die Schreibmaschine klappert, sie arbeitet weiter. Das ist nichts Ungewöhnliches. Aber heute –

ich weiß nicht wieso, vielleicht nur, weil ich ein paar Gläser mehr als üblich getrunken habe – ist es mehr, als ich ertragen kann.

»Sprich mit mir!« schreie ich los.

»Worüber?« fragt sie in gelangweiltem Ton zurück, ohne mich anzusehen.

»Du weißt genau, worüber!«

Sie fährt fort zu tippen.

»Inès, ich kann so nicht länger weitermachen.«

Das rhythmische Geklapper reißt nicht ab. Voller Wut drehe ich sie zu mir herum und ziehe sie mit festem Griff um ihre Handgelenke zu mir hoch.

»Kannst du hören, was ich sage? Ich kann so nicht weitermachen.«

Bedeutet ihr das noch irgend etwas? Sie sieht mich ohne jede Gefühlsregung an.

»Du bist verwirrt und machst eine schwierige Lebensphase durch«, ist alles, was sie sagt.

Am liebsten würde ich sie schlagen. Haß brodelt in mir hoch. Ich bin zwei Jahre lang ihr Geliebter gewesen, und ich habe Besseres verdient als das hier. Es fehlt nicht viel, und ich werde heulen vor Wut und Selbstmitleid.

»Ich bin nicht verwirrt«, brülle ich sie an. »Ich sehe vollkommen klar. Ich will mit dir zusammensein. So einfach ist das. Ich will mit dir zusammensein, Inès. Mit dir. Für immer. Das hat mit Verwirrung absolut nichts zu tun.«

»Ich kann jetzt nicht darüber reden, es passiert zuviel.«

»Das sagst du immer wieder.«

Sie antwortet nicht. Ich lasse sie los.

»Was passiert schon groß?« frage ich in verächtlichem Tonfall. »Was passiert hier schon, das so furchtbar wichtig wäre? Bei dieser schmutzigen kleinen Prügelei geht es doch nur darum, welche Bande von machthungrigen, korrupten, kleinen Männern am Ende den besten Platz ergattern wird, um sich die eigenen Taschen vollzustopfen.«

»Willst du damit sagen, Patrice wäre machthungrig und korrupt?«

»Ich sage, daß Politik ein schmutziges Geschäft ist. Ich sage, daß es Wichtigeres gibt. Ich sage, es ist alles eine Farce, die wir schon tausendmal gesehen haben. Der Schauplatz ändert sich, die Akteure sind nicht dieselben, und der Hergang ist jedesmal ein bißchen anders, aber es ist immer dieselbe Geschichte, und man weiß von vornherein, wie es ausgehen wird. Und wen interessiert das noch? Politik ist langweilig. Wen interessiert's?«

»Mich zum Beispiel. Mich interessiert es, und wenn du nicht selber, mit deinen eigenen Augen sehen kannst, was hier vor sich geht, dann gibt es nichts mehr zu sagen.«

»Komm mit mir zurück nach London«, sage ich so ruhig, wie ich nur kann. »Bitte.«

Sie sagt nichts.

»Inès, ich liebe dich. Ich habe mein ganzes Leben lang darauf gewartet, jemanden so zu lieben wie dich. Ich habe Angst, daß ich nie mehr so lieben werde.«

»Das wirst du«, sagt sie sachlich. »Ich glaube nicht daran, daß es immer nur einen Menschen für uns gibt auf der Welt.«

»Ich will das nicht hören!« schreie ich. »Weißt du denn nicht, was es für mich bedeutet, dich das sagen zu hören?«

»Die Dinge haben sich verändert.«

»Sag das nicht!«

»Sie haben sich verändert.«

»Für dich vielleicht, aber nicht für mich. Für mich haben sie sich nicht verändert, und es bringt mich um den Verstand.«

Ich senke den Kopf und schließe die Augen, um mich zu sammeln. Ich atme tief durch. Ich hatte es nicht soweit kommen lassen wollen, aber jetzt kann ich mich nicht mehr zurückhalten. Ich habe nicht übertrieben: Ich kann so nicht weitermachen. Es ist mehr, als ich ertragen kann.

Ich lasse einige Zeit verstreichen. Wenigstens klappert die Schreibmaschine nicht, wenigstens hat sie nicht wieder angefangen zu arbeiten.

Als ich aufsehe, starrt sie mich an. Und jetzt liegt Zärtlichkeit in ihrem Blick. Jetzt sieht sie endlich, wie verletzt ich bin. Schweigend stehen wir einander gegenüber. Ich strecke die Hand nach ihr aus und weiß doch nicht, ob sie sich von mir berühren lassen wird. Wie furchtbar weh das tut! Wo ich doch früher jederzeit meine Finger auf ihre Brüste legen konnte, auf ihren Hintern, zwischen ihre Beine, und sie sehnte sich jeder meiner Berührungen entgegen. Jetzt kann ich nicht einmal sicher sein, daß sie mir erlauben wird, mit der Hand ihr Gesicht zu berühren. Ich zittere. Sie lächelt traurig und hoffnungslos, als wäre ich ein Unfallopfer am Straßenrand, das nicht überleben wird. Ich streiche über ihr Haar. Es scheint mit jedem Tag dünner und brüchiger zu werden. Ich kann die Kopfhaut grau durchschimmern sehen.

»Du siehst so müde aus«, sage ich. »Den ganzen Tag rennst du draußen herum, ohne etwas zu essen, und kommst erst so spät nach Hause. Du mußt auf dich achtgeben.«

»Es geht mir gut«, sagt sie. »Du bist derjenige, der auf sich achtgeben muß, besonders mit Stipe.«

Das mit Stipe und mir versteht sie einfach nicht. Ich lache verächtlich. Sie macht einen Satz auf mich zu. Ich spanne alle Muskeln an, als würde ich überfallen. Statt dessen nimmt sie meine beiden Hände und zerrt mich an den Armen.

»Hör auf mich«, sagt sie drängend. »Stipe ist ein Feind. Du brauchst ihn nur anzusehen, um das zu wissen. Sein ganzes Verhalten, seinen Körper. Alles an ihm haßt dieses Land und sein Volk. Du kannst es in seinen Augen sehen, in der Art, wie er sich bewegt.«

Es ist einfach absurd, absolut lachhaft.

»Du täuschst dich, Inès.«

»Du vertraust ihm nur, weil er damals in Houthhoofds Garten dein Buch gelobt hat.«

»Jetzt mach aber mal einen Punkt. Für wie blöd hältst du mich eigentlich?«

Aber natürlich hat sie nicht ganz unrecht. Ich fühle mich jämmerlich, daß sie meine Gier nach Anerkennung so einfach bloßgestellt hat. Der kleine Schriftsteller – der sehr kleine Schriftsteller – ist immer empfänglich; man kann ihn mit einem einzigen lobenden Satz kaufen.

»Wahrscheinlich hat er deine Bücher nicht einmal gelesen. Wahrscheinlich hat de Scheut einfach nur erwähnt, daß du Schriftsteller bist.«

Was für eine furchtbar plausible Erklärung.

»Mach dich nicht lächerlich«, sage ich.

Ich habe schreckliche Kopfschmerzen. Der Alkohol, die Wut, der Schmerz, die Hitze.

»Stipe arbeitet gegen Patrice«, fährt sie fort. »Vertrau ihm nicht.«

»Und warum hat er mir die Informationen für den Artikel gegeben, wenn er gegen Patrice arbeitet?«

»Die Belgier werden die Unabhängigkeit nicht zulassen. Sie haben die Demonstranten ermordet und hinterher Lügen darüber verbreitet. Sie haben die Anführer verhaftet und Patrice ins Zentralgefängnis geworfen. Stipe weiß, daß der ganze Artikel eine einzige Lüge war.«

»Und was hatte er damit zu gewinnen, wenn es eine Lüge war?«

»Er sollte die Unterstützung für Patrice und den MNC schwächen.«

»Stipe ist Lumumbas Freund. Er tut, was er kann, um ihm zu helfen. Ich war dabei, als er nach der Demonstration versucht hat, Lumumba dazu zu bringen, nach Brazzaville zu gehen.«

»Der Artikel, den du auf Stipes Manipulation hin geschrieben hast, sagt den Leuten, daß die Belgier so oder so klein beigeben werden, wozu also mobilieren.«

Mobilieren. Ich lächle, korrigiere sie aber nicht.

Sie zieht mich sanft an den Armen. Wir halten einander, unsere Stirnen berühren sich. Sie streicht mit der Hand über mein Gesicht.

»Du siehst auch müde aus«, sagt sie leise und küßt mich auf die Wange.

Wir ziehen uns aus und gehen zu Bett. Wir küssen uns, und wir streicheln uns, aber wir können uns nicht lieben. Es liegt an mir. Ich wünschte, ich könnte behaupten, es sei der Whisky, aber es ist viel schlimmer. Es ist keine Begierde in ihr, keine Leidenschaft. Ihre Trockenheit macht mich schlaff. Nun ist auch das letzte, was ich noch für sie hatte, vergangen – mein Körper.

Als wir uns kennenlernten, sah sie in meinem Schweigen etwas, das sie durchbrechen würde. Sie glaubte, dahinter eine verborgene Bedeutung zu finden. Ich habe es ihr so oft zu erklären versucht, aber das machte das Geheimnis, das sie in mir sah, nur noch größer. Es gab einmal eine Zeit, da hat sie mich bewundert. Bei allem, was mir nicht gelingt – manchmal bin ich in dem, was ich schreibe, ganz nahe daran, etwas Gutes auszudrücken. Abends in der Wohnung in Camden las sie immer die Seiten, die ich an dem Tag geschrieben hatte, und dann sagte sie: »Halt dich doch nicht zurück, halt dich nicht zurück. Sei ehrlich. Drück aus, was du wirklich fühlst.« Aber mein drittes Auge, das Auge des Schriftstellers, legt jedes Wort und jede Geste auf die Goldwaage. Manchmal fürchte ich mich vor meiner eigenen Zensur. Ich *kann* nicht anders als mich zurückhalten.

Früher hat sie mich bewundert. Früher hat sie an mich geglaubt und war von mir fasziniert. Jetzt nicht mehr. Sie hat meine Hülle durchstoßen und nichts darin gefunden.

Diese Geschichte geht ihrem Ende entgegen. Ich werde mich bald damit abfinden müssen. Ich bin so traurig.

14

Ich bin immer noch hier, obwohl ich bald abreisen werde. Wir haben sogar noch weniger miteinander zu tun als bisher. Stipe hat mir geraten, nicht aufzugeben, aber in ihrer Nähe zu sein, ohne irgendeine Resonanz zu bekommen, hat mich mutlos gemacht. Es hat mich zermürbt. Es hat meine Selbstachtung aufgezehrt und mich auch den letzten Funken Stolz vergessen lassen. Ihr ist es egal, ob ich da bin oder nicht. Mehr kann ich nun nicht mehr ertragen.

Es ging ihr nicht gut. Wohl aus alter Gewohnheit liege ich ihr ständig damit in den Ohren, daß sie nicht richtig ißt. Wenn sie mit Smail und Auguste unterwegs ist – der sie inzwischen genausoviel herumzufahren scheint wie Stipe –, begnügt sie sich mit *fufu*, Wegerich und Maniok. Was fürs Volk gut genug ist, ist auch gut genug für sie. Sie ist so dünn und ausgezehrt. Ihre großen, blauen Augen sehen noch größer aus; sie glänzen verdächtig und sind von schwarzbraunen Ringen unterlegt.

Das Ganze entbehrt nicht der Ironie. Inès würde es zwar leugnen, aber sie hat durchaus einen gewissen Ehrgeiz – nicht nach Ruhm und Reichtum oder danach, viele Fremdsprachen zu beherrschen, sondern wenn es um Gesundheit und Ausdauer geht. Während unseres ersten Winters in London bekam ich eine fürchterliche Erkältung. Sie brachte mir einen heißen Whisky nach dem anderen ans Bett und umsäuselte mich mit tröstenden Worten – und ließ mich ein wenig prahlerisch wissen, daß sie selber nie eine Erkältung bekäme. Als sie wenige Tage später selber *halbtot* mit Erkältung im Bett lag, zog ich sie damit auf, aber natürlich konnte sie sich überhaupt nicht daran erinnern, irgend etwas dergleichen gesagt zu haben. Sie mogelt: Sie gibt einem ein paar Puzzlesteine und reißt sie dann gleich wieder an sich. Lauter Kleinigkeiten, die Dinge, die das Ganze ausmachen.

Jetzt ziehe ich sie nicht auf. Ich bin zu besorgt. Als Lumumba unerwartet freigelassen wurde, damit er an der Brüsseler Konferenz teilnehmen konnte – sie ist felsenfest davon überzeugt, daß das zuallererst ihre Kampagne in der *Unità* zuwege gebracht hat –, war sie zu schwach, um die Wohnung zu verlassen. Sie bestand darauf, daß sie schon wieder auf die Beine kommen würde, und wollte absolut keinen Arzt hinzuziehen. Ärzte sind Panikmacher, sagt sie immer. Aber in Wirklichkeit will sie nicht an London erinnert werden, daran, was die Ärzte ihr damals mitgeteilt haben. An manchen Tagen geht es ihr gut, an anderen nicht.

Als ich es zum ersten Mal höre, sitze ich am Tisch und schreibe. Es ist ein leises, unbestimmtes Geräusch, etwa so, als würde die Luft durchschnitten, ein Geräusch, das man gehört zu haben glaubt, um dann zu dem Schluß zu kommen, daß man es sich wohl nur eingebildet hat. Inès ist im Schlafzimmer und liest oder dämmert vor sich hin. Heute ist einer der schlechten Tage.

»Kannst du das hören?« ruft sie.

Das Geräusch ist jetzt lauter. Langsam wird mir bewußt, daß irgend etwas nicht stimmt. Etwas fehlt. Ich sehe auf die Uhr. Es ist kurz nach vier. Draußen müßten jetzt Autos fahren, aber es sind keine da. Kein einziges.

»Kannst du das hören?« ruft Inès wieder aus dem Schlafzimmer.

»Ja.«

»Was ist das?«

Ich stehe auf und sehe aus dem Fenster.

»Was geht da vor?«

Inès kommt ins Wohnzimmer und zieht sich ein Kleid über den Kopf. Ich erhasche einen kurzen Blick auf ihren weißen Bauch und ihre Brüste und fühle den Verlust wie einen plötzlichen, scharfen Schmerz. Diese schönen Dinge, die einmal mir gehört haben. Jetzt nicht mehr. Diese Nähe bringt mich um. Ich muß gehen, wenn ich überleben will. Ich muß gehen, aber ich will nicht.

Das Telefon klingelt.

»Ich kann nichts sehen«, sage ich zu ihr. »Aber hast du gemerkt? Es ist überhaupt kein Verkehr.«

Sie kommt zum Fenster und stellt sich neben mich. Ihre Haut riecht nach Schlaf und Milch und Schweiß. Ich gehe ans Telefon.

»Schon gehört?«

Es ist Stipe.

»Nein.«

»Sie müssen der einzige Mann in ganz Leó sein, der noch nichts davon weiß. Was zum Teufel tut ihr Schriftsteller den ganzen Tag lang?«

»Schreiben.«

»Sie sollten sehen, ein bißchen mehr rauszukommen. Oder hören Sie wenigstens Radio?«

»Was ist denn nun die Neuigkeit?«

»Erinnern Sie sich noch an Ihren Artikel – sechs Monate?«

»Und?«

»Sie haben nicht weit danebengelegen. Am 30. Juni. Es ist gerade von der Konferenz am runden Tisch verkündet worden. Meinen Glückwunsch. Wir müssen das bald mit einem Glas im Colibri begießen.«

Er legt auf. Inès sieht mich an.

»Und?«

»Stipe.«

Sie knurrt mißmutig und dreht sich wieder dem Fenster zu. Was kann Stipe schon Wichtiges zu sagen haben.

»Die Belgier haben den Tag für die Unabhängigkeit festgesetzt – der 30. Juni.«

Jetzt wirbelt sie herum.

»Heilige Maria«, sagt sie leise. »Macht er Witze?«

»Ich denke nicht.«

Ich habe sie noch nie so überrascht gesehen. Schon ist sie im Schlafzimmer verschwunden, um sich vollständig anzuziehen.

Ich sehe nach, was für ein Datum wir haben: Es ist der 27. Februar.

»Vier Monate«, sage ich zu mir. »Noch vier Monate bis zur Unabhängigkeit.«

Erst jetzt wird mir klar, daß ich Stipe nicht geglaubt habe, als ich damals den Artikel schrieb. Ich habe mich nur zum Sprachrohr gemacht und eine provokante Spekulation in die Welt gesetzt. Wie es Journalisten so tun, habe ich behauptet, das zu beschreiben, was ich vor mir sah. Aber in Wahrheit habe ich ein Bild gezeichnet, das ich nicht gesehen habe. Es war Stipes Bild.

Sie kommt mit einem Paar ausgetretener Schuhe wieder zurück und hält sich an mir fest, während sie sie überstreift.

Eine Belgierin im mittleren Alter und mit einem hellblau geblümten Kleid zieht mich am Arm. Sie preßt eine weiße Handtasche vor die Brust. In ihrem Blick liegt Verzweiflung.

»Nous nous trouvons devant l'inconnu complet«, murmelt sie. *»L'inconnu complet, l'inconnu complet.«*

Sie geht davon, abwesend und mit leerem Blick, wie jemand, dem man gerade mitgeteilt hat, daß sein Kind bei einem Unfall ums Leben gekommen ist. Sie ist nicht die einzige. In jedem weißen Gesicht zeichnet sich der Verlust ab, tiefe Bestürzung. An der Ecke von Lambermont haben sich einige weiße Büroangestellte versammelt, um mit eigenen Augen zu sehen, was sie im Radio gehört haben. Sie sind sprachlos, entsetzt, zutiefst erschüttert.

»Komm schon«, drängt Inès und beginnt die Avenue des Aviateurs hinunter zu gehen, wo die Schwarzen marschieren. Ich laufe ihr nach und drücke mich an den wie betäubt umherstehenden Weißen vorbei.

»Wo ist die Armee? Warum lassen sie das zu?« höre ich einen Mann zu seinem Begleiter sagen, als ich an ihnen vorübergehe.

Irgend etwas daran irritiert mich. Nicht die Worte, das ist es nicht. Etwas anderes. Es fällt mir erst ein, als ich schon zehn oder zwanzig Schritte weiter bin: Der Mann hat geflüstert, er wollte nicht gehört werden. Ich habe Weiße schon oft ängstlich und leise sprechen hören, aber das ist das erste Mal für mich, daß ein *colon* die Stimme senkt. Erst in diesem Moment wird mir die Bedeutung dessen, was wir gerade miterleben, so richtig bewußt. Ich halte inne, um mich nach dem Sprecher umzusehen. Ich muß ihn sehen, ich muß mir die Erinnerung an diesen Moment einprägen. Er bemerkt mich, ebenso wie seine Begleiter; sie sehen mich und machen in ihrer Paranoia sofort wütend Front gegen mich.

Ich haste Inès nach. Um uns herum herrscht Stille und Bedrückung. Da ist nur dieses stetige, bedeutungsschwere Brausen in der Luft. Gegen Ende der Avenue, in der Nähe der Place de la Poste, stoßen wir auf die Marschierenden. Es sind Tausende. Sie gehen im Gleichschritt, mit unverwandt nach vorn gerichtetem Blick und einem zur Schau getragenen Selbstbewußtsein in ihren Gesichtern, wie ich es noch nie zuvor bei Schwarzen gesehen habe: Es wirkt beinahe feindselig. Sie lassen Palmwedel durch die Luft zischen und erzeugen so das aggressive Geräusch, das ich schon vorhin in unserem Apartment gehört habe. Jetzt läßt es mir Schauer über den Rücken laufen.

Am Postamt reißt eine verängstigte weiße Frau ihre Tochter in die Arme, die eigentlich schon viel zu groß ist, um getragen zu werden, und hastet, schwankend unter ihrer Last wie eine Witzfigur in einem Sketch, davon. Die Polizisten stehen führungslos herum, gereizt, frustriert und gedemütigt.

Inès und ich folgen dem Zug auf dem Boulevard, wo wir in der wachsenden Zuschauermenge Grant in die Arme laufen. Er fährt mit der Hand in seine üppige, schwarze Tolle und streicht sie über die Stirn zurück. Nach dem, was ich im Colibri und im Regina von ihm gehört habe, ist er ein Mann, dem jede Begeisterungsfähigkeit abgeht. Inès sagt, daß man ihm das auf einer Privatschule oder spätestens an der Universität systematisch abgewöhnt hat. Auch heute ist es nicht anders. Für ihn ist das alles nichts Besonderes. Er bedenkt uns mit einem gelangweilten Blick und läßt sich aus seiner überragenden Größe – er ist mindestens einsfünfundneunzig – herab, mit mir zu sprechen.

»Glückwunsch«, sagt er so ungezwungen höflich, daß man ihm die guten Wünsche nicht abnimmt. »Ihr Stück entpuppt sich ja doch noch als recht prophetisch.«

»Vielen Dank«, antworte ich.

Inès geht weiter. Ihre Verachtung gilt dem Typus gleichermaßen wie der Person.

»Wußten Sie, daß das hier kommen würde?«

»Ich hatte keine Ahnung«, sage ich.

»Ich dachte, Ihr Kumpel vom CIA hätte es Ihnen vielleicht gesagt.«

»Ich hatte wirklich keine Ahnung«, wiederhole ich.

Er scheint meine Reaktion als Abfuhr von einem Konkurrenten zu nehmen. Ein Teil von mir kribbelt triumphierend wie ein Außenseiter, der gegen einen stärkeren und populäreren Gegner gewonnen hat, und noch dazu ohne besondere Anstrengung. Jetzt rücken auch einige andere Korrespondenten näher. Erwartungsvoll starren sie mich an. Einer versucht meinen Blick festzuhalten, und als ich ihm aus purer Höflichkeit zunicke, lächelt er, als hätte ich ihm eine besondere Gunst erwiesen.

»Sie werden jetzt sehr gefragt sein«, sagt Grant.

Weiter unten auf dem Boulevard ist einer der Marschierenden aus der Menge ausgebrochen und läuft zu Inès.

»Auguste!« ruft sie selig.

Sie laufen einander in die Arme.

»Sie kommt«, sagt Auguste mit sich vor Erregung überschlagender Stimme. »Die Freiheit kommt. Genau wie Patrice gesagt hat!«

Es war mir bisher nicht klar, daß Auguste so ein glühender Lumumba-Anhänger war. Ich frage mich, ob Stipe davon weiß. Inès umarmt ihn noch einmal.

»Ich bin so glücklich«, höre ich sie sagen.

Ich sehe zu, wie sie sich Arm in Arm und aufgeregt schwatzend wieder unter die Demonstranten mischen. Ihre Freundschaft ist in den Wochen, seit ich sie einander vorgestellt habe, stetig gewachsen. Keiner von ihnen bemerkt, wie sehr diese Vorführung die umstehenden Weißen schockiert. Grant schwallt immer noch über die unausweichlichen Angebote von Londoner Zeitungen auf mich ein, über Zeilenhonorare und Spesen. Ich höre kaum hin. Meine Blicke hängen an einem untersetzten Mann mit kräftigen Armen, der jetzt hinter Inès und Auguste hereilt. Sein Gesicht kann ich nicht sehen, aber schon an der Art, wie er sich bewegt, lassen sich seine ganze Empörung und die aufgestaute Wut ablesen.

»Wollen wir vielleicht später etwas zusammen trinken?« sagt Grant gerade.

»Entschuldigung«, antworte ich hastig und laufe hinter Inès und Auguste her.

Es ist zu spät. Der stämmige Kerl ist schon explodiert. Er stürzt sich von hinten auf sie und reißt sie mit aller Gewalt auseinander.

»Schwarze Schwänze sind dir wohl lieber, was, du verdammte glatzköpfige Hure? Du stinkende Hure! Du holst es dir bei den Niggern, weil dich kein wirklicher Mann anfassen würde.«

Inès schreit irgendwas auf italienisch zurück, aber so schnell, daß ich nichts verstehen kann. Die weiße Menge ist unruhig und gespannt. Es ist nicht vorherzusehen, wie sie reagieren werden. Jetzt wirbelt der Kerl herum und stößt Auguste sein Gesicht dicht unter die Nase.

»Hau ab, du häßlicher Affe, oder ich töte dich mit meinen bloßen Händen. Verschwinde, du dreckiger, schwarzer Affe.«

Inès brüllt auf ihren Widersacher ein, aber Auguste wirft ängstliche Blicke um sich. Er will Inès nicht allein lassen, doch auch die Wut der anderen Weißen, Männer wie Frauen, nimmt merklich zu. Er macht einen vorsichtigen Schritt zurück. Da prescht jemand aus der Menge und boxt ihn vor die Brust.

Auguste stolpert. Die Weißen rücken näher. Wie groß seine Augen jetzt sind, wie unübersehbar seine Angst. Er wirkt wie ein Stummfilmneger, ein Witz für all diejenigen, die nicht wissen können, wie weit sein Entsetzen geht. Jemand tritt ihn in die Beine. Er weiß, daß er nicht zu Boden gehen darf. Er tritt den Rückzug an, versucht sich mit vorsichtigen Schritten nach hinten einen Weg zurück in die Sicherheit des Demonstrationszuges zu bahnen. Jetzt merken auch die Schwarzen, was da vor sich geht, scheinen aber nicht richtig zu wissen, wie sie sich verhalten sollen.

»Laßt ihn in Ruhe!« schreit Inès.

Ich versuche mich durch die dichter werdene Menge zu drängeln. Jetzt rufen sie Inès Beleidigungen zu – *Salope, salope!*

»Lassen Sie mich durch«, brülle ich. »Lassen Sie mich durch!«

Als sie meinen Akzent hören, bedenken sie mich mit mißtrauischen Blicken und gehen erst recht nicht aus dem Weg. Ich gehöre nicht zu ihnen; sie bringen mich mit Inès und Auguste in Verbindung.

»Aus dem Weg!«

Jemand schlägt mich auf den Hinterkopf. Eine geziele Ladung Speichel landet auf meiner Nase. Ich stürze weiter; jemand packt mich am Arm. Der Kerl von vorhin hat sich jetzt Inès vorgenommen. Sie läßt sich nicht einschüchtern und spart auch nicht mit Beschimpfungen.

»Halt die Schnauze, du dreckige Hure!«

Er stößt ihr seine fette Brust entgegen und drängt sie so vom Bordstein auf die Straße. Sie schubst ihn zurück. Der Mann hebt die Hand und schlägt ihr voll ins Gesicht. Es kommt überraschend, aber sie fängt sich sofort wieder und schlägt, glühenden Zorn in den Augen, mit ihrer winzigen Faust zurück.

Ich werde von jemandem festgehalten, der seinen eisernen Griff nicht lockern will. Ich hole aus und bin frei, ohne zu wissen, wen ich getroffen habe. Habe ich nicht eben ein bekanntes Gesicht gesehen? Smail? Ich drehe mich um. Es ist wirklich Smail. Der Diamantenhändler kämpft in der Menge, stößt sie von mir fort, flucht und droht nach Kräften. Für einen kurzen Moment treffen sich unsere Blicke, eben lang genug, um uns der Gegenwart des jeweils anderen zu versichern; dann drehe ich mich um und kämpfe mich zu Inès durch. Irgendwie gelingt es mir, mich zwischen sie und den untersetzten Mann zu drängen. Ich bin keine Kämpfernatur. Ich kann mich nicht erinnern, wann ich das letzte Mal zugeschlagen hätte – es muß sehr lange her sein, wahrscheinlich noch in der Schulzeit –, aber Inès blutet am Mund.

»Rühren Sie sie nicht an«, sage ich zu dem Mann.

Ich brülle nicht, meine Stimme ist ganz ruhig. Ich kann selber hören, wie drohend sie klingt. Etwas weiter hinter uns tobt immer noch das Handgemenge um Auguste.

»Sie dreckiger Rassist!« schreit Inès den Untersetzten an.

»Sei ruhig!« sage ich zu ihr.

Ich kann sehen, daß der Mann mit sich ringt, ob er es mit mir aufnehmen soll. Wenn ja, wird er gewinnen. Ich muß alles tun, ihn das nicht merken zu lassen. Er zögert. Es ist soviel Verachtung in seinen Augen.

»Halten Sie Ihr verdammtes Weibsstück unter Kontrolle«, sagt er.

Er spuckt mir ins Gesicht, dann wendet er sich ab. Die Menge starrt uns an, aber niemand scheint den ersten Schritt tun zu wollen.

Ich nehme Inès bei der Hand und beginne sie fortzuführen.

»Auguste!« ruft sie.

Zwanzig Meter weiter die Avenue hinauf kniet Auguste am Boden, eingekreist vom wütenden Mob. Smail tut, was er kann, um ihn zu verteidigen. Jemand tritt Auguste mit voller Wucht vor die Brust.

Das ist das Signal, daß der Kampf nun richtig losgeht. Die Demonstranten brechen bereits aus ihren Reihen aus, werfen ihre Palmwedel und Transparente zur Seite und stürzen sich kopfüber auf den Feind, um ihren Kameraden zu retten. Einige Weiße ergreifen die Flucht, andere stellen sich dem Ansturm entgegen. Gendarmen kommen herbeigeeilt.

»Auguste!« ruft Inès.

Er kommt mit Smails Hilfe wankend auf die Beine. Marschierende, Weiße und Polizisten vermischen sich im Kampfgetümmel.

»Auguste ist in Ordnung«, sage ich. »Smail ist bei ihm. Er ist in Ordnung.«

Auguste ist nicht in Ordnung. Aber ich muß sie hier rausbringen.

Ich führe sie auf dem gleichen Weg, den wir gekommen sind, zurück den Boulevard hinunter. Überall um uns herum wird gekämpft. Die sonst so ordentlich gehaltenen Straßen sehen plötzlich heruntergekommen und deprimierend aus. Neben einem Abflußgitter liegt eine schmutziggrau durchtränkte Männerunterhose (was mag da passiert sein?), am Boden zerfetzte Palmwedel und Transparente, und überall dazwischen die Glassplitter von zertrümmerten Windschutzscheiben. Hinter uns läuft ein Panzerwagen auf, dessen Gefechtsturm mit dem Maschinengewehr wahllos umherschwenkt wie ein Roboter. Als er näher kommt, beginnen die Aufrührer, sich zu zerstreuen.

»Halt«, ruft sie plötzlich mit drängender und zugleich schwacher Stimme.

Sie lehnt sich vor und stützt die Hände auf die Knie, um ein wenig Kraft zu schöpfen. Ich halte sie von hinten um die Taille. Sie ist leicht wie eine Feder.

»Bist du in Ordnung?«

Sie antwortet nicht.

»Inès?«

Sie läßt ein leises Stöhnen hören. Hinter uns auf dem Boulevard hört man ein knallendes Geräusch. Tränengas.

»Ich kann mich nicht bewegen«, sagt sie und will sich mitten auf den Gehsteig setzen.

Ich lasse sie nicht los.

»Wir gehen jetzt nach Hause«, sage ich.

Während ich sie vorsichtig hochhebe, merke ich, wie Grant und einer der anderen Korrespondenten zu uns herübersehen. Grant nickt mir zu, und ich erwidere steif seinen Gruß. Ein schadenfrohes Grinsen huscht über sein Gesicht. Er wendet sich ab, um etwas zu seinem Kollegen zu sagen, zweifellos nichts Nettes. Es muß ihm gefallen, seinen Konkurrenten in einer so unwürdigen Situation zu sehen – aufgelöst und voller Wut. Ich bezweifle, daß er je etwas mit einer solchen Frau zu tun hatte, einer Frau, die Prügeleien entfacht und selber handgreiflich wird. Nein, Grant ist wohl keiner von denen, die sich in eine derart lächerliche Situation manövrieren lassen würden.

Jetzt sehe ich Inès und mich und den Zustand, in dem wir uns befinden, von seiner Warte aus.

15

Ich betupfte ihre geschwollene Lippe mit Jodlösung. Sie verlangt, daß ich Stipe anrufe, damit er Auguste hilft. Wenn Stipe nicht kann – oder nicht will –, soll ich in die Cité zu Augustes Bruder gehen. Dort wird man wissen, was zu tun ist.

Ich bestehe darauf, daß wir zuerst einen Arzt rufen. Gegen ihren Protest rufe ich Roger an. Sie hat nicht vergessen, was Rogers Freunde damals in Houthhoofds Garten gesagt haben, obwohl ihre Bemerkungen, verglichen mit dem, was Weiße jeden Tag über Schwarze äußern, noch geradezu milde erscheinen. Ich bin Roger gelegentlich im Regina oder in der Caravelle über den Weg gelaufen. Er ist ein sanfter, gutmütiger und phantasieloser Mann. Durch und durch englisch und durch und durch anständig. Er kommt sofort vorbei.

Er ist sehr geduldig mit ihr, obwohl sie eine schwierige Patientin ist. Andauernd unterbricht sie die Untersuchung mit Fragen nach der Verlautbarung aus Brüssel, nach Lumumba, der Demonstration: Was hat er gehört?

»Im Radio hieß es, im Mai sollen Wahlen zum Abgeordnetenhaus stattfinden.«

»Da wird Patrice problemlos gewinnen«, sagt sie zuversichtlich vorher. »Der MNC ist die stärkste Partei.«

»Nehmen Sie Ihre Malariatabletten?« fragt er.

Sie scheint ihn nicht zu hören, sondern murmelt statt dessen vor sich hin: »Ich werde ein Interview mit ihm machen, wenn er zurückkommt.«

»Pyrimethamin? Mefloquin?« drängt Roger.

»Mefloquin«, antworte ich für sie, obwohl ich nicht sicher bin, wie regelmäßig sie sie nimmt.

»Wie ist es mit dem Stuhlgang?«

Inès sieht ihn verwirrt an. Ich erkläre, was er meint. Sie wird ein bißchen rot. In diesem Punkt ist sie schüchtern, trotz ihrer ansonsten bodenständigen Natur. Eine Eigenart von ihr. Sie hat schon immer alles mögliche angestellt und regelrechte Strategien entwickelt, damit ich außer Hörweite war, wenn sie zur Toilette ging. Wenn sie mich nicht weit genug aus dem Weg bekommen konnte, summte sie manchmal nervös irgendwelche Töne vor sich hin, um die Peinlichkeit zu überspielen. Inzwischen kann sie auf diese Empfindlichkeit keine Rücksicht mehr nehmen. Vorletzte Nacht erwachte ich allein im Bett und hörte, wie sie draußen würgte und sich übergab. Ich wartete auf das Geräusch der Klospülung, dann des Wasserhahns, von Gurgeln und Ausspucken. Aber da war nichts als das Sirren der Klimaanlage. Ich sprang aus dem Bett und fand sie nackt im Halbdunkel auf der Toilette sitzend, in einer Haltung völliger Erschöpfung nach vorne gebeugt. Auf dem Fußboden zwischen ihren Füßen lag ein graubrauner, klumpiger Haufen Erbrochenes. Ich half ihr hoch und steckte sie unter die Dusche. Ihre Haut war kalt und klamm. Sie saß mit dem Rücken gegen die Kacheln gelehnt in der Wanne, während ich den Wasserstrahl über ihren Körper laufen ließ. Ich trocknete sie ab und trug sie ins Bett; dann ging ich zurück, um sauber zu machen.

Ich lasse sie allein mit Roger und ihrer Genierlichkeit und gehe ans Wohnzimmerfenster. Schließlich rufe ich im Konsulat an und hinterlasse eine Nachricht für Stipe wegen Auguste. Auf der Straße unten ist alles ruhig. Nichts rührt sich. Ich werfe einen Blick auf den Tisch, wo mein Manuskript liegt. Wie stehe ich eigentlich zu diesem Roman, wenn ich ganz ehrlich bin? Es geht um einen Mann, der an einem bestimmten Punkt in seinem Leben, wo er nicht mehr recht weiß, wer und was er ist, zu der Überzeugung gelangt, daß er nur zu sich selber finden kann, wenn er den Vater findet, den er nie gekannt hat. Als ich Inès zum erstenmal von meinem Plan zu diesem Buch erzählte, wurde sie richtig aufgeregt. Sie hatte schon immer ein großes Interesse an meiner Vergangenheit und meiner Familie, und so meinte sie, es sei genau das Buch, das ich schreiben solle. Es würde anders sein als alles, was ich bis dahin geschrieben hatte, ein Neubeginn und wirklich empfunden. Sie bombardierte mich mit Fragen, machte einen Vorschlag nach dem anderen; ihr Enthusiasmus war so groß, daß meiner schier darunter erstickte. Jeden Abend, wenn sie nach Hause kam, wollte sie sehen, was ich geschrieben hatte. Sie verschlang die Seiten nur so. *Bravo, complimenti.* Dann küßte sie mich. Aber nach einer Weile, als die Arbeit immer weiter fortschritt, begann sich ihre Haltung zu ändern. Ihre Reaktionen bekamen etwas Mechanisches. Ich versuchte meine Enttäuschung zu verbergen, aber eines Abends sprach ich sie doch an. Sie sagte, handwerklich und stilistisch sei der Text natürlich völlig in Ordnung; einige der Beschreibungen gefielen ihr recht gut (je größer die Übung, desto besser die Möglichkeiten, seine kleinen Tricks zu perfektionieren), aber das Herzstück des Buches sollte doch diese Sehnsucht des Sohnes sein, und das könne sie nicht fühlen. Danach blätterte sie die Seiten um, als müsse sie eine Pflichtübung absolvieren. Als sie mich eines Abends wieder fragte, was ich geschrieben hätte, antwortete ich betont obenhin: »Ach, ich glaube, ich habe heute gar nichts, was sich vorzuzeigen lohnt. Die Passage, an der ich gerade arbeite, ist noch nicht fertig«, und sie fragte nicht weiter. Nachdem das Buch sie einmal enttäuscht hatte, war es, als hätte sie es ganz und gar vergessen.

Aber es ist wahr, sie hat recht. Obwohl ich immer wieder neu ansetze, will es mir noch nicht gelingen, für den Leser nachempfindbar zu machen, was für den Sohn auf dem Spiel steht. Alles Melodramatische ist mir zuwider, laut zu werden erscheint mir überflüssig. Immer wenn ich mich um Gefühle bemühe, um Wut, Feuer, kommt ein falscher Ton dabei heraus. Ich werde Alan schreiben, daß ich noch ein bißchen mehr Zeit brauche.

Roger kommt aus dem Schlafzimmer.

»Sie hat Anämie«, sagt er in der schroffen, sachlichen Art, mit der Ärzte alles zu verkünden pflegen, ob es sich um Hühneraugen handelt oder Krebs. »Wahrscheinlich hat sie eine leichte Malaria, und darüber hinaus hat sie sich möglicherweise eine Amöbenruhr eingefangen. Wohl vom Essen auf der Straße. Es ist wirklich nicht zu empfehlen, ziemlich unhygienisch, wissen Sie. Tatsächlich hat Maniok so gut wie gar keinen Nährwert. Es ist ein Füllstoff, Stärkebrocken, nicht mehr. Man spürt regelrecht, wie es einem im Magen liegt, aber es dient nur dazu, das größte Hungergefühl einzudämmen. Außerdem nimmt man an, daß es eine nicht unerhebliche Menge von Cyanid enthält.«

»Gar nicht so unpassend, wenn man darüber nachdenkt«, sage ich.

Die Vorstellung, daß das Grundnahrungsmittel der Schwarzen im Kongo giftig sein könnte, scheint nur allzu angemessen, aber Roger ist nicht der Typ Mann, der für Ironie und Metaphern empfänglich wäre.

Er streicht mit dem Fingerrücken über seinen struppig-kurzen rötlichblonden Schnurrbart.

»Sie muß ein bißchen besser auf ihre Ernährung achten – viel Proteine, frisches Gemüse und Obst. Ich habe ihr ein paar Vitaminpräparate und Eisentabletten dagelassen. Sie sollten darauf achten, daß sie sie auch nimmt.«

»Das werde ich.«

»Und etwas gegen die Magen-Darm-Probleme. Ich habe Blutproben und Abstriche entnommen und einen Termin in der Klinik in Gombé abgemacht. Bis dahin sorgen Sie bitte dafür, daß sie im Bett bleibt. Sie braucht Ruhe und Pflege.«

Ich frage nach ihrem Haar. Es ist mir peinlich, für Inès, sogar peinlicher, als wenn wir über ihren Stuhlgang reden würden. *Glatzköpfige Hure.* Die Beleidigung klingt mir immer noch in den Ohren.

»Es ist ein wenig dünn«, gibt Roger zu. »Es kommt vor, daß Frauen die Haare verlieren. Manchmal ist innere Unruhe die Ursache, aber das geht meistens vorüber. Wenn die Ernährung stimmt, dürfte es wieder besser werden.«

Ich geleite ihn zur Tür.

»Was halten Sie von den Neuigkeiten?« frage ich.

Er seufzt. »Als ich '49 herkam, war das Leben hier wundervoll. Ein sagenhafter Lebensstandard, viel besser als alles, was ein unverheirateter junger Mann daheim in England erwarten konnte. Und, wissen Sie, für die Schwarzen waren die Bedingungen insgesamt recht anständig. Aber inzwischen ist alles ein wenig bergab gegangen. Daran sind nicht etwa die großen Gesellschaften schuld. Unilever und die Union Minière haben wirklich fabelhafte Häuser für ihre Arbeiter gebaut – ich meine fabelhaft für afrikanische Verhältnisse: mit fließend Wasser, Elektrizität und so weiter. Das Problem sind die Belgier, die in den letzten ungefähr zehn Jahren hierhergekommen sind – die *petits colons*. Viele von denen sind nicht eben übermäßig sympathisch und auch nicht übermäßig gebildet. Sie haben, glaube ich, viel dazu beigetragen, die Schwarzen aufzustacheln. Ich werde wohl nicht mehr sehr lange bleiben.«

Ich danke ihm noch einmal und öffne die Tür.

»Wenn ich Sie wäre«, sagt er, fast als käme ihm dieser Gedanke erst jetzt, »würde ich auch darüber nachdenken, das Land zu verlassen. Ich habe den starken Verdacht, daß das, was Sie heute gesehen haben, nur ein erstes Anzeichen dessen war, was noch auf uns zukommen wird.«

Ich frage, was ich ihm schuldig bin, aber davon will er nichts wissen.

Ich gehe zurück, um nach Inès zu sehen. Sie ist völlig erschöpft. Ich setze mich zu ihr aufs Bett.

»Rufst du bitte Stipe an? Du mußt herausfinden, wie es Auguste geht.«

Ich beuge mich zu ihr hinunter, gebe ihr einen Kuß auf die heiße Stirn und sage ihr, daß ich Stipe bereits angerufen habe.

»Jetzt, wo wir wissen, daß Stipe mit der Unabhängigkeit recht behalten hat«, sage ich, »was denkst du nun, warum er mir die Story gegeben hat?«

Sie sagt nichts.

Ich necke sie. »Du willst nicht zugeben, daß du dich in ihm getäuscht hast?«

»Ich weiß nicht, was er für ein Motiv dafür hatte, außer daß es bestimmt nicht ehrlich war.«

Ich umfasse ihr Gesicht mit den Händen.

»Du weißt, daß ich dich liebe«, sage ich ihr.

Dieses Risiko meine ich eingehen zu können, weil wir wieder zusammen waren; auf der Straße war es, als wäre zwischen uns alles in Ordnung.

Sie preßt ihre Wange gegen meine Hand, reagiert sonst aber nicht. Ihre Augen sind geschlossen. Das ist auch so eine Eigenart von Inès – sie lügt nie, auch nicht, um die Gefühle anderer zu schonen. Sie ist aufrichtig bis zur Taktlosigkeit. Jetzt schweigt sie, weil sie nicht lügen will.

»Roger sagt, wir sollten darüber nachdenken, das Land zu verlassen«, sage ich langsam. »Was meinst du?«

Ich stelle diese Frage, als hätten wir eine gemeinsame Zukunft vor uns.

»Roger ist ein Panikmacher«, erklärt sie nach einer Minute. »Wie alle Ärzte.«

Es gibt keine Zukunft.

»Natürlich.«

Ärzte sind Panikmacher. Mehr gibt es dazu nicht zu sagen.

»Und überhaupt, wie könnte ich denn ausgerechnet jetzt fortgehen, wo die Unabhängigkeit bevorsteht?«

Es sind schnellebige Zeiten. Sie darf nichts versäumen.

16

Ihre Krankheit hat das Beste in mir zum Vorschein gebracht, oder zumindest das bißchen, das ich mit einigem Recht als das Beste bezeichnen kann. Ich mag es, wenn sie krank ist – das ist die ganze Wahrheit; ihre Schwäche kommt den Phantasien von Ritterlichkeit und Mannesehre entgegen, die von dem Tag an in mir geschlummert haben, als ich meinen Vater die Hand zum Schlag erheben und meine Mutter zittern sah.

Aber das ist nicht alles. Langsam und mit tastenden Schritten gewinnen wir etwas zurück. Manchmal fühlt es sich fast ein wenig so an wie früher, wenn wir uns geliebt hatten. In diesen Minuten – wenn es gut gewesen war, wenn ich alles richtig gemacht hatte – wurde diese sonst so rastlose, unberechenbare Frau für kurze Zeit ganz ruhig, und in dieser Ruhe konnte ich einen Platz für mich selbst finden. In diesen Momenten fühlte ich am deutlichsten, wie sehr ich sie brauchte – und sie mich. Und jetzt ist dieses Bedürfnis wieder da, auf beiden Seiten. Jedenfalls glaube ich das. Ich hoffe es.

Morgens gehe ich die Zeitungen holen. Seit der Brüsseler Verlautbarung sind Dutzende von neuen Zeitungen, Zeitschriften und Partei-Nachrichtenblättern erschienen. Ich kaufe eine Auswahl davon für Inès, dazu den *Courrier d'Afrique, L'Avenir, Actualités Africaines* und ein paar ausländische Zeitungen; was ich finden kann. Sie kosten uns eine Menge Geld. Ich gehe in die Wohnung zurück und koche Kaffe für mich und schwachen Zitronentee für sie. Dann setze ich mich aufs Bett und lese die Überschriften vor. Sie wählt aus, was sie davon hören will. Meistens sind es Artikel über die Wahlkampagne, die begonnen hat, sobald Lumumba und die anderen Delegierten das Flugzeug aus Brüssel verlassen hatten. Mit den größeren politischen Parteien und Stammesverbänden war ich ja schon vertraut – mit Lumumbas MNC, Kasavubus Abako, Tshombés Conakat –, aber fast täglich kommen neue Parteien und Koalitionen, Kartelle, Föderationen und Allianzen hinzu. Diese Gruppierungen sind unbeständig, um es milde zu sagen: In der einen Ausgabe eines Nachrichtenblattes werden sie mit hochtrabenden Erklärungen unverbrüchlicher Freundschaft ins Leben gerufen und in der nächsten unter niedrigsten Beschimpfungen und Betrugsvorwürfen wieder aufgelöst. Es gibt so unendlich viele wirre Stimmen, so viele Namen und Abkürzungen: PSA, Cerea, RP, PP, Reko, Mederco, Luka, Puna, RDLK, Unimo; Coaka; Abazi; MUB-Kartell, Unebafi, MSM, Balubakat. Ganz zu schweigen von der Parti National du Progrès, der nationalen Fortschrittspartei. Inès interpretiert das Kürzel PNP als »Partei der Neger mit aufgehaltenem Portemonnaie«, weil die Partei ein Lieblingskind der Belgier ist und die Verbindungen zu den Schatztruhen der Verwaltung allgemein bekannt sind. Geld – seine Quellen und die Kanäle, durch die es fließt – ist eines der beherrschenden Themen und Gegenstand endloser, bissiger Spekulationen.

Über die Bulletins von *Inforcongo*, dem Sprachrohr der Regierung, gerät Inès regelrecht in Rage.

»Sieh dir das an«, kreischt sie empört auf. *»Der einzige Fehler, den die Belgier vielleicht machen, ist, daß sie von selbsternannten Anführern Mäßigung und gesunden Menschenverstand erwarten.«*

Ich ziehe sie dafür mit den größten Lächerlichkeiten aus *Indépendance* auf, der MNC-Zeitung: *»Patrice Lumumba, du bist der Mann, den wir brauchen. Du bist unsere Hoffnung und die Hoffnung unserer Zukunft...«*

»Halt den Mund«, sagt sie und versucht, mir die Zeitung aus der Hand zu reißen.

»Nein, hör zu – es wird noch besser: *Märtyrer und Symbol der Freiheit, Kind unseres Vaterlandes, Beschützer der Rechte unserer Ahnen, mutiger Krieger, laß deine todgeweihten Feinde unseren ruhmreichen Triumph ...«*

Sie schnappt sich das Papier und schleudert es in die hinterste Ecke des Zimmers.

»Es ist kein Kunststück, sich lustig zu machen«, keift sie. »Aber es gehen immerhin wichtige Dinge vor.«

»Vielleicht, aber eine solche Sprache macht es einem ziemlich schwer, diese wichtigen Dinge ernst zu nehmen.«

»Dir vielleicht. Aber wenn du mal daran denkst, was gewesen ist, an all die Unterdrückung und das Elend, dann sind solche Worte unvermeidlich. Weniger wäre eine Beleidigung für alle, die geleidet haben.«

Geleidet. In Inès' Lexikon kommt immer eine Menge Leiden vor. Sie ruft mir ins Gedächtnis, daß diese Leute seit Ankunft der ersten Kolonialherren rechtlos waren und erst wieder zu ihrem Recht kommen werden, wenn Lumumba an die Macht kommt.

»Märtyrer der Freiheit? Kind unseres Vaterlandes?«

»Eines Tages wirst auch du nicht anders können, als das hier ernst zu nehmen. Du wirst dem nicht entgehen.«

Am frühen Nachmittag sitze ich nun, anstatt ins Colibri zu gehen, regelmäßig auf dem Bett und lese ihr Romane vor.

»Es spricht ihm nicht aus der Seele. Alles viel zu technisch«, beklagt sie sich, als wir *Die Erziehung des Herzens* halb durch haben. Stipe hat es mir geliehen. »Wenn er nicht davon bewegt ist, warum sollte ich es dann sein?«

Mit der gleichen unterdrückten Ungeduld hat sie schon *Salammbô* und *Die Versuchung des heiligen Antonius* über sich ergehen lassen.

»Hör doch einfach mal den Beschreibungen zu«, sage ich.

»Stell dir die Bilder in Gedanken vor. Genieße sie. *Wie ein Architekt, der einen Palast entwirft, fertigte er die Pläne für seine Zukunft, voller köstlicher und herrlicher Dinge, hochfliegend bis in die Wolken hinein; und in Betrachtung eines derart reichen Bildes versunken, verlor er allen Sinn für die Welt um ihn herum.*«

»Wie kann jemand allen Sinn für die Außenwelt verlieren?«

Die Realisten sind allesamt nicht nach ihrem Geschmack. Sie zieht die Metaphorik von Yeats vor, seine Extravaganzen, seine schreckliche Schönheit; wie er verachtet sie die Anhäufung gestohlener Güter. Ich hätte daran denken sollen, als ich Flaubert auswählte, daß sie von Sprache keine Genauigkeit erwartet, keine Wahrhaftigkeit und auch nicht die perfekte Beschreibung einer Person oder eines Gegenstands oder der Zeit, sondern ein flammendes Zusammenspiel von Bildern und instinktiven Gefühlen. In ihrer Welt sind Realität, Phantasie und Gefühl untrennbar – ob theoretisch oder praktisch. Die Präzision im Detail bedeutet ihr nichts.

In gewisser Weise haben wir verlorenen Boden wiedergutgemacht. Aber damit ist noch nichts beschlossen. Keiner von beiden weiß genau, wo er mit dem anderen steht oder wie die Zukunft aussehen soll. Zunächst aber haben wir zu einer anderen, ruhigeren Form des Zusammenseins gefunden.

Manchmal, wenn ich weiß, daß sie schläft, stehe ich von meinem Tisch auf und lehne mich in die Tür zum Schlafzimmer. Ich liebe es, ihr beim Schlafen zuzusehen. Zuweilen kann ich mir dann beinahe einreden, daß ich mich einfach nur vor ihr Bett zu knien und sie zu bitten brauche, daß alles wieder in Ordnung kommt. Es ist doch zu absurd. Mein Vater war ein Mann der großen Gesten, die er impulsiv und sehr durchschaubar einsetzte, um andere, viel größere und grundlegendere Versäumnisse damit wettzumachen. Nach einem seiner Wutanfälle oder wenn er sie sonst irgendwie verletzt hatte, schenkte er meiner Mutter Blumen, die er sich nicht leisten konnte und die sie gar nicht haben wollte. Stets war er bemüht, alles richtig zu machen, aber je öfter es ihm mißlang, desto zahlreicher und übertriebener wurden auch die Versuche, sich wieder freizukaufen. Noch mehr Blumen, Schmuckstücke, Abendessen – alles nicht teuer, aber doch kostspieliger, als er es sich leisten konnte. Ich sehe ihn noch heute vor meiner Mutter stehen, mit hängendem Kopf wie ein kleiner Junge, der auf den erlösenden Kuß wartet und daß man ihm liebevoll über das Haar streicht; vor allem aber wartete er darauf, daß meine Mutter ihm verzeihen würde, und er wußte ganz genau, daß sie gar nicht anders konnte. Sie war sanft, und er machte Versprechungen für die Zukunft. Ich kann nicht behaupten, daß ich meinen Vater besonders gut gekannt hätte, aber ich habe genug gesehen, um diese listige, verlogene und betrügerische Werbung zu verabscheuen. Sie kam mir damals billig vor und tut es heute immer noch; mich wundert nur, daß sie zu funktionieren scheint.

Die Blumen meines Vaters, die Blumen meines Vaters…

… und meine Worte. Was haben sie für einen Wert. Ich habe mich von frühester Jugend hinter Masken versteckt – und zu jeder Maske gehörte ein ganz neuer Wortschatz, der meinem neuen Publikum angenehm sein sollte. Wie Margaret, die vergessen hat, wie groß sie ist, weiß ich nicht mehr, was wirklich meine Worte sind. Ich habe an der Wahrhaftigkeit meiner eigenen Gefühle gezweifelt und mich vor mir selber maskiert; und da ich nie mit mir selbst allein bin, immer dieser anderen Figur zusehe, wie sie meine Rolle in dem Stück übernimmt, kann ich niemals etwas Spontanes tun. Und deshalb lasse ich sie schlafen und schweige.

Eines Nachmittags sitze ich schreibend am Tisch, als sie nach mir ruft.

»Möchtest du etwas?« frage ich von der Tür aus.

Sie sieht niedergeschlagen aus.

»Was ist los?« frage ich.

Meine Hoffnung regt sich. Zwischen uns passiert immer nur dann etwas, wenn sie nicht glücklich ist und nicht mit ihren Verpflichtungen beschäftigt. In ihrer Traurigkeit liegen unsere Möglichkeiten.

»Ich weiß nicht«, sagt sie kläglich.

Sie sieht ein wenig besser aus. Zumindest sind ihre Augen klar, obwohl das Gesicht noch immer ausgezehrt und müde wirkt.

»Komm her«, sagt sie.

»Soll ich dir etwas vorlesen?« frage ich und setze mich aufs Bett.

»Nein«, sagt sie. »Arbeitest du?«

»Ist schon in Ordnung.«

»Ganz sicher? Ich will mich nicht zwischen dich und deine Arbeit drängen.«

»Was bedeutet schon Arbeit, Inès. Du bist in mein Leben eingedrungen.«

Sie zieht mich mit der Hand zu sich heran und küßt mich.

Ich streichle sie mit der Hand, der rechten Hand. Sie flüstert mir zu, mich auszuziehen. Ich lasse den Kopf hängen, weil ich nervös und unsicher bin. Unser letzter Versuch uns zu lieben war nicht gerade ein Erfolg.

»Komm schon«, sagt sie sanft.

Ich tue, was sie sagt, und hebe das Laken. Das Bett gibt ihren Geruch frei. Sie ist noch nie eine Sauberkeitsfanatikerin gewesen, tägliches Duschen gehört nicht zu ihren Grundsätzen. Ich lege mich neben sie und presse meine Nase in das säuerlich duftende Fleisch unter ihrem Arm. Dann atme ich tief ein und küsse von der Seite her ihre Brust. Sie sagt mir schöne Dinge, daß ich geduldig bin, nicht nur im Bett, und daß ich ein guter Mann sei, ein lieber Mann. Ich nehme an, daß das sogar stimmt, manchmal kann ich lieb sein. Weiter würde ich nicht gehen, aber gerade jetzt will ich ihren Urteilen über mich bestimmt nicht widersprechen.

»Erzähl mir mehr«, flüstere ich.

Statt weiterzureden drängt sie mich sanft in die Rückenlage.

»Bist du sicher, daß du stark genug dazu bist?« frage ich.

»Ich bin sehr stark.«

Sie greift nach unten, um mich zu halten. Wir lächeln beide. Das ist eine Reminiszenz an unsere Vergangenheit. Kurz nachdem wir ein Liebespaar geworden waren, habe ich einmal ihre Hand zu meinem Penis geführt. Sie zögerte, und das überraschte mich, weil sie in allem anderen so zügellos gewesen war, und gleichzeitig fühlte ich mich ein wenig beschämt, als wäre ich für etwas Unangemessenes in meine Schranken verwiesen worden. Aber sie hatte mir erklärt: »Darin bin ich nicht gut, ich wußte noch nie, wie man das richtig macht.« In dem unbekümmerten Egoismus des Liebenden sagte ich, ich würde es ihr beibringen. Aber dann tat ich es nie: Wir behalfen uns anders, wurden selbstsicherer, und der Augenblick kam nie wieder.

Zunächst gehe ich gar nicht auf das ein, was sie da tut; ich bin angespannt – vielleicht aus Angst, sie könnte den Mut verlieren oder denken, daß es zu lange dauert. Aber sie macht weiter, immer weiter. Dann schließe ich meine Augen und gebe mich hin. Ich streichle ihren Rücken, greife mit der Hand zu ihrer Wange und umschließe mit sanftem Druck ihr Gesicht. Ich gebe ihr kleine Signale, daß es funktioniert, ein Zucken der Hand, ein Anhalten des Atems. Sie küßt mich und ich reagiere.

»Ich möchte in dir sein«, sage ich.

Sie schüttelt den Kopf. »Ich will das für dich tun.«

Sie leckt mir über Zähne und Lippen und fährt mit dem Mund über meine Brust. Sie beknabbert und umspielt mit der Zunge meine Brustwarzen und knetet sie mit der freien Hand. Ich sage immer wieder ihren Namen und dann *hör nicht auf, hör nicht auf,* und als sie mich soweit hat, daß ich komme, ist es mir einen Moment lang peinlich, eine Schwäche, die nun nicht mehr verborgen ist. Aber ich sehe ihr an, daß sie erregt ist durch das, was sie getan hat – ja, daß es sie sogar dazu gebracht hat, mich wieder zu lieben, und plötzlich fühle ich mich wieder ganz und glücklich und voller Vertrauen.

Sie liegt ruhig da, ihre Hand streicht über meine Schulter. Nach einer Weile fängt sie an, sich gegen meinen Oberschenkel zu drücken. Sie rutscht hoch und greift dann über meinen Bauch, um uns näher aneinander zu ziehen. Ich fühle, wie mich das Haar zwischen ihren Beinen kitzelt. Es brennt auf der weichen Haut an meiner Hüfte. Ich fühle, wie sie feucht und heiß wird. Wie ich es liebe, daß sie so mühelos kommt.

Ich kann ihren Atem auf meinem Bauch spüren. Schweigend liegen wir da, bis sie mir sagt, daß sie mich liebt.

»Wohin soll es mit uns beiden gehen?« frage ich.

»Du bist… mir fällt das englische Wort nicht ein. Auf italienisch wäre es *catastrofista* – ein Katastrophist. Gibt es das Wort?«

»Ich habe es nur einmal gehört, und das war in einem geologischen Zusammenhang.«

»Immer das gleiche! Was für eine armselige Sprache, dieses Englisch. Dieses Wort hat eine ganz andere Bedeutung. Wenn du ein *catastrofista* bist, gibt es keine kleinen Probleme. Nichts kann erst mal so hingenommen werden, es ist immer gleich das Ende von allem. Erkennst du die Person wieder?«

»Ein bißchen.«

»Ich auch.«

»Aber wenn das Problem groß ist«, sage ich, »kann man es nicht hinnehmen. Man kann es nur aus dem Weg räumen, das ist die einzige Möglichkeit.«

»Du bist ein *catastrofista*«, sagt sie und legt die Hand an meine Wange, »aber das ist mir egal.«

Sie setzt sich auf. Ich betrachte sie von hinten. Die Rückenwirbel zeichnen sich deutlich ab, sie schwingen sich in einer leichten Kurve von links nach rechts. Ihr kleiner Hintern sinkt in die Matratze ein und ist beinahe nicht mehr vorhanden.

»Ich bin deprimiert«, sagt sie.

»Deprimiert?«

»Ach, es ist dumm«, sagt sie und greift zum Boden hinunter. Sie kommt mit einer Zeitung wieder hoch. »Hier«, sagt sie und hält mir die Ausgabe der *Indépendance* von heute morgen hin. »Wegen der *Loi Fondamentale*.«

»Deshalb bist du deprimiert?«

La Loi Fondamentale, die sechzehn Resolutionen, die bei der Konferenz in Brüssel einstimmig beschlossen wurden, werden als Grundlage für die Verfassung nach der Unabhängigkeit und die zukünftige Regierung des Kongo dienen. Sie wurden unter großen Gefühls- und Freundschaftsbekundungen beschlossen, und auch die Zurschaustellung allseitigen Idealismus wurde eingehend zelebriert –, so wie es am Ende von langen und harten Auseinandersetzungen immer ist, wenn die beteiligten Parteien zuallerst für ihre staatsmännische Weitsicht und ihren Großmut mit Ehre überhäuft werden. Direkt nach Beendigung der Brüsseler Konferenz sah ich ein Zeitungsfoto von Lumumba, wie er dem belgischen Premierminister Eyskens die Hand schüttelt. Inès fand, er sähe gut und würdevoll aus; ich dagegen sah das Kind auf dem Schulhof, das endlich bei den großen Jungs mitspielen darf. Zur damaligen Zeit wurde *La Loi Fondamentale* als Beginn einer neuen Ära gepriesen.

»Nein, nicht deprimiert, nur…« – sie verstummt und zuckt die Achseln – »traurig, wahrscheinlich, daß Patrice dem allen zugestimmt hat.«

O bitte, sprich von uns, nicht von der Politik hier in diesem unmöglichen Land, sprich von irgendwas, bloß nicht davon! Was zwischen uns falschgelaufen ist, kann nicht so schnell wieder in Ordnung gebracht werden. Dazu braucht es mehr als einen Nachmittag im Bett. Sprich über uns, Inès, und wie die Zukunft aussehen wird.

Aber sie redet von Patrice. Er bringt den Belgiern anscheinend zuviel Vertrauen entgegen. Er war begeistert, nach Brüssel zu kommen, genau wie alle anderen Delegierten. Er glaubte, er würde wie ein Gleichberechtigter behandelt, nun da er mit Minstern und dem König selbst zusammentraf; nun waren alle Mißverständnisse der Vergangenheit ausgeräumt. Er und die anderen waren so furchtbar stolz, die Unabhängigkeit gewonnen zu haben, daß sie über die Konditionen nicht genug nachdachten – und die, beharrt Inès, sind sehr, sehr schlecht.

»Sind sie das?« frage ich ziemlich unbeteiligt.

»Die ökonomischen und finanziellen Bedingungen sind furchtbar. Patrice glaubt, daß er die Wahlen gewinnen wird, und damit hat er wahrscheinlich recht, aber deshalb wird er noch immer nicht an der Macht sein, weil die Banken und die Minengesellschaften nach wie vor die Wirtschaft kontrollieren. Jetzt kommen ihm die Belgier entgegen, aber glaubt er denn wirklich, daß die Union Minière in Katanga und die Société Générale im neuen Kongo seine Partner sein und auch noch freiwillig ihren Reichtum für das Volk einsetzen werden?«

»Glaubt er das?«

Sie hört tatsächlich immer noch nicht, wie leer meine Stimme klingt.

»Wahrscheinlich«, fährt sie fort. »Ich werde mit ihm reden müssen. Ich kann ihm erklären, an welchen Punkten er Fehler gemacht hat.«

»Das wird er sicher zu schätzen wissen.«

»Ja.«

Von Müdigkeit überwältigt, streckt sie sich wieder im Bett aus. Ich küsse sie sanft auf die Lippen. Sie hebt ihre Hand hoch. Ich nehme sie fest in meine.

»Ich bin so glücklich«, flüstert sie.

»Ich auch.«

Sie umarmt mich, zieht mich hinunter in die Kissen und küßt mich mit letzter Energie, verspielt und schmatzend – jetzt ist sie wieder das italienische Mädchen.

»Bleib nicht zu lange auf«, sagt sie.

»Werde ich nicht.«

»Gut. Ich will nämlich, daß du mit mir machst, was ich für dich getan habe.«

Halt den Mond fest. Wer braucht schon Tageslicht? Handgelenke fest in meinem Griff, die Füße über meinen Schultern. Halt mich, laß mich nicht zu Atem kommen! Sie ist fast vollständig aufgebäumt. Sie zuckt innerlich zusammen, wenn ich zustoße. Ich halte inne, um zu beten, zu zählen, zu erinnern.

Ich wünschte, mir fiele eine Geschichte ein, die ich ihr erzählen könnte. Aber sie kennt mich. Ich kann sie nicht mit Geschichten aus meiner Vergangenheit rühren. Ich habe nichts Neues für sie, keine Geheimnisse, die sie faszinieren würden. Aber heute nacht ist das nicht wichtig. Heute nacht bin ich ihr genug.

17

Ich habe Stipe zu Munguls Haus begleitet, um Lumumba zu treffen. Stipe wußte, daß ihm eine lange Wartezeit bevorstand, und deshalb wollte er Gesellschaft. Wir sitzen mit Auguste auf einer rauhen Bank im Hof. Motten flattern um die Sturmlampe, Glühwürmchen blinken in den dunklen Ecken, und die Luft riecht säuerlich nach Fledermauskot und Abwasser. Etwa ein Dutzend junge Männer – Wächter, Offizielle, Cousins, Brüder, Schmarotzer – hängen nutzlos herum, der übliche MNC-Hofstaat. Niemand scheint je irgend etwas Bestimmtes zu tun zu haben, niemand scheint je etwas zu wissen. Sie können keine Auskunft geben, ob Lumumba erwartet wird oder nicht, nicht einmal darüber, ob er schon da ist.

Also warten wir. In letzter Zeit hat Stipes unerschütterlich gute Laune einer etwas verhalteneren Art Platz gemacht. Es ist schwerer geworden in diesen Tagen, seinen Freund Patrice zu erreichen. Anrufe hat er nicht erwidert, Verabredungen läßt er platzen. Die Wahlkampagne ist in vollem Gange, eine Ausrede gibt es immer, aber Stipe gefällt das nicht. Lumumbas ausweichendes Verhalten fällt mit einer Verschlechterung der politischen Atmosphäre zusammen. Nach der Brüsseler Verlautbarung schien Patrice mit den Belgiern zusammenzuarbeiten, und die ließen ihren alten Favoriten Kasavubu fallen und riefen statt dessen lauthals ihn als den neuen guten Afrikaner aus. Und dann fing es mit den Beleidigungen an – warum, weiß keiner so genau. Die *colons* ließen neuerdings wissen, er sei auch nicht besser als ein zweiter Hitler; nun war Lumumba wieder ein schlechter Afrikaner, um nichts besser als der Kommunist Gizenga, mit dem er ständig zu tun hatte. Es stellte sich heraus, daß am Ende doch nur Kasavubu ein guter Afrikaner war.

Im Schein der Lampe wendet Stipe sich Auguste zu und spricht leise mit ihm in einer Mischung aus Lingala, Englisch und Französisch. Es hat immer etwas Rührendes, wenn man die beiden so zusammen sieht, besonders in diesem gedämpften Licht. Sie wirken vertraut wie Brüder, oder besser noch – wenn der Gedanke nicht so komisch wäre – wie Schwestern. Sie stecken die Köpfe zusammen, verstehen auch ohne viel Reden jeden Gedanken, jeden Einfall des anderen und lachen gemeinsam über Dinge, die kein Außenstehender witzig finden würde. Was immer Inès auch von ihm denken mag und was immer auch Stipes Aufgabe ist, hier in Léopoldville, Auguste gegenüber verhält er sich jedenfalls anständig. Und im Zusammenhang mit ihm wird er ein ganz anderer. Auguste bringt etwas Leichtes, Junges und Unbekümmertes in ihm zutage. Mir würde es niemals einfallen, ihn aufzuziehen, weil er so klein ist und kahl und soviel trinkt und wegen seiner Aussprache von afrikanischen Namen. Stipe lacht zu alldem. Und es ist nicht nur seine gutmütige Geduld mit solchen Neckereien oder weil er nicht abweisend wirken will. Er hat seinen Spaß daran, genießt es förmlich. Auguste läßt ihn auf eine Weise aus sich herausgehen, wie ich es nicht vermag.

Und im Gegenzug ist Stipe ein guter Freund. De Scheut und ich begleiteten ihn an dem Abend nach der Demonstration auf die Polizeistation in der Avenue Lippert, um Augustes Freilassung zu fordern. Stipe verhandelte und drohte, bis die Wachleute ihren Gefangenen schließlich holten. Auguste war ängstlich und verschüchtert, und Stipe musterte ihn grimmig schweigend von oben bis unten, registrierte jeden Schnitt und jeden Bluterguß, als wären die Verletzungen ihm selber zugefügt worden. Sein breites Gesicht lief rot an, er kniff die blassen Lippen aufeinander. Ein flämischer Gendarm nahm Auguste die Ketten ab und stieß ihn nach vorn, und einen Moment lang war ich sicher, daß Stipe explodieren würde. Ich legte ihm beruhigend die Hand auf den Arm, aber er schüttelte mich ungeduldig ab. Irgendwie gelang es ihm, seine Wut zu zügeln, und er ging auf Auguste zu, um ihn zu umarmen und ihm zu sagen, daß er wieder frei sei und es auch bleiben würde. Ich trennte mich vor der Wache von ihnen und ging zu Inès zurück, aber de Scheut erzählte mir später, daß Stipe Auguste in seine eigene Wohnung gefahren und gebadet und seine Wunden gereinigt hatte. Dann nahm er ihn mit in den Zoo, setzte ihn an einen Platz, wo ihn alle sehen konnten, funkelte die Belgier böse an und bestellte den teuersten Champagner, den die Karte zu bieten hatte. Auguste hat mir erzählt, daß Stipe seiner Familie Geld gibt und die medizinische Behandlung für seine Großmutter bezahlt hat. Einem seiner Brüder finanziert er die Schulausbildung.

Stipe ist auf seine Weise auch ein stiller Mann.

Und dennoch verändert sich zwischen den beiden etwas. Ich sehe es vor mir, während die Fledermäuse flatternd ihre wilden Kreise um Munguls Haus ziehen und die gelangweilten jungen Männer miteinander flüstern und lachen. Inès ist daran nicht unbeteiligt, und obwohl Stipe mir gegenüber nichts dergleichen erwähnt hat, weiß ich doch, daß er über ihre Einmischung alles andere als glücklich ist.

Mir fiel zum erstenmal auf, daß etwas vor sich ging, als wir auf dem Weg waren zu einem MNC-Kongreß in Léopoldville, einem von vielen, die kurz vor der bevorstehenden Wahl im ganzen Land abgehalten wurden. Den abschließenden Höhepunkt hatte eine Versammlung bei Kerzenlicht im Matongé-Footballstadion gebildet. Aus jedem einzelnen dieser schweißglänzenden Gesichter strahlte das Glück, und der dröhnende Sprechgesang *Depanda! Depanda!* erfüllte die Nacht. Lumumba hatte die wirkungsvollste Rede geliefert, die ich je von ihm gehört hatte, und ich hatte viele gehört, denn ich war für den *Observer* bei ähnlichen Massenveranstaltungen in Luluabourg, Coquilhatville, Ininongo und Stanleyville gewesen. Bis zu dieser Nacht hatte ich Lumumba immer ein wenig als Taschenspieler eingeschätzt; ich wußte, er hatte etwas Magisches, aber es war auch bewußte Manipulation mit im Spiel. Dieser Auftritt aber war etwas Besonderes. Die Nackenhaare standen mir dabei zu Berge, und mir lief eine Gänsehaut über den Rücken. In manchen Augenblicken fühlte auch ich mich fortgetragen von der Welle der Gefühle, die er über uns hinwegbrausen ließ. Dann mußte ich mich mit aller Macht zurücknehmen, innehalten, nachdenken, zuhören, was er eigentlich sagte. Es war das, was jeder Politiker von sich gibt – all die üblichen Klagen und Übertreibungen, die Plattheiten und Verallgemeinerungen und Versprechungen. Ich mußte meine ganze Kraft zusammennehmen, um an mich zu halten.

Ich lief de Scheut und seinen Kindern über den Weg. Sie waren völlig hingerissen, de Scheut lief über vor Gefühl. Die Menschen waren anständig, die Welt war gut, und bald würde sie noch besser werden. Er sieht immer in jedem nur das Beste.

Seine Kinder, Julie und Christophe, begrüßten mich ein wenig schüchtern, aber keineswegs so gequält, wie man das von manchen anderen Jugendlichen kennt.

»Wunderbare Rede«, sagte de Scheut, »einfach wunderbar, nicht wahr? Wir leben wirklich in einer großen Zeit – zum erstenmal haben die Menschen in diesem geteilten Land einen Weg finden können, gleichberechtigt und in Frieden zusammenzuleben, es war unsere erste Chance zu einem Kompromiß.«

»Glauben Sie, daß Lumumba an einem Kompromiß interessiert ist?«

»O ja, zweifellos. Hören Sie nicht auf die Leute, die behaupten, Patrice sei ein Kommunist und ein Extremist – und er ist auch kein Rassist. Er möchte wirklich, daß sowohl

Weiße als auch Schwarze am neuen Kongo teilhaben. Er ist ein feiner, ein ehrbarer Mann.«

»Patrice hat uns oft besucht«, sagte Julie schüchtern.

»Und wie fandest du ihn?« fragte ich.

»Er ist sehr nett«, antwortete sie und klammerte sich noch mehr am Arm ihres Vaters fest, während die Menge hierhin und dorthin strömte.

»Wir haben Football mit ihm gespielt«, warf Christophe ein. »Er kann sehr gut Football spielen.«

De Scheut lächelte zu seinem Sohn hinunter. Der Junge hatte einen hellen Teint und ordentlich gescheitelte, blonde Haare. Seine kleinen Ohren standen schräg ab.

»Es wird sehr viel Mühe und guter Wille nötig sein«, sagte de Scheut, »aber wenn wir uns mit ganzer Kraft dafür einsetzen, könnte es gelingen.«

Er meinte, Inès und ich müßten bald zum Abendessen vorbeikommen. Dann sagte er gute Nacht und legte seinen Kindern die Arme um die Schultern, und ich sah ihm zu, wie er ihnen dreien einen Weg durch die Menge bahnte, ein guter, alter Vater mit einem hübschen Kind an jedem Arm. An dem Morgen, als Inès mir sagte, daß sie sich ein Baby wünschte, war es – für mich zutiefst verunsichernd – mein Schwanz, der die heftigste Reaktion zeigte: Ich bekam eine so plötzliche und enorme Erektion, daß es weh tat. Als ich mich bewegte, fühlte ich schon die Nässe an meiner Hüfte. Inès bemerkte meine Erregung – sie hatte schon immer eine besondere Antenne dafür, wie ich sexuell in Stimmung bin. Sie lachte und sagte, biologisch gesehen sei das jetzt doch ganz angemessen.

Und wenn wir ein Kind gehabt hätten, wenn da die Möglichkeit gewesen wäre, Kinder zu bekommen...?

Als Stipe und ich zu Inès stießen, sprach sie gerade mit Auguste. Ihr Verhalten hatte etwas Verschwörerisches, etwas, das andere automatisch ausschloß und das Stipe und mir gleichermaßen mißfiel, wenn auch aus unterschiedlichen Gründen. Inès bedachte mich mit einem ausgesucht ablehnenden

Blick – zur Strafe, daß ich mit Stipe zusammen war. Auguste hatte eine Brille mit dicken schwarzen Rändern auf, von der Art, wie sie Lumumba bevorzugt. Ich hatte nicht gewußt, daß er eine Brille trug, und ich sprach ihn darauf an und sagte, er sehe sehr gut damit aus. Er strahlte über das Kompliment.

Stipe verlor keine Zeit mit Freundlichkeiten. Er hat es schon vor langer Zeit aufgegeben, Inès für sich einnehmen zu wollen.

Er sagte: »Komm, Auguste, wir wollen den Wagen holen.«

Und dann trug sich etwas Seltsames zu. Auguste, der neben Inès stand, zögerte. Er stand da und sah seinen Arbeitgeber an, seinen Freund und Mentor, seinen Herrn, seinen Ernährer – aber er rührte sich nicht vom Fleck. Es war das erste Mal, daß ich etwas Derartiges zwischen den beiden beobachtete. In diesem Moment fiel mir wieder ein, was Stipe eines Nachmittags bei einem Drink im Colibri zu mir gesagt hatte.

»Wissen Sie, was Neotenie bedeutet?« hatte er mich gefragt. »Es ist ein zoologischer Begriff.«

»Ich glaube nicht.«

»Eine Entwicklungshemmung, könnte man sagen, psychologisch und emotional. Der Hund ist insofern neotenisch, als wir ihn über Tausende von Jahren von einem wildlebenden Herdentier zu etwas herangezüchtet haben, das sich in unserem Garten zu Hause fühlt. Das ist uns gelungen, indem wir die Aufrechterhaltung kindlicher Charakterzüge wie Unterwerfung und Gehorsam im ausgewachsenen Tier gefördert haben. Nur deshalb leckt Ihnen Ihr Köter die Hand, anstatt sie abzureißen, wie es seine Vorfahren getan hätten.«

»Die Wissenschaft ist immer gut für eine Metapher«, sagte ich, »wenn sie auch manchmal ein bißchen offensichtlich ausfallen.«

»Richtig, richtig«, sagte er, »aber deshalb nicht weniger wahr.«

Als ich im Matongé-Stadion dem zögerlichen Auguste gegenüberstand, fragte ich mich, ob Stipe jetzt wohl an Neotenie dachte. Nichts konnte den offensichtlichen Bruch in dieser Beziehung überdecken. Doch Stipe schien der einzige zu sein, der es nicht bemerkte. Er sah seinen Fahrer an und ging die Möglichkeiten durch, was das Ganze wohl zu bedeuten haben könnte. Mir war klar, daß er glaubte, Inès stecke hinter dieser kleinen Rebellion, und mir war nicht wohl dabei.

»Kommst du, Auguste?« fragte Stipe langsam.

Seine Stimme bebte. Das hier war nicht einfach nur die Verweigerung eines Angestellten, sondern der Verrat an einem Freund. Unter seiner kalten Wut verdeckte Stipe seine tiefe Verletzung.

Inès stand die wilde Entschlossenheit ins Gesicht geschrieben, sie war bereit zum Kampf. Aber die Schlacht sollte an diesem Abend noch nicht stattfinden. Ich denke, Auguste hat möglicherweise die Angst in Stipes Augen gesehen, auch wenn Inès keinen Blick dafür hatte. Er lächelte plötzlich – sein bekanntes harmloses Unterwerfungslächeln. Er war noch nicht bereit zum Zubeißen, aber mir war genau in diesem Moment klar, daß er es satt hatte, anderen die Hände zu lecken.

Als sie fort waren, fragte ich Inès, ob sie jetzt auch nach Hause wolle. Ich hatte keine Lust, über Stipe und Auguste zu sprechen, denn ich ahnte, in was für einer Stimmung sie war. Sie sah zerbrechlich und ausgelaugt aus. Natürlich hatte sie ihr Pensum wieder aufgenommen, sobald sie sich vom Krankenlager erheben konnte.

»Nein, ich muß noch arbeiten«, sagte sie unvermittelt.

»Wieso arbeiten? Es ist nach Mitternacht.«

Sie sah mich ernst an.

»Ich würde wohl kaum mit dir besprechen, was ich zu tun habe.«

»Wovon redest du eigentlich?«

»Damit du es deinem Freund erzählen kannst, diesem Spion.«

»Inès«, sagte ich sanft und legte ihr vorsichtig die Hand auf die Schulter.

Ein Streit war das letzte, was ich wollte, aber sie entwand sich mir und trat außer Reichweite.

»Was ist das für eine Arbeit?« hakte ich verärgert nach.

»Man hat mich gefragt«, begann sie nach einiger Überlegung, »ob ich gewisse Arbeiten für Patrice übernehmen will, und ich sagte, ich würde es tun, also tue ich es auch.«

»Okay, mach deine Arbeit. Wann, denkst du, wirst du zu Hause sein?«

»Ich weiß es nicht.«

Das sagte sie aggressiv.

»Ich verstehe nicht, warum du so wütend bist«, sagte ich.

»Ich bin wütend wegen Stipe. Weil du nicht mit ihm zusammen sein solltest.«

»Er ist mein Freund. Warum sollte ich nicht mit ihm zusammen sein?«

»Du denkst nur an dich selbst, wie immer. Es geht immer nur um dich.«

Ich hielt eine zusammengerollte Zeitung in der rechten Hand. Ohne nachzudenken, holte ich damit nach ihr aus. Nach ihrem Gesicht. Ich fühlte mich dünnhäutig und verletzt, und diesmal würde ich nicht schwach sein und betteln. Das erlaubte mein Stolz nicht. Ich würde ihr ein für allemal sagen, daß sie ein gottverdammtes Miststück sein konnte und warum sie nicht endlich mit diesem ganzen Blödsinn aufhörte. Sie riß mit einem leisen Aufschrei den Kopf herum, aber ich stoppte die Bewegung noch rechtzeitig. Ich schlug sie nicht.

»Oh, Inès, es tut mir leid.«

Sie funkelte mich an.

»Es tut mir leid», wiederholte ich.

»Ich habe zu arbeiten.«

»Inès, gibt es einen anderen?« fragte ich.

»Nein«, antwortete sie, aber da war etwas in ihrer Stimme, das mich zweifeln ließ. Kein Zögern – das war es nicht, sie hatte keinen Moment gezögert; es war mehr der gelangweilte Ton, in dem sie es gesagt hatte.

»Ist das auch wahr?«

»Ja. Es ist wahr.«

Und wieder war ich nicht überzeugt, wieder deshalb, weil sie sich mit ihrer Antwort so wenig bemühte, meine Zweifel zu zerstreuen.

»Ich weiß nicht, um wieviel Uhr ich zurück sein werde«, sagte sie und setzte sich in Bewegung.

»Sollen wir uns wegen Stipe streiten?« rief ich hinter ihr her. »Sollen wir seinetwegen allen Boden wieder verlieren, den wir gutgemacht haben?«

Sie schnellte herum und sah mich an.

»Wann wirst du endlich sehen, was er tut?« fragte sie scharf. »Wann wirst du endlich sehen, was um dich herum vorgeht?«

Es wäre mir lieber gewesen, wenn sie mich wegen meiner Aggressivität beschimpft hätte. Dann wäre es wenigstens um uns gegangen. Sie drehte sich um und ging fort. Fort, um ihre Arbeit für Patrice zu tun.

Seitdem herrscht Kälte zwischen uns. Sie ist mit ihren Leuten, ihrer Sache beschäftigt wie nie zuvor, bleibt bis spät in die Nacht aus und verbringt mehr Zeit im MNC-Hauptquartier und Lumumbas Haus als in ihrem eigenen Büro. Sie ist viel mit Smail zusammen.

Die Fledermäuse fliegen immer noch in Zick-Zack-Linien um das Haus. Die jungen Männer sind immer noch lustlos und gelangweilt, sie kommen und gehen und murmeln träge vor sich hin. Ein dicker Käfer von der gelbbraunen Sorte, die in ganzen Schwärmen vom Fluß heraufgeflogen kommen, setzt sich auf mein Haar. Ich schnipse ihn weg und schüttele mich, und die jungen Männer amüsieren sich einträchtig. Langsam werde ich müde. Morgen muß ich einen langen Artikel für die Zeitung schreiben und mit der Arbeit an meinem Roman weitermachen. Ich bin beim Höhepunkt angelangt. Der Sohn hat seinen Vater gefunden, aber noch nicht sich selbst, und ich muß noch einen Weg finden, wie ich seine Hoffnungslosigkeit und dieses Gefühl des Scheiterns für den Leser nachvollziehbar machen kann. Ich werde wieder an Alan schreiben müssen, die Ablieferung muß ein weiteres Mal verschoben werden.

Ich sage Stipe, daß ich nun wohl nach Hause gehen werde. Er war die ganze letzte Stunde über stumm und nachdenklich. Keine Scherze zwischen ihm und Auguste wie sonst, die mühsame Unterhaltung ist verstummt. Er sagt irgend etwas in Lingala zu einem der herumlungernden Männer. Lingala ist dem Klang nach eine fast schon militärische Sprache und hört sich sehr hart an. Aus Stipes Mund tut es das an diesem Abend noch mehr als sonst. Meine Kenntnisse reichen aus, um zu verstehen, daß sie Patrice daran erinnern sollen, daß er da ist.

Einer der Männer erhebt sich träge auf die Füße, gähnt und streckt sich und unterhält sich eine Weile mit einem seiner Freunde, dann geht er hinein.

Er kommt nicht wieder heraus.

Ungefähr fünfzehn Minuten später tritt ein Mann aus dem Haus. Es ist Smail. Er scheint überrascht, uns zu sehen.

»Hallo, James. Was machen Sie denn hier?«

»Mark wartet auf Lumumba.«

»Wirklich?« sagt Smail.

Stipe mag Smail nicht: Der kommunistische Diamantenhändler hat einen genauso schlechten Einfluß auf Lumumba wie Inès und Gizenga.

»Nun ja«, sagt Smail ein wenig verlegen, »die Sache ist die: Patrice ist gar nicht da. Er ist gegangen.«

»Was soll das heißen, er ist gegangen?« will Stipe wissen.

»Er *war* hier, aber er ist schon vor mehreren Stunden weg.«

Stipe sagt gar nichts. Er rührt sich nicht.

Smail sieht Stipes Verstimmung und will ihn beschwichtigen. »Dieser Tage hat Patrice nicht einen einzigen Moment Zeit. Er hat seine Arbeit im Ausschuß, und wenn er nach Hause kommt, warten immer schon dreißig oder vierzig Leute auf ihn. Damit ist er bis Mitternacht beschäftigt. Danach muß er sich um Parteiangelegenheiten kümmern. Wenn er Glück hat, kommt er gegen drei ins Bett, und dann muß er im Morgengrauen wieder aufstehen, um die nächsten Besucher zu empfangen, bevor er wieder ins Büro geht und alles von vorne beginnt.«

Stipe ist keineswegs besänftigt.

Smail wünscht uns gute Nacht. Zu mir sagt er noch: »Grüßen Sie Inès von mir.«

»Sie sollten sie lieber von mir grüßen. Sie sehen sie weit häufiger als ich«, sage ich zu dem Mann, dessen Gesellschaft Inès zur Zeit vorzuziehen scheint.

Er lächelt gezwungen, deutet Stipe gegenüber eine höfliche Verbeugung an und ist auch schon verschwunden.

Im Auto schweigt Stipe, bis wir vor dem Apartmenthaus angekommen sind. Als ich mich verabschiede, sagt er, er denke darüber nach, Houthhoofd in Katanga zu besuchen.

Ein paar Tage später ruft er an, um zu fragen, ob ich nicht mitkommen will. Er versichert mir, daß ich mich bestimmt dafür interessieren würde, was Houthhoofd zu sagen hat. Ich frage nach, ob es ihm inzwischen gelungen ist, Lumumba zu sehen. Er verneint in einem Ton, der andeuten soll, daß er nicht damit gerechnet hat und daß es auch nicht weiter wichtig ist, ob er ihn nun gesehen hat oder nicht, und ich weiß sofort, daß hier eine grundlegende Umorientierung stattfindet. Er hat seinen Rat angeboten und ist abgewiesen worden. Das wird Stipe nicht so einfach durchgehen lassen.

18

Stipe fährt, obwohl Auguste dabei ist. Er scheint das für eine Art Strafe für Auguste zu halten; wenn es so ist, dann nimmt es sein Fahrer, der sich hinter uns auf dem Rücksitz herumflezt und ständig etwas an seiner neuen Brille zu fummeln hat, nicht besonders schwer. Auguste rückt ohne Unterlaß das Gestell zurecht und überprüft sein Spiegelbild im Fenster, wenn er glaubt, wir sehen nicht hin.

Auf der Straße von Léopoldville nach Kikwit kommen wir an einer endlosen Parade von Bildtafeln, Plakatwänden und Wahlslogans vorbei.

Stipe betet sie in gelangweiltem Ton herunter: »Wählen Sie MNC, Wählen Sie Abako, Wählen Sie Puna, Wählen Sie Redako… Haben Sie gewußt, daß sich über dreißig Parteien zur Wahl stellen? Jemand sollte die Leute hier mal über die Vorzüge eines Zwei-Parteien-Systems aufklären. Dann würde wenigstens nicht soviel Papier verschwendet.«

»Der MNC ist die größte Partei«, wirft Auguste aus dem Nichts ein.

Stipe mustert ihn im Rückspiegel. Auguste spürt den wortlosen Tadel und dreht sich ab, um ausdruckslos aus dem Fenster zu starren. Wir fahren in tiefem Schweigen weiter. Ich bin mitten im nächsten Familienstreit. Die Fahrt nach Katanga dauert zwischen fünf und acht Tagen, je nach Zustand der Straßen. Wir hätten bis Elisabethville fliegen und von dort aus in wenigen Stunden auf Houthhoofds Besitz sein können, aber Stipe wollte sehen, wie die Wahlkampagne auf dem Land fortschreitet. Er hätte noch schlechtere Laune, wenn er wüßte, was ich weiß, aber Inès hat mir das Versprechen abgenommen, daß ich nichts sagen werde. Auguste ist heimlich dem MNC beigetreten. Und nicht nur das: Er ist – ich kann es immer noch nicht glauben – in eine wichtige Funktion innerhalb der Partei gewählt worden.

Bald nach der Veranstaltung im Matongé kam Auguste eines Abends in unsere Wohnung. Es war spät, und Inès, die mit Smail in Parteidingen unterwegs gewesen war, lag schon im Bett. Während sie sich wieder anzog, mußte ich den Gastgeber mimen, eine Sache, die mir nicht besonders liegt, und die Stimmung zwischen uns machte meine Ungeschicklichkeit nur noch schlimmer. Die Atmosphäre von Kälte und Entfremdung in der Wohnung war offenkundig. Ich gab mich jovial, aber ich war sicher, daß Auguste spüren konnte, was los war. Er platzte sichtlich vor Aufregung, aber dieser Schicklichkeitsfimmel Europäern gegenüber – zumindest in den ersten Minuten, wenn er mit ihnen zusammentrifft – verlangte, daß wir erst einmal alle Höflichkeitsrituale durchspielen mußten: Er erkundigte sich ausführlich, wie ich mit meinem Roman vorankäme und nach meiner Gesundheit, der Gesundheit meiner Mutter… Auguste hat einfach keinen Sinn für Proportionen, er weiß nie, wann er aufhören muß.

»Und?« fragte Inès, als sie ins Wohnzimmer kam.

Sie wußte etwas oder wollte eine Bestätigung für etwas Bestimmtes; zwischen den beiden roch es förmlich nach Verschwörung.

Auguste lieferte äußerst feierlich seine Nachricht ab: Er war bei einem Treffen am selben Abend zum Stellvertretenden Vorsitzenden der neugegründeten Jugendvereinigung seiner Partei gewählt worden, der Jeunesse MNC. Inès jauchzte vor Freude. Sie warf die Arme in die Luft und stürzte auf ihn zu, um ihn zu umarmen. Ich konnte zusehen, wie er stolzer und stolzer wurde. Schon als *évolué* und als Besitzer einer *carte d'immatriculation* und auch als Angehöriger der Afrikanischen Mittelstandsvereinigung war er ein ziemlich bedeutender Mann gewesen, aber jetzt, wo er auch noch ein Funktionär der größten politischen Partei der Kolonie war – die aller Wahrscheinlichkeit nach schon bald auch die regierende Partei sein würde –, hatte er um so mehr Grund für seine *gravitas*, sein würdevolles Auftreten. Er verharrte jedoch nicht lange in seinem Ernst. Ein paar Flaschen Bier und Inès' Ausgelassenheit hatten ihn bald aufgetaut. Er entspannte sich und wurde selbstsicherer und erzählte uns noch einmal bis ins letzte, minutiöse Detail von seinem Erfolg bei dem Meeting. Inès zeigte sich überglücklich über diese erste Anerkennung für Auguste, dem sie eine der ganz großen politischen Karrieren Afrikas vorhersagte. Ihr Sinn für Proportionen ist auch nicht ausgeprägter als seiner. Mit hochgezogenen Füßen, von Hitze und Alkohol gerötetem Gesicht und weit aufgerissenen Augen saß sie da und hörte zu, wie er sich mit dem Sieg über seine Konkurrenten und mit seiner ach so kraftvollen Rede brüstete. Das ging so bis spät in die Nacht hinein. Als er sich dann schließlich verabschiedete, erprobte er sich erstmals in seiner neuen Rolle als politischer Führer; er umarmte uns mit einem Gesichtsausdruck, in dem zu lesen stand, daß wir drei etwas Einmaliges geleistet hatten, das uns als Helden und auf ewig unzertrennliche Kameraden in die Geschichte eingehen lassen würde. Ich hätte jede Wette abgeschlossen, daß er Horatio im *Hamlet* oder etwas Vergleichbares im Sinn hatte. Die katholischen Priester, von denen Auguste erzogen wurde, hatten in ihm eine Schwäche fürs Melodramatische und für Geschichten von klassischer Größe angelegt. Die Christian Brothers in Belfast hatten mit mir das gleiche versucht. Inès ließ sich von dem scheinbar historischen Moment davontragen, ich aber sah nur die leeren Bierflaschen – Primus, Augustes Lieblingsmarke –, die auf dem Tisch und am Boden herumstanden. Ich hatte Inès seit langem nicht so glücklich gesehen. Und daß ein anderer – noch dazu jemand, der für mich kaum mehr war als ein liebenswerter Hanswurst – der Grund für ihr Glück sein sollte, kam bei mir nicht sehr gut an. Im Moment, in dem Auguste gegangen war, war auch ihre Fröhlichkeit verflogen. Die Kälte kehrte zurück, und sie ging zu Bett, ohne ein Wort zu sagen.

Am nächsten Morgen instruierte sie mich, daß Stipe nichts davon wissen dürfe. Aber mittlerweile glaube ich, er weiß es längst. Wie können sie darauf hoffen, daß sich so etwas vor ihm geheimhalten ließe? Er findet alles heraus. Das ist sein Job.

»Was ist Ihrer Meinung nach Lumumbas Motivation?« fragt Stipe, als würde er laut denken. »Ich meine, seine wirkliche Motivation.«

Er spricht mit mir, aber eigentlich mit Auguste.

»Er hat eine Mission«, antworte ich, um wenigstens ansatzweise mitzuspielen. Was kann ich sonst schon tun?

»Hat er das? Ich meine, natürlich pflegt Patrice sein Image als ein Mann, der eine Mission hat. Aber wie funktioniert er wirklich, im tiefsten Innern?«

»Wer weiß schon, wie die Menschen funktionieren?«

»Da haben Sie recht«, sagt er nach einer Pause, »da haben Sie absolut recht.«

Die Straße führt mitten durch den Dschungel, zwischen Kletterpflanzen und wilden Orchideen hindurch. Ebenholz- und Mahagoni- und Gummibäume sind von Ranken überwuchert und dicht bemoost. Unwirkliche Tiergeräusche klingen aus dem Nirgendwo zu uns herüber, Bellen und Geheul und kreischende Schreie. Auf der Straße herrscht sehr wenig Verkehr. Nur ungefähr alle Stunde einmal begegnen wir einem Jeep oder einem mit Reissäcken und Maniok und Bohnen überladenen Truck, auf dessen Fracht noch Männer, Frauen und Kinder hocken und wachsam in die Gegend starren.

»Wer weiß schon, wie die Menschen funktionieren?« sinniert Stipe laut.

Dann schweigt er, bevor er weiterspricht.

»Als ich aufs College ging, gab es da ein Mädchen. Rita. Sie hatte wunderschönes kastanienbraunes Haar, große dunkle Augen und eine Figur wie aus dem Modemagazin. Sie roch nach Äpfeln – tatsächlich, ich mache keine Witze. Das war kein synthetischer Duft, kein Parfum oder eine Seife. Es war ihr natürlicher Geruch. Alle wollten mit Rita ausgehen, aber da war nichts zu machen. Eines Tages sitzen wir zusammen im Literaturunterricht, Rita und ich, und sie spricht mich an, und eins führt zum anderen, und bevor wir uns versehen, gehen wir miteinander. Alle meine Freunde waren grün vor Neid, weil sie mich gewählt hatte. Eigentlich hätte ich sehr glücklich sein müssen.«

»Aber das waren Sie nicht?«

Ich bin hundertprozentig bei der Sache. Stipe gibt nur sehr selten irgendwelche persönlichen Details preis. Das wenige, was er sich entwinden läßt, horte ich wie Golddukaten.

»Ich war nicht glücklich, weil ich mich immer wieder fragen mußte, warum sie mich gewählt hatte. Es war mir ein Rätsel, weil ich nun mal kein attraktiver Mann bin.«

Ich lache, aber ich bringe es auch nicht über mich, ihm zu widersprechen; nicht einmal ansatzweise.

»Ist schon in Ordnung«, sagt er leichthin, verzeihend. »Ich habe mich damit abgefunden. Das ist kein Problem für mich.«

»War es ein Problem für Rita?«

»Nicht das geringste. Genau das *war* ja das Problem, daß es für sie keins war«, sagt er immer noch im selben, unbeschwerten Tonfall. »Ich fragte mich unablässig, was will sie mit mir? Es ging mir an die Nieren, und nach einer Weile wurde es eine richtige Obsession. Ich konnte nicht schlafen und nicht essen und rasselte durch meine Prüfungen. Ich wurde einfach nicht damit fertig. Also ging ich eines Tages zu ihr und sagte grob und ohne weitere Einleitung: ›Ich liebe dich nicht mehr.‹«

Er verstummt.

»Und?«

Er seufzt, nun doch ernst geworden.

»Rita war völlig niedergeschmettert, wie man sich ja denken kann. Ich sehe heute noch ihr Gesicht vor mir.«

»Warum haben Sie dann Schluß gemacht?«

»Warum ich Schluß gemacht habe? Damals habe ich alle möglichen unbestimmten, aber absolut zwingenden Dinge dafür verantwortlich gemacht. Es war Schicksal, Gott, das Bedürfnis zu büßen. Was auch immer, jedenfalls war es etwas Großes. Es mußte etwas Großes sein, das wußte ich.«

Bevor er weiterspricht, schnaubt er einmal wie zur Einleitung der nun folgenden unverhohlenen Beichte.

»Wenn Rita und ich zu Hause waren, kein Problem. Was war ich für ein *Liebhaber.* Wenn Sie mich hätten sehen können…« Seine Stimme verliert sich für einen Moment an die Erinnerung. »Draußen war das ganz anders. Wenn wir mit Freunden unterwegs waren, im Kino oder so, war es mir peinlich, mit ihr zusammenzusein.«

»Warum?«

»Wissen Sie, Rita… Ach, es ist wirklich nicht leicht. Sie sehen ja, daß ich nicht eben groß bin, und Rita war – fast acht Zentimeter größer als ich. Dann sah ich meine Freunde mit ihren Mädchen. Die sahen prima aus, nur wir nicht. Und nun frage ich Sie: Kann ein Mann, der acht Zentimeter kleiner ist als seine Freundin, den romantischen Liebhaber spielen? So sah ich mich nämlich damals. Es ist unmöglich.«

Er lacht über sich selbst.

»Es gab nicht eine einzige großartige Erklärung für meine Krise«, sagt er abschließend. »Es lief nur alles auf das eine hinaus: Ich wollte Ritas Titten an meinem Bauch spüren und nicht an der Kehle.«

Ich sehe ihn an. Ich glaube ihm nicht.

»Sie sind zu hart mit sich selbst«, sage ich.

»Nein«, sagt er. »Unser Instinkt sagt uns, die Motive für unser Handeln zu bemänteln. Ich lege sie lieber frei. Nehmen Sie nur Lumumba. Keine Frage, Patrice ist hochintelligent. Er ist begabt, geistreich. Aber da gibt es einen Schwachpunkt, und dieser Schwachpunkt wird ihm das Genick brechen.«

»Und was ist das für ein Schwachpunkt?«

»Er kann die Vergangenheit nicht auslöschen. Im Belgisch-Kongo konnte Patrice allerhöchstens bis zum Angestellten aufsteigen. Es ist nur natürlich, daß ihn das ärgert. Er ist ein sehr talentierter Mann. Also beklaut er seine Arbeitgeber, und die werfen ihn ins Gefängnis, was genauso natürlich ist. Jetzt ist er richtig wütend. Jetzt geht es nicht mehr nur um Enttäuschung, jetzt muß Rache genommen werden, Rache am weißen Mann. Dann kommen Smail und seine Freunde mit ihren marxistischen Theorien und ihrem praktischen Sozialismus daher. Alles Blödsinn, aber Patrice saugt es gierig auf, weil es ihm die nötige Rechtfertigung verschafft, den Groll eines einzelnen in einen politischen Kreuzzug zu verwandeln.«

Auguste läßt sich auf seinem Rücksitz kein Wort entgehen.

»Wenn man sich erst mal klarmacht, daß Patrice sich im Grunde von niedrigen und persönlichen Motiven leiten läßt, dann wissen Sie auch, daß all seine Anhänger kein wirkliches Ziel haben.«

Wir nähern uns Port Francqui. Auf der anderen Seite des Flusses liegt die lange Straße in den Südosten, nach Luluabourg, Bakwanga, Katanga.

Ich greife in mein klebriges Hemd und halte es vom Körper ab. Die Luft ist kraftlos und träge, genau wie ich. Ich sehe mir die sprießenden Wasserhyazinthen an, diese Sauerstofffresser, die Mörder des Flusses. Ich betrachte die hübschen roten Blüten.

Dann denke ich an die Straße vor uns, diese schier endlose Piste, die sich immer weiter und weiter durch die Wildnis dahinstreckt. Kaum ist man fünf Minuten aus einer Stadt heraus, egal welcher, und schon gibt es nichts mehr als den heißen, süßen Modergeruch des Waldes. Früher habe ich lange Fahrten immer genossen. Ich konnte mich in die Texte versetzen, die ich gerade schrieb, mit meinen Figuren reden, in ihrer Geschichte leben. Aber diese Fahrt erweist sich schon jetzt als unangenehm, und das liegt nicht nur an der Hitze und der Unbequemlichkeit und auch nicht nur an der gespannten Atmosphäre im Auto. Bisher habe ich meine Gedanken noch von Inès fernhalten können, aber irgendwann während dieser eintönigen Stunden werden sie sich unweigerlich ihr und unserer Situation zuwenden. Es steht schlimmer als je zuvor. Sie ist ständig unterwegs, für die Zeitung oder für den MNC; ich kann mich nicht erinnern, wann wir das letzte Mal zusammen gegessen haben. Nachts kommt sie oft nicht nach Hause, und anrufen, um mir Bescheid zu sagen, tut sie schon lange nicht mehr. Für sie bin ich nur noch ein Ärgernis ohne weitere Bedeutung. Jeden Morgen wache ich mit diesem leeren Gefühl auf, und ich zögere das Zubettgehen hinaus, bis ich glaube, daß ich bald umfalle vor Erschöpfung. Aber es kommt nie dazu. Ich liege in den knitterigen, klammen Laken und brüte vor mich hin. Genauso wird diese Fahrt sein. Ich werde mir Szenen mit ihr ausdenken, Streitsituationen noch einmal durchleben, alle meine Wunden lecken, bis sie bluten. Meine Gedanken werden immer trübsinniger werden, und ich werde ungeduldig mit Stipe und Auguste sein… Italiener benutzen oft einen *faux ami*, wenn sie von einer Affäre oder einer Beziehung sprechen wollen. Inès nennt es eine *Erzählung*, und das gehört zu den Übersetzungsfehlern, die ich nie korrigiert habe, weil ich sie so gerne hörte. Inzwischen kommt mir der Ausdruck ausgesprochen treffend vor. Wir können so nicht weitermachen. Unsere Erzählung hat den Faden verloren. Wir müssen ihn wiederaufnehmen und das Ganze irgendwie zu Ende bringen. Wir müssen unsere Erzählung zum erzählerischen Höhepunkt führen.

»James, das ist der Sankuru«, sagt Auguste.

Wir lehnen auf dem Heck unseres Wagens, während der Bootsmann die flache Fähre über das braune Wasser rudert.

»Ein breiter Fluß«, sage ich.

»Nicht so breit wie der Kongo oder der Volta in Ghana. Kennen Sie Ghana, James?«

Er schiebt mit dem Finger sein Brillengestell hoch.

»Nein, ich war noch nie in Ghana«, sage ich.

»Ghana ist ein wunderschönes Land.«

»Woher, zum Teufel, willst du das wissen?«

Das ist Stipe. Er hat vom Auto aus zugehört. Jetzt springt er heraus. Die *barque* gerät unter seinen wütenden Schritten ins Schwanken. Der Bootsmann müht sich weiter, ohne aufzusehen.

»Was, zum Teufel, weißt du denn schon von Ghana?« raunzt Stipe ihn an. »Du weißt doch absolut gar nichts.«

»Mark, regen Sie sich nicht so auf«, sage ich, überrascht von seiner heftigen Reaktion.

»Er hat doch keine Ahnung davon!«

Ich rechne damit, daß Auguste jetzt den Mund halten wird. Das tut er immer, wenn Stipe unzufrieden mit ihm ist. Ich warte auf sein Lächeln, aber diesmal bleibt es aus.

»In Ghana«, fährt er langsam fort, »baut Dr. Nkrumah einen Staudamm am Volta. Dieser Damm wird ganz Ghana verändern. Jedes Dorf wird mit Elektrizität versorgt werden. Der Damm wird Fabriken und Schmelzhütten Strom liefern und viel neue Industrie möglich machen. Das ist Kwame Nkrumahs Vision. Eine große Vision, eine wirklich panafrikanische Vision.«

»Weißt du, wer den verdammten Volta-Damm baut?« schreit Stipe ihn an. »Weißt du das? Ich werde es dir sagen. Die Kaiser Steel Corporation of America.«

»Patrice wünscht sich die Amerikaner zu Freunden«, sagt Auguste. »Er weiß, daß wir die Amerikaner brauchen.«

»Patrice kann nicht mit uns und den Sowjets gleichzeitig befreundet sein. Wenn er das versucht, wird er sich gewaltig die Finger verbrennen.«

Auguste antwortet nicht.

Stipe fährt ruhiger fort, als würde er seinen Wutausbruch bereits bedauern: »Sieh mal, Auguste, ich weiß, daß vieles von diesem Zeug für dich im Moment noch keinen Sinn macht, aber du mußt mir vertrauen. Ich habe dich doch noch nie hängenlassen, oder?«

»Ganz recht, Mark.«

»Ganz recht«, sagt Stipe und klopft ihm auf die Schulter.

Wir sind fast am anderen Ufer angelangt.

»Sag mir, was du willst, Auguste«, fährt Stipe in versöhnlichem Ton fort.

»Was ich will?« entgegnet Auguste unsicher.

»Was du willst – ja.«

»Ich wünsche mir für mein Land, daß es –«

Plötzlich ist Stipe wieder hart.

»Nein. Ich spreche von dir, Auguste. Von dir, dir ganz allein! Ich spreche davon, was du dir für dich wünschst!«

Auguste sieht ihn mit herausforderndem Blick abschätzend an; dann verfällt er wieder in seine alte Gewohnheit und senkt den Kopf.

Stipe souffliert. »Du willst ein Auto wie das hier. Stimmt's?«

»Korrekt, Mark.«

»Und du willst ein schönes Haus. Korrekt? Und du willst gute Kleidung und eine hübsche, junge, sexy Frau und eine gute Ausbildung für deine Kinder. Habe ich recht?«

»Ja, du hast recht, Mark.«

»Was, zum Teufel, machst du dann mit diesem Ding hier?«

Stipe reißt Auguste die Brille herunter und wirft sie ins Wasser.

»Mark…!« protestiere ich.

»Das ist keine echte Brille«, brüllt Stipe zurück. »Herrgott noch mal, er hat Augen wie ein Adler. Das ist Fensterglas. Er trägt das Ding nur, weil er glaubt, daß er damit aussieht wie Patrice.«

Auguste ist ertappt. Er hat nichts darauf zu sagen.

»So, du willst also schöne Sachen haben«, spricht Stipe

schnell und erbarmungslos weiter. »Du willst viele schöne Sachen? Natürlich willst du das. Genau wie jeder andere auch. Wie Gillespie und wie ich. Und du kannst sie haben, Auguste. Ich kann dafür sorgen, daß du sie alle bekommst. Aber wenn du dich mit diesen Leuten hier einläßt, wirst du dein Auto nicht kriegen und auch nicht dein Haus oder irgend etwas anderes davon. Verstehst du mich?«

Wir sind am anderen Ufer des Sankuru angekommen. Stipe geht los, um den Bootsführer zu entlohnen. Er steigt ins Auto und fährt mit laut aufheulendem Motor von der *barque* auf den hohen, hölzernen Steg.

Auguste und ich gehen langsam hinter ihm her. Eine flutende Kolonie von riesigen schwarzen Ameisen kreuzt unseren Weg. Wir zerquetschen sie unter unseren Füßen.

»Patrice' Vision ist eine große Vision«, wiederholt Auguste, als wir uns dem Wagen nähern, und streift die Ameisen von seinen Hosenbeinen. »Die Amerikaner werden diese Vision unterstützen. Wir brauchen die amerikanische Hilfe, um unser Land aufzubauen. Wie Kaiser Steel in Ghana.«

»Amerikanische Firmen geben niemals etwas umsonst«, falle ich ihm ins Wort und höre mich dabei seltsam ähnlich an wie Inès. Ich schreibe es meiner gewohnheitsmäßigen Skepsis zu.

»Wenn die Amerikaner einen zu hohen Preis verlangen«, meint Auguste schlicht, »gehen wir eben zu den Russen.«

»Das ist ein gefährliches Spiel«, sage ich.

»Es ist das Spiel, das wir spielen müssen, James.«

Am selben Abend im Gästehaus kommt Stipe zu mir auf die Terrasse hinaus, um einen Gin zu trinken und sich BBC World Service auf Kurzwelle anzuhören. Auf dem Trafalgar Square haben einhunderttausend Leute für die Abrüstung von Nuklearwaffen demonstriert. Dem Bericht folgt eine Meldung über Njassaland und Sir Roy Welensky und eine weitere über die Folgen von Erschießungen in Sharpeville. Dann geht es um die Wahlen im Kongo. In Léopoldville ist es in der letzten Nacht zu drei neuen politischen Morden gekommen; in Stanleyville hat ein belgischer Ingenieur versehentlich eine Schwarze erschossen, die aus einem Geschäft kam.

»Die Geschichte mit Rita«, frage ich, »ist die wahr?«

»Ja.«

»Wissen Sie, was aus ihr geworden ist?«

»Das sollte ich wohl«, sagt er leicht gedehnt. »Ich habe sie geheiratet.«

Ich sehe ihn erstaunt an.

»Und wo ist sie?« frage ich.

»Zu Hause. Wir haben ein Haus in Philadelphia. Drei Kinder, zwei Hunde und eine Katze – bei der letzten Zählung.«

Er holt ein Foto aus der Tasche. Die reinste amerikanische Vorzeigefamilie: Vater, Mutter, Kinder in Freizeitkluft und mit Haustieren, versammelt vor dem Familienauto vor dem Familienheim. Lächeln und Zahnspangen und schüchternes Grinsen und Bürstenschnitte. Rita ist erheblich größer als ihr Mann. Übermäßig glücklich sieht sie auf dem Foto nicht aus.

»Ich freue mich, daß für Sie doch noch alles gut geworden ist«, sage ich, als ich ihm das Bild zurückgebe.

»Es ist nicht gut geworden«, entgegnet er. »Nichts ist gut geworden.«

»Wie können Sie das sagen? Sie sind verheiratet, Sie haben Kinder, eine Familie.«

Stipe seufzt schwer. »Ich habe sie angefleht. Auf meinen Knien habe ich sie angefleht, zu mir zurückzukommen. Sie hat lange standgehalten. Aber ich ließ nicht locker. Ich wußte, daß ich dieses Mädchen haben mußte, daß sie die einzige für mich war. Und am Ende habe ich sie zermürbt. Sie gab auf. Aber es war nicht mehr dasselbe. Sie hat mir nie verziehen, was ich getan hatte, nie. Oh, sie hat nie etwas gesagt. Rita ist nicht sehr gesprächig, jedenfalls nicht, was diese Dinge angeht. Aber sie hat mir nie wieder vertraut. Meine Gefühle sind nach wie vor dieselben, das hat sich nie geändert. Sie ist immer noch die einzige für mich. Ich habe in meinem ganzen Leben nur mit zwei Frauen geschlafen – und die andere war vor Rita. Zwei Frauen. Können Sie sich das vorstellen? Meine Kollegen haben immer ihren großen Spaß damit. Aber ich bin einfach nicht interessiert. Sollte ich vielleicht. Ich bin's aber nicht.«

»Ich weiß nicht, was daran so komisch sein soll«, sage ich.

Er zuckt gleichgültig die Schultern. »Ritas Gefühle haben sich verändert.«

»Ein anderer Mann?«

»Nein. Sie sagt nein, und ich glaube ihr, denn die Sache ist die: Rita ist ein von Grund auf ehrlicher Mensch. Es ist fast so, als wäre sie unfähig zu lügen. Manchmal denke ich, es wäre besser, wenn es einen anderen gäbe. Wenigstens bestünde dann die Möglichkeit, daß er ihr langweilig wird und sie vielleicht doch wieder merkt, was sie an mir hat. So wie früher. Aber es ist ja alles viel schlimmer. Sie liebt mich einfach nicht mehr, und es gibt nichts Schmerzhafteres im Leben, als wenn die Liebe einseitig ist.«

Wir sitzen schweigend da, füllen unsere Gläser nach und starren in die Nacht hinaus.

»Ich habe mich Auguste gegenüber wie ein Arschloch benommen«, sagt er nach einer Weile.

»Warum sind Sie so hart mit ihm?«

»Er wird nicht ungeschoren davonkommen, wenn er sich mit den falschen Leuten einläßt. Und das will ich nicht. Er liegt mir am Herzen.«

Er sieht mich an, als würde ich an seiner Aufrichtigkeit zweifeln.

»Ich treffe hundert Leute jeden Tag, James, aber die Sache ist die, daß ich mit den wenigsten gut auskomme«, sagt er leise. »Das war schon immer so. Und den Leuten geht es mit mir umgekehrt genauso – sie sehen mich an, und schon geht alles in Abwehrstellung. Was sie sehen, ist Fleisch, Aggression. Das liegt den Leuten nicht. Wenn ich also mal jemanden kennenlerne, und wir verstehen uns – dann bedeutet mir das etwas.«

Plötzlich sehe ich Stipe, wie er wirklich ist. Er hat mir immer den Eindruck gemacht, als wäre er sich selbst genug, und zwar auf geradezu beneidenswerte Weise. Und er hat recht, zum Teil muß man diesen Eindruck seinem Körperbau und seiner ganzen Haltung zuschreiben – das Fleisch, wie er gesagt hat, festes, dicht gepacktes, muskulöses Fleisch, und die Aggression. Wer so einen Mann sieht, kommt gar nicht auf die Idee, daß er vielleicht nicht gefestigt sein könnte. Selbstzweifel kennen doch nur wir anderen. Aber jetzt ergibt es einen Sinn. Die endlosen Einladungen auf einen Drink im Colibri, das schamlose Herumscharwenzeln um Anna, die Fahrten zur Versammlung im Matongé, zu Munguls Haus, jetzt zu Houthhoofd und einer ganzen Menge anderer Orte und Leute – Stipe ist ein bedürftiger Mann. Er möchte geliebt werden. Ich kann nicht böse mit ihm sein, auch wenn er Auguste heute so unmöglich behandelt hat.

Stipe gibt keine edleren Motive vor, er ist zynisch und manchmal ein Tyrann, aber er ist loyal und ein treuer Freund, und er ist verletzt.

19

Stipes Chevrolet steht am Straßenrand. Er ist zu dem improvisierten Grenzposten hinübergegangen, um mit den Soldaten zu reden. Der Dschungel liegt weit hinter uns, und wir haben bereits fast das gesamte offene Gelände des Kasai durchfahren. Vor uns liegen die spitzen, braunen Erhebungen des Kupfergürtels von Katanga. Oben auf der Ebene unter dem weiten, stillen, klaren Himmel wird die Luft kühler sein.

In einer seitlich offenen Strohhütte neben einer Wasserpumpe konjugieren Kinder für ihren alten Lehrer das Wort *donner* im afrikanischen Singsang. Sie schielen zu mir und Stipe herüber. Diese beiden Weißen haben hier nichts zu suchen. Die Dorfbewohner ignorieren uns, aber ich meine bemerkt zu haben, daß der Lehrer versucht hat, Augustes Blick aufzufangen. Er wirkt verschüchtert und nervös. Er trägt ein kurzärmeliges weißes Hemd und einen dunkelblauen Schlips. Ich bin sicher, daß er mit uns sprechen möchte. Um uns zu warnen? Die Leute hier, sogar die Kinder, sehen aus, als müßten wir uns auf etwas gefaßt machen. Ihre Blicke verheißen nichts Gutes.

Ich gehe zu Stipe an der Straßensperre hinüber. Neben einem Termitenhügel sitzt eine Schwangere und zieht sich einen holzigen Erdbrocken nach dem anderen heraus, um darauf herumzunagen. Die Soldaten sind ausgesprochen unfreundlich. Es gibt keine weißen Offiziere, mit denen Stipe palavern könnte. Er versucht es mit Schmeicheleien und Bestechung, dann kommt er mit der Kumpelei unter alten Soldaten, er weiß doch, wie das ist, beim Militär, und natürlich haben sie ihre Vorschriften und müssen ihre Befehle befolgen – offiziell oder nicht. Dann versucht er es mit Wut. Das kommt besonders schlecht an. Mir gefällt nicht, wie diese Leute aussehen, ich werde nicht schlau aus ihnen. Sie zwinkern sich gegenseitig zu. Ich hasse solche Situationen – diese Unsicherheit und Furcht, daß man so ganz machtlos ist, und wie sich die Konfrontation hier entwickelt, gefällt mir ganz und gar nicht. Vielleicht bin ich ja übertrieben mißtrauisch, aber dieses Zusammenprallen von Schwarz und Weiß ist mir entschieden unbehaglich. Am liebsten würde ich sagen: »Ich bin kein Rassist, und ich bin auch kein Belgier«, aber ich kann das Lachen schon hören; »Was denn sonst?« werden sie fragen – und darauf habe ich keine Antwort.

Stipe wendet sich von den mürrischen Männern ab.

»Und?« frage ich.

»Sie wollen uns nicht durchlassen«, sagt er. »Nichts zu machen.«

»Wo liegt das Problem?«

»Da vorne gibt es einen Aufstand. Die Baluba und die Lulua sind mal wieder zugange.«

Seit wir ins Kasai-Gebiet gekommen sind, sind wir an einer ganzen Reihe ausgebrannter Dörfer und geplünderter Läden und Häuser vorbeigefahren. Das Land liegt streckenweise geisterhaft verlassen da. Flüchtlinge ziehen die Straße entlang.

»Wir sind wahrscheinlich nur vier oder fünf Stunden von Houthhoofd entfernt«, sagt Stipe, »aber die Soldaten sagen, daß sie uns nicht durchlassen können – zu unserer eigenen Sicherheit.«

Ich betrachte die Schwangere, die immer noch ihre Termitenerde kaut. Stipe nestelt an seinem schmutzigen Hemdkragen herum. Mein eigener schweißgehärteter Kragen kratzt auf dem Sonnenbrand in meinem Nacken.

Stipe gibt einer Frau Geld, damit sie uns Bier und etwas Maniok überläßt, das mit ein wenig Zwiebeln, Tomaten und scharfem Pfeffer gewürzt ist. Keine große Verbesserung. Wir setzen uns in den Schatten eines großen Baobab und essen hungrig. Der Lehrer hat seine Schüler entlassen. Auguste ist verschwunden. Wir werden einfach warten müssen, bis die Soldaten ihre Meinung ändern.

Stipe fragt, wie es inzwischen mit Inès und mir steht. Ich sage es ihm. Ich sage ihm, daß ihre Verpflichtung Lumumba und dem MNC gegenüber keinen Raum mehr zu lassen scheint, damit wir beide unser Leben neu aufbauen könnten.

»*Verpflichtung?*« fragt er und schüttelt den Kopf. »Wie ist das denn gemeint?«

»Inès' Vater war ein kommunistischer Partisan. Sie ist mit dem Wort aufgewachsen.«

»Da haben wir's ja«, sagt er. »Das ist die Antwort.«

»Wie lautete die Frage?«

»Warum sie so ist, wie sie ist. Es ist offensichtlich eine Vater-Geschichte.«

Ich stochere in meinem Essen. Ich habe schon oft dieselbe Idee gehabt und sie dann jedesmal wieder verworfen.

»Sie ist eine junge Frau auf der Suche nach Helden«, fährt Stipe fort. »Ihr Vater war ein Held, Sie waren wahrscheinlich auch irgendwann einmal ein Held für sie…«

Wie weh es tut, das zu hören. Stipe geht den Dingen *bis auf den Grund*, er besitzt alle Gaben, die man in seiner besonderen Branche braucht. Ich denke daran, wie Inès mit mir sprach und mich ansah und wie sie mir schrieb, als wir noch ganz frisch verliebt waren. Stipe weiß, wovon er spricht, er weiß, was diese Worte anrichten. Er läßt seinen eigenen Schmerz an mir aus.

»Lumumba ist nur der neueste in einer langen Reihe von Helden«, fährt er fort. »Armes Schwein. Das aushalten zu müssen; ihre Träume und die von einer Million anderen Frauen. Entweder er wird unter der Belastung zusammenbrechen, oder es treibt ihn in den Märtyrertod.«

Ich habe schon seit längerem gewußt, daß Stipe Augustes wegen mit Inès böse war, aber bisher hat er noch nie gewagt, seine Gefühle mir gegenüber offen zu äußern. Jetzt sprudeln die Worte nur so aus ihm heraus. Aber vielleicht ist das ja genau, was ich brauche. Vielleicht ist er grausam, weil er mir helfen will. Ich habe mich lange genug in meinem Elend gewälzt. Es wird Zeit, daß ich aufhöre, sie zu idealisieren.

»Kommen Sie schon, Gillespie, Sie wollen mir doch nicht erzählen, daß Ihnen diese ganze übertriebene Zurschaustellung von Idealismus und Solidarität nicht auch manchmal extrem peinlich war. Damals vor Lumumbas Haus zum Beispiel, als er verhaftet wurde? Ich habe Ihren Blick gesehen.«

»Und wie war der?«

»Sie haben sich gewunden. Sie hat sich mit Auguste die Augen ausgeweint, und Sie haben sich gewunden.«

Es stimmt. Ich weiß, daß es wahr ist: Inès kann hervorragend weinen. Vielleicht sollte ich sie verteidigen, aber ich kann es nicht.

Je länger Stipe redet, desto mehr peinliche Momente fallen mir wieder ein.

»Sie wollte allen demonstrieren, wie sensibel sie ist, vor allem Ihnen, damit Sie sehen, wie tief bewegt sie war, während Sie, Sie kaltschnäuziger Bastard, überhaupt nie etwas fühlen, weil Sie ja so herzlos sind ...«

Das ist oft so gewesen.

»... was ja alles harmlos genug ist, abgesehen davon, daß Sie und ich genau wissen ...« – er unterbricht sich, um die rechten Worte zu wählen –, »daß solche Vorführungen nicht immer ganz echt sind ...«

Besonders eine.

»Geben Sie es zu, Gillespie. Es ist Ihnen peinlich, wenn sie ihr Revolutionstamtam aufführt.«

Ganz besonders dieses eine Mal ...

Nachdem wir ein paar Monate zusammen gewesen waren, mußte sie nach Rom zurück, um mit ihrer Zeitung über ihren Vertrag zu reden. Wir beschlossen, daß sie, anstatt direkt nach London zurückzukommen, nach Dublin fliegen und mich dort treffen sollte, damit wir dann in Irland ein paar Tage Urlaub machen konnten. Ihr Flugzeug war verspätet. In Rom hatte es Nebel gegeben, und sie hatten drei Stunden auf dem Rollfeld gestanden und gewartet.

»Der Pilot war Angsthase«, beschwerte sie sich, als sie in die Ankunftshalle marschiert kam.

»Ein Angsthase«, sagte ich sanft tadelnd.

Ich war nie ganz entschieden, ob ich ihre Fehler nun verbessern sollte – wie sie immer wieder verlangte – oder mich stillschweigend an ihnen freuen.

»Ja, ein Angsthase«, sagte sie, als hätte ich beim erstenmal nicht richtig verstanden. »Er hätte schon nach einer Stunde losfliegen können.«

Sie ärgerte sich so sehr über die Vorsicht des Piloten, daß sie darüber ganz vergaß, mich zu küssen.

Vom Regen verfolgt, fuhren wir nach Westen.

»Immer haben wir Pech mit dem Wetter«, sagte sie.

»Irland hat Pech mit dem Wetter.«

Es war Ende April und ganz Mayo noch winterlich grau verhüllt. Schneeregen und Hagel tobten so heftig, daß selbst die Hunde und Schafe Unterschlupf suchten. In Westport schwappte der Fluß bis auf die Brücke hinauf, und ich hatte alle Mühe, den Wagen hinüberzubringen. *Vai, vai*, sagte sie und küßte mich. Fünf Meilen außerhalb der Stadt fanden wir ein Cottage zum Mieten. Das Bettzeug war klamm. Ich schichtete ein Feuer auf und legte die ganze Nacht hindurch nach.

Als wir am nächsten Tag spazierengingen, retteten wir uns vor einem Platzregen in eine warme Scheune. Wir kamen mit den Farmern und Landarbeitern ins Reden, und als der Nachmittag schon weit fortgeschritten war, brachte sie das Gespräch auf die IRA. Fremden gegenüber lassen sich die Leute vom Land nur selten etwas anmerken, aber es war nicht zu übersehen, daß sich die Atmosphäre verändert hatte. Ich fühlte, wie die Leute um uns herum sich versteiften, innerlich Abstand nahmen. Inès mißverstand das Schweigen als Freibrief weiterzuschwatzen und wühlte sich mit immer tendenziöser werdenden Bemerkungen tiefer und tiefer in den Fettnapf. Sie hielt erst inne, als sie meinen Blick auffing.

Als wir ins Cottage zurückkamen, sagte ich eisig: »Hast du denn nicht gesehen, wie peinlich das für sie war?«

»Vielleicht war es nur dir peinlich?«

»Das war es allerdings.«

»Also, den Italienern ist es nicht peinlich, über die Partisanen zu reden.«

»Die IRA sind keine Partisanen.«

Es ist nichts Neues, daß ein Außenstehender seine vorgefertigten und letztlich nicht fundierten Meinungen über Irland hat, aber jemanden, der mir so nahe war, auf dieselbe Art schwätzen zu hören, war mir unerträglich. Da schrie ich sie zum erstenmal an.

»Sie sind keine Partisanen. Das sind dumme Jungs, die sich mit siebzehn Jahren für einen stümperhaften, sinnlosen Aufstand abknallen lassen und dann in einer eisigen Winternacht, von aller Welt verlassen, mit heraushängendem Gedärm, in irgendeinem Kuhstall verrecken. Das sind unverheiratete Männer mittleren Alters, die ihr ganzes Leben lang bei Mama auf irgendeiner gottverlassenen Klitsche gewohnt haben, um dann sich und alle anderen in ihrer Nähe mit ihren selbstgebastelten Bomben in Stücke zu zerreißen. Sie kämpfen nicht gegen die Deutschen, Inès, sie erschießen ganz normale Polizisten, die ein Heim und Frauen und Kinder haben.«

»Die deutschen Soldaten in Italien hatten auch Frauen und Kinder.«

Sie hatte nur glattzüngige, sentimentale Argumente. Als wir nach London zurückkamen, merkte ich, daß ich mich zum erstenmal fragte, ob ich wohl einen Fehler gemacht hatte. Und

Inès? Was dachte sie damals von mir? Zu meiner Überraschung war sie genauso sanft und liebevoll wie vorher.

»Warum?« fragte ich sie. »Was siehst du in mir?«

Unter dem Baobab mit Stipe versuche ich mit aller Kraft, mich zu erinnern, was sie geantwortet hatte. Mir fällt nichts ein. Ich weiß nicht mehr, was sie gesagt hatte. Heute glaube ich, daß sie einfach nicht zugeben wollte, einen Fehler gemacht zu haben.

Ein Schatten fällt auf meine Beine. Ich sehe auf und erblicke Auguste. Er hat den Lehrer bei sich. Er ist ein spindeldürrer Mann mit borstigen grauen Strähnen an der Schläfe und einem trockenen, faltendurchfurchten Gesicht. Aus der Nähe ist sein Hemd abgetragen, der blaue Schlips knittrig und voller Flecken. Seine ausgebeulte Hose ist erdfarben und an den Knien geflickt. Die breiten, nackten Füße sind halb im Staub vergraben.

»Das hier ist mein Bruder Cleophas«, sagt Auguste.

»Dein Bruder?« frage ich. Noch ein Bruder? Wie viele Brüder hat er?

»Ja – nicht mein richtiger Bruder«, antwortet er, als hätte ich eine dumme Frage gestellt.

Cleophas verbeugt sich unsicher und fragt höflich nach unserem Befinden. Er spricht ein schlichtes Französisch, das ich gut verstehen kann. Sein Ton ist unterwürfig, und er vermeidet es, uns in die Augen zu sehen.

»Sie müssen sofort hier weg«, sagt er leise. »Zur Sicherheit. Hier ist es nicht sicher.«

Er hebt den Finger und zeigt auf etwas, das sich aus derselben Richtung nähert, aus der wir vorhin gekommen sind. Über der Straße schimmern Luftspiegelungen. Um das Dorf herum erstreckt sich ein endloses Meer von reglos gelbem Elefantengras. Ich halte die Hand über die Augen und entdecke eine offene Limousine, in der ein Mann aufrecht steht, als lenke er einen Streitwagen. Anscheinend trägt er einen schwarzen Anzug und Krawatte mit einem darüber drapierten Leopardenfell. Als er näher kommt, sehe ich, daß er weiße Handschuhe anhat. Er hat sich das Ausgehstöckchen eines Hauptfeldwebels unter den Arm geklemmt und trägt eine dunkelgetönte Brille. Ein riesiger schwarzer Sonnenschirm, den ein großgewachsener Diener in die Höhe hält, schützt ihn vor den Strahlen der Sonne. Der langsam herannahenden Limousine folgen vielleicht vierzig mit Speeren und Macheten, Pfeil und Bogen und Steinzeithämmern und -äxten bewaffnete Anhänger.

Die Dorfbewohner kommen aus ihren Hütten und Unterständen auf den freien Platz um die Wasserpumpe heraus.

»Was, zum Teufel, ist denn hier los?« fragt Stipe.

»Das ist eine Wahlversammlung«, erklärt Cleophas. »Dieser Herr ist der MNC-Kandidat. Er ist gekommen, um unsere Stimmen zu holen.«

»In meinem Land läuft das aber ganz anders«, sagt Stipe.

»So? Tut es das?« fragt Auguste.

Er und Stipe mustern sich einen Moment lang.

»Vielleicht hat er nicht ganz unrecht, Mark«, sage ich gemessen. »Es ist ja nicht so, als ob in den USA kein großes Tamtam um die Politik gemacht würde.«

Stipe sagt gar nichts. Er macht ein beleidigtes Gesicht.

»Das Dorf hier ist Baluba, aber um uns herum ist alles Lulua-Gebiet«, erklärt Cleophas. »Es hat viele Kämpfe gegeben.«

Die Limousine fährt ein, gefolgt von den Männern des Baluba-Stammes. Als sie an uns vorbeiziehen, rufen sie uns Schmähungen zu und tun so, als wollten sie sich auf uns stürzen. Ein Mann mit Soldatenhelm und Lendenschurz kommt zu uns herübergelaufen. Auf seiner Schulter hockt ein kleiner Affe. Der Mann fuchtelt Stipe mit seinem Speer wenige Zentimeter vor dem Gesicht herum und stößt einen Schwall Verwünschungen und Beleidigungen aus. Stipe zuckt nicht mit der Wimper. Cleophas spricht hart auf den Krieger ein, der nach einer weiteren Scheinattacke aufgibt und wieder zu seinen Kameraden stößt.

»Sie sollten gehen«, sagt Cleophas wieder. »Hier ist es nicht sicher für Sie.«

»Ich werde noch einmal mit den Soldaten reden«, sagt Stipe.

Der Kandidat in seiner Limousine beginnt zu sprechen. Er ist ein lebhafter Redner.

»Was ist das für eine Sprache?« frage ich Cleophas nach einer Weile.

»Das ist Tshiluba, die Sprache der Baluba.«

»Was sagt der Kandidat?«

»Schlimme Dinge, Sir.«

»Was für schlimme Dinge?«

»Er sagt den Leuten, daß sie alle in großen Häusern wohnen werden und daß sie die Häuser der Weißen bekommen und auch ihre Frauen, wenn sie ihn wählen.«

Grölender Jubel steigt aus der Menge der Dorfbewohner auf.

»Jetzt sagt er den Leuten, daß sie gute Ernten haben werden, wenn sie für ihn stimmen…«

Erneuter Jubel.

»…daß auf ihren Feldern belgisches Geld statt Maniok wachsen wird…«

»Sagt er das wirklich?«

»Er erzählt den Leuten, daß sich ihre Toten jung und mit unversehrten Körpern aus ihren Gräbern erheben und zu ihnen zurückkehren werden, wenn die Unabhängigkeit kommt.«

»Sie glauben doch nicht, was der Kandidat da verspricht, oder?«

»Was er verspricht, ist unmöglich, Sir.«

»Also werden Sie nicht für ihn stimmen?«

Cleophas wirft Auguste einen Blick zu.

»Doch, Sir. Ich werde für Mr. Lumumba und den MNC stimmen«, sagt er fast unhörbar.

»Warum, um alles in der Welt, tun Sie das?« frage ich entgeistert. »Der Mann ist offensichtlich ein Scharlatan. Warum sollten Sie für ihn und seine Partei stimmen?«

Ich spüre, daß Cleophas gern antworten würde, aber Angst hat, mich zu beleidigen.

»Ich würde es gern wissen«, sage ich in gemäßigtem Tonfall, weniger schneidend, »aber nur, wenn Sie es mir sagen wollen.«

Cleophas nimmt allen Mut zusammen.

»Ich werde für den MNC stimmen, weil Mr. Lumumba der einzige Führer ist, der uns sagt, daß wir nicht für alle Zeiten arm sein müssen, daß wir die Schätze des Kongo für das kongolesische Volk einsetzen können, wenn wir uns zu einer Nation vereinigen.«

Von der Grenzstation ertönt ein Schrei. Ich sehe hinüber: Zwei Soldaten haben sich Stipe wütend entgegengestellt. Er hebt die Hände, um zu zeigen, daß er ihnen nichts tun will. Ein Soldat stößt ihn unsanft zurück. Ich will hinlaufen.

»Nein, James«, sagt Auguste sofort. »Die Soldaten sind schlechte Männer.«

Sie schreien Stipe an und wedeln hysterisch mit den Armen. Er sieht her und macht mir ein Zeichen, zu bleiben, wo ich bin.

»Bitte, steigen Sie ins Auto, Sir, und bereiten Sie sich darauf vor, sofort loszufahren. Ich werde mit den Soldaten reden.«

Bevor ich irgend etwas erwidern kann, ist Cleophas schon auf dem Weg zum Grenzposten. Auguste und ich sehen zu, wie er unterwürfig, mit an die Seiten gelegten Armen und geöffneten Handflächen, auf die Soldaten zugeht. Er geht bis zu dem umzingelten Stipe und beginnt für ihn zu sprechen.

Auguste und ich setzen uns ins Auto. Ich lasse den Motor an. Hinter uns kommt die Menge durch die Rede des Kandidaten langsam in Fahrt.

Ein Soldat hebt den Gewehrkolben, als wollte er Cleophas

damit schlagen. Er senkt den Kopf, versucht aber nicht, sich zu verteidigen. Die Soldaten sammeln sich um ihn und brüllen ihn an. Sie schubsen ihn zwischen sich hin und her. Er läßt alles über sich ergehen und sagt nichts dazu. Stipe rührt sich nicht, Cleophas beginnt wieder zu sprechen, versucht zu vermitteln, im Flüsterton. Von Zeit zu Zeit bringen die Soldaten ihn drohend zum Verstummen, dann beginnt er erneut.

Der Kandidat hält unter Jubel und Gesängen weiter seine Rede ab. Plötzlich stürzen die Stammeskrieger auf den Wagen zu. Einer von ihnen fuchtelt mit seinem Speer vor den Scheinwerfern herum, als wollte er ein angekettetes Tier ärgern.

»Los, James«, sagt Auguste. »Wir müssen hier weg.«

Ich gleite langsam auf den Grenzposten zu. Die Krieger schlagen und trommeln mit den Händen auf die Kühlerhaube und das Dach und gegen die Windschutzscheibe. Ich trete das Gaspedal herunter und werde langsam schneller. Als sie vor uns zusammenlaufen, trete ich voll durch. Die Männer springen aus dem Weg.

Immer schneller fahre ich auf die Straßensperre zu. Sie jagen hinterher und werfen mit Steinen, dann grölen sie und lachen uns aus.

Cleophas kommt zu uns herübergelaufen.

»Die Soldaten sind gute Männer«, sagt er. »Sie sind vom Stamm der Bamongo und fern von ihren Dörfern, und sie haben große Angst.«

»Werden sie uns jetzt durchlassen?« frage ich.

Cleophas wirft einen Blick zurück zu den Soldaten. Einer von ihnen nickt knapp.

Auguste ruft Stipe ins Auto und greift über die Rückenlehne, um ihm die Tür aufzumachen. Weiter hinten scheinen sich die Stammeskrieger erneut darauf vorzubereiten, Jagd auf uns zu machen.

»Was ist mit Ihnen?« frage ich Cleophas. »Werden Sie zurechtkommen?«

»Ich komme zurecht, Sir«, sagt er. »Danke.«

Seine Augen sind trübe; die Iris ist von einem gräulichen Schimmer umgeben.

»Los, James«, drängt Auguste, als Stipe hinten in den Wagen springt.

Die Soldaten weichen zur Seite. Ich trete das Gaspedal durch. Auguste winkt Cleophas zu, und wir schießen durch die Absperrung.

Etwas kommt durchs offene Fenster geflogen und landet hinter mir. Als ich mich umdrehe, sehe ich einen Pfeil, der nur wenige Zentimeter über Stipes Knie in der Armlehne der hinteren Tür steckt.

»Dreht die Fenster hoch«, ruft Stipe.

Wir werden von weiteren Pfeilen getroffen, die nicht von hinten kommen, nicht aus dem Dorf, sondern von beiden Seiten. Männer springen aus dem Elefantengras hervor. Hunderte von Männern. Einer von ihnen taucht vor uns auf der Straße auf und wirft einen Speer. Er kratzt über die Kühlerhaube und durchstößt die Windschutzscheibe. Als wir immer schneller werden, springt er aus dem Weg. Dann ein Gewehrschuß.

Ich drehe mich um und sehe, wie die Soldaten an der Absperrung unter einem Regen von Pfeilen und Speeren in Richtung Dorf fliehen. Cleophas ist nirgends zu sehen.

»Ein Angriff der Lulua«, sagt Stipe.

Ich trete das Pedal durch, so weit es geht. Ich wünschte, Inès wäre dabeigewesen. Ich wünschte, sie wäre dagewesen, um diesen Triumph ihrer neuen Sache mitzuerleben.

20

Ich werde den Artikel schreiben, den sie von mir haben wollen. Es ist eine gute Geschichte, davon mußten sie mich nicht erst lange überzeugen. Ich werde sie schreiben, obwohl ich weiß, was das für Inès und mich bedeutet. Ich werde schreiben, *weil* ich das weiß.

Stipe und Houthhoofd kommen nicht gleich aufs Geschäftliche zu sprechen. Erst einmal gibt es kühle Getränke auf der Veranda und dazu den Bericht von unserer Flucht aus dem Dorf. Houthhoofd hat dafür nur ein Schulterzucken übrig. Was soll man schon erwarten? Wenn nicht strenge Maßnahmen ergriffen werden, wird es in Zukunft noch viel schlimmer kommen. Aber die Regierung in Brüssel ist ein schlaffer Haufen; die *colons* müssen selber sehen, wie sie den drohenden Zusammenbruch noch abwenden und Ordnung schaffen können.

Später macht Houthhoofd mit uns eine kurze Führung über seinen Besitz. Ich wüßte nicht, daß ich auf der Welt je etwas so Schönes gesehen hätte. Es ist noch früh am Abend, und der Himmel leuchtet rot und golden. Überall weite, beruhigende Ausblicke. Ich könnte mir vorstellen, frühmorgens zu einem der riesigen Felsen auf den Bergen hinaufzusteigen, hoch über den Tälern, wo die Dornenbüsche und die Baobabs aus dem gelben Gras der Savanne emporragen. Dort würde ich dann den ganzen Tag allein verbringen und an nichts denken und die Landschaft heilend auf mich einwirken lassen. An diesem Ort sind alle Geräusche sanft, als wollten sie einen nicht stören oder erschrecken. In einer solchen Umgebung könnte ich mich vielleicht von Inès frei machen.

Houthhoofd zeigt mir Kupferschläge, wo der Boden so dicht von dem Mineral durchzogen ist, daß kein Baum auf ihm wachsen kann, und er erzählt mir, daß Afrika ein armer Kontinent mit einer Handvoll extrem reicher Gegenden ist. Katanga, etwa so groß wie England, ist eine der reichsten davon. *Die* reichste. Die Minen der Union Minière und Forminière versorgen die Welt mit acht Prozent ihres gesamten Kupferbedarfs, bei Uran sind es achtzig, bei Kobalt dreiundsiebzig, bei Industriediamanten achtzig Prozent. In Katanga gibt es Gold, Silber, Zinn, Zink, Mangan, Columbium, Kadmium, Wolfram und Tantalum; die Vorkommen sind schier unerschöpflich.

Beim Dinner wirft Houthhoofd die Frage in die Runde: »Können wir diese Reichtümer einem Mann wie Patrice Lumumba anvertrauen?«

Stipe ist ungewöhnlich still; das Hetzen überläßt er den Belgiern. Fühlt er sich schuldig, daß er sich gegen seinen alten Freund stellt? – und das gemeinsam mit dem Mann, den zu treffen ich hierhergekommen bin: Victor Nendaka. Nendaka ist einer von Lumumbas engsten Mitarbeitern, der Vizepräsident der Partei. Er hat sich einen Namen gemacht, als er die Belgier zwang, Lumumba freizulassen, indem er ihnen ankündigte, er werde die MNC-Delegation ohne ihren Führer nicht nach Brüssel zur Konferenz an den runden Tisch bringen. Ich kenne ihn. Ich habe ihn in Augustes Haus in der Cité gesehen, in der Nacht, als ich Lumumba zum erstenmal begegnet bin. Schon damals kam er mir höchst unseriös vor. Er ist aalglatt und selbstgefällig und von trügerischem Charme. Ich habe immer gedacht, und jetzt denke ich es wieder, daß er einen guten Zuhälter abgeben würde. Er besitzt eine Bar, ein Reisebüro und eine Versicherungsgesellschaft.

Ich höre nur halb hin. Meine Entscheidung steht längst fest. Aber ein anderer Gast zieht meine Aufmerksamkeit auf sich. Madeleine ist hier. Sie hat eine Affäre mit Houthhoofd, was man an ihrer beider ungeheuren Diskretion sehen kann und daran, wie bemüht sie sind, sich nicht in die Augen zu sehen.

Sie sitzt mir gegenüber. In meinem Kopf geht etwas Seltsames vor. Es hat mit Sex zu tun. Ich habe das sexuelle Leben mit Inès immer genossen, obwohl ich es mir anders vorgestellt hätte. Inès hat sehr direkte körperliche Vorlieben. Sie ist nicht gerade prüde, aber man kann sie auch nicht wirklich abenteuerlustig nennen. Sie ist nicht wie Margaret, die sich gerne überraschen ließ, das geradezu forderte. Mit Inès gab es nur ein kurzes Vorspiel – sie war leicht zu erregen –, und sie mochte es am liebsten, wenn ich auf ihr lag, und das sollte ich möglichst schnell. Andere Stellungen sagten ihr nicht viel. Zu Anfang dachte ich, ihre schlichten Vorlieben könnten mein Interesse nicht lange wach halten. Aber da hatte ich mich geirrt. Ich fand den Sex mit ihr zutiefst befriedigend – und sogar anrührend. Ich hatte nicht gewußt, daß ich mich nachher so gut fühlen konnte. Ich weiß noch, wie ich mich jeden Abend auf das Zubettgehen freute. Wie ich darauf wartete, daß sie fertig wurde, und sie drängte, sie solle sich beeilen, und wie ich manchmal auch sagte, okay, das reicht jetzt, und sie am Handgelenk hinter mir her zog. Ich glaube, einer der Gründe, warum es mir so gefiel, war, daß ich ihr soviel Freude zu bereiten schien. (Jetzt kommt mir ein schrecklicher Gedanke: Schätze ich die Freude, die sie durch mich gehabt hat, vielleicht zu hoch ein? Mache ich mir, wie Männer es häufig tun, selber etwas vor? Vielleicht wendet sie sich nur deshalb von mir ab, weil sie sexuell enttäuscht ist. Wenn ich wirklich so gut für sie war, wäre sie dann jetzt so distanziert? Vielleicht habe ich es wie Bovary für selbstverständlich gehalten, daß sie glücklich ist; und vielleicht hat sie wie Emma das Glück anderswo gefunden. Ich kämpfe den Gedanken nieder, er dreht mir den Magen um.) Es hat mir gefallen mit ihr. Ich habe es gebraucht. Ich könnte behaupten, daß die Gefühle wichtiger waren als das Körperliche – und tatsächlich wurden meine Gefühle zuerst durch unser intimes Zusammensein angefacht. Ich könnte das behaupten und damit für mich so etwas wie Sensibilität in Anspruch nehmen. Aber die Wahrheit ist, daß ich sie genossen habe, den festen Griff und den Geruch und wie sie mich umfing und zu mir paßte. Wenn ich in ihr war und ihr heftiges Atmen hören und ihren Herzschlag fühlen konnte, und wenn ich spürte, wie ihr die Beine zitterten, dann war mein Körper mit allen Sinnen bei der Sache. Wie schön das war, wie wunderschön…

Erst heute abend wird mir klar, wie sehr ich diesen Teil meines Lebens vermisse. Seit ich im Kongo angekommen bin, habe ich fast vergessen, wie das mit Frauen ist. Es ist schon so lange her, daß Inès und ich uns das letzte Mal geliebt haben.

Madeleines Anblick erregt mich. Während Houthhoofd spricht, überlasse ich mich meinen Phantasien, wie ich seine Geliebte ficke. Ich lasse den roten Wein meine Einbildungskraft beflügeln und beflecken und beschmutzen. Ihr dichtes, silbrigblondes Haar ist wie üblich zurückgebunden, so daß der lange, schmale Hals und die kleinen Ohren zur Geltung kommen. Ich möchte hineinbeißen und ihr Dinge zuflüstern.

»Er ist gefährlich«, sagt Houthhoofd gerade. »Er ist zur Zeit der gefährlichste Mann auf dem ganzen afrikanischen Kontinent.«

Ich nehme an, ich sollte etwas sagen, damit es so aussieht, als wäre ich bei der Sache. Ich bedenke Madeleine mit trägen und unverschämten Blicken, während ich Stipe daran erinnere, wie oft er früher Lumumbas Loblied gesungen hat. Ein hervorragender Mann, so hatte sich das damals angehört.

Stipe zuckt die Achseln. »Ich habe versucht, Patrice im Zaum zu halten, genau wie Bernard und alle anderen auch, aber Patrice ist ein Dickkopf.«

»Er ist unbeständig«, wirft Houthhoofd ein. »Ich halte ihn vielleicht sogar für geisteskrank.«

»Er nimmt übrigens Rauschgift«, informiert mich Stipe.

Ich sehe ihn zweifelnd an.

»Es stimmt, James«, fährt Stipe selbstverständlich und ohne besondere Betonung fort. Er ist sich seiner Sache sicher. »Ich habe ihn in seinem Büro gesehen, wie er mit seinen Kumpanen Gras geraucht hat. Es waren auch noch ein paar hübsche Sekretärinnen im Zimmer, die er ganz nebenbei bemerkt alle flachlegt. Er ist ein wahrer d'Artagnan unter den Stechern.«

»Ich habe nichts gegen eine schwarze Regierung, wenn sie von verantwortungsbewußten Männern geleitet wird«, sagt Houthhoofd.

»Haben Sie für diese Verantwortung einen bestimmten Mann im Auge?« frage ich ohne großes Interesse.

Ich stelle mir Madeleine und mich vor, wie wir uns küssen. Sie hat sich aus der Unterhaltung herausgehalten und kaum zu mir her gesehen, aber ich weiß, daß sie meine Blicke spürt. Ich lehne mich in meinem Stuhl zurück, trinke mein Glas aus und strecke die Beine direkt unter den Tisch. Ein Hausdiener füllt mein Glas nach.

»In Léo sitzt Kasavubu«, spricht Houthhoofd weiter. »Früher war er ein Unruhestifter und sehr anti-belgisch, ein introvertierter und einsamer Mann, aber er ist in letzter Zeit berechenbarer geworden. In Katanga gibt es Tshombé, er ist nicht ganz so berechenbar – eigentlich ist er ein Playboy und Spieler –, aber er weiß gut genug Bescheid, um auf den Rat von Geschäftsleuten zu hören.«

In meinem unverschämten Traum führe ich mir wieder das Bild vor Augen, wie Madeleine am Schwimmbeckenrand im Regina in ihrem schwarzen Badeanzug vor mir stand. Ich rufe mir die schweren Brüste ins Gedächtnis und die kleine übergewichtige Rolle am Bauch. Ich weiß noch, wie nervös sie war, als sie mich abzuschleppen versuchte. Warum habe ich mich damals nicht darauf eingelassen? Vielleicht wären wir sogar auf der Stelle in ihr Zimmer hinaufgegangen. Ich hätte sie gegen die Wand pressen und ihr das Oberteil herunterziehen und ihre Nippel küssen können. Ich hätte ihre Knie auseinanderdrängen und meinen Schwanz an sie drücken können. Ich hätte sie umdrehen und sie mit den Handflächen gegen die Wand stützen können, um sie dann zurückzuziehen und ihr den Badeanzug über den Hintern zu streifen. Warum habe ich es nicht getan? Wozu habe ich es mir versagt? Für Inès? Für das Nichts, das sie mir gibt, für den Schmerz, den sie mir zufügt? Rutsch mir den Buckel runter, Inès. Ich werde Madeleine vögeln, ich werde sie vögeln. Sobald ich die Gelegenheit dazu bekomme.

»Lumumba nimmt Geld von den Sowjets.«

Die Konversation ist unbeeinträchtigt weitergelaufen. Ich habe kaum etwas davon mitbekommen. Leer sehe ich den Mann an, der gerade spricht. Es ist Nendaka.

Er sagt noch einmal: »Lumumba nimmt Geld von den Sowjets. Es ist unerträglich.«

Ich sehe den fetten Barbesitzer an. Mir fällt nichts ein, was ich sagen könnte. Es interessiert mich nicht. Ich interessiere mich nur für Madeleine. Ich bin ziemlich betrunken. Nendaka und Houthhoofd und Stipe scheinen sich einigermaßen zu wundern, daß ich nicht reagiere. Ich wirke wohl wie ein Mann, den man nicht so leicht beeindrucken kann.

»Ist das so überraschend?« frage ich schließlich.

Ich sehe zu Madeleine hinüber. Lumumba hat mit den Sowjets geflirtet wie mit allen anderen auch. Aber wenn er zu diesem Zeitpunkt Geld von den Roten annimmt, ist das ein unmißverständlicher Hinweis, was er mit dem MNC vorhat und wie seine Pläne für den Kongo aussehen, wenn die Unabhängigkeit erst einmal da ist.

Ich stütze meinen Fuß auf die Querstange an Madeleines Stuhl. Dann verlagere ich mein Bein und presse es gegen ihren Oberschenkel. Sie sieht unvermittelt auf. Ich halte ihrem Blick stand.

»Wir haben Kopien von Finanzberichten – Depoteinlagen, Transaktionen, Abhebungen«, sagt Houthhoofd gerade.

Ich verstärke meinen Druck. Madeleine erhebt ihr Glas und nippt. Langsam leckt sie sich über die Unterlippe, stellt ihr Glas ab, sieht mich an und wendet sich dann den anderen zu. Nendaka verkündet, daß er sich an die Spitze einer Splittergruppe des MNC setzen wird. Er behauptet, er werde die Partei in zwei Teile spalten.

Ich nicke verständnisinnig und denke dabei an Madeleine, mit den Händen an der Wand, den Badeanzug auf die Füße gerutscht.

Houthhoofd faßt das Gespräch zusammen. Der MNC wird schon bald gespalten sein. Die Wirtschaft wird das Parteiprogramm nicht akzeptieren. Auch die Offiziere der Force Publique nicht, die schwarzen Soldaten nicht. Katanga desgleichen. Patrice Lumumba, stellt Houthhoofd befriedigt fest, ist erledigt.

Beim Brandy starrt Houthhoofd mich wortlos und kalt an. Es ist mir egal. Ich fühle mich wie ein junger Löwe, der den Alten abschätzend in Augenschein nimmt. Madeleine hat sich so weit wie möglich von mir fort gesetzt und scharwenzelt um ihren Liebhaber herum. Stipe versucht die Situation mit Small talk zu überspielen – nicht gerade seine Stärke.

Plötzlich fragt Houthhoofd, ob ich mein Geld mit Journalismus verdiene. Seine Stimme klingt gereizt.

»Und mit Büchern«, sage ich.

»Büchern?«

»Ich beende gerade meinen vierten Roman.«

Er starrt mich verachtungsvoll an, und selbst ich kann hören, wie schwach das Wort *Roman* in seiner Gegenwart klingt. Wenn ich gesagt hätte, ich sei damit befaßt, Schiffchen zu basteln oder Briefmarken zu sammeln, hätte er mich nicht minder geringschätzig angesehen.

Zum erstenmal an diesem Abend fühle ich mich schwächer als die anderen, plötzlich zurückgesetzt, ja, sogar ein wenig in Panik, und alles nur, weil ich tue, was ich tue.

Selbst Stipe, der Bücher doch liebt, findet im Grunde, daß

Schriftsteller bedeutungslos sind. Ich höre auf, über Madeleine zu phantasieren; die halbe Erektion, die ich seit dem Essen aufrechtgehalten habe, schrumpft in sich zusammen.

Nach einem formellen Interview mit Nendaka machen wir uns gegen Mittag am nächsten Tag wieder auf den Weg. Als Auguste unsere Koffer in den Chevrolet lädt, läßt Madeleine so ganz nebenbei fallen, daß sie nächste Woche in Léo sein wird.

Der Weg zurück ins Kasai-Gebiet ist ein Tunnel ins Grauen. Die Zerstörung ist entsetzlich. Dörfer und Weiler sind bis auf den Grund abgebrannt. Flüchtlinge verstopfen die Straßen.

Von dem strohgedeckten Klassenzimmer hat das Feuer nichts übriggelassen. Ein rosa Ferkel mit verwachsenem Hinterbein schnüffelt im Dreck herum, aber ansonsten rührt sich nichts. Auf dem Boden sind dunkle, fliegenumschwärmte Flecken, wahrscheinlich Blut. Bei einigen Akazienbäumen finden wir die ersten Leichen. Sie hängen nackt und verstümmelt von den herabgebogenen Zweigen zwischen den verlassenen Nestern der Webervögel. Ihre Haut ist gespannt und aufgedunsen, wie mit Luft aufgeblasen. Ich gehe mit Stipe die verlassene Straße hinauf. Er hat sein Gewehr dabei.

»Was, zum Teufel, haben Sie sich eigentlich gestern abend mit Madeleine gedacht?« sagt er. »Ich habe jeden Moment damit gerechnet, daß Sie Ihr Ding rausholen und in der Gegend rumschwenken würden.«

Ich sage gar nichts. Es ist mir peinlich. Der Gedanke an Inès macht mir das Herz schwer. Ich wünschte, ich wäre wieder in Léopoldville und hätte dieses schreckliche, namenlose Elendsloch hinter mir.

Als ich mich umsehe, entdecke ich etwas am Straßenrand, das unweigerlich meinen Blick bannt. Es ist von einer schwirrenden Hülle aus Fliegen bedeckt. Der Teil eines Körpers, ein abgerissenes Bein; ein Stück des Beckenknochens hängt noch daran. Etwas weiter weg finde ich eine Hand, dann noch eine.

Im Gras liegt ein Stück Schnur. Ich will es gerade aufheben, da steigt plötzlich ein kleiner Fliegenschwarm auf, und ich erkenne, daß es um die Genitalien eines Mannes gebunden ist. Wo ist der Mann, zu dem sie gehört haben? Welche Qualen hat er durchmachen müssen?

Auguste ruft nach uns. Wir gehen zu den Bäumen zurück. Er hat Cleophas gefunden. Die breiten, flachen Füße des Lehrers sind aufgequollen. Sie haben ihm sein Hemd und die Krawatte gelassen, aber die alten, geflickten Hosen sind nicht mehr da. Und nun weiß ich, wem die Genitalien gehört haben. Was bleibt uns außer Starren?

21

Jetzt haßt sie mich. Sie verabscheut mich. Ich bin stolz auf das, was ich getan habe, und weide mich an ihrer Wut. Ich habe zurückgeschlagen. Endlich habe ich sie getroffen.

Ich schreie meine Rechtfertigung hinaus, ich brülle, rasend vor Wut, so laut ich nur kann. Ja, Stipe hat mir die Story gegeben, aber jedes Wort davon ist wahr. Nendaka hat es mir selbst erzählt. Der erste Artikel hat den Belgiern nicht gepaßt, dieser hier paßt Lumumba nicht, na und? Das ist das Problem mit der Wahrheit, Inès, man kann sie nicht pachten. Und du hast auch nicht die entfernteste Ahnung, was die Wahrheit ist, wie solltest du auch, du bist ja viel zu beschäftigt, ein Loblied nach dem anderen auf den großen Führer zu singen, und seine Partei und ihr Programm in einer Weise in den Himmel zu heben, daß einem schlecht werden kann! Ich habe nichts anderes getan, als die Tatsachen zu berichten. *Non gettare il sasso e nascondere la mano*, schreit sie zurück. Du kannst nicht den Stein werfen und deine Hand verstecken.

Und was tust du? Ist das Journalismus? Ist das ehrlicher Journalismus? Nicht einmal Grant ist so offensichtlich parteiisch. Ich hasse das, was du tust, Inès, ich hasse deine inhaltslosen, belfernden Slogans. Es ist eine Schande für deinen Beruf. Du weißt nicht, was Selbstdistanz ist. Wo ist dein unabhängiger Standpunkt? Wo ist dein kritischer Abstand? Ich hätte das schon längst einmal sagen sollen. Es wird mir ein ewiges Rätsel bleiben, warum ich es nicht getan habe.

Und dann schlägt sie mit den üblichen Argumenten zurück – daß es darauf ankommt, auf seiten der Unterdrückten zu stehen und zu ihnen zu halten, selbst wenn sie Fehler machen; daß man sich nicht ablenken lassen darf und immer im Auge behalten muß, worum es eigentlich geht und wo die Feinde stehen.

Werd erwachsen, Inès. Werd erwachsen und gewöhn dich an die Welt, wie sie wirklich ist. Die Dinge sind nicht immer nur schwarz und weiß. Die Welt ist ungerecht und voller Ironie, gewöhn dich dran. Lies Empson, und du wirst sehen, daß man die Menschen für schuldig und unschuldig zugleich halten kann, daß man seine Grundsätze ändern kann und die Menschen skeptisch sein können, aber auch schwach.

Schwach, ja? Erzähl mir was von Schwäche! Wie schwach muß man sein, um seine Nationalität zu verleugnen, seine Geschichte und seine Heimat, den eigenen Namen. *Seamus!* Dein Name ist nicht James. Du bist *Seamus*. Warum sprichst du mit englischem Akzent? Wo hast du den her? Was willst du damit beweisen?

Daß all das nicht zählt! Daß es überholt ist und kleinkrämerisch und eng.

Du schämst dich. Du schämst dich, wo du doch eigentlich stolz sein solltest! Wenn du dich nicht schämen würdest, stünde es in deinen Büchern. Wie kannst du aus Irland sein und keine Partei ergreifen? Du siehst hin und siehst weg.

Weil es überholt ist und kleinkrämerisch und eng, und weil ich ein Schriftsteller bin und alle Seiten sehe. Ich arbeite mit Worten. Ich bin ein Wortarbeiter, und diese Worte kann man nicht dazu zwingen, für andere zu arbeiten. Sie sind nicht die Sklaven einer Partei oder eines Standpunktes. Vielleicht schaust du darauf herunter, vielleicht haltet ihr das für preziös, du und deine verbitterten Genossen, aber die Worte eines Schriftstellers rechtfertigen sich selbst. Das müssen sie, wenn sie wahr sein sollen, wenn sie ein Gewicht haben sollen.

Und du sagst, daß bei Dante steht, die heißesten Orte der

Hölle wären denen reserviert, die in Zeiten einer großen moralischen Krise neutral bleiben.

Wo ist deine große moralische Krise? Was ich sehe, ist Ehrgeiz und Korruption, ich sehe Schmutz und Intrigen und Eitelkeit und wie sie alle nur eins im Sinn haben – sich selber weiterbringen. Wo ist die moralische Krise?

Und du sagst mit kalter Verachtung in der Stimme, daß es Zeiten gibt, in denen man notwendigerweise mehr sein muß als nur ein Schriftsteller.

Sie ist fort. Ihre Sachen hat sie mitgenommen. Ich weiß nicht, wo sie jetzt lebt. Es ist in Ordnung. Ich bin nicht traurig. Tatsächlich fühle ich mich irgendwie wunderbar erlöst. Sie hat mich lange, viel zu lange mit ihrer Geringschätzung überhäuft. Ich hatte genug von ihren winterkalten Worten. Ich vermisse sie nicht. Kein bißchen. An manchen Tagen vergesse ich sogar, an sie zu denken. Sie ist nicht in dieser Wohnung, nicht in den Gegenständen. Ich kann ihren Duft nicht riechen, sie hat keinerlei Spuren hinterlassen. Es ist, als wäre sie nie hiergewesen.

Ich genieße meinen Lebensrhythmus. Jetzt muß ich ihn nicht mehr dem ihren anpassen. Endlich bin ich wieder allein für mich verantwortlich. Sie war so auf sich selbst fixiert, daß ihre Bedürfnisse immer Vorrang hatten. Die Uhr hatte sich danach zu richten, wann sie kam und ging. Jetzt bin ich von der Zeit unabhängig. Ich brauche nicht mehr nachts wachzuliegen und darauf zu warten, daß der Schlüssel im Schloß umgedreht wird. Ich bin das alles los.

Es überrascht mich ein wenig, daß ich so gut zurechtkomme. De Scheut erkundigt sich, ob es mir gutgeht, und ebenso Stipe. Eines Abends nehmen sie mich ins Sabena Guest House mit und versuchen mich zum Essen zu verführen. Ich erzähle ihnen wahrheitsgemäß, daß ich noch nie viel Appetit gehabt habe und es sowieso ganz gut vertragen könnte, ein paar Pfunde abzunehmen. Ich versichere ihnen, daß ich mich seit Monaten, ach, seit Jahren nicht mehr so gut gefühlt habe. Aber der Wein ist gut. Was habe ich mir bloß gedacht, frage ich mich bei mir, während ich mein Glas nachfülle. Warum habe ich mich nur freiwillig diesen Folterqualen unterzogen? Ich glaube langsam, daß es nichts weiter war als Stolz; ich konnte den Gedanken nicht ertragen, zurückgestoßen zu werden, also habe ich mich auf diesen absurden Kreuzzug eingelassen – und dabei jedes Mittel eingesetzt, das dem verschmähten Liebhaber zu Gebote steht, einschließlich dem strategischen Einsatz von Tränen. Ich und weinen! Ich hatte alles Erdenkliche – und mehr, als ich gerne zugebe – versucht, damit sie wieder mir gehört. Ich hatte geglaubt, es wäre mein Ende, wenn ich sie nicht zurückgewinnen könnte. Aber jetzt seht mich nur an! – Offensichtlich bin ich nicht am Ende. Ich habe das Leben vor mir. Ein gutes Leben. Ich hätte sie ziehen lassen sollen, als sie mich in London sitzenließ, und mir den ganzen Liebeskummer und den Trennungsschmerz ersparen. Ich hätte einfach sagen sollen: »Geh! Geh, Inès. Geh in den Kongo, und such dir einen neuen Helden«. Jetzt ist mir alles so klar. Und jetzt ist sie fort, und mir geht es gut. Wirklich gut. Stipe schluckt einen Mundvoll Muscheln hinunter und nippt an seinem Wein. Er sieht mich so merkwürdig an. De Scheut legt mir die Hand auf den Arm und fragt, ob ich vielleicht gerne für eine Weile bei ihm und seinen Kindern wohnen möchte. Einen Moment lang gerate ich in Versuchung – ein Heim, das Zuhause einer Familie, und ich könnte dazugehören. Aber nein, es geht mir gut. Wirklich. Ich danke ihm für seine Großzügigkeit, für sein Mitgefühl – er ist so ein netter Mann – aber, nein… nein… Mir geht es prima. Ganz bestimmt.

Ich arbeite und arbeite. Ich bin im Arbeitsrausch. Nachmittags und abends spreche ich mit Informanten, pflege Kontakte, mache meine Interviews. Ich gebe immer pünktlich ab. Sie sind sehr zufrieden mit mir bei der Zeitung. Sie haben mir die Pauschale erhöht. Mußten sie. Ich bekam Angebote. Jetzt wollen sie persönliche Kommentare neben den reinen Nachrichtenstories und den Sonderberichten. Grant buckelt vor mir. Bei mir und keinem anderen vergewissert er sich jedesmal beifallheischend mit den Augen, wenn wir in Gesellschaft sind und er sich mit irgendeiner Bemerkung vorgewagt hat. Ich weiß, er kann sich mit seinem servilen Getue selbst nicht ausstehen, aber im Moment bin ich nun mal der König an unserem kleinen Korrespondentenhof, ob es ihm paßt oder nicht.

Die Stunden am Morgen halte ich mir für mein Buch frei. Es läuft sehr gut. Das Problem, daß es dem Roman so sehr an echtem Gefühl fehlte, habe ich an dem Tag gelöst, als Inès gegangen ist. Plötzlich fiel es mir wie Schuppen von den Augen. Mir wurde klar, daß ich etwas zu schreiben versucht hatte, an das ich selber nicht glaubte. Tatsächlich war ich immer nur bemüht gewesen, Inès zu gefallen, das wußte ich jetzt. (Und was für ein Wahnsinn – wann hätte man es ihr je recht machen können?) Sie hatte mich gedrängt, Gefühle auszugraben, die ich nie hatte. Phantomgefühle. Ich hatte über eine Angst zu schreiben versucht, die nie zu meinem Leben gehört hatte. Die Lösung lag auf der Hand: Ich brauchte nur zu tun, was ich sowieso am besten kann, und auf meinen gewohnten Stil zurückzugreifen. Ich nahm den Roman auseinander und setzte ihn zu einem trockenen, beißenden Text neu zusammen. Ich habe aus der Gefühllosigkeit eine Stärke gemacht. Das Buch mokiert sich über diesen Sohn, der glaubt, in seinem Vater irgend etwas finden zu können. Aber dort gibt es nichts zu finden. Für niemanden. Das Buch ist grausam, sehr grausam. Manchmal bringt es mich zum Lachen. Ich schreibe an Alan und verspreche ihm das Manuskript innerhalb der nächsten vier Wochen. Ich mache bereits die ersten Pläne für mein nächstes Buch. Es soll ein humoristischer Roman werden, über ein ernsthaftes, idealistisches junges Mädchen (Chinesin? Russin? Tschechin? – höchstwahrscheinlich eine junge

Mitarbeiterin bei einer Handelsmission auf ihrem ersten Außenposten), das sich leidenschaftlich in einen gesetzten Mann in mittleren Jahren verliebt (Immobilienmakler? Steuerinspektor?), weil sie dem Irrglauben anhängt, er sei ein furchtloser Spion in Diensten des internationalen Kommunismus. Ich werde meinen Spaß damit haben, auf aller beider Kosten. Auf unsere Kosten.

Jetzt, wo sie nicht mehr da ist, stehe ich wieder ganz anders zu meinem Schreiben. Ich gebe zu, daß mein Vertrauen erschüttert war, von Inès und Houthhoofd und von Stipe. Ich weiß jetzt, daß Stipe nie eine Zeile von mir gelesen hat, obwohl ich aufgrund von bestimmten Bemerkungen ganz sicher bin, daß er sich die Bücher aus London hat schicken lassen; wahrscheinlich nimmt er sich immer wieder vor, daß er sie demnächst lesen wird, wenn er dazu kommt. Inès hat es sofort erkannt. Er hat mir geschmeichelt, wie Spione es eben so tun, wenn sie an jemanden herankommen wollen, der vielleicht noch nützlich werden könnte. Es hat weh getan, das kann ich nicht leugnen. Schließlich sind wir Freunde. Diese Enttäuschung ließ mich nur noch mehr an mir zweifeln. Ich fing schon an zu glauben, daß Inès vielleicht recht hatte mit ihrer Behauptung, ein Schriftsteller sei nichts weiter als ein Egoist, der sich – aufgeblasen wie er ist, nur weil jedem noch so mittelmäßigen Wort Respekt gezollt wird – zu der Überzeugung verleiten läßt, er sei etwas Besseres. Und zwar etwas soviel Besseres, daß er sich für ein auserwähltes Wesen hält, zerbrechlich und furchtlos zugleich, unabhängig und doch der fortwährenden Unterstützung bedürftig.

Aber jetzt sehe ich, daß mein Roman – was er auch wert sein mag und wie auch immer die Beurteilung ausfallen wird, wenn er erst herausgekommen ist – wichtiger ist. Er ist die Bestätigung für das, was ich bin und worauf ich Anspruch erheben darf. Zum erstenmal seit langem erkenne ich plötzlich wieder ganz klar, welchen Wert mein Beruf und welche Bedeutung mein Schreiben für mich hat. Es ist demoralisierend, wenn man von so vielen Leuten umgeben ist, die eine so große Rolle in diesem Land und bei allen Ereignissen spielen – Leuten von solcher Leidenschaft und inneren Beteiligung, daß man sich als Zuschauer unfähig und dilettantisch vorkommt. Aber ich habe mich selber zugrunde richten lassen. Ich habe mein Buch, meine Worte, meine Distanz, mein unbestechliches Auge; ich habe nicht nur das Recht auf meine eigene Geschichte, sondern auch auf die ihre. Der schriftliche Bericht hat Bestand, er überdauert alle Beteiligten. Irgendwann wird er sie ins rechte Licht setzen. Dann ist er der einzige, der ihnen noch Leben einhaucht; er ist die Zunge, die sie beim Namen ruft.

Bei Houthhoofd und seinen Besitzansprüchen werde ich das letzte Wort behalten. Genau wie bei Stipe und seinen Intrigen. Und ich werde das letzte Wort behalten, was die Frau angeht, die ich einmal geliebt habe. Endlich bin ich frei.

Madeleine ruft mich an. Madeleine mit ihrem Schmerbäuchlein. Bin ich vielleicht nicht fair zu ihr? Mein Hunger, mein Verlangen nach ihr ist unverändert. Sie ist in einem von Houthhoofds Häusern in Léo, nicht weit entfernt vom Colibri. Es ist niemand im Haus, nur sie. Dort werden wir unsere feindselige Zuneigung zelebrieren. Ich dusche und rasiere mich, kaufe Blumen und Champagner. Inès hatte keine Zeit für das ganze Drumherum der Verführung. Ich dagegen habe es immer vermißt.

Wem will ich eigentlich etwas vormachen. Ich mache die Hölle durch. Ich kann es nicht ertragen, wenn der Tag sich dem Ende zuneigt. Die Abenddämmerung versetzt mich in Panik. In der Nacht, wenn die Stunden nicht enden wollen, werde ich verrückt. Ich bin in einem Labyrinth, in totaler Verwirrung, die Depression frißt mich auf. Ich meine ihre Stimme zu hören, aber es ist nur das Echo ihres Namens auf meinen trockenen Lippen… Inès, Inès, Inès… Morgens wache ich auf, und sie ist nicht da. Sie sah mich immer mit großen blauen Augen an und sagte *buon giorno*, ganz sanft, so als müßte dies einfach ein guter Tag werden, weil ich neben ihr lag. Jetzt habe ich weniger als vorher; mehr war mir gegeben worden und mehr genommen. Ich bin nur mehr ein Trümmerhaufen meiner selbst. Ich bin böse und verbittert. Ich überschütte sie mit Vorwürfen. Ich hatte ganz recht, mißtrauisch zu sein, als sie sagte, sie liebe mich schon jetzt, damals im Nieselregen an der Küste bei Belfast. Wie hätte sie mich denn damals schon lieben können? Sie kannte mich ja kaum. Es war zuviel, zu schnell, zu früh. Ihre Liebe flackerte plötzlich hell auf und war im Nu wieder vergangen. Warum habe ich mich nur so verschlingen lassen? Warum habe ich sie nicht behandelt wie jede andere flüchtige Geliebte auch? Warum habe ich sie so nahe an mich herangelassen? Sie ist unfähig zu einer tieferen Bindung. Sie streut ihre Gefühle wahllos im weiten Umkreis, wie soll da eine echte Zuneigung entstehen, die von Dauer ist? Ihre Freunde reden ständig davon, was für ein warmherziger Mensch sie sei, aber diese Warmherzigkeit gilt nur ihr selbst. Sie kennt ihren Ruf genau, weiß, wie sie sich das alle immer wieder gegenseitig bestätigen, und sonnt sich im eigenen Glanz. Aber diese Wärme ist nicht echt. Dieser ganze Altruismus, dieser Aufopferungswille und die großzügig zur Schau getragene Sympathie für die Benachteiligten dieser Welt – dabei geht es nur um sie und um ihre Bedürfnisse. Ich habe ihr Getue um die eigene Vortrefflichkeit immer gehaßt, diesen Anspruch, grundsätzlich im Recht zu sein, gegen den sich so gar nichts vorbringen läßt: Wie kann man auch nur ein einziges kritisches Wort gegen jemanden ins Feld führen, der als Antwort stets parat hat, daß er alles immer nur im Dienste anderer tut? Da steht man am Ende selber als kleinmütig und selbstsüchtig da. Sie ist einer der selbstsüchtigsten Menschen, die ich je getroffen habe. Du bist selbstsüchtig, Inès, sonst gar nichts – ein selbstsüchtiges Stück, das sich zum Schutzengel der Sache hochgeträumt hat! Warum, um alles in der Welt, habe ich deine Selbstsucht nur so lange ertragen? Deine Selbstsucht und die Geringschätzung, mit der du mich und alles, was ich tue, bedacht hast.

Ich breche zusammen. Wenn ich all mein Gift hervorgesprudelt habe, breche ich zusammen. In Gedanken entschuldige ich mich bei ihr, inbrünstig und unterwürfig. Ich flehe sie an. Ich schreie auf, daß ich das alles nicht so gemeint habe, daß ich einfach nur unglücklich bin und daß ich sie vermisse, sie und das Leben, das wir zusammen geführt haben.

Kurz vor der Wahl beschließe ich, aus der Wohnung auszuziehen. Ich halte es nicht mehr aus. Ich finde ein Haus zu einer angemessenen Miete im Zentrum von Léo. In der Nacht vor dem Umzug packe ich die letzten Habseligkeiten zusammen, unter anderem das Buch *Lettere di condannati a morte della Resistenza italiana*. Es war das erste Geschenk, das ich von ihr bekommen habe. Sie erzählte mir damals, daß dieses Buch sie mehr bewegt habe als irgendein anderes, und es wäre gut für mein Italienisch, weil es in ganz einfacher Sprache geschrieben sei. Ich habe es nur einmal flüchtig zur Hand genommen, mehr nicht. Jetzt setze ich mich hin und blättere die Seiten um. Das meiste kann ich lesen, sogar ohne Wörterbuch. Dann komme ich zu dem Brief eines Partisanen aus San Remo, eines einundsechzigjährigen Schneiders. Er ist zwölf Zeilen lang. Der Mann sagt seinen Kindern und seiner Mutter, seinen Schwestern und Brüdern, man habe ihm soeben die Nachricht gebracht, er solle erschossen werden. Er fordert seinen Sohn und seine Tochter auf, immer füreinander zu sorgen, und bittet seine Mutter um Vergebung für den Schmerz, den er ihr zufüge. Der Brief endet mit *Baci a tutti, vi assicuro che muoio con coraggio. Baci, baci, baci.* Dieses ehrliche Gefühl hinter den schlichten Worten – zu wissen, unter welchen Umständen sie geschrieben wurden. Wie der Mann in seiner Zelle auf das Morgengrauen wartet, auf die Schritte vor seiner

Tür. Ich ertrage das nicht. Küsse an alle. Küsse, Küsse, Küsse. Mir laufen die Tränen übers Gesicht. Ich weine nicht um ihn, sondern um mich selbst. Im Moment bringt mich alles zum Weinen. Ich kann nicht begreifen, daß ich für den Rest meines Lebens auf sie verzichten soll. Es ist wie Sterben.

Während ich am nächsten Morgen auf de Scheut warte, der mir beim Umzug helfen soll, setze ich mich an den kleinen Tisch am Fenster und beginne zu schreiben.

Ach, Inès, warum schreibe ich Dir diesen Brief, wo ich doch weiß, daß es hoffnungslos ist, weil das, was ich getan habe, das einzige ist, das Du niemals verzeihen wirst? Ich habe die ganze letzte Nacht wachgelegen und auf jeden Laut gehört, nachgedacht und gehofft, Du würdest vielleicht doch zu mir nach Hause kommen und alles wiedergutmachen. Ich habe nicht wirklich damit gerechnet, daß Du das tun würdest – dazu bin ich zu realistisch –, aber ich konnte meinen Körper nicht zum Stilliegen zwingen, ebensowenig wie ich meinen Geist davon abhalten konnte, Dich mir wieder in meinen Armen vorzustellen.

Ich suche Dich überall, Inès, und weiß doch, daß ich Dich nirgends finden werde. Ich hätte niemals an diesen furchtbaren Ort kommen sollen. Ich bin hier fehl am Platze, und es ist schwer, eine gute Figur zu machen, wenn man keinen Platz mehr hat. Ich kam mir mit jedem Tag bedeutungsloser vor. Es gab nichts, was Du noch in mir hättest sehen können; ich konnte nicht mehr für Dich leuchten. Den einzigen Freund, den ich hatte, hast Du verabscheut.

Langsam glaubte ich, Du verabscheust auch mich. Weil ich keine Partei ergreifen konnte und nicht bereit war, diese ganze Sache ernst zu nehmen. Aber so bin ich nun mal. Du weißt das – es ist meine Arbeit, meine Vergangenheit, wer ich bin und was ich bin. Ich glaube, ich war Dir auch körperlich zuwider. Haar, das Dir nicht gefällt, ewig müde Augen, ein zu schmales Gesicht, dafür allmählich breiter werdende Hüften; auch noch einige andere Dinge an mir, die ich nicht schriftlich festhalten mag. Du wolltest mich nie anfassen, und ich habe Dich jeden Tag begehrt. Ich verstehe es nicht, ich verstehe es nicht. Ist Politik so wichtig? Was ist mit der Liebe? Was ist mit der Liebe? Was ist mit unserer Liebe?

Bist Du da, Orla? Liest Du dies, meine Liebe? Weis mich nicht ab.

Ich bringe den Brief persönlich in dem winzigen Büro beim Marché Indigène vorbei. Als ich einige Tage später in die Wohnung gehe, um meine Post abzuholen, stelle ich fest, daß er ungeöffnet wieder zurückgekommen ist. Natürlich wußte ich, daß es so kommen würde. Inès ist rigoros. Sie hält Wort. Sie hat mir gesagt, sie würde nie wieder mit mir sprechen. Und das wird sie auch nicht.

Hat diese ganze Geschichte vielleicht etwas Überspitztes? Etwas künstlich Aufgeblasenes? Versuche ich mir selber zu beweisen, daß ich zur Liebe fähig bin? Geht es vielleicht nur darum?

ZWEITER TEIL

Irland und England

1

Die Stürme setzen immer nach dem Mittagessen ein. Der Wind kommt auf. Blitze zucken wie glühende Äste über den Himmel, und der Tag geht innerhalb weniger Minuten in eine trübe, trügerische Dämmerung über. Vom Mount Stanley kann ich den Regen schon von weither herannahen sehen: Er weht vom Westen herein, von dort, wo der Ozean liegt, eine schräge, graue Wand, die über die Wälder und Wasserfälle hinwegfegt bis hin zur Stadt, um trommelnd und prasselnd auf die Blechdächer und die Boulevards niederzugehen.

Nach all den Monaten sollte ich mich an diese elektrisierenden Nachmittage gewöhnt haben, aber ich bin nach wie vor jedesmal wie gebannt. Wenn ich die Augen schließe, tragen sie mich weit fort bis zu meinen ersten Kindheitserinnerungen, als ich noch klein war und fiebrig und verängstigt, und dorthin gelange ich nicht häufig. Sie tragen mich in ein weißes, langgestrecktes Zimmer mit hohen Wänden. Der glänzend polierte dunkle Holzfußboden vermittelt die Atmosphäre eines strengen Ortes, an dem nur mit gedämpfter Stimme gesprochen wird. Der Wind schlägt gegen die Scheiben der großen Fenster, in denen Spiegelbilder tanzen und Dämonen schauerlich zittern. Etwas tiefer im Krankensaal weint ein Junge im Schlaf. Durch meine wirren Fieberphantasien hindurch kann ich die Stimme meiner Mutter hören. Die Ärzte und Krankenschwestern wollen nicht, daß sie zu mir kommt. Sie ist eine kleine, verängstigte Frau und sie zittert vor Furcht, daß man sie zur Rede stellen wird. Aber ich bin ihr Sohn, und deshalb wird sie sich nicht abweisen lassen. Sie sitzt am Bett und hält meine Hand und bewahrt mich vor den Gespenstern.

Mein Vater war der dritte und jüngste Sohn eines Tuchmachers aus Derry, der in dieser trostlosen Stadt als Laienprediger und Ratsherr der Unionisten diente. Alle drei Söhne waren intelligent, aber nur William brachte es bis zum Queen's College, wo er Englisch studierte. Er war ein herausragender Student – der Meinung einiger seiner Professoren nach sogar brillant –, und er hatte eine große Karriere vor sich. Nachdem er seinen Abschluß in Belfast gemacht hatte, bekam er eine Anstellung als Lehrer in einer Schule in Oxford. Zu diesem Zeitpunkt war er schon konvertiert, um meine Mutter zu heiraten.

Ich sah ihn zum letztenmal gleich nach dem Krieg in London, als er plötzlich in meinem Zimmer in Islington auftauchte. Ich war wenige Wochen zuvor aus dem Militärdienst entlassen worden und bereitete mich darauf vor, mein Studium wiederaufzunehmen. Ich hatte nie gedacht, daß ich ihn noch einmal sehen würde. Er hatte mich über seine Mutter ausfindig gemacht, eine freundliche Frau, mit der ich in Kontakt geblieben war, nachdem unsere Familie auseinanderbrach. Er sah abgezehrt und zerlumpt aus. In den zwölf Jahren seit unserer letzten Begegnung war er ungeheuer alt geworden. Vorbei das dunkel-bestrickende Aussehen, vorbei die Selbstsicherheit und der glatte Charme.

Es war etwa elf Uhr vormittags, und er war nicht betrunken. Aber er stank nach Alkohol. Der säuerliche Geruch entstieg seinen Kleidern, seinem Mund, jeder einzelnen seiner Poren. Zuerst wollte ich nichts mit ihm zu tun haben, aber es fiel mir schwer, dieses Wrack einfach wegzuschicken. Mrs. Lemass machte uns Tee, und wir tranken ihn bei offenem Fenster in meinem Zimmer. Es war ein warmer Spätsommertag. Ich konnte den Verkehr auf der Holloway Road hören.

Er setzte zu seinem Klagelied an. Nichts auf der Welt war ihm gelungen, alles, was er berührte, seit er meine Mutter verlassen hatte, war ihm zwischen den Fingern zu Staub zerfallen. Alle waren sie gegen ihn, und ob ich denn vielleicht ein paar Pfund übrig hätte, die er sich borgen könnte. Er goß sich aus einem Flachmann Whisky in die Teetasse und bot mir auch einen Schluck an. Ich lehnte ab. Er hatte noch immer einen starken Derry-Akzent und diese besondere irische Eigenart, die mich unangenehmer berührt als alles andere – diesen ausgeprägten Hang zur Sentimentalität und Übertreibung, zum Fabulieren und zur Verschlagenheit. Die Lust an der Selbstdarstellung. Er war die Art Mann, dem eine gut erzählte Geschichte die sichere Flucht bedeutete, egal, wie unglaubwürdig sie auch war: Keine Notlage konnte zu groß, kein Entrinnen zu knapp und kein Anwurf zu scharf sein, als daß eine gute Story einen nicht daraus hätte erretten können. Ich verabscheute es.

Der Alkohol regte ihn an und machte alles noch schlimmer. Es dauerte nicht lange, und seine Niederlagen hatten sich in Triumphe verwandelt: welche Reichtümer er angehäuft hatte, die schönen Frauen, die ihn geliebt, und die Orte und Dinge, die er doch gesehen hatte. Gerade war ihm eine enorm gut bezahlte Stellung bei einer der führenden Firmen in der Stadt angeboten worden. Aber er würde sich nicht drängen lassen, er hatte noch andere Eisen im Feuer. Er trank die ganze Flasche aus. Gegen zwei Uhr gelang es mir mit einer Zehnpfundnote und dem Versprechen, daß wir uns in der nächsten Woche zum Lunch treffen würden, ihn aus dem Zimmer zu bekommen.

An der Tür, Mrs. Lemass tat, was sie nur konnte, um nicht zu lauschen, gab es einen einzigen aufrichtigen Moment. William sah mich aus seinen alten runden, blutunterlaufenen Augen an und sagte unvermittelt und sehr leise: »Ich war ein Idiot. Es tut mir leid.« Ich murmelte irgendwas, es gäbe keinen Grund sich zu entschuldigen, dann raffte er sich zusammen und sagte mit tapferem Lächeln: »Es wird sich alles ändern. Ich werde mich ändern, du wirst schon sehen.« Er schüttelte mir die Hand, erklärte, wie wunderbar es sei, den eigenen Sohn zu sehen, und sagte noch einmal: »Ich werde mich ändern.« Mit fester Stimme sagte er das, voller Überzeugung, so als reichte es, es auszusprechen, damit es auch wahr wird.

Als er fort war, grübelte ich über diesen Besuch nach. Es überraschte mich nicht im mindesten, daß er überhaupt nicht nach meiner Mutter gefragt hatte. Selbst William kannte das Gefühl der Schuld. Aber er hatte sich auch mit keinem Wort nach mir erkundigt; weder nach meinem Fortkommen an der Universität noch nach meinen Plänen für die Zukunft. Nicht einmal, was ich im Krieg erlebt hatte. Er war zu sehr damit beschäftigt gewesen, sein eigenes Versagen vor sich und vor mir zu verbergen. Ich nahm einen Band Clarendon aus dem Regal, schlug das Buch irgendwo auf und las über die Intrigen am Oxforder Hof Charles' I. nach.

An dem Tag, an dem wir zum Mittagessen verabredet waren, kam mir, als ich mir gerade die Jacke anzog und mein Kleingeld für die Busfahrkarte nachzählte, plötzlich der Gedanke: Was tue ich da eigentlich? Warum soll ich mich mit diesem Mann treffen? Ich kenne ihn kaum, und das wenige, was ich von ihm weiß, gefällt mir nicht; wir haben nichts gemeinsam, wir haben uns nichts zu sagen.

Ich verließ das Haus, ging aber an der Bushaltestelle vorbei und in östlicher Richtung auf den Victoria Park zu. Dort saß ich an den Schleusentoren und sah den Enten und den Kähnen auf dem Wasser nach. Es war jetzt alles anders, sagte ich mir, ich war anders. Ich war fünfundzwanzig Jahre alt und stand nach beinahe drei Jahren in Uniform auf der Schwelle zu einem neuen Leben. Mein Promotionsthema war angenommen worden: »Die Auswirkungen der Preisinflation auf die politischen Verhältnisse im England des 16. Jahrhunderts«.

Meine ersten Besuche im Staatsarchiv hatte ich hinter mir und begann gerade, mich in den Archiven des Finanzministeriums und des obersten Gerichtshofes zurechtzufinden; ich lernte die Handschriften der Tudor-Zeit zu entziffern. Wie ein Mann, der sein letztes Zigarettenpäckchen fortwirft, um zu beweisen, daß er es ernst meint und das Rauchen wirklich aufgeben will, lehnte ich mich gegen meinen Vater auf, um meinen endgültigen Abschied von einem kleinlichen und trostlosen Leben zu vollziehen. Jetzt würde ich von Belfast befreit sein, frei von all dem Kummer und Elend in meiner Familie.

Am Ende der Woche zog ich bei Mrs. Lemass aus und suchte mir eine neue, vorübergehende Bleibe in Clapham. Ich hinterließ keine Nachsendeadresse und weiß nicht, ob William je versucht hat, mich zu finden. Irgendwo in meinem Kopf sehe ich ihn verwirrt und mit gerunzelter Stirn, vielleicht sogar bekümmert meiner ehemaligen Vermieterin an ihrer Haustür gegenüberstehen. Ich sehe, wie er sich bei ihr bedankt und sich für die Störung entschuldigt und sich dann abwendet. Ich fühle mich dabei nicht schuldig. Ich bin ihm nie wieder begegnet.

Ich habe die Fotos gesehen. Nuala war eine schöne junge Frau. Klein und schlank, mit dickem braunen Haar, das sie im Stil der Zeit kurz geschnitten trug. Sie war die Älteste von neun Kindern – zwei weitere überlebten die Kindheit nicht –, und sie ging mit zwölf von der Schule ab, um in einer Flachsmühle bei der Albert Street zu arbeiten. Ihr Vater war in der Grafschaft Antrim geboren worden, aber auf der Suche nach Arbeit nach Belfast gekommen; er war ein stiller Mann, der gern Schach spielte und seine Pfeife rauchte. Ihre Mutter starb mit vierundvierzig Jahren im Seuchenkrankenhaus, sechs Wochen nachdem sie ihr letztes Kind zur Welt gebracht hatte, einen Jungen mit Klumpfuß.

Zu der Zeit, als sie den Tuchmachersohn aus Derry heiratete, träumte Nuala noch von einem besseren Leben. Der Schmutz konnte ihre kindlichen Illusionen nicht beeinträchtigen. Sie hatte Verstand und einen starken Willen. Es gelang ihr, aus der Mühle heraus und in die Telefonvermittlung zu kommen, und von dort aus liebäugelte sie mit einer Laufbahn als Krankenschwester. Sie hörte nicht auf zu lesen, nachdem sie die Mühlentore hinter sich gelassen hatte. Ständig steckte sie die Nase in ein Buch. Sie liebte die Oper und konnte die Arien aus *La Bohème* singen. Kultiviertheit flößte ihr die größte Ehrfurcht ein. Noch heute finden sich hier und da Überreste dieses frühen Strebens nach Höherem, obwohl sie im Grunde zu ihrem Ursprung zurückgefunden hat. Sie ist eine Frau aus Belfast, die in der Falls Road geboren wurde. Das ist sie; aber das ist nicht das, was sie während ihrer hochfliegenden Werbungszeit zu werden glaubte.

Sie glaubte, William würde sie in eine andere Welt versetzen, die sie nur bruchstückhaft aus Büchern und Filmen kannte. Dieser Mann, den sie mit einer Treue und Intensität liebte, die ich absolut nicht begreifen kann, würde sie in diese andere Welt führen. Dort würde es ein vornehmes Haus geben, geistreiche Freunde, kluge und amüsante Gespräche, herrliche Feste.

Was hatte er von dieser Ehe? Eine schöne Frau, ja. Ergebenheit, ja, Anbetung. Und andere Dinge. Er war Protestant zu einer Zeit, als es in den Kreisen, zu denen er so gerne gehören wollte, gerade Mode wurde, katholisch zu sein, oder noch besser ein Konvertit. Sie besaß diesen schlichten, unerschütterlichen Glauben, den manche für naiv, andere für besonders tiefgründig halten. In den Augen meines Vaters bekam seine Frau durch ihren Glauben etwas unschuldig Liebliches und Bestrickendes und gleichzeitig etwas verführerisch Mystisches. Am Queen's College hatte er sich eingehend mit der metaphysischen Dichterschule des 17. Jahrhunderts beschäftigt.

Was hatte William noch davon? Sie war fröhlich und lebenslustig, sie tanzte für ihr Leben gern und hatte eine Stimme, die sie, wie ihre Schwestern später zu sagen pflegten, bis in die großen Konzertsäle gebracht hätte, wäre nur das

Geld für die Ausbildung dagewesen. Ihr Elternhaus war immer laut und voller Leben. Sein eigenes war still und beklemmend. Williams Vater war ein fanatisch bigotter Mann mit schwerem Schritt. Der Stadtrat verbrachte seine Abende im Ratshaus im Kampf gegen Rom und dessen willenlos ausgelieferte Sklaven in den Slums unterhalb der Stadtmauer. Seine Apotheose war erreicht, als er Jahre später im Buckingham Palace seinen Orden als Member of the British Empire bekam. Wenn ich mir die Fotos von diesem Ereignis ansehe – die mir seine Witwe geschickt hat –, sehe ich einen eitlen, selbstverliebten Mann, einen Auserwählten mit der Überzeugung, daß ihm die Erlösung sicher ist. Er war gegen die Heirat. Er sprach nicht mehr mit William, nachdem er übergetreten war, und duldete nicht einmal die Erwähnung seines Namens in seinem Hause. Ich erinnere mich verschwommen an den Besuch, den er uns abstattete, nachdem meine Mutter, meine Schwester und ich aus England zurückgekommen waren. Wir wohnten damals im Haus ihres Vaters. Der Stadtrat, der an diesem Tag in Belfast zu tun hatte, wurde ins Wohnzimmer geführt. Er war ein steifer Mann mit hohlen, zorngeröteten Wangen, die von schwarzen Bartstoppeln umschattet waren. Seine Koteletten waren bis zu Schläfe hinauf ausrasiert. Die Tür wurde geschlossen, aber das konnte seine Anschuldigungen nicht dämpfen. Nachdem er unter Hinterlassung einer Fünfpfundnote gegangen war, sah ich meine Mutter auf einem Stuhl sitzen und weinen. Ihre Schwestern versammelten sich um sie wie ein Paravent um ein Krankenbett im Hospital.

Sie vermählten sich, meine Mutter und mein Vater. Mann und Frau. Katholikin und Konvertit. Sie kamen zusammen. Aber nicht für lange. In England mußte William die ersten Enttäuschungen hinnehmen. Er war ein Provinzler, ein Bauerntölpel. Seine Kollegen lachten über seinen Akzent (den er möglichst unauffällig hielt), und über die Worte aus Derry, die er benutzte (die er sich mit aller Kraft auszutreiben versuchte). Da er Ire war, bedeutete ihm Beliebtheit alles. Getroffen und entsetzt versuchte er nur um so mehr Anerkennung zu finden. Er übernahm die Getränke, bezahlte im Restaurant, verlieh kleinere Summen, die er mit einer nonchalanten Handbewegung großspurig verfallen ließ, wenn sie fällig wurden. Er und meine Mutter gaben Parties, zu denen niemand kam.

Er merkte, daß nicht die Tatsache, eine Frau zu haben ein Grund war, sich zu schämen, sondern diese ganz bestimmte Frau. Sie war nicht brillant, und die Schlichtheit, die so sehr für sie gesprochen hatte, war verdorben worden durch das Streben nach einer Bildung, die sie immer halb verfehlte und niemals ganz erreichen würde. Sie war eingeschüchtert und verängstigt von der klugen Schlagfertigkeit anderer und den Beweisen höherer Bildung. Im Familienalbum gibt es ein Foto von Nuala bei einer Veranstaltung in der Schule. In der einen Hand balanciert sie eine Zigarette mit Zigarettenspitze, in der anderen ein Weinglas. Ich hätte fast geweint, als ich dieses Bild zum erstenmal in Händen hielt, obwohl sie eigentlich recht glücklich aussieht. Ich erkenne, wie sie sich danach sehnt, akzeptiert zu werden, und wie unsicher sie ist. Männer phantasieren sich gern zum Helden hoch. Geschichten, die uns zu Ohren kommen, verwandeln sich in eingebildete Pflichten: eine Schöne in Bedrängnis, ein Ritter in glänzender Rüstung. Egal, mit welchen Mängeln wir in Wirklichkeit auch behaftet sein mögen, wir wollen uns trotzdem in dieser Rolle sehen. Ich stellte mir vor, wie ich in das Foto hineinschlüpfe und meiner Mutter die Zigarettenspitze entreiße, um sie trotzig von diesen Leuten um sie herum fortzuführen. Und dann wären wir die Helden, weil wir integer und würdevoll gehandelt und diese Leute in ihrer Falschheit stehen gelassen haben; und wir wären um so größere Helden wegen der bösen Blicke und der Feindseligkeit, die wir heraufbeschworen haben.

Danach? Es ist wirklich ein Hirngespinst. Danach nichts... Ich glaube, daß mein Vater, als er dieses schöne, vertrauensvolle Gesicht meiner Mutter zum erstenmal sah, damals in Belfast, eine ähnliche Phantasie gehabt haben muß. Führe sie fort, führe sie fort... Sie heirateten sechs Monate nachdem sie sich begegnet waren.

Als sich aber die nächsten Enttäuschungen einstellten, begann die Phantasie zu verblassen. Jetzt hatte William außer seiner Frau auch noch ein schreiendes, forderndes Kind am Hals, und seine Karriere nahm einen schlechten Verlauf. Mit seinem Selbstvertrauen war es vorbei. Seine Kollegen flüsterten über ihn, die Schüler beschwerten sich bei ihren Eltern. Das Zweitgeborene, meine Schwester Siobhan, war ein kränkliches Kind; Ärzte kamen – und ebenso Arztrechnungen.

Um sich in dieser neuen Welt zurechtzufinden, mußte er sich von der alten distanzieren, und das war meine Mutter mit ihrer schlichten Treue. William ließ sich auf eine Affäre ein. Er stellte fest, daß er das gut konnte. Danach kam eine andere und noch eine.

Mein Vater war nicht herzlos. Er war das Nesthäkchen in der Familie, von seiner liebenden Mutter verzogen. In seiner Kindheit war er still gewesen, eine Leseratte, und wenn er es mal mit Gewalt zu tun bekam, war er ganz verschreckt und konnte nicht damit umgehen. Im Ersten Weltkrieg drückte er sich um den Militärdienst herum. Um aber – seinen neuen Freunden? Sich? – zu zeigen, daß er der Herr im Haus war und alles seinen Befehlen gehorchte, schlug seine Unfreundlichkeit in Roheit um. Meine Mutter kam ins Krankenhaus.

Ein paar Jahre – ich glaube, es waren vier – blieben sie zusammen. Er war eher ein schwacher, denn ein schlechter Mensch, und zu manchen Zeiten überwältigte ihn die Schuld. Es gab Tage, an denen sie sich liebten und zärtlich zueinander waren.

Das Ende kam an meinem dritten Geburtstag. Meine früheste Erinnerung.

Wir wohnten in einem kleinen Haus in Banbury, aber zu

meiner Geburtstagsparty hatten wir in das größere Haus meiner Pateneltern geladen, englischen Katholiken in Oxford. Sie hatten einen großen, kurzgeschorenen, sauber abgezirkelten Rasen, der zu einem kleinen Teich hin abfiel, und mein Vater – o große Freude! – spielte mit mir im Garten. Wir spielten Fußball mit Luftballons. Ich war über alle Maßen, selbstvergessen glücklich… Siobhan schlief in ihrem Kinderwagen unter der Trauerweide. Die Sonne strahlte vom blauen Himmel. Ich lachte und lachte. Mein Vater nahm mich hoch und setzte mich auf seine Schultern. Dort ließ er mich sitzen im hellen Sonnenschein und warf die Ballons in die Luft. Wir rannten hinterher, und ich versuchte von meinem Hochsitz aus, die quietschenden Bälle in den Armen aufzufangen. Mein Vater setzte mich ab. Er nahm seine Jacke von einem Gartenstuhl, warf sie über die Schulter, setzte eine Sonnenbrille auf und lächelte mich an. Ich sah zu, wie er auf die Fenstertür zuging, hinter der ich meine Mutter stehen sah und dahinter meine Pateneltern. Er blieb diesseits der Tür stehen, legte die Finger gegen die Scheibe und war verschwunden. Meiner Mutter liefen Tränen übers Gesicht. Noch heute sehe ich sie in ihrem Sommerkleid mit den Sandalen dastehen und furchtbar schluchzen. Mein Patenonkel, ein Mann, der mit Gefühlsausbrüchen schon immer so seine Schwierigkeiten gehabt hatte, streckte eine Hand aus und berührte sie am Arm. Sein Mund zitterte, die Lippen bebten, aber es wollte ihm nichts einfallen, was er ihr hätte sagen können.

Wo sie herkam, gab es so etwas gar nicht, daß man niemanden kannte. Sie konnte die Einsamkeit in England nicht ertragen. Ich erinnere mich dunkel an den Abend, als wir im Hafen von Liverpool im Wartesaal saßen. Wir würden das Schiff zurück nach Belfast nehmen. Ich fror an Beinen und Füßen. Es war neblig; möglicherweise war die Abfahrt verschoben worden, denn mir scheint so, als hätten wir unendlich lange gewartet. Siobhan und ich saßen in unseren identischen braunen Mäntel zu beiden Seiten unserer Mutter und schmiegten uns an sie. Vor uns türmte sich das Gepäck der Familie.

Wenigstens war es in Belfast nicht einsam. Sie kam aus einer fröhlichen, wenn auch in ihren Lebensumständen, die sie nie zu erweitern suchte, beschränkten Familie. Daß meine Mutter mit gebrochenem Herzen zurückkam, war für ihre Brüder und Schwestern, glaube ich, die praktische Lehre, daß man besser bei dem blieb, was man kannte. Sie hatte gegen ein ungeschriebenes Gesetz ihrer kleinen Welt verstoßen, sich über sich selbst erhoben und die Strafe dafür bekommen. Jetzt war sie ohne Mann, eine damals in dieser Stadt sehr ungewöhnliche Situation, wenn man nicht gerade Witwe war oder eine alte Jungfer. Sie war sich dessen sehr genau bewußt. Sie verlor alles Selbstvertrauen und gewann es niemals wirklich zurück. Mit der Zeit entwickelte sie eine übertriebene Angst, das Falsche zu tun oder zu sagen. Sie machte sich ständig Gedanken über Konventionen und darüber, was die Leute wohl sagen mochten. »Laß sie nicht merken, daß wir in einer Gemeindewohnung leben«, sagte sie zu Siobhan, als sie von ihren Schulkameraden zu einer Party eingeladen worden war. Sie sorgte sich ums Geld und was aus uns werden sollte.

Als ich zehn oder elf Jahre alt war, gab es eine Versöhnung. William stand eines Tages in der Tür. Er überreichte ihr einen Strauß Lilien. Meine Mutter schickte Siobhan und mich zum Spielen nach draußen, und als wir zum Tee hereinkamen, hatte sie ihn wieder aufgenommen. Es hielt beinahe zwei Jahre. Er war genau der gleiche hoffnungslose Fall wie eh und je, und genauso grausam zu ihr. Nach einem Streit ging er ihr in die Küche nach, wo Siobhan und ich zitternd neben dem Herd saßen, und versetzte ihr einen Schlag an den Kopf. Danach stürmte er hinaus, und meine Mutter bat uns, einen Nachbarn zu holen. Er fuhr sie ins Krankenhaus, und mein Vater ging dazu über, »Geschäftsreisen« zu unternehmen. Dann kam er manchmal mit Blumen und Geschenken nach Hause und führte meine Mutter zum Essen aus. Aber die Reisen wurden länger und länger. Eines Tages kam er einfach nicht wieder nach Hause.

Ich halte es nicht für sentimental, wenn ich sage, daß er nie jemanden gefunden hat, der ihm meine Mutter hätte ersetzen können. Als er mich in meinem Zimmer in Islington aufspürte und sich in seinen großspurigen Geschichten erging, habe ich ihn nicht zur Rede gestellt. Vielleicht hätte ich das tun sollen. Aber man kann einen nackten Mann, und sei er noch so schwach und verabscheuungswürdig, nicht noch mehr entblößen, um ihn Hohn und Spott auszuliefern. Ich denke, jeder hat das Recht auf einen schützenden Mantel. Williams Mantel an diesem Tag war zwar fadenscheinig, aber ich habe ihn ihm trotzdem nicht fortgerissen. Statt dessen habe ich mir seine Lügen angehört.

Mein neues Leben als Doktorand verlief gut, sehr gut sogar. Ich hatte einen Kreis von Freunden, die gerne mit mir zusammen waren und mich amüsant fanden. Damals konnte ich eine ganze Abendgesellschaft mit meinen Geschichten und Personenimitationen unterhalten. Ich konnte über mich selber Witze reißen und den Clown spielen, es machte mir nichts aus, dumm dazustehen, solange es nur unterhaltsam war.

Innerhalb von vier Jahren hatte ich meine Doktorarbeit beendet. Das *British Journal of History* und die Royal Historical Society druckten Teile davon ab. Ich begann an einer Abhandlung zu arbeiten, deren Hauptargument darin bestehen sollte, daß die großen politischen und religiösen Erhebungen des 16. Jahrhunderts vor allem auf den enormen Geldbedarf des Tudor-Staates zurückzuführen waren. Wie alle jungen Heißsporne legte ich es darauf an, mir einen Namen zu machen – ich war auf Provokation aus. Gleichzeitig nahm ich eine Assistentenstelle an, während ich mich nach einer richtigen Anstellung umsah.

Eines schönen Nachmittags verließ ich das Staatsarchiv mit dem vagen Gefühl, daß ich etwas Zerstreuung brauchte. Ich hatte mich seit den Osterferien in meiner Recherche vergraben; die Zahlen schwirrten in meinem Kopf, und ich fühlte mich gedankenleer und wie benebelt. Ich dachte mir, daß ich vielleicht eine Frühjahrserkältung ausbrütete. Ich schlenderte die Chancery Lane hinunter und die ganze Fleet Street entlang bis Ludgate, und nicht weit von St. Paul's stieß ich auf einen verstaubten alten Buchladen, wo mir ein französischer Roman des 19. Jahrhunderts in die Hände fiel. Es war lange her, seit ich das letzte Mal einen fiktionalen Text gelesen hatte. Ich stand auf dem knarzenden Dielenboden und überflog die ersten Seiten ohne großes Interesse. Am Ende jedes Absatzes dachte ich daran, das Buch hinzulegen und lieber die Regale mit den Geschichtsbüchern zu durchforsten, aber statt dessen las ich immer weiter. Ich hatte den Eindruck, die Figuren in dieser Geschichte zu kennen, und zwar aus eigener Anschauung. Je länger ich las, desto vertrauter wurden mir ihre Stimmen, ihre Art zu gehen, die Häuser, in denen sie lebten. Ich kannte ihre banalen Wünsche, ihren Dünkel, ihre Selbstsucht. Fast schien es mir, als wäre die Geschichte in meiner eigenen Kinderwelt angesiedelt. Warum hatte ich das nicht früher gelesen? Warum hatte mir niemand etwas davon gesagt?

Ich las das Buch noch am selben Abend zu Ende. Beinahe eine ganze Woche lang kehrte ich nicht wieder ins Staatsarchiv zurück. Ich blieb in meinem Zimmer und las Romane. Mit einem Auge sah ich den Figuren zu, die den Seiten entstiegen, mit dem anderen betrachtete ich mein eigenes Leben. Über andere, erfundene Figuren zu lesen machte mich zutiefst neugierig auf mein wirkliches Selbst. Davor hatte ich mir nur selten Gedanken über mich gemacht. Als ich aber erst mal zu lesen begonnen hatte, setzte für mich eine Zeit der Innenschau und Selbstbefragung ein; die Literatur gab mir Fragen ein, die ich vormals nicht einmal zu formulieren gewußt hätte. Es war, als würde man gezwungen, nackt und im grellsten, unvorteilhaftesten Licht vor dem Spiegel zu stehen.

Mir gefiel das Bild nicht, das mir da entgegensah. Ich sah

Eitelkeit, Arroganz, Selbstüberschätzung, Feigheit, ich sah, wie kleinmütig meine Motive waren. Ich glaube, ich begann zu schreiben, weil die Worte mir eine Möglichkeit zu bieten schienen, mich zu bedecken. Fairerweise muß ich sagen, daß ich mein Schreiben nicht als Mittel sah, mich neu zu erfinden, oder als äußere Fassade, hinter der ich mich verbergen und behaupten konnte, ich sei besser, als ich in Wirklichkeit bin. Statt dessen geriet mir alles ein wenig komisch, einschließlich der Charaktere, denen ich Leben einhauchte. Auf diese Weise war ich nur ein Witz unter vielen, und meine Schwächen waren unsichtbar. Seamus hatte ich durch James ersetzt, lange bevor ich meine ersten literarischen Versuche unternahm.

Ungefähr zu dieser Zeit begegnete ich Alan bei einer Abendgesellschaft. Er war ein Jahr jünger als ich und hatte gerade seinen ersten Job in einem Verlag bekommen. Zunächst kam er mir ziemlich aufgeblasen und selbstzufrieden vor; er wiederum fand mich – wenn er das auch nie zugeben würde – widerborstig und linkisch. Wahrscheinlich war ich das auch. Irgendwie haben wir dann unsere anfänglichen Vorbehalte überwunden. Auf seine Aufforderung hin schickte ich ihm ein paar Texte – ausgewählte Passagen, ein paar Kurzgeschichten, Skizzen. Er bat mich in sein Büro in der William IV Street, wo er mir eröffnete, daß sie ihm gefielen. Er möge das Spekulative, die moralische Neutralität, die Sprunghaftigkeit, sagte er. »Bleiben Sie dabei«, riet er mir. »Die persönliche Sicht ist das ausschlaggebende, sie ist lebendig und bleibt immer spannend; der soziale Blickwinkel ist langweilig, weil er so starr und vorhersehbar ist, es ist letztlich immer das gleiche.« Er erzählte mir von einem Autor, dessen neuer Roman demnächst erscheinen würde. »Eine Schlaftablette«, verkündete er. »Ein Roman ist nicht der richtige Ort, um seine politischen Überzeugungen auszubreiten.« Er erinnerte mich an Stendhal, der einmal gesagt hat, Politik in einem Kunstwerk sei wie ein Pistolenschuß während eines Konzerts, und dann zitierte er Auden: »Die ganze Wahrheit, meine Herren, ist, daß die Menschheitsgeschichte, wäre nie ein Gedicht geschrieben, nie ein Bild gemalt und kein einziger Takt Musik komponiert worden, in ihrer Substanz unverändert geblieben wäre.« Schriftsteller und Maler, die sich darauf versteift hatten, das Gegenteil zu beweisen, waren allesamt gescheitert. Hatte ich Day-Lewis' *Noah and the Waters* gelesen? Sein schlechtestes Buch. Geradezu peinlich. Alan behauptete, er kenne mehrere Schriftsteller mit linken Neigungen, die beim Schreiben immer wieder feststellen mußten, daß es ihnen unmöglich war, die Fahne für die Sache hochzuhalten, sosehr sie sich auch darum bemühten. Der Grund dafür war ganz einfach: Politik braucht Überzeugung, Literatur aber lebt vom Zweifel.

Mit Alans Unterstützung vollendete ich meinen ersten Roman innerhalb von fünf Monaten. Der zweite wurde in nicht ganz einem Jahr fertig – inzwischen kann ich auch nicht annähernd mehr so schnell schreiben. Die Vorschüsse waren klein, aber mit der einen oder anderen Rezension, mit Artikeln in Zeitungen und Zeitschriften und hier und da einem Beitrag im Radio begann ich meinen Lebensunterhalt zu verdienen. Meine akademische Laufbahn gab ich auf. Die Notizen für meine Monographie ruhen in einer Teebüchse in der Abstellkammer.

Als ich etwas über zehn Jahre alt war, hatten wir es nicht leicht. Niemand in der Stadt hatte es leicht. Die Mühlen machten dicht, in den Docks und Werften gab es nichts zu tun, und die Arbeitslosen gingen, angefeuert von Siobhan (die zum großen Entsetzen der Familie einer kommunistischen Jugendorganisation beigetreten war), auf die Barrikaden. Das war nach Williams zweitem und diesmal endgültigen Verschwinden, und meine Mutter war in größten finanziellen Nöten. Als eines Freitag abends der Schuldeneintreiber durch den Briefschlitz zu uns hereinbrüllte, preßte sie uns, mehr zu ihrer eigenen Beruhigung, fest an sich. Bei dieser Gelegenheit, während wir so im Dunkeln saßen und den Atem anhielten, bemerkte sie, daß ich Fieber hatte. In der Aufregung wurde es vorübergehend – und fälschlich – für Tuberkulose gehalten, und man wies mich in einen Saal in demselben Krankenhaus ein, in dem auch meine Großmutter gestorben war. Am Morgen danach entdeckte meine Mutter beim ängstlichen Durchgehen der Zeitungslisten, daß B 19617 in Klasse I bei den Schwerstkranken untergebracht worden war. Sie eilte zum Hospital und ließ sich nicht abweisen. Meine Sinne waren in Aufruhr, und ich wurde von zahllosen Gespenstern geplagt. Sie waren in den Fenstern, um mein Bett herum. Teufel und Engel balgten sich um mich. Draußen heulte der Wind. Dann drang ganz langsam ihre Stimme zu mir durch, ein von Wohlgeruch begleitetes Flüstern, ein Rascheln, ein Widerhall. Ich fühlte meine Hand in der ihren. Als ich die Augen öffnete, konnte ich ihre Züge nicht erkennen, weil ihr Gesicht von einem Strahlenkranz umgeben war, und das irisierende Licht um sie herum glühte und züngelte in weißen Nebelschwaden. Aber ihrer ganzen Haltung haftete etwas Unbedingtes an, diese Entschlossenheit, wenn nötig Himmel und Hölle in Bewegung zu setzen. Ich hatte ein kindliches Verständnis von der Liebe; für mich war sie etwas, das einem selbstverständlich zufällt, wenn man es nötig hat, etwas, worauf man ein Recht besitzt.

Als ich einige Zeit später zur Genesung wieder zu Hause war, bekam sie einen Brief von William. Wir saßen an diesem Abend zusammen in der Küche. Sie schaute ins Herdfeuer. Sie weinte nicht, aber sie war mit den Gedanken anderswo, ganz weit weg.

»Wo bist du?« fragte ich sanft.

Das war ein Versuch, erwachsener zu wirken, als ich war. Sie wandte sich zu mir um, lächelte – amüsiert, denke ich, und gerührt, daß ich mich so bemühte – und antwortete, daß sie hier sei und nirgendwo sonst.

Ich fragte sie, warum sie ihn immer noch liebe.

Sie nahm mich ernst; zum erstenmal behandelte sie mich nicht mehr wie ein Kind, dem alle diese Dinge fremd sein und bleiben sollten, sondern wie einen Vertrauten, einen Freund. Sie schwieg einige Augenblicke, und dann sagte sie: »Weil er ein Mensch ist und verdient, daß man ihn liebt.«

Die Liebe war für sie keine Freude, mit Glück hatte das nichts zu tun. Das wurde mein Begriff von der Liebe, und von diesem Tage an konnte ich Kummer und die Menschen und Handlungen, die Kummer verursachen, nicht ertragen.

Es wäre übertrieben zu sagen, daß sich in meinem Herzen nie etwas geregt hätte, bevor ich Inès begegnete. Es gab Frauen, und es gab schöne, glückliche Zeiten. Zuneigung und Zärtlichkeit. Es gab Geschenke und gemeinsame Ausflüge und all die Dinge, die zu einem Mann und einer Frau gehören, einschließlich der zärtlichen Worte und tiefempfundenen, unmöglich einzuhaltenden Schwüre. Aber in Wahrheit hatte ich zu alldem einen inneren Abstand. Aus Angst vor Kummer und vor dem, was das Ende einer Liebe für mich bedeuten würde, sorgte ich dafür, daß mich nichts erschüttern konnte. Ich redete mir selber ein, daß ich alles nicht so ernst nahm und man sowieso nichts allzu ernst nehmen durfte. Wenn ich jemandem das Herz brach? Und wenn schon. Es würde schon wieder heilen, und hatte nicht gerade die Tatsache, daß sie so vorhersehbar war, die enttäuschte Liebe ohnehin zu einem abgedroschenen Witz gemacht? Der ganze Ablauf war einem so jämmerlich vertraut, daß man allenfalls auf irgendeine kleine überraschende Variante hoffen konnte, der man vielleicht noch ein kurzes Lachen abgewinnen würde.

So spazierte ich ins Leben anderer hinein und wieder hinaus, immer meinen eigenen Vorstellungen folgend. Sobald die Sache schieflief und die Forderungen und Abhängigkeiten anfingen, machte ich mich davon. Ich konnte mit einer einzigen wütenden Handbewegung den Tisch abräumen, auch wenn ich dabei alles Gute und Wichtige gleich zusammen mit dem

Quälenden und Wertlosen zertrümmerte. Mehr als einmal ließ ich alles stehen und liegen und fing von vorne an, ganz neu, völlig unbelastet, immer auf der Suche nach Veränderung...

Und natürlich wußte ich genau, woher ich das hatte. Ich konnte das Gesicht des Mannes vor mir sehen, der mein Handeln bestimmte. Je länger es währte, desto größer wurde meine Abscheu vor dem, was ich tat, um so größer auch meine Abscheu vor ihm. Und vor mir. Und um so schwerer wurde es auch, die Fiktion aufrechtzuerhalten, daß ich alles um mich her nicht so ernst nahm.

Als Inès sich mir auf Alans Party vorstellte, war ich an einem ganz bestimmten Punkt in meinem Leben angelangt. Hat vielleicht deshalb das Auseinanderbrechen unserer Beziehung eine solche Bedeutung? »Ich werde mich ändern«, hatte William gesagt, seine letzten Worte an mich. Aber die Menschen ändern sich nicht. Wir glauben, daß wir uns ändern können, manche geben sich unendlich viel Mühe damit, wir alle hoffen darauf. Ich nehme an, es liegt in unserer Natur, nie mit dem zufrieden zu sein, was wir sind, und uns statt dessen bis zum Tag unseres Todes daran festzuklammern, daß wir uns irgendwie bessern können. Wir können den Gedanken nicht ertragen, immer die gleichen zu bleiben. Wir müssen uns entwickeln, uns fortbewegen. Aber wir sind, wie wir sind, und selbst die einschneidendsten Erlebnisse werden uns nicht ändern können.

Mit Inès und mir konnte es unmöglich funktionieren. Inzwischen weiß ich das.

DRITTER TEIL

Léopoldville, November 1960

1

Der ANC-Oberst will mir erzählen, daß sich die Dinge bessern werden, jetzt, wo Mobutu die Macht übernommen hat. Der Staatsstreich vor fünf Wochen war eine sehr gute Sache. Er erklärt mir, die UN sollte besser das Land verlassen, die reorganisierte Armée Nationale Congolaise werde Tshombés sezessionistischer Revolte in Katanga und den Stammesfehden in Kasai ein Ende bereiten. Er ist der Meinung, es wäre besser für alle Beteiligten, wenn Lumumba neutralisiert würde. Neutralisiert? Er ist doch bereits unter Hausarrest. Ins Exil schicken, sagt der Oberst, nach Ägypten oder Ghana, oder in die Sowjetunion, wenn ihm das lieber ist. Aber wir wissen beide, daß der Oberst sich eine andere Lösung wünscht als das Exil. Er kichert, als hätte er einen anzüglichen Witz gemacht, und dann fällt er wie ein Stein zu Boden. Er liegt auf dem Rücken, verloren, überrascht, mit in einem seltsamen Winkel abgespreizten Beinen, den einen Arm unter dem Rücken verdreht, den anderen sorglos von sich gestreckt. Über seinem linken Auge öffnet sich ein Loch.

Es gibt einen zweiten Schuß, einen brüllenden, trockenen Knall. Erst jetzt wird mir bewußt, daß es schon einen ersten gegeben hat. Ich ducke mich und versuche panisch festzustellen, woher der Schuß kam und wie ich mich am besten aus der Schußlinie bringen kann. Die ANC-Soldaten um mich herum suchen hastig Deckung hinter ihren Panzerfahrzeugen, wobei der eine oder andere ein paar ungezielte Vergeltungsschüsse ungefähr in Richtung Botschaft abgibt. Ich selber kann in der Nacht nur sehr schlecht sehen und bin nicht schnell genug. Der Beschuß vom Botschaftsgrundstück her wird stärker, und nun weiß ich, daß ich den besten Moment zur Flucht verpaßt habe.

Als die ANC-Leute das Feuer eröffnen, werfe ich mich zu Boden und presse mich, wie ich bin gegen den Leichnam. Am meisten fürchte ich für meinen Kopf und – peinlicherweise und äußerst unheroisch – um meinen Hintern, der geradezu lächerlich verwundbar scheint. Beinahe hätte ich mich umgedreht, um zu überprüfen, wie deutlich er zu sehen ist, aber ich habe mich doch eines Besseren besonnen. Oh, wie sehr ich hoffe, daß ich jetzt nicht erschossen werde – welch unwürdiger Abgang. Innerlich muß ich lachen. Die Dinge, die einem so durch den Kopf gehen... Querschläger pfeifen jaulend über den Beton und schlagen funkensprühend ins Metall der gepanzerten Mannschaftstransporter. Als würde da jemand mit dem Schweißbrenner arbeiten. Irgendwo winselt jemand vor Schmerz. Die Luft ist voller Rauch, der Lärm ohrenbetäubend. Für einen kurzen Moment tritt Ruhe ein, und ich frage mich, ob ich jetzt vielleicht schnell weglaufen sollte. Aber wohin? Da setzen die Schüsse schon wieder ein, sogar noch heftiger als vorher. Es ist alles so absurd. Das hier ist kein Angriff auf eine feindliche Militärfestung. Das hier ist die Botschaft von Ghana. Der Botschafter ist vom neuen Regime zur *persona non grata* erklärt worden. Und jetzt liege ich mitten auf der Straße neben einem Toten und rieche seinen Schweiß und sein Blut und die dicke schwarze Flüssigkeit, die unter seinem zu Brei zerschossenen, früher einmal wohlgeformten Schädel auf den Straßenbelag sickert.

Ich kann Stipe nicht sehen. Er war schon lange bevor die Botschaftswachen das Feuer eröffneten irgendwohin verschwunden. Wieder ein langer Schußwechsel. Ich kneife die Augen zusammen. In meinen ganzen drei Jahren beim Militär bin ich dem Tod nie so nahe gewesen. Ich bin mir meiner

Angst deutlich bewußt, aber ich weiß auch, daß ich eine Geschichte zu erzählen haben werde, wenn ich das hier überlebe. Eine gute Story für die Zeitung und für den Schriftsteller ein ganzes Gefühlsreservoir, von dem ich lange werde zehren können. Die Kugeln prallen auf den Beton und den Straßenbelag um mich her. Sie kommen näher. Ich kann nur warten, warten und hoffen. Ich darf nicht in Panik geraten. Aber was ist das für eine verdammte Farce, was für eine beschissene, gottverdammte Farce! Ich drücke mich immer näher an den warmen Leichnam. Kriech hinein, versteck dich darin, mach dich unsichtbar. Wie sinnlos das alles ist! Alles, was nach der Unabhängigkeit gekommen ist, war nichts weiter als ein schlechter Scherz. Die Kugeln prasseln nur so um mich nieder. Ich lache laut auf. Ich fange hysterisch zu lachen an. Ich lache über all die Dinge, die ich in diesem lächerlichen Land gesehen habe. Über den Kandidaten in Kasai, wie er mit seinem schwarzen Schlips, in Anzug und weißen Handschuhen und mit Leopardenfell über der Schulter in das Dorf gefahren kam, voll bis zum Kragen mit Grausamkeit und Machthunger. Ich lache über seine Wahlversprechen – belgisches Geld statt Korn, die Frauen der Weißen, ihre Häuser und ihre Autos. Ich lache über den armen Cleophas, der schwanzlos von dem Baum herunterbaumelte, über seine großen, plattgetretenen Mickymausfüße. Es hat unheimlich viel zu lachen gegeben, das muß man dem Kongo lassen. Vielleicht ist das hier ja mein Tod, aber es war wenigstens zum Lachen. König Baudouin von Belgien – der war auch zum Lachen. Ausstaffiert wie ein Habsburgerprinz auf seiner Schicksalsfahrt über den Balkan, ließ er sich in einem riesigen amerikanischen Cabrio durch Léopoldville chauffieren, vorbei an den Menschenmassen, jubelnden Weißen und verwirrten Schwarzen. Der unverschämte junge Schwarze, der plötzlich auf den Wagen zuschoß und Baudouin seinen Degen vom Rücksitz klaute. Die beschämten, wütenden Polizisten, die ihm hinterhersetzten, und der Beifall von den johlenden Kongolesen.

Der Unabhängigkeitstag war auch zum Lachen gewesen, als Baudouin seine dümmliche Rede hielt und unbedingt ein Loblied auf Léopolds Genie und seinen Großmut singen mußte. Lumumbas sarkastische Antwort. Wir sind nicht mehr eure Tiere, hatte der neue Premier erklärt. Hat Inès ihm diesen Satz geschrieben? Er trug ihren Stempel. Sie war mit dabei an diesem Tag im Palais de la Nation. Natürlich übersah sie mich. Wie gut sie aussah, wie schön. Sie hatte ein wenig zugenommen, gerade genug, um nicht mehr so hager auszusehen. Ihre Augen leuchteten. Die Leute sagen das immer wieder, daß die Augen von jemandem leuchten würden, und es ist nie wirklich wahr, aber ihre Augen an diesem Tag waren heller als hell. Sie *leuchteten* – in ihnen spiegelte sich Licht und Glück und Erfüllung. Selbst ihr Haar sah gut aus, dicker und glänzend. Und da wußte ich, daß es einen Mann geben mußte. Los, lach schon! Warum nicht? Wenn ich schon sterben muß, kann ich es ebensogut lachend tun. Warum nicht?

Die Leiche bewegt sich. Die ausgestreckten Arme zucken. Einmal. Zweimal. Ich fühle, spüre es eher, als daß ich es sehe. Lebt der Oberst noch? Und die Kopfwunde? Niemand kann eine solche Verletzung überleben. Ich wende ein ganz klein wenig das Gesicht und sehe einen Soldaten hinter einem der Panzerwagen knien und wilde Zeichen in meine Richtung machen. Er ruft mir etwas zu, drängend und im Befehlston, aber es ist nicht Französisch, und ich kann ihn nicht verstehen. Wie seine Kameraden herüberstarren, macht mir angst; es kommt mir vor, als hätten sie etwas Schreckliches gesehen, wovon ich selber noch keine Ahnung habe. Der Soldat brüllt noch einmal, aber was soll ich denn tun? Loslaufen? Bis zu dem Panzerwagen sind es zwanzig Meter. Das würde ich nie schaffen. Die knallen mich doch ab.

Ich bleibe, wo ich bin, und rühre mich nicht. Der Soldat verzieht das Gesicht. Er gibt mich auf, und dann dreht er sich wieder der Botschaft zu und feuert wahllos in die Gegend. Die

Leiche bewegt sich wieder, und diesmal wird mir klar, was da vor sich geht. Der Oberst wird von Kugeln durchlöchert. Sie fahren in das tote Fleisch und bleiben in den Knochen stecken. Plötzlich wird mein Schuh zerrissen. Ich fühle ein Brennen, etwas Heißes. Sie haben mir doch nicht etwa in den Fuß geschossen. In den Fuß geschossen! Wie lächerlich. Ich ächze vor mich hin, nicht etwa aus Angst oder vor Schmerzen – noch tut mir nichts weh, jedenfalls nicht richtig, noch nicht –, sondern vor Wut. Mein Fuß brennt, und ich bin wütend, weil das alles ein solcher Wahnwitz ist. Wo ist Stipe? Wo ist er. Er könnte mich hier rausholen. Stipe!

Warum bin ich nicht fort, als das Chaos ausgebrochen ist? Stipe hat mir geraten zu gehen. Er hat mich gewarnt. Das war an dem Tag, als die Armee von Lumumbas neuer Republik gemeutert hat und über Léopoldville hereinbrach, um die Schaufenster zu zerschlagen und Geschäfte zu plündern. Es war Selbstbedienungszeit, unrechtmäßig, aber alle waren begeistert dabei. Es herrschte allgemeiner Aufruhr. Die Belgier flohen. Sie packten ihre Siebensachen zusammen und flohen. Zu Zehntausenden. Stipe sagte mir, daß es noch schlimmer werden würde, aber selbst als die Konvois mit hysterischen Flüchtlingen durch Léopoldville rollten, blieb ich. Ich blieb auch, als die Docks von Männern und Frauen, die völlig außer sich waren, überquollen. Und ich lachte.

Das Feuer schwillt zu ohrenbetäubendem Krachen an. Das Brennen an meinem Fuß hat aufgehört. Jetzt setzt der Schmerz ein. Der Beschuß nimmt nicht ab, er ist heftiger geworden. Es müssen inzwischen Tausende von Schüssen abgegeben worden sein. Zwei weitere ANC-Soldaten sind zu Boden gegangen. Einen dritten sehe ich verdreht nach hinten stürzen. Er liegt da und brüllt vor Schmerzen. Zwei seiner Kameraden ziehen ihn an den Füßen in Deckung zurück, und das Brüllen geht in ein schauerliches, gepeinigtes Winseln über.

Ich lachte immer noch, als ich de Scheut und seine Kinder unter den Menschenmassen an den Docks entdeckte. Ich konnte es nicht glauben. Ausgerechnet de Scheut. Er sah mich nicht an. Ein schwarzer Träger kam, um ihnen auf die Fähre zu helfen, und Julie brüllte den dreckigen schwarzen Affen an, sie in Ruhe zu lassen. Sie hörten mich nicht, als ich ihnen einen Abschiedsgruß zurief. Die weiße, gnadenlose Stimme, die in ihren Köpfen hämmerte und ihnen schauderhafte Geschichten in Erinnerung rief, übertönte alles andere.

Aber sie haben wenigstens überlebt. Vielleicht haben sie das Richtige getan. Ich werde nicht überleben, ich werde nicht überleben. Ich werde keine Geschichte mehr zu erzählen haben. Eine Kugel wird meine Schädeldecke durchschlagen und eine andere mir den Hintern aufreißen. Ich presse mich in den Beton hinein, in die Leiche. Sie können mich gar nicht verfehlen. O Gott, laß mich nicht sterben. Ich muß weglaufen. Ich kann nicht hier sitzenbleiben wie eine Lockente. Weglaufen – egal, wohin, völlig egal, nur laufen. Raus hier.

Ich will gerade auf die Füße springen, als Stipe mit einem Revolver in der Hand bei den Panzerwagen aufkreuzt.

»Bleiben Sie, wo Sie sind, James!« brüllt er. »Bleiben Sie, wo Sie sind!«

Wie zur Antwort verstärken die Botschaftswachen das Feuer. Stipe ruft den Soldaten etwas in Lingala zu, gibt Befehle, teilt sie ein. Ich halte das nicht mehr aus. Es ist mir egal, was er sagt, ich werde jetzt loslaufen. Dann höre ich einen Motor aufheulen, höre, wie noch mehr gebrüllt wird und noch mehr Kugeln aus der Botschaft knallend auf die Panzerung des Fahrzeugs prasseln, das jetzt langsam auf mich zukommt.

»James!«

Es ist Stipe. Er steht zehn Meter entfernt. Er hat die Soldaten dazu gebracht, den Panzerwagen in die Mitte der Straße zu dirigieren, um mich abzuschirmen.

»Los jetzt!«

Ich springe auf die Füße und haste zu ihm hinüber. Geduckt laufen wir immer neben dem Fahrzeug her, bis wir bei den Gebäuden auf der anderen Straßenseite und in Sicherheit sind.

An einer Wand lasse ich mich niedersinken. Stipe sieht auf mich herunter und grinst.

»O Gott«, murmele ich. »O Gott.«

»Was halten Sie von einem Drink?« fragt er.

Er hilft mir auf, und wir entfernen uns vom Schlachtfeld. Dann steigen wir in Stipes Wagen und fahren ins Regina, um in aller Ruhe einen Drink zu nehmen. So einfach ist das. Erst als ich mit einem Whisky in der Hand auf der Promenade sitze, fällt mir das Klopfen in meinem Fuß wieder ein. Ich sage Stipe, daß ich wohl einen Schuß abbekommen habe. Er sieht auf meinen ruinierten Schuh hinunter. Er ist leicht blutverschmiert.

»Sieht nicht besonders schlimm aus«, sagt er obenhin. »Trinken Sie noch einen, und dann bringe ich Sie zum Arzt.«

Ich fühle mich überraschend ruhig. Nicht einmal die Verletzung regt mich besonders auf. Ich bin zufrieden mit mir. Ich habe meine Story und eine Erfahrung mehr. Ich bin ganz der furchtlose Reporter.

Als Stipe mit den Whiskygläsern zurückkommt, ziehe ich ihn auf. »Sie müssen zufrieden sein, wie die Dinge stehen. Mobutu ist gut für die Amerikaner.«

»Gut für den Kongo«, antwortete er mit einem Zwinkern.

»Wie lange, glauben Sie, wird Mobutu Lumumba noch unter Hausarrest halten können?«

»Nicht mehr lange. Er muß bald eine dauerhafte Lösung für das Lumumba-Problem finden.«

»Bevor sie ihm den Kopf weggeschossen haben, erzählte mir der Oberst etwas in derselben Art«, sagte ich. »Wie soll diese dauerhafte Lösung denn aussehen?«

»Gizenga ist in Stanleyville, aber er besitzt weder Lumumbas Gefolgschaft noch dasselbe Charisma. Ohne Lumumba wird die Revolte in Oriental verpuffen. Wenn es Patrice aber gelingt, zu ihm zu stoßen, wird das Land in zwei Teile gerissen werden. Das wäre der Bürgerkrieg.«

»Was würde mit Lumumba passieren, wenn Mobutu ihn in die Finger bekäme?«

Nachdem Lumumba unter Hausarrest gestellt worden war, stationierten die UN-Truppen rund um die Primature – die Residenz des Premierministers ganz in der Nähe des Hauses, in dem ich selber wohne –, um ihn zu beschützen. Mobutu verdächtigte die UN, daß sie Lumumba vielleicht die Flucht ermöglichen könnten, also legte er einen ANC-Truppengürtel um den der UN herum.

Stipe antwortet schlicht: »Wenn Mobutus Leute bis zu Patrice Lumumba vordringen, bezweifle ich sehr, daß wir ihn je wiedersehen werden. Und offen gesagt, das wäre für niemanden ein Verlust.«

Stipe hat selbst mir gegenüber nie zugegeben, wie weit er in Mobutus Putsch verstrickt war. Aber man braucht nicht viel Phantasie, um sich darüber klarzuwerden. Am 10. September hielt Mobutu, der von Lumumba selbst zum Stabschef ernannte ANC-Mann, eine Zahlparade in Camp Léopold ab, bei der er den Soldaten persönlich ihren überfälligen Sold aushändigte. Lumumbas Regierung war bankrott – dafür hatten die Belgier gesorgt –, und die Disziplinlosigkeit der Soldaten war zum großen Teil auf den Zahlungsrückstand zurückzuführen. Woher kam das Geld, mit dem hier die Treue der Soldaten erkauft wurde? Niemand konnte Genaueres sagen, aber Stipes Gegenwart in Camp Léopold ließ einigen Verdacht aufkommen.

Vier Tage später war ich mit Grant und Roger im Regina, als Mobutu hereinspaziert kam und verkündete, die Armee habe die Macht übernommen. Lumumba hatte sich nicht einmal drei Monate in seinem Amt als Premierminister gehalten. Wir stürzten an die Telefone und in die Telegrafenbüros. Später am Abend machte ich mich auf die Suche nach Stipe und fand ihn schließlich im Zoo beim Essen mit seinem Botschafter, Timberlake. Sie waren bester Geberlaune und luden mich ein, mich zu ihnen zu setzen. Timberlake, den ich zuvor noch nicht kennengelernt hatte, wirkte auf mich wie ein ungehobelter Kerl, ein kalter Krieger von der allerschlimmsten Sorte. Er schien zu laut, um Diplomat zu sein. Vielleicht rührte seine Offenheit mir gegenüber daher, daß er von meiner Freundschaft mit Stipe wußte, vielleicht lag es aber auch einfach nur daran, daß er wegen der Ereignisse des Abends bester Stimmung war. Er begrüßte den Putsch in aller Offenheit. Kasavubu sei unmöglich gewesen, sagte er, der sei einfach nicht zupackend genug. Das war bei Mobutu ganz anders. Er war zäh und tüchtig, talentiert, verläßlich, ehrlich und nicht anti-westlich eingestellt, nicht wie – und so nannte er den abgesetzten Premierminister den ganzen Abend – dieser fürchterliche Lumumbowitsch. Lumumbowitsch war ein Kommi bis auf die Knochen. Als ich einwarf, er sei eher ein panafrikanischer Nationalist, denn ein Kommunist, wischte Timberlake die Unterscheidung als bedeutungslos vom Tisch. Lumumbowitsch war vielleicht kein richtiger Kommi, aber er tanzte nach der Pfeife der Kommunisten. Er hatte die Sowjetunion und China um Waffen gebeten, eine Flotte Iljuschins entgegengenommen, er hatte dem Kommunisten Gizenga einen Platz in seinem Kabinett gegeben…

Dann stieß noch ein Amerikaner zu uns, ein rotgesichtiger kleiner Mann mit sich lichtendem Blondhaar und blaßblauen Augen, den Timberlake als Dr. Joe aus Paris vorstellte. Ich hatte Dr. Joe noch nie gesehen. Mir kam er nicht gerade wie ein Mediziner vor, und ich bezweifelte, daß dieser Mann je Arzt gewesen war. Als ich fragte, seit wann er sich denn in Léo aufhalte, gab er mir eine verschwommene Antwort und reagierte ebenso ausweichend auf alle anderen direkten Fragen, die ich ihm stellte, wie oberflächlich sie auch sein mochten. Stipe schien mir nicht eben erfreut, daß ich Dr. Joe begegnet war, ein Eindruck, der wenige Minuten später bestätigt wurde, als er den Doktor unter einer durchsichtigen Entschuldigung mit sich fortführte. In seiner Abwesenheit schwadronierte Timberlake munter weiter. Sympathisanten würden jetzt zusammengetrieben und ins Gefängnis geworfen werden. Nur schade, daß

Gizenga sich bereits nach Stanleyville abgesetzt hatte, aber die anderen würden sie schon kriegen: Okito, Mulele, Mpolo, Smail und – für mich ganz überraschend – Auguste.

Am nächsten Morgen ging ich zu Stipe, um ihn über diese Liste von gesuchten Lumumbisten auszufragen. Er blieb völlig neutral im Ton, solange wir von Okito, Mulele und den anderen sprachen, auch bei Lumumba selber, als er aber schließlich zu Auguste kam, schlich sich ein harter Unterton in seine Stimme. Stipe zufolge war Auguste vier Wochen in der Tschechoslowakei zum Kadertraining gewesen und vor kurzem zum Präsidenten der MNC-Jugendvereinigung aufgestiegen, die er als den terroristischen Flügel von Lumumbas Partei bezeichnete. Ich war skeptisch, aber Stipe versicherte mir, es sei alles wahr. Dann stellte er mir eine Frage, die mich erschreckte.

»Haben Sie Inès kürzlich mal wieder gesehen?«

»Nein. Nicht seit dem Unabhängigkeitstag.«

»Ich weiß, daß es nicht gut steht zwischen Ihnen beiden, aber wenn Sie ihr begegnen, sollten Sie sie zu überreden versuchen, so schnell wie möglich das Land zu verlassen.«

»Wie meinen Sie das?« fragte ich.

»Sie sollte fortgehen, solange sie noch kann«, sagte er mit einem Achselzucken, und obwohl ich weiter in ihn drang, wollte er zu diesem Thema mehr nicht äußern.

Und dann, als wir uns verabschiedeten, sagte er mir, daß Auguste und Inès ein Liebespaar waren.

Jawohl, der Kongo war wirklich zum Brüllen komisch. Ich empfand nicht viel, als Stipe mir diese Mitteilung machte. Tatsächlich weiß ich noch, daß ich ihm ins Gesicht gelacht habe. Nicht etwa, weil ich ihm nicht glaubte. Ich sah es nur zu deutlich vor mir, im Grunde hatte ich es längst vermutet. Ich wußte, welche Art Männer Inès' Interesse weckten. Ich hatte kleine Anzeichen beobachtet, als sie und ich noch zusammenlebten. Aber ich hatte niemals – um Inès zu schützen und ein wenig auch, weil ich nicht für herablassend oder grob oder gar eifersüchtig gehalten werden wollte – gesagt, was ich wirklich von Auguste dachte. Für mich war er im Grunde immer ein Clown gewesen, dieser Liebhaber von Sokrates, Plato und John Stuart Mill, Mitglied der Afrikanischen Mittelstandsvereinigung und Träger von Fensterglasbrillen und geschmacklosen Hemden. Dieser Mann, der ein Anwaltsbüro an der Park Avenue mit einem halben Dutzend Sekretärinnen haben würde – wer konnte ihn wirklich ernst nehmen? Inès natürlich. Sie würde ganz andere Dinge in ihm sehen, Leiden und Kampf und Heroismus und Widerstand und Selbstaufopferung.

War ich eifersüchtig auf diesen lächerlichen Kerl?

Nein.

Aber auch nicht im geringsten.

Ich war verrückt vor Eifersucht – maßlos und wild und mich vor Selbstmitleid zerfressend. Am Abend nachdem Stipe mir die Neuigkeit eröffnet hatte, ging ich in Houthhoofds Haus zu einem meiner Rendezvous mit Madeleine. Madeleine war nicht geflohen, und sie sah auf alle herab, die es getan hatten. Sie ist eine Frau mit aggressiven Instinkten, und diese Instinkte nimmt sie auch mit ins Bett. Sex mit ihr ist alles andere als zärtlich. Ich bin mehr als einmal zurückgeschreckt, aber sie hat mich immer weiter angetrieben. »Ich will es so«, sagte sie dann, um mich zu beruhigen, und dann flüsterte sie: »Tu mir weh.« Sie kannte mich. Sie kannte mich sehr gut. Sie spürte den Haß, der sich an diesem Abend in mir aufgestaut hatte, und sie beklagte sich nicht. Als es vorbei war, lächelte sie wissend, triumphierend, so als wäre ich endlich zu einem dunklen Ort vorgedrungen, an dem sie mich schon seit langer Zeit haben wollte.

Während sie duschte, lag ich auf Houthhoofds Bett, dachte an Inès, dachte an Auguste. Ich wußte, was mit Auguste passieren würde, wenn er Mobutus Leuten in die Hände fallen oder Stipe ihn finden würde. Ich hatte ihre Handschrift gesehen. Während der Kämpfe in Bakwanga hatten Baluba-Soldaten in der Hauptstadt Rache für die Untaten genommen, die

Lumumbas Truppen an ihrem Stamm verübt hatten. Eines Morgens stieß ich am Golfplatz auf eine kleine Menschentraube. Ein ghanaischer Offizier der UN-Streitkräfte, der zu General Alexanders Leuten gehörte, näherte sich der Gruppe. Die Männer traten zur Seite und gaben den Blick auf einen gepflegten jungen Mann frei, der mit dem Gesicht nach oben auf der Straße lag. Ich erkannte das Opfer, wir hatten uns zugenickt, wenn wir uns begegneten. Sein Name war Justin, und er war ein kleiner Funktionär beim MNC gewesen, ein glühender Anhänger des Premierministers und Freund von Auguste. Jetzt war er tot – zerhackt, aufgeschlitzt, auseinandergerissen. Ich blieb stehen, um genauer hinzusehen. Der ghanaische Offizier ging in die Knie, um die Leiche zu inspizieren, und schnippte seine halbgerauchte Zigarette fort; sie landete in dem ölig-dunklen Blut neben Justins rechtem Bein. Die Umstehenden unterhielten sich laut, der Offizier rieb sich den Schweiß aus den Augen. Fliegen summten. Die Asche an der weggeworfenen Zigarette glühte noch kurz in dem klebrigen Rot und verlosch. Ich wußte, was mit Auguste passieren würde.

Ich stieg aus dem Bett und ging unter die Dusche. Madeleine sah mich überrascht an. Sie sah auf meinen Schwanz hinunter und lächelte. »Schon wieder?« sagte sie amüsiert. Ohne ein weiteres Wort drehte sie mir ganz langsam den Rücken zu und stützte die Handflächen gegen die weißen Kacheln. Als ich sie vögelte, sah ich Augustes Gesicht an der Stelle, wo Justins gewesen war. Ich sah ihn tot, verstümmelt, blutend. Dann fing ich an, »ich hasse dich« zu sagen, »ich hasse dich, ich hasse dich, ich hasse dich.« Immer und immer wieder. Ich brüllte Auguste an und Inès. Madeleine stöhnte. Sie war vollständig vornüber gebeugt, in die Ecke gedrängt und gegen die Kacheln gepreßt. Das Wasser lief über ihre breiten Schultern und den Rücken hinunter. Das Fleisch an ihrem Hintern zuckte und kräuselte sich, während ich sie stieß und stieß. Ich hasse dich, ich hasse dich, ich hasse dich.

Kann mich bitte jemand in den Arm nehmen und hier fortbringen? Fort von dem Ort, wo ich jetzt bin. Von dem, was ich tue. Fort von all diesem Haß und von mir selber. Bitte.

»Kommen Sie«, sagt Stipe und trinkt den letzten Schluck aus seinem Glas, »gehn wir zum Onkel Doktor.«

Ich schlage vor, mich zu Roger zu bringen.

»Haben Sie etwas von Auguste gehört?« frage ich.

»Er versteckt sich immer noch irgendwo in der Stadt«, antwortet er.

»Glauben Sie, daß sie ihn finden werden?«

»Sie werden ihn finden«, erklärt er schlicht. »Es ist nur eine Frage der Zeit.«

Obwohl ich nichts darauf sage, weiß er genau, daß seine Antwort mich befriedigt. Ein wenig schäme ich mich dafür. Aber nur ein wenig.

2

Roger bietet Stipe einen Drink an. Er stürzt ihn hinunter und sagt dann, er müsse schnell wieder in die Botschaft zurück.

»Wissen Sie«, setze ich ungeschickt an, »ich habe fürs Melodramatische bestimmt nicht mehr übrig als Sie, aber Sie haben mir wahrscheinlich das Leben gerettet.«

Er wehrt bescheiden ab, aber ich sehe doch, wie er sich über meine Anerkennung freut. Er klopft mir auf die Schulter und sagt, er werde morgen mal vorbeisehen.

Roger nimmt vorsichtig meinen kaputten und blutverschmierten Schuh ab und schneidet den klebrigen Strumpf auf.

»Es ist ein Streifschuß, nichts Ernstes. Ihren Schuh können Sie allerdings vergessen, fürchte ich«, sagt er in einem Ton, in dem beinahe ein wenig Enttäuschung mitschwingt; ich denke, Roger sucht wie alle Profis ab und zu gerne die Herausforderung. Er zeigt auf meinen Fuß.

»Hier am Spann können Sie sehen, wo die Kugel entlanggeschrappt ist. Ich werde die Wunde säubern, und dann sind Sie bald wieder auf dem Damm.«

Er macht sich an die Arbeit, und ich frage ihn, wie lange er noch zu bleiben gedenkt. Obwohl er seine Abreise schon so oft angedroht hat, scheint er sich nicht dazu überwinden zu können.

»Ach, irgend jemand muß sich doch hier um alles kümmern«, erwidert er leise. »Man sagt seinen Kollegen ja nicht gern etwas Schlechtes nach, aber die belgischen Ärzte haben sich ziemlich verantwortungslos verhalten, wissen Sie. Haben einfach eingepackt und sich davongemacht wie alle anderen auch. Kein Gedanke an ihre Patienten. Die gesamte medizinische Versorgung ist in einem beklagenswerten Zustand.«

Roger ist ein netter, ehrbarer Mann. Jedesmal wenn ich ihn sehe, schäme ich mich für meine negative Einschätzung, als wir uns in Houthhoofds Garten zum erstenmal begegneten. Und obwohl wir Bekannte geworden sind, werden wir uns bedauerlicherweise nie näherkommen, nie mehr voneinander erfahren. Ab und zu trinken wir etwas zusammen – ein gemeinsames Essen wäre schon zuviel für unsere lockere Verbindung –, aber selbst dann kommen wir nie wirklich ins Gespräch. Er gehört zu diesen reservierten Engländern, die man schnell gern hat, aber niemals wirklich kennenlernt.

»Es nimmt alles einen schrecklichen Verlauf«, sagt er und betupft meine harmlose Wunde. »Die Stimmung ist gar nicht gut.«

»Dafür hat Lumumba am Unabhängigkeitstag gesorgt«, sage ich.

»Ich halte es nicht für fair, immer alles Lumumba in die Schuhe zu schieben«, sagt er sehr leise, aber mit für mich überraschender Bestimmtheit, denn er hat sich seine politischen Neigungen nie anmerken lassen. Ich hatte immer angenommen, er gehöre zu den Leuten, für die ihr Verhalten in der Wahlkabine ebenso intim ist wie das im Schlafzimmer und für ein kultiviertes Gespräch kein geeignetes Thema. Aber ich hatte immer geglaubt, er dächte, wenn überhaupt politisch, dann konservativ. Macmillan hält er wahrscheinlich für einen prima Kerl.

»Lumumbas Rede am Unabhängigkeitstag war vielleicht ein bißchen hitzig«, fährt er fort, »aber das ist unter den gegebenen Umständen doch ganz verständlich. Was hat sich Baudouin dabei gedacht, als er den Kongolesen weismachen wollte, Léopold habe die Kolonie auf der Grundlage von Verträgen und mit friedlichen Methoden errichtet? Offen gesagt war das doch ein Haufen dummes Geschwätz. Den Eingeborenen hat er ein paar Fetzen zum Anziehen gegeben und als Entlohnung für ihr Land ein paar Kisten Gin. Die Stammesfürsten hatten keine Ahnung, worauf sie sich da einließen. In manchen Fällen bekamen sie nicht einmal eine Chance, nein zu sagen. Hat Ihnen schon mal jemand erzählt, was mit den Bayeke passiert ist?«

»Ich glaube nicht.«

»Der Fürst der Bayeke war ein Mann namens M'Siri. Schrecklicher Despot. Lebte in einem Palast aus Lehm und Stroh mit Totenköpfen auf Pfählen rundherum. Die Belgier wollten einen Vertrag mit ihm, weil es im Bayeke-Land alle möglichen Mineralien gab. M'Siri wollte keinen mit ihnen machen, also erschossen sie ihn auf der Stelle. Dann fragten sie M'Siris ersten Sohn, ob er einen Vertrag wolle. Zu seinem Glück war er tatsächlich einverstanden. Dafür, daß der Sohn Häuptling bleiben durfte, erhielt Léopold praktisch die Kontrolle über ganz Katanga. Brennt es?«

»Kaum«, sage ich.

Er wirft den Tupfer in einen Plastikeimer, geht sich die Hände waschen und legt etwas Mull und eine Binde zurecht.

»Trotzdem, die Belgier würden wahrscheinlich sagen, daß der Kongo in einem erbärmlichen Zustand war, als sie hierherkamen. Hier gab es Kannibalen, wissen Sie. Weit mehr als irgendwo sonst in Afrika. Die Leute hatten einfach nicht genug zu essen. Sie hatten Malaria, Lepra, Bilharziose, tropische Geschwüre, alles, was Sie sich denken können. Furchtbares Land, wirklich. Natürlich war die Sklaverei das größte Problem. Man nimmt an, daß dreißig Millionen Kongolesen als Sklaven verschleppt worden sind. Die Araber waren dabei die schlimmsten. Tipu Tip – ein Freund von Stanley. Schrecklicher Rohling. Hat mit dem Sklavenhandel ein Vermögen verdient.«

Er ist fertig mit dem Bandagieren. Die Binde sitzt sehr eng. »Wie fühlt sich das an?«

»Prima.«

Er geht wieder zum Waschbecken und fängt an, sich energisch die Hände zu schrubben.

»Die Belgier haben Tipu Tip tatsächlich zum Gouverneur von Stanleyville gemacht und ihm darüber hinaus noch jeden Monat hundertundfünfzig Dollar gezahlt. Hat sie nicht gerade beliebt gemacht bei den Eingeborenen.«

Er nimmt ein weißes Handtuch und reibt sich damit die Hände ab.

»Ich will ja nicht behaupten, daß wir nicht auch unsere Fehler gemacht haben, aber ich denke doch, daß wir Briten es besser angestellt hätten«, sagt er und geht zu einem Schrank neben dem Schreibtisch. »Ich gebe Ihnen Antibiotika. Es ist keine schlimme Verletzung, aber in den Tropen muß man mit so etwas vorsichtig sein.«

»Sie sind sehr freundlich.«

Er winkt ab. »Können Sie Ihren Fuß belasten?«

Ich erhebe mich vom Stuhl.

»Scheint in Ordnung zu sein.«

Er sieht mich an, als wollte er noch etwas sagen.

»Was ist?« frage ich.

»Ich bin gebeten worden, Ihnen eine Nachricht zu überbringen«, sagt er. »Ich habe es Ihnen nicht gleich gesagt, weil ich ja weiß, wie es zwischen Ihnen beiden steht.«

»Von wem ist die Nachricht?«

Ich brauche nicht zu fragen. Mein Herz hämmert.

»Von Inès.«

»Ich verstehe.«

Ich muß mich setzen.

»Sie hat vorhin angerufen. Zweimal, um genau zu sein. Anscheinend hat sie versucht, Sie zu Hause zu erreichen, und Sie waren nicht da. Dann hat sie an mich gedacht. Ich habe eine Telefonnummer notiert. Sie sagte, es sei sehr wichtig.«

Er reicht mir ein Stück Papier und sieht mich mitfühlend an.

»Alles in Ordnung, James? Möchten Sie vielleicht einen Whisky?«

»Nein, danke. Darf ich mal Ihr Telefon benutzen?«

»Natürlich. Es steht in der Halle.«

Meine Hand zittert derartig, daß ich mich zweimal verwähle. Am anderen Ende klingelt es nur ein einziges Mal.

»Ich bin's«, sage ich.

»Ich muß dich sehen.«

Sie hört sich seltsam an, so als fiele ihr das Reden schwer.

»Geht es dir gut?«

Es geht ihr nicht gut. Ich merke es ihrer Stimme an.

»Ja, prima«, sagt sie entschieden und ohne mich überzeugen zu können. »Kann ich zu dir kommen?«

»Natürlich.«

»Ich werde in einer Stunde da sein.«

»Soll ich dich abholen?«

»Nein. Das ist nicht sicher. Ich komme in einer Stunde.«

Ich will ihr noch sagen, wie glücklich ich bin, endlich wieder ihre Stimme zu hören, daß sie keine Ahnung hat, wie sehr ich sie vermißt habe, daß ich sie liebe und ständig an sie denke... Sie hat aufgelegt und mir damit eine neuerliche Erniedrigung erspart. Langsam lege auch ich den Hörer auf. Ich schließe die Augen. Ich ziehe die Schultern hoch und balle meine Hände zu Fäusten. Ich muß stark sein, ich muß stark sein. Vielleicht haben sie Auguste gefangengenommen. Vielleicht ist er tot. Vielleicht will sie zu mir zurückkommen. Laß ihn tot sein, bitte, bitte, laß ihn tot sein. Komm zu mir zurück, Inès, dahin, wo du hingehörst.

Von hinten höre ich Roger fragen, ob er mich nach Hause fahren soll. Da merke ich, daß ich mehrere Minuten lang ganz allein in der Eingangshalle gestanden habe. Ich drehe mich zu ihm um und quäle mir ein breites, unbekümmertes Lächeln ab.

»Ja, das wäre ausgesprochen nett«, antworte ich; und füge mäßig komisch hinzu. »Ich weiß nicht, wie weit ich mit meinem einen Schuh kommen würde.«

»In der Tat«, sagt Roger und lächelt mich seinerseits an. »Ich hole nur meine Schlüssel.«

Wir haben kaum das Haus verlassen, da fragt Roger auch schon: »Werden wir verfolgt?«

Ich drehe mich um und sehe nach hinten.

»Da ist ein schwarzer Citroën mit zwei ziemlich ungemütlichen Gesellen drin«, sagt er. »Ich frage mich, ob die wohl von der kongolesischen Sûreté sind.«

Die Straßen sind fast leer, und dieser schwarze Citroën hinter uns ist nicht nur auffallend, sondern richtiggehend verdächtig. Aber ich beharre darauf, daß ich mir nicht vorstellen kann, warum uns irgend jemand verfolgen sollte.

»Ja, in der Tat«, sagt Roger zweifelnd. »Wahrscheinlich fahren sie nur in dieselbe Richtung.«

Wir kommen ohne größere Schwierigkeiten durch die erste Straßensperre, aber an der zweiten sind die Soldaten übler Stimmung und befehlen uns, aus dem Wagen zu steigen. Es stellt sich heraus, daß sie von der Schießerei an der Botschaft und dem Tod des Obersten gehört haben, der offenbar ein bekannter und beliebter Offizier war. Wir stehen am Rand der dunklen, verlassenen Straße am Ende einer Schlange verängstigter Schwarzer, die darauf warten, von einem Offizier mit Ausgehstöckchen verhört zu werden. Der Citroën ist ein kleines Stück vor der Straßensperre rechts rangefahren. Zwei Soldaten kontrollieren ihn. Roger und ich beobachten, wie sich die beiden Insassen – zwei Schwarze – ausweisen.

»Warum sollte die Sûreté uns verfolgen?« frage ich Roger.

»Ich nehme an, daß heutzutage jeder Weiße verdächtig ist«, lautet seine Antwort.

Ein aggressiv aussehender NCO, ein Vertreter der kongolesischen Nationalarmee, kommt auf uns zu.

»Sprechen Sie lieber nicht davon, wie Sie zu Ihrer Fußverletzung gekommen sind«, flüstert Roger. »Nur für alle Fälle. Man weiß nie, wie sie darauf reagieren werden.«

Ich denke mir eine Geschichte von einer heruntergefallenen Gasflasche aus. Der NCO brüllt uns mehrere Minuten lang an. Er sagt, wir wären Paramilitärs und Spione. Nein, wir sind keine Belgier, versichere ich ihm, wir sind nicht flämisch.

»*Tu mens*«, schreit mir der NCO ins Gesicht.

»Nein«, erwidert Roger ruhig. »Wir sind Briten – britisch.«

Der NCO fuchtelt Roger mit dem Gewehr vor der Brust herum.

»Immer mit der Ruhe«, sagt Roger.

Weiter vorne zieht der Offizier einen Mann aus der Reihe und setzt zu einer Haßtirade an. Die Soldaten beginnen sich um ihn zu scharen wie Löwen, die ihre Beute einkreisen. Der Offizier schlägt dem Mann mit seinem Stock ins Gesicht. Der Mann murmelt etwas. Ein Soldat rammt ihm einen Gewehrkolben in den Rücken, und er stürzt stolpernd nach vorne, um noch mehr Schläge einzustecken. Der Offizier tritt ihn vor die Schienbeine; ein anderer Soldat versetzt ihm einen heftigen Schlag auf den Hinterkopf.

»Ich denke, wir sollten etwas sagen, finden Sie nicht?« flüstert Roger. »Das kann man doch nicht hinnehmen.«

Wir wissen beide, daß wir nichts dergleichen tun werden.

Das Prügeln geht immer weiter. Der Mann ist auf den Knien. Die Schläge regnen nur so auf ihn herab.

Der NCO sieht uns an und grinst. »MNC, sagt er und deutet mit dem Kopf auf sein Opfer. »Lumumba-Mann.« Er zieht mit genüßlicher Geste den Finger quer über den Hals. »Das passiert mit allen Lumumba-Männern.«

»Wir sind keine Lumumba-Männer«, beharre ich.

»Um nichts in der Welt«, ergänzt Roger, ganz schockiert, daß ihn tatsächlich jemand dafür halten könnte.

Der NCO fragt nach Geld, und nach ein bißchen Gefeilsche überlassen wir ihm ein paar Francs. Im Moment, als er sie eingesteckt hat, tätschelt er uns den Rücken und redet freundschaftlich auf uns ein – wir sind jetzt die besten Freunde, nichts für ungut –, während er uns zu unserem Wagen begleitet. Die Lumumba-Männer werden alle sterben, erzählt er uns fröhlich. Sie werden diese Kommunisten töten. Und dann wird der Kongo frei sein. Wir fahren davon und lassen den Lumumba-Mann auf dem Rücken zwischen dem Offizier und seinen Soldaten zurück, wie er schwach und vergeblich versucht, ihre Angriffe abzuwehren.

Roger setzt mich am Eingangsgtor ab und fragt, ob ich zurechtkomme. Ich versichere ihm, daß alles in Ordnung ist. Er erinnert mich an die Antibiotika und sagt, ich solle morgen noch einmal vorbeikommen, um mir die Binde wechseln zu lassen. Ich bedanke mich fürs Nachhausebringen, und er fährt los.

Als ich hineingehe, überprüfe ich die Straße. Nirgends ein Zeichen von dem schwarzen Citroën. Entweder waren Roger und ich zu voreilig, oder den Sûreté-Leuten wurde es irgendwann zu langweilig, und sie haben es aufgegeben.

3

Sie ist zu mir zurückgekommen. Als sie kommt, ist es nach Mitternacht; sie ist viel zu spät. Ich öffne das Tor in der Gartenmauer, und da steht sie, klein und zitternd. Sie fällt mir in die Arme, und es ist mir ganz egal, daß sie Malaria hat. Jetzt bin ich wieder stark, obwohl ich wünschte, sie würde mich aus anderen Gründen brauchen. Ich lege den Arm um sie und führe sie ins Haus und nehme dabei jeden Moment unseres Körperkontaktes gierig in mich auf. Sie hat ihre Haare nicht gewaschen. Sie riechen nach den Dingen, die, wie ich vermute und fürchte, zu einem neuen, ganz anderen Leben gehören: nach Regen und Erde und brennendem Holz und Palmöl und Gewürzen. Keine außergewöhnlichen Dinge, aber irgendwie erscheinen sie mir fremd, so fern von dem, was ich bin und wie ich lebe und wie die Dinge um mich herum sind. Sie hat das Fieber ignoriert, aber jetzt ist sie am Ende ihrer Widerstandskraft. Ihre Stimme klingt dünn und weit weg. Sie erzählt, daß sie Schwierigkeiten hatte, durch die Straßensperren zu kommen und daß es für sie keine schlechtere Zeit geben könnte, krank zu sein. Es stehen Ereignisse bevor. Sie hat auch eine Rolle dabei zu spielen und fürchtet, daß sie sie nun nicht ausfüllen kann, und jetzt muß ich ihr helfen.

»Laß uns erst mal reingehen«, sage ich.

»Bitte«, sagt sie flehentlich. »Ich weiß, daß es hart für dich sein wird, aber du mußt mir helfen.«

Erstaunlich aus dem Munde von einer, die ihren Liebhaber

verlassen hat. Sie stellt Ansprüche, die bedeutungsvollsten und verletzendsten. Inès weiß, daß sie nur zu fragen braucht. Was könnte ich ihr schon abschlagen? Ich sage, daß ich ihr helfen werde, und hebe sie auf und trage sie in mein Schlafzimmer.

Ihr Bauch glüht, die Augen sind gelblich verschwommen, und ihr Blut träumt. Seit das Delirium eingesetzt hat, hat sie nur sinnlose Wortfetzen gestammelt, aber dann, in den frühen Morgenstunden, rief sie nach ihrem Vater, und ich war da: Jetzt war ich ihr Vater, Wächter und Krankenpfleger – wieder so etwas wie ein Liebhaber. Ich weiß nicht, was sie gesehen und gehört hat, als ich ihren Namen flüsterte. *»Mi fanno male le ossa«*, sagte sie zu ihrem toten Vater. »Ja«, sagte ich, »ja, ich weiß, mein Liebling.« Vielleicht war es der Klang einer Sprache, die sie nicht erwartet hatte, jedenfalls schärfte sich einen Moment lang ihr Blick, und sie sah mich klar und offen und mit kindlicher Neugierde an. »Mir tun die Knochen weh«, wiederholte sie auf englisch. Es war ein kurzer, hellsichtiger Augenblick. Es war, als würde sie im Geiste nach einer Erinnerung suchen, irgendeiner Verbindung – einem Hinweis, der ihr helfen konnte, all diese verschiedenen Dinge miteinander zu vereinbaren: wo sie war und wer sie war und was sie wußte und mit wem sie hier war. Die Anstrengung erschöpfte sie, und sie schloß wieder die Augen. Ich küßte sie auf die Stirn, wie es ein Vater tun würde, und streichelte ihr feuchtes Haar, während meine Hand unter der Decke nach ihrer Brust tastete. Sie ließ ein leises, ich glaube, dankbares Geräusch hören, bevor sie wieder dem Feuer anheimgegeben war, in dem sie – zumindest für eine Weile – den Kampf für ihre Sache vergißt, und ich sie für mich habe.

Auguste wartet auf sie. Sie sagt, es gebe einen Plan. In der übernächsten Nacht wird ein ägyptisches Flugzeug in Njili landen; Nasser ist ein Freund des Kongo. Lumumba wird aus der Primature fliehen und sich mit den gesuchten MNC-Leuten, die noch in Léo sind, zum Flughafen durchschlagen. Man wird sie nach Stanleyville bringen, wohin Mobutus Arm nicht reicht und wo Gizenga noch immer die Kontrolle hat. Auguste wird mit ihnen gehen, aber jetzt braucht er Hilfe. Er versteckt sich bei Smails Freund Harry, dem indischen Diamantenschmuggler, aber Stipe und Mobutus Leute suchen ihn überall, und das Netz zieht sich immer enger zusammen. Ich muß zu Auguste gehen und ihm sagen, daß Smail verhaftet worden ist. Sie werden ihren Gefangenen foltern, und sobald er redet, werden die Soldaten zu Harrys Hütte kommen. Auguste muß an einen sicheren Ort gebracht werden, bis das Flugzeug kommt. In mein Haus.

»Das Haus hier ist auch nicht sicherer«, hatte ich ihr gesagt. »Sie wissen von mir und dir, und sie wissen von dir und Auguste. Sie werden ihre Schlüsse ziehen, Inès, sie werden es sich denken.«

»Sie werden dich nicht verdächtigen«, hatte sie beharrt. »Alle wissen, daß du mit Stipe befreundet bist, und Stipe ist ein Freund von Mobutu. Bring Auguste her. Sie werden nie auf die Idee kommen, ihn hier zu suchen. Behalt ihn die eine Nacht da, und dann setz ihn in dein Auto und fahr mit ihm los. Sie werden dich nicht aufhalten. Nur bis zum Flughafen, nur bis Njili. Es war eigentlich meine Aufgabe, ich wollte ihn verstecken, aber jetzt kann ich es nicht, und Auguste wartet auf mich, und ich kann ihm nicht helfen.«

Ich versuchte abzublocken, erzählte ihr von den Straßensperren und von dem Citroën.

Das Fieber kroch Zentimeter um Zentimeter in ihr hoch, schloß sie ganz ein und wollte sie verschlingen. Es fiel ihr zunehmend schwerer, sich zu konzentrieren und klar zu denken. Bitte hilf Auguste, war alles, was sie noch sagen konnte.

Von plötzlicher Verzeiflung gepackt, sagte ich: »Inès, es ist alles außer Kontrolle geraten, du kannst hier nichts mehr tun. Sie haben gewonnen. Mobutu und die Amerikaner haben gewonnen. Komm mit mir zurück nach London. Laß uns diesen

Ort verlassen. Wir werden ein neues Leben anfangen. Es wird ein glückliches Leben sein, ein gutes Leben. Bitte komm mit mir zurück.«

Sie drückte ganz sacht meine Hand und flüsterte: »Sie wollen Auguste umbringen, weil er an die Freiheit für sein Land glaubt. Stipe will ihn umbringen, weil er sich nicht zur Marionette der Amerikaner machen lassen will. Ich kann hier nicht weg.«

Waren meine Wünsche nicht kleinlich und egoistisch, verglichen mit den ihren? Ich redete von Glück und einem neuen Lebensanfang; sie sprach von Kampf und davon, jemanden vor dem Tod zu bewahren. Sie hat schon wieder eine höhere Rechtfertigung parat für das, was sie will. Vielleicht hätte ich ihren uneigennützigen Motiven Glauben schenken sollen, aber das tat ich nicht. Statt dessen war ich wütend auf sie, weil sie sich in diese unnötige Katastrophe hatte hineinziehen lassen. Laß die Leute sich hier doch ruhig weiter gegenseitig umbringen. Eine Seite ist so schlecht wie die andere. Was hat das mit uns zu tun?

»Gehst du auch mit nach Stanleyville?« fragte ich voller Bitterkeit.

»Ich weiß nicht«, sagte sie unter Mühen. »Ich weiß nicht, was ich tun soll. Ich bin so müde.«

»Warum vertraust du mir ausgerechnet in dieser Sache?« Ich spie ihr die Frage förmlich entgegen. »Wie kannst du mir vertrauen, nach allem, was du mir vorgeworfen hast?«

Sanft, fast unhörbar, sagte sie darauf: »Weil du ein guter Mensch bist.«

»Wenn ich so gut bin, geh mit mir zurück.«

Ich fühlte, wie sich ihr zarter Finger ganz leicht in meiner Handfläche bewegte. Ihre gelben Augen flackerten. Sie sank im Bett zusammen und überließ sich den Fieberstürmen, die sie ergriffen hatten. Ich konnte kaum hören, was sie sagte: »Ich vertraue dir, weil ich dich immer noch liebe.« Dann glitt sie fort in den quälenden Wahn der Malaria.

Um fünf Uhr morgens ist es noch kaum hell, und die Fledermäuse kehren an ihre Schlafplätze zurück. Ich höre sie über die Holzplanken auf dem Dachboden schrappen. Der Fluß dröhnt und gurgelt. Aus dem Garten sind die ersten zaghaften Vogelschreie zu hören. Ich beuge mich über sie, Stirn an Stirn. Wohin gehst du in deinen wirbelnden Träumen, Inès? Ich sage ihren Namen immer und immer wieder, damit sie weiß, wo sie mich finden kann, aber da sind noch andere, glühende, wahnsinnige Stimmen, die gegen mich anbrüllen und meine Bitten und Versprechungen überdecken. Ich quetsche ihr das Chloroquin in den Mund und gehe, leicht humpelnd wegen meines pochenden Fußes, in die Küche.

Mit meinem Kaffee in der Hand gehe ich in den weißummauerten Garten hinter dem Haus hinaus und setze mich zwischen dem Mangobaum und einem Riesenfarn an einen Tisch. Ich rieche den schwachen Morgenduft des Jasmin, der Hibiskus und die Bougainvilleen stehen in voller Blüte. Es ist ein großes, auf charmante Weise baufälliges Haus mit einer überdachten Terrasse und weitläufigen, hohen Zimmern. So luxuriös hatte ich es noch nie. Einen kurzen Moment lang sehe ich mich mit Inès an einem solchen Ort, glücklich und zufrieden, sicher und bequem. Dann muß ich über mich selber lachen. Wie sie es hassen würde. *Sicher und bequem* – genau das hat sie nie gewollt. Aber vielleicht ist irgendein anderes gemeinsames Leben möglich. Vielleicht ist es gar kein ganz so hoffnungsloser Traum. Schließlich war ich noch vor wenigen Stunden überzeugt, daß wir nie wieder ein Wort miteinander wechseln würden. Und nun sagt sie mir, sie liebe mich immer noch. Und sie liegt in meinem Bett. Sie ist schließlich zu mir gekommen. Von all den vielen Menschen, die sie in Léopoldville kennen muß, hat sie mich ausgewählt, um ihr zu helfen. Je mehr ich darüber nachdenke, desto klarer sehe ich den Weg, den ihre Gedanken genommen haben müssen: Sie will raus aus der Sache, in die sie da hineingeraten ist. Sie will zu mir zurückkommen. Es ist die einzige Erklärung. Ich könnte sie jetzt nehmen, zum Flughafen fahren, sie in ein Flugzeug verfrachten, und gegen Abend wären wir schon in London.

Und dann kehrt mein Sinn für die Realität wieder zurück. Für mich gibt es hier nichts zu gewinnen. Sie will nicht mich, nur das, was ich für ihre Sache und für ihren Geliebten tun kann. Jetzt kriecht wieder der Haß in mir hoch. Ich nippe an meinem Kaffee. Er ist kalt geworden. Ich werde sie nicht hochnehmen und wegbringen. Statt dessen werde ich zu Auguste gehen, in sein Versteck. Er wird mißtrauisch sein. Ich bin der letzte Mensch, den er erwarten wird, der Geliebte seiner Geliebten, der Freund seines früheren Freundes, der Mann, der ihn am liebsten tot sehen würde. Aber er ist verzweifelt, und ich bin die einzige Chance, die er hat. Ich werde ihm sagen, daß Inès mich darum gebeten hat und daß sie mir vertraut. Aber ich fürchte, ich traue mir selbst nicht. Was werde ich sagen, was werde ich tun, wenn ich ihn finde? Werde ich seinen Mund ansehen und dort die Spuren ihrer Küsse entdecken? Werde ich ihm in die Augen blicken und sehen, was er gesehen hat, wenn Inès in ihrer beider Bett auf ihn wartete? Was für Dinge hat er mit ihr gemacht? Und sie mit ihm? Ich höre das Stocken in ihrer Stimme, die ganze Art, wie sie sich anhört, wenn sie kommt. Ich höre es so deutlich, so lebendig. Unvermittelt drehe ich mich um, weil ich die beiden zusammen hinter mir höre, und stoße dabei gegen den Tisch, daß der Kaffee auf die Untertasse schwappt. Natürlich ist da nichts außer meiner schmerzlichen Einbildung. Ich traue mir selbst nicht. Ganz und gar nicht.

Ich betrachte den Garten und mein Haus, als wäre es das erste Mal. Eine Straße Ameisen windet sich von ihrem Nest im weichen schwarzen Sandboden zwischen dem rauhen Gras hindurch. Die Bulbuls balgen sich in den Bäumen und singen ihr schönes, pfeifendes Nachtigallenlied. Ich weiß, daß ich schon bald diese friedvolle Umgebung mit all ihren unverdienten Vorzügen verlassen werde. Die Zeit ist abgelaufen, das Zwischenspiel ist zu Ende. Ich habe meinen Roman fertig geschrieben, das Manuskript liegt bei Alan in London. Seine Antwort muß jeden Tag kommen. Aber ganz egal, wie sein Urteil ausfällt, für mich ist es Zeit, in mein wirkliches Leben zurückzukehren. Ich werde Léopoldville und den Kongo verlassen. Ich werde Stipe und Roger und Madeleine adieu sagen. Auguste zu helfen wird das letzte sein, was ich hier tue. Es gibt kein gemeinsames Leben mit Inès. Ich kann mich nicht länger selber belügen. Es ist Zeit zu gehen.

Charles, der Hausdiener, öffnet die Pforte und schiebt sein Fahrrad die Auffahrt hinauf. Er begrüßt mich feierlich mit seinem üblichen *nókó,* das ihm abzugewöhnen ich schon vor langer Zeit aufgegeben habe. Und wem will ich auch etwas vormachen? Ich bin sein *nókó,* und Charles fühlt sich wohl, wenn er seine Grenzen kennt. Ich auch.

»Káwa nókó?«

»Ja, bitte, Charles. Noch einen Kaffee«, antworte ich.

Er behauptet, kaum französisch zu verstehen. Ich mußte meine Lingala-Kenntnisse verbessern.

Er stellt das Fahrrad gegen die Wand und geht nach drinnen. Zehn Minuten später kommt er mit einem Tablett wieder heraus. Sein Haar ist stahlgrau und schon etwas gelichtet. Das Gesicht ist faltenlos, die Arme schlank und sehnig. Irgendwann habe ich ihn einmal nach seinem Alter gefragt, aber er empfand dieses Ansinnen als zu persönlich, um auch nur die geringste Reaktion zu zeigen. Er ist ein verschlossener Mann, der selten lächelt und sich angewöhnt hat, meine Fragen zu überhören oder einfach nicht zu verstehen. Vielleicht kann er nicht lesen. Wenn ich ihm eine Nachricht hinterlasse, kümmert er sich nicht darum. Er könnte sechzig sein, aber genausogut auch vierzig. Er sieht mir nie in die Augen, und ich kann mich des Eindrucks nicht erwehren, daß er mich ablehnt.

»Ich muß heute ausgehen«, erkläre ich, als er das Tablett vor mir abstellt. »Ich weiß nicht, wann ich zurückkommen werde. Spät, nehme ich an. Ich habe Besuch von einer Freundin. Es geht ihr nicht gut.«

»Maláli?«

»Malaria. Ich werde dafür sorgen, daß der englische Doktor vorbeikommt und nach ihr sieht, aber ich hätte gern, daß du bei ihr bleibst, bis ich zurückkomme. Wirst du das tun?«

»Íyo, nókó.«

Als ich den frischen Kaffee ausgetrunken habe, beschließe ich, daß es jetzt nicht mehr zu früh ist, um Roger anzurufen. Er sagt, er werde noch vor Mittag da sein.

»Roger«, sage ich zögernd, »wenn Sie mit Stipe sprechen sollten, könnten Sie die Sache dann wohl für sich behalten?«

Am anderen Ende der Leitung setzt eine Pause ein. Es ist mir absolut zuwider, ihn in diese Situation zu bringen. Ein ehrlicher Mann wie Roger hat es nicht verdient, in die Schwierigkeiten anderer mit hineingezogen zu werden.

»Ich sehe Stipe nur selten«, sagt er schließlich.

Ich ziehe mich fertig an. Dann sitze ich auf dem Bett und schaue auf Inès hinunter. Das Fieber wird bald nachlassen. Dann wird sie schwach und völlig erschöpft aufwachen. Roger wird sich um sie kümmern.

Charles geht los, um das Tor zu öffnen. Ich werfe einen Blick auf den Rasen und bitte ihn, ihn zu mähen, bevor heute nachmittag der Regen einsetzt. Er nickt automatisch; wie immer mit leerem Gesichtsausdruck, die Augen abgewendet. Ich zögere noch, bevor ich in den Wagen steige. Ich habe niemals mit Charles über die politische Situation gesprochen und weiß nicht im mindesten, wo seine Sympathien liegen. Er ist Bakongo und wahrscheinlich ein Anhänger von Kasavubu. Der frühere Präsident ist seit Mobutus Staatsstreich im Exil, aber das Verhältnis zwischen den beiden Männern gilt als gut, und es heißt, Kasavubu werde bald zurückkehren, um einen Platz in Mobutus Regierung einzunehmen. Ob Charles wohl weiß, wer Inès ist? Ob er weiß, daß sie eine Vertraute Lumumbas ist? Und wenn er ein Anhänger von Kasavubu ist, kann ich sie dann mit ihm allein lassen?

»Hast du von der Schießerei gestern abend bei der ghanaischen Botschaft gehört?« frage ich in der Hoffnung, ihn aus der Reserve zu locken. »Mobutu möchte den Botschafter des Landes verweisen, weil er ein Freund von Lumumba war.«

Charles schüttelt den Kopf. *»Té, nókó.«*

Angeblich hat er nichts gehört. Unwahrscheinlich. Die Nachricht muß inzwischen in der ganzen Stadt herum sein.

»Ja«, fahre ich fort, »die ghanaischen Wachen haben einen ANC-Oberst getötet.«

Er zeigt nicht das geringste Interesse.

»Vielleicht wird nun alles ein wenig ruhiger werden, wo Mobutu am Ruder ist«, wage ich den letzten Vorstoß.

»Mbele.«

Ja, vielleicht. Ich gebe auf. Er wird sich nicht dazu äußern.

»Meine Freundin ist zu krank, um irgend jemanden zu empfangen«, sage ich. »Laß niemanden ins Haus außer dem englischen Doktor. Ich komme zurück, so schnell ich kann.«

»Íyo, patron.«

Ich durchforste sein Gesicht nach möglichen Anzeichen von Heimlichkeit und Berechnung und frage mich, ob er mich hintergehen wird. Tue ich das Richtige? Der Himmel ist grauweiß und lastend. Die Sonne wird heute nicht durchkommen, und später wird es ein Gewitter geben. Ich steige in meinen Wagen, nichts weniger als ein Mercedes. Den habe ich an dem Abend, als de Scheut und seine Kinder auf die Flucht gingen, an den Docks erstanden. Von einem völlig hysterischen Ingenieur, der die fünfhundert Kilometer von Coquilhatville ohne einmal anzuhalten hierhergefahren und nun mit seiner Frau und vier Töchtern übermüdet und ausgehungert und in höchster Aufregung angekommen war. Er führte sich auf, als rechnete er jeden Moment damit, angefallen und in Stücke gerissen zu werden. Nachdem er hatte feststellen müssen, daß für seinen Wagen auf der Fähre kein Platz sein würde, bestand er zitternd und mit angstirren Augen darauf, ihn mir zu verkaufen. Ich wollte seinen Wagen nicht, und selbst wenn ich alles verkauft hätte, was ich im Kongo besaß, hätte ich ihm auch nicht annähernd soviel dafür geben können, wie er wert war. Der Mann ließ nicht locker. Er hatte alles zurückgelassen und brauchte jeden Pfennig, dessen er habhaft werden konnte. Und zwar auf der Stelle. Träger schauten gedankenverloren zu uns herüber. Eine der Marktfrauen bot einen Korb *capitaines* und Katzenfische an. Der Ingenieur überschüttete sie mit Flüchen, und sie ging laut lachend davon. Er würde absolut jeden Preis akzeptieren, den ich ihm vorschlug. Alles war besser, als diesen schwarzen Bastarden seinen geliebten Mercedes zu überlassen. Das war das letzte, was er wollte. Roger und ich leerten unsere Taschen und förderten 3200 Francs zutage.

Ich werfe den Motor an und fahre auf die Straße hinaus. Nirgends eine Spur von dem Citroën oder irgend jemand anderem, der sich über Gebühr für mein Kommen und Gehen interessiert. Im Abfahren winke ich Charles zu. Er gibt wie üblich vor, mich nicht zu sehen. Ich nehme an, es ist einfacher so. Er erspart uns beiden die Verlegenheit.

Ich fahre an der Primature vorbei. Die beiden Truppenverbände sind zu ihrer gewohnten Waffenstillstandsroutine übergegangen. Sie sehen einem weiteren langweiligen Tag entgegen. Wie wird Lumumba entkommen? Planen seine Anhänger einen Anschlag? Die ANC-Soldaten greifen sie ja vielleicht an, aber würden sie auch auf UN-Truppen schießen? Ich denke an das Fiasko bei der Botschaft, an den toten Oberst und die Schreie der verwundeten Soldaten. Soll noch mehr Blut fließen? Ein Stück weiter passiere ich eine kleine Menschenansammlung am Straßenrand. Sie sehen auf eine Leiche hinunter. Worauf lasse ich mich hier ein?

4

Die Bewohner des Dorfes wollen schon auseinanderlaufen, als ich mit meinem Wagen vorfahre, aber Auguste nickt mir nach einem kurzen Moment der Bestürzung knapp zu, und daraufhin setzen sich nach und nach alle wieder hin. Ich bleibe am Rande der Lichtung stehen, während er seine Rede wiederaufnimmt. Er hockt vor einer der Lehmhütten und spricht in Lingala mit seinen Zuhörern, ohne sie anzusehen. Sein Vortrag ist nüchtern und von langen Pausen unterbrochen, während denen die Leute gedankenleer zu Boden oder in den Himmel und in die Bäume starren. Ab und zu ißt er einen Löffel Reis und Bohnen von einem Blechteller zu seinen Füßen. Er kaut jeden Bissen überaus gründlich und trinkt jedesmal einen Schluck aus einer Cola-Flasche hinterher. Er scheint es nicht eilig zu haben zu hören, weshalb ich hierhergekommen bin, obwohl er doch wissen muß, daß mein Kommen einen besonderen Grund hat. In den Tropen ist nie irgend etwas eilig. Das habe ich inzwischen gelernt. *Du calme, du calme.* Immer. Das Repertoire umfaßt Distanz und Rückzug, Wachsamkeit und manchmal eine vage entgegenkommende Gleichgültigkeit, aber nichts ist je so dringend und bedrohlich, daß man sofort handeln müßte. Nicht einmal, wenn es um Menschenleben geht. Eine schwarze Henne mit einem gelben Küken im Schlepptau pickt den Boden um meinen Wagen ab. Es ist ein heißer, feucht-brütender Tag; bald beginnt die schlimmste Jahreszeit in Léopoldville.

Träge verrinnt eine Stunde, bevor Auguste sich langsam erhebt und zu mir herüberkommt. Zum ersten Mal zeigt er kein Lächeln, kein schiefes Clownsgrinsen. Sein Blick ist ruhig und selbstsicher. Ich habe ihn noch nie so gesehen. Selbst seine Kleidung ist jetzt schlichter. Er trägt ein weißes Hemd mit kurzen Ärmeln und offenem Kragen. Es hängt locker über eine graue Hose herunter. Der Schmuck ist verschwunden.

»Schön, Sie wiederzusehen, James«, sagt er auf englisch. »Geht es Ihnen gut?«

Die Stimme ist ebenso gefestigt wie der Blick. Die Leute scharen sich hinter ihm zusammen, tuscheln untereinander und starren mich mit ausdruckslosen Gesichtern an.

Ich sage ihm, daß es mir durchaus gutgeht und daß Inès bei mir zu Hause ist. Malariakrank. Ich sage ihm, warum ich hier bin. Er nickt langsam, während er die Neuigkeiten in sich aufnimmt. Nichts läßt auf Panik oder Angst schließen, und es scheint ihm auch nicht im geringsten unangenehm zu sein, dem Mann gegenüberzustehen, dem er die Geliebte weggenommen hat. Ich betrachte ihn von oben bis unten. Er ist etwa so groß wie ich, vielleicht einen oder zwei Zentimeter kleiner, aber er ist jünger und geschmeidiger; da ist kein Gramm Fett zuviel. Er hat einen geraden Rücken und kräftige Schultern. Der Mann besteht nur aus Muskeln und Knochen, ein mesomorpher Typus, wie er im Buche steht. Seine Haut ist makellos. Ich forsche nach Fehlern, um mich selber ein wenig besser zu fühlen, kann aber keine finden. Jetzt sehe ich es zum erstenmal: Er ist ein schöner junger Mann. Wie abgewrackt komme ich mir dagegen vor. Wie schlaff und verbittert. Ich hole tief Luft. Ich muß tun, wozu ich hergekommen bin. Ich sage ihm, Inès befürchte, daß Smail unter der Folter sein Versteck preisgeben würde. Ich sage ihm, daß er bei mir bleiben kann, bis das ägyptische Flugzeug kommt.

Auguste sieht mir in die Augen. Fragt er sich, ob er mir vertrauen kann? Er wartet eine ganze Zeit ab, dann sagt er schlicht: »Ich werde unsere Sachen holen.«

Unsere Sachen.

Unter den Blicken der stummen Dorfbewohner gehen wir zusammen zum Auto und fahren das letzte Stück des Sandweges hinunter. Ich sehe Harry in einem kleinen Gartenstück neben der Hütte stehen und sich über die Bohnenpflanzen beugen. Als wir anhalten, sieht er zu uns herüber und murmelt Auguste etwas zu. Mich nimmt er überhaupt nicht zur Kenntnis. Dann macht er sich wieder an seine Arbeit. Ich gehe die Stufen zu der grobgezimmerten Veranda hinauf – die, wie es scheint, aus abgebrochenen Holzpaletten zusammengeschustert ist, wie man sie in den Docks und den Lagerhäusern in Léo findet – und betrete die stickige, schmuddelige Hütte des Diamantenschmugglers.

Der Schlafraum im hinteren Teil wird von einer schmalen, eisernen Bettstatt beherrscht, und jetzt wird mir bewußt, daß Inès mit Auguste hier gelebt hat. Dieses Bett haben sie geteilt. Ihre Sachen – ihrer *beider* Sachen – liegen überall verstreut. Ihr Koffer, ihre Schreibmaschine, ein paar alte Kleidungsstücke, einige Bücher und Flugblätter. Ich werfe einen Blick auf die Titel – *Der Ursprung der Familie, des Privateigentums und des Staates; Herrn Eugen Dührings Umwälzung der Wissenschaft; Die Lage der arbeitenden Klasse in England.* Engels hat schon immer zu ihren Lieblingsautoren gehört, lesbarer als Marx, pflegte sie zu sagen. Da ist eine Ausgabe von Gramscis Briefen aus dem Gefängnis und auf einer rohen Kiste neben dem Bett eine Geschichte der Kommunistischen Partei Italiens unter dem Faschismus. Auguste legt den Koffer aufs Bett und beginnt, ihre Habseligkeiten zusammenzusuchen. Von einem Stuhl nimmt er ein blaßrosa Kleid aus schwerer Seide – Inès' Lieblingskleid, sie hob es für die wenigen Gelegenheiten auf, bei denen sie elegant aussehen mußte. Fast brülle ich los, laß deine Finger davon. Ich habe ihr das gekauft. Ich! Du weißt nichts davon, du hast kein Recht, es anzurühren… aber er hört den Sturm nicht, mit dem ich ihn niederstrecken möchte, und sieht auch nicht die Wut in meinen Augen. Er legt das Kleid langsam, behutsam, liebevoll aufs Bett und streicht es mit zarten, vorsichtigen Bewegungen glatt. Schwarz auf rosa. Er scheint in Erinnerung versunken, in Erinnerung an sie und wie sie sich durch diesen Stoff hindurch anfühlte. Es ist mir unerträglich, daß ihm ein Recht zukommt, es zu berühren – und dazu noch so selbstverständlich, als wären sie schon immer zusammen gewesen, als wäre ich der Fremde. Ich muß mich abwenden. Mir kommt der Tag ins Gedächtnis, an dem ich ihr dieses Kleid gekauft habe. Ich erinnere mich noch sehr gut. Ich war bei Alan in Highgate gewesen und auf dem Weg nach Hause, als ich an einem Secondhand-Laden in Camden vorbeikam. Im Schaufenster stand eine Schneiderpuppe, der man dieses Kleid aufgesteckt hatte. Ich habe sonst kein großes Talent zum Kleiderkaufen, mir fehlt der Blick, aber ich wußte sofort, daß es ideal für sie war. Ich kaufte es und nahm es mit nach Hause. Als sie es anprobierte, plapperte sie unaufhörlich vor sich hin. Mit so einem Kleid könne sie sich doch niemals sehen lassen – aber ganz schrecklich aufgeregt war sie doch. Und als sie dann vor dem Spiegel stand und die Farbe sah, den Schnitt und wie wunderbar es ihr paßte, als sie sah, daß es einfach perfekt war, wurde sie plötzlich ganz still und ich auch. Als sie sich zu mir umwandte, hatte sie Tränen in den Augen. »Es ist ein Kleid«, sagte ich, als sie mich umarmte, »nur ein Kleid.« Sie schluchzte an meiner Brust, und ich quälte mir ein schwaches Lachen ab und riß ein paar lahme Witze. Aber in Wirklichkeit hatte ich selber tränenfeuchte Augen. Ein Kleid, nur ein Kleid. Und es machte sie so glücklich. Warum hatte ich ihr nicht hundert gekauft? Tausend? Was weiß Auguste schon von alldem? Nichts. Ich sehe wieder zum Bett hinüber. Was hat er hier alles mit Inès angestellt? Wie gut hat er es ihr gemacht?

»Ist alles in Ordnung mit Ihnen?«

Ich höre ihn kaum.

»James?«

Er sieht mich an, ohne mich wirklich zu sehen. Ich kämpfe

das Bedürfnis nieder, ihm zu sagen, er solle zur Hölle gehen und fliehen könne er auch ohne meine Hilfe. Um meine Gefühle zu verbergen, nehme ich die Geschichte der Kommunistischen Partei Italiens zur Hand und schlage die Seite mit dem Lesezeichen auf. Das Papier ist dünn und billig und von braunen Flecken übersät. Es riecht modrig, wie Geranien. Sie hat eine Passage unterstrichen. Ihre Angewohnheit, in den Seiten herumzukritzeln, wenn sie etwas las, habe ich immer entsetzlich gefunden, aber sie bestand darauf, Bücher seien nicht zur Zierde da, und gebrochene Rücken, eingerissene Schutzumschläge und Randnotizen wären nur ein Beweis dafür, daß die Arbeit des Autors geschätzt wird. Ich lese die Zeilen, die ihr so besonders beachtenswert erschienen sind. Es ist ein Zitat von jemandem namens Eugenio Curiel, einem Parteimitglied: *»Die tiefgreifendste Auswirkung des Faschismus auf Italien ist eine grenzenlose Skepsis, die allen Glauben an Ideale abtötet und das Opfer des Individuums zum Wohle der Allgemeinheit verhöhnt. Dies ist im Grunde der größte Sieg des Faschismus und wird uns als sein bitterstes Erbe erhalten bleiben.«* Inès' Bettlektüre.

»Ich denke, wir sollten die hier mitnehmen«, sage ich und zeige auf die Bücher.

»Ja«, sagt er, »Inès wird sie brauchen, wenn wir nach Stanleyville kommen.«

»Geht sie auf jeden Fall mit nach Stanleyville?« frage ich betont nebenbei, während ich die Bücher und Flugblätter einsammle.

Zu mir hat sie gesagt, sie wüßte nicht, ob sie mitgehen würde. War es nur ein Trick, um mich dazu zu kriegen, daß ich ihr helfe? Oder weiß ich etwa mehr als Auguste?

»Ja. Inès kommt mit nach Stanleyville. Dort ist es sicherer.«

»Tatsächlich?« frage ich barsch. »Ich meine, ich weiß, daß es für Sie sicher sein wird, aber auch für Inès?«

»Ich habe nicht gesagt, daß es dort sicher sein würde, James«, erwidert er ruhig, »nur sicherer als hier. In Stanleyville wird Patrice die Bewegung neu organisieren, um gegen Mobutu und die Militärdiktatur zurückzuschlagen.«

»Ich habe gefragt, ob es für Inès sicher sein wird«, schreie ich ihn an. »Etwas anderes interessiert mich nicht.« Ich greife mir eine Handvoll von Inès' Kleidern und werfe sie wütend in den Koffer. »Es ist mir egal, was aus Patrice und Mobutu und all den anderen wird, und offen gesagt ist es mir auch egal, was aus Ihnen wird. Diese ganze Sache ist völlig verfahren, und so wird es auch bleiben, egal, welcher inkompetente, bösartige Haufen von euch die Macht übernimmt.«

Ich lasse die Bücher auf den Kleiderhaufen im Koffer fallen. Auguste steht unbewegt auf der anderen Seite des Bettes und betrachtet mich gelassen. Seine vorgeschobene Ruhe bringt mich nur noch mehr auf.

»Wem willst du eigentlich etwas vormachen, Auguste? Du bist kein Revolutionär. Vor sechs Monaten warst du stolz darauf, zur Afrikanischen Mittelstandsvereinigung zu gehören. Schon vergessen? Weißt du noch, daß du Anwalt auf der Park Avenue werden wolltest? Mit einem Büro mit sechs hübschen Sekretärinnen? Spiel den Leuten im Dorf hier ruhig deine Mann-des-Volkes-Nummer vor, Auguste, aber mich verschone bitte damit.«

Er sieht mich an, ohne etwas zu erwidern.

Ich sammle die letzten von Inès' Sachen zusammen. In Gedanken verfluche ich sie. Woher nimmt sie das Recht, mich ausgerechnet um Hilfe für den Mann zu bitten, der meinen Platz eingenommen hat? Jetzt ist Auguste in Lebensgefahr, aber das geht mich doch nichts an! Dafür ist sie selbst verantwortlich. Sie hat ihn in diese Situation gebracht. Sie ist diejenige, die ihn davon überzeugt hat, daß auf dieser Welt alles möglich ist, wenn man nur die Regeln mißachtet, die einem gesetzt worden sind, und mutig genug ist, Grenzen zu überschreiten. Aber es gibt Grenzen, Inès, es gibt Grenzen. Es gibt Trennungslinien auf Landkarten, zwischen Menschen und Männern und Frauen, Trennungslinien zwischen Rassen und

Klassen und Glaubensrichtungen. Sie sind da. Selbst der Himmel ist unterteilt. Du kannst sie in Frage stellen, allesamt, gelegentlich kannst du sie vielleicht sogar übertreten, aber du kannst nicht so tun, als gäbe es sie nicht. Du bist schuld, daß Auguste in Gefahr ist. Du hast ihn überzeugt, es gebe keine Grenzen außer denen, die die Belgier in seinem Kopf gezogen haben. Und durch deinen Fehler werden jetzt alle meine Fehler offensichtlich. Meine Eifersucht, meine Kleinlichkeiten. Es ist nicht fair, Inès.

Ich schnappe mir die Schreibmaschine und überlasse es ihm, den Koffer zu tragen, in dem sich ihrer beider Kleider mischen.

»Los jetzt«, sage ich, »bevor die Soldaten kommen.«

Ich gehe auf die klapprige Veranda hinaus. Und dort vor dem Haus scheint sich das ganze Dorf versammelt zu haben. Harry fährt fort, seinen kleinen Garten zu bearbeiten, als würde um ihn herum nichts Außergewöhnliches vor sich gehen. Er hält den Kopf gesenkt, ignoriert die Menge und ignoriert mich. Was die Leute doch für eine unglaubliche Fähigkeit haben, Dinge zu übersehen, mit denen sie nichts zu tun haben wollen, selbst wenn es direkt vor ihrem Haus geschieht. Auguste tritt hinter mir heraus, und sofort geht ein Murmeln durch die Reihen. Eine Frau im strahlend blauen, mit goldenen Telefonen bedruckten Eingeborenenkleid hält ihr Baby zu Auguste hoch, als solle er es segnen. Als wir die Treppe hinuntersteigen, scharen sich die Dorfbewohner immer enger um uns, strecken die Hände nach Augustes Gesicht, seinen Haaren, seinem Rücken aus. Er stellt den Koffer ab, und sie greifen nach seinen Händen. Wie ein Prophet unter den Gläubigen steht er zwischen ihnen, mit ruhigem und freundlichem Blick. Ein Mädchen mit kurzen Haaren und einer Halskette aus kleinen blauen und weißen Steinen stellt sich vor ihn und lächelt scheu.

»Vielleicht kann sie ja eine von den Sekretärinnen an der Park Avenue werden.«

Er sieht mich kurz an. Seine vergebungsvolle Miene reizt mich bis aufs Blut.

»Komm schon«, sage ich verärgert. »Sag deinen treuen Anhängern, daß deine Freundin auf dich wartet.«

Er macht noch immer keine Anstalten, sich auch nur ein bißchen zu beeilen. Was hat er gesagt, was hat er getan, daß diese Leute ihn so behandeln? Woher diese Verehrung? Es ist ein langer und mit Hingabe zelebrierter Abschied. Die Dorfleute drängen heran, als er sich neben mir ins Auto setzt. Hände strecken sich durch das Fenster, um ein letztes Mal ihren Seher zu berühren. Ich lasse den Motor an.

»Was hast du ihnen gesagt?« frage ich spitz, als der Wagen anrollt. »Daß ihre Lieben aus dem Grab steigen, wenn Lumumba wieder an der Macht ist? Daß auf ihren Feldern belgisches Geld wachsen wird?«

Er sieht zu den Leuten zurück. Sie winken ihm zum Abschied.

»Die Leute haben geglaubt, Sie wären *mundele ya mwinda*«, sagt er, als Hütte und Dorf hinter uns liegen.

»Was ist das?«

»So haben die alten Leute früher die Belgier genannt. Der Weiße Mann mit einem Licht.«

»Warum haben sie sie so bezeichnet?«

»Wenn die Belgier in die Dörfer kamen, versteckten sich die Männer im Wald. Also haben die Belgier Frauen und Kinder als Geiseln zusammengetrieben, die Mädchen vergewaltigt und gedroht, alle umzubringen, wenn die Männer nicht zurückkämen. Wenn die Männer dann kamen, nahmen die Belgier sie mit, damit sie auf den Gummiplantagen und beim Eisenbahnbau arbeiteten. Bei der Arbeit hatten sie Stahlreifen um den Hals, durch die sie alle aneinandergekettet waren. Sie wurden ausgepeitscht und geschlagen. Wenn sie nicht genug Gummi oder Elfenbein heranbrachten, wurden ihnen die Hände abgeschlagen. Als die Belgier das nächste Mal in die Dörfer kamen, flohen alle – ganze Clans und Stämme – in den

Wald, um den Grausamkeiten zu entgehen. Daraufhin schickten die Belgier in der Nacht die Polizei mit kräftigen Taschenlampen in den Wald, und deshalb nannten sie die Leute *mundele ya mwinda.* Weißer Mann mit Licht. Manche glaubten, die Weißen wären Dämonen mit Zauberlaternen.«

Der Regen hat eingesetzt. Er prasselt auf die Windschutzscheibe hernieder und trommelt auf das Dach.

Auguste spricht weiter: »Ich habe den Leuten gesagt, daß die Weißen nicht unsere Feinde sind.«

»Glaubst du das wirklich?«

»Viele sind es«, antwortet er, »aber Sie gehören nicht dazu.«

»Ich bin weder Freund noch Feind«, sage ich.

»Wenn Sie kein Freund des Volkes sind, warum helfen Sie dann?«

»Mit Sympathie für dich oder Lumumba oder für den MNC hat das bestimmt nichts zu tun«, erwidere ich schneidend.

»Inès hat gesagt, Sie sind in Wirklichkeit gar nicht so distanziert.«

»Was wieder einmal zeigt, daß man jahrelang mit jemandem zusammenleben kann, ohne ihn wirklich zu kennen.«

»Vielleicht können Sie nicht sehen, was Ihre wirklichen Motive sind.«

»Oh, ich habe immer ziemlich genau gewußt, warum ich etwas tue, Auguste. Aber ich glaube, daß du dir vielleicht über deine eigenen Motive nicht im klaren bist.«

»Glauben Sie denn, es ist falsch, Gleichheit und Gerechtigkeit zu wollen?«

»Das sind keine Motive – nur Worte, und abgenutzte noch dazu.«

»Da bin ich ganz anderer Meinung.«

»Es sind keine Worte, die mich – oder irgend jemanden sonst, den ich kenne – motivieren können.«

»Die Leute, die ich kenne, schon.«

»Wir bewegen uns ganz offensichtlich in unterschiedlichen Kreisen.«

Durch den sintflutartigen Regen fahren wir weiter auf die Stadt zu.

»Ungefähr in einem Kilometer kommt eine Straßensperre«, sage ich. »Am besten versteckst du dich im Kofferraum.«

Während er sich hinten zusammenkauert und wartet, bis ich die Haube zumache, geht uns beiden auf, daß wir das gleiche denken.

»Hast du irgendeine Ahnung, was ich dir gegenüber empfinde?« frage ich ihn.

Er klappert mit den Augendeckeln.

»Hast du auch nur eine Sekunde darüber nachgedacht, was es für mich bedeutet, dich zu sehen?«

Nein, das hat er nicht. Es ist ihm nie in den Sinn gekommen, einen Gedanken an mich zu verschwenden. Das ist eines der Privilegien der Liebenden, daß sie sich von den alltäglichen Pflichten und jeder Verantwortung frei fühlen. Jungverliebten sehen wir vieles nach. Wir vergeben ihnen, wenigstens eine Zeitlang, ihre Selbstbezogenheit. Aber das macht diese Gedankenlosigkeit nicht besser. Ich sehe zu ihm hinunter. Wir wissen beide, daß er sich völlig in meiner Gewalt befindet. Ich könnte ihn den Soldaten an der Absperrung ausliefern. Oder Stipe. Für Inès könnte ich eine Geschichte erfinden. Ich könnte meinen Rivalen für immer loswerden. Ich werfe mit einem lauten Knall den Kofferraumdeckel zu. Wir wissen beide, daß ich es könnte. Und wir wissen auch beide, daß ich es nicht tun werde. Ich kenne meine Motive besser als er. Bei mir ist er sicherer, als er sich vorstellen kann.

5

Als ich am Regina vorbeifahre, fällt mir ein, daß ich vielleicht vorsichtshalber anrufen sollte. Ich stelle den Wagen auf der Avenue Moulaert ab und rufe Auguste, der sich immer noch im Kofferraum versteckt, nach hinten zu, daß ich in fünf Minuten wieder dasein werde. Der Sturm ist vorüber, und der Regen hat ein wenig nachgelassen, aber es pladdert immer noch heftig. Ich steige aus dem Auto und sprinte ins Hotel. Drinnen sehe ich Grant mit George sprechen, dem Pressesprecher des UN-Generalsekretärs. Sie grüßen laut zu mir herüber und wollen wissen, ob ich etwas mit ihnen trinken will. Ich entschuldige mich und gehe schnurstracks zu den öffentlichen Telefonen. Ich wähle meine eigene Nummer. Diese Sache darf man nicht amateurhaft angehen, es steht zuviel auf dem Spiel. Das Telefon klingelt zweimal.

»Hallo?«

Es ist Roger.

»Ich bin's. Ist alles in Ordnung?«

»Ah, James. Gut, daß Sie anrufen. Ich fürchte, hier hat es ein wenig Aufregung gegeben. Sie hatten Besuch.«

Mein Herz klopft zum Zerspringen.

»Ach ja?«

»Militär.«

»Ich verstehe«, sage ich mit unsicherer Stimme. »Ist alles in Ordnung?«

»Ich denke schon.«

»Haben sie gesagt, was sie wollten?«

»Nicht genau, aber sie waren sehr erpicht darauf hereinzukommen.«

»Ist mit Inès alles in Ordnung?«

»O ja«, sagt er fröhlich. »Machen Sie sich keine Sorgen. Ich habe die Kerle weggeschickt. Habe ihnen gesagt, ohne Hausdurchsuchungsbefehl bräuchten sie gar nicht erst wiederzukommen.«

Ich atme erleichtert auf. Ich sehe es förmlich vor mir: Roger, wie er einem bewaffneten Trupp ANC-Soldaten mit nichts gegenübertritt als der unerschütterlichen Überzeugung der englischen Mittelklasse, daß Vertreter des Gesetzes auch immer gesetzestreu und korrekt vorgehen müssen. Es würde mich nicht wundern, wenn er die Magna Charta zitiert hätte, um seine Weigerung, die Soldaten hereinzulassen, zu untermauern.

»Trotzdem halte ich es für keine gute Idee«, fährt er fort, »wenn Inès noch länger hierbleibt. Ich habe so das Gefühl, daß sie zurückkommen könnten.«

»Ist sie transportfähig?«

»Nur eine kurze Strecke. Es geht ihr ein wenig besser, aber sie ist noch recht schwach.«

Ich verfalle in Schweigen, während ich versuche, mir eine Lösung für diese neueste Komplikation einfallen zu lassen. Ich bin mir nicht sicher, wieviel ich von Roger verlangen kann.

Bevor ich etwas sagen kann, hebt er wieder an: »Ich kann sie mit zu mir nehmen, wenn Ihnen das recht ist. Die Luft scheint rein zu sein.«

Ich bedanke mich überschwenglich und erleichtert. Aber dann fällt mir ein, daß sie möglicherweise auch Rogers Haus durchsuchen könnten, nachdem sie ihn bei mir gesehen haben. Ich fühle mich auch nicht besonders wohl dabei, ihn zu bitten, Auguste auch noch aufzunehmen. Trotz der Klimaanlage im Hotel läuft mir der Schweiß herunter. Ich sehe mich um und versuche, meine Gedanken zu ordnen. Grant und

George sitzen an einem weißen Tisch beim Swimmingpool vor ihren Drinks. Ich fühle mich müde und verklebt. Meine Füße sind heiß und geschwollen. Ich wünschte, ich könnte meine Schuhe und alle meine Sachen ausziehen und mich ins Becken stürzen. Ich wünschte, ich könnte mit dem Gesicht nach oben, mit geschlossenen Augen und den Ohren unter Wasser an der Oberfläche treiben. Ich wünschte, ich könnte mich hinlegen. Ich denke an Madeleine. Hier, hier am Swimmingpool hat sie mit mir geflirtet und ich mit ihr.

»James? Sind Sie noch da?«

Madeleine. Das ist die Lösung.

»Ja – ja, ich bin noch da. Mir ist etwas eingefallen.«

Ich gebe ihm die Adresse von Houthhoofds Haus.

»Und, Roger«, füge ich noch hinzu, »es wäre wahrscheinlich eine gute Idee, niemanden sehen zu lassen, daß Sie einen Passagier haben.«

Er sagt, er versteht, was ich meine. Er wird Inès auf die Rückbank legen und sie mit einer Decke zudecken.

Auf dem Weg nach draußen laufe ich Stipe in die Arme, der sich auf der Promenade mit zwei UN-Offizieren unterhält. Er scheint verändert, kühler, als wüßte er etwas. Ich rede mir ein, das sei lächerlich, natürlich weiß er nichts, er ist häufig so, wenn er »arbeitet«, ich bilde mir das nur ein, weil ich so nervös bin. Aber selbst als er sich nach meinem Fuß erkundigt, klingt seine Stimme irgendwie hart. Nur ein Streifschuß, sage ich mit zu breitem Lachen. Nichts Besorgniserregendes. Als die UN-Leute fortgehen, sehe ich jemanden auf uns zukommen.

»Ist das nicht Dr. Joe aus Paris?« ergreife ich die Möglichkeit, ihn abzulenken.

Stipes Gesicht verdüstert sich, und er macht Dr. Joe ein Zeichen, einen Moment zu warten. Der seltsame kleine Mann bleibt stehen und versucht möglichst harmlos auszusehen.

»Eine Ihrer fragwürdigen Bekanntschaften, was?« frage ich leichthin.

»Nur jemand, der seinen Job macht«, erwidert er.

»Und worin besteht dieser Job?«

Stipe sieht mich mit kleinen, stechenden Augen an.

»Sie versuchen doch nicht, mich aufs Kreuz zu legen, James, oder?«

»Was?« sage ich, schockiert über die Frage und über den Tonfall, in dem sie gestellt wurde.

Er starrt mich an.

»Es ist nur, weil man so einiges hört«, fährt er fort.

»Und was zum Beispiel?«

»Gewisse MNC-Sympathisanten und Leute, die unter Bewachung standen, sind verschwunden. Sie haben ihre Häuser, ihre Arbeitsstellen verlassen. Andere sind am Telefon abgehört worden, die genau aufgepaßt haben, was sie sagten, offenbar ein Code. Irgendwas geht da vor.«

»Sie werden mir doch einen Tip geben, oder, egal, was es ist?« sage ich jovial. »Sie wissen ja, daß ich nicht gern eine gute Story verpasse. Die bei meiner Zeitung glauben sonst, ich tue meine Arbeit nicht.«

Er sieht mich an wie ein Vater, der vermutet, daß sein Kind ihn anlügt, es aber nicht beweisen kann. Ich weiß, daß ich nur meinen Mund zu halten brauche, aber ein Teil von mir würde sich ihm am liebsten anvertrauen.

»Ich weiß, daß Sie sich prinzipiell nicht gern in etwas hereinziehen lassen«, sagt er. »Es ist jetzt nicht die Zeit, diese lebenslange Gewohnheit zu ändern.«

»Ich fürchte, ich weiß nicht, wovon Sie reden.«

»Tatsächlich nicht?«

»Absolut nicht«, sage ich und gebe mir alle Mühe, die Fassade zu wahren.

Er kneift den Mund zusammen. »Das hoffe ich«, sagt er. »Das hoffe ich wirklich. Ich will Ihnen nichts vormachen, Inès ist in großen Schwierigkeiten.«

Jetzt brauche ich nicht zu spielen. Ich fühle, wie mir das Blut aus dem Gesicht weicht. Ich bin wie ein Betrunkener, der sich mühsam aufrecht hält und alle Konzentration benötigt, den Inhalt seines Magens bei sich zu behalten.

»Wenn sie zu Ihnen kommt…«

»Ich wäre der letzte, zu dem sie kommen würde«, werfe ich schnell ein.

Vielleicht zu schnell. Er starrt mich leer an.

»Wenn sie zu Ihnen kommt«, wiederholt er langsam, »können Sie ihr einen großen Gefallen tun.«

»Und der wäre?« frage ich.

»Sie können mir sagen, wo sie ist.«

»Warum wäre das für sie von Vorteil?«

»Weil ich versuchen würde, sie am Leben zu halten.«

Ich stoße ein nervöses kleines Lachen aus.

»Jetzt wird es hier aber dramatisch«, sage ich so leichthin ich kann.

Er schaut mich durchdringend an.

»Finden Sie die Vorstellung, daß Inès in einer Zelle im Zentralgefängnis endet, besonders lustig?«

»Würden sie das mit einer ausländischen Journalistin machen? Würden sie eine Weiße foltern?«

Stipe schnaubt ungläubig über soviel Naivität.

»Sie wissen wirklich nicht, wo Inès ist? Sagen Sie mir auch die Wahrheit?«

»Ich sage die Wahrheit.«

»Rufen Sie mich an, wenn sie mit Ihnen in Verbindung zu treten versucht. Ich kann ihr helfen. Und Ihnen kann ich auch helfen, denn wenn sie Sie in diese Sache mit hineinzieht, werden Sie Hilfe bitter nötig haben.«

Er nickt Dr. Joe zu, der sofort herbeigeeilt kommt. Am Kinn des kleinen Mannes sprießt ein blondbrauner Stoppelbart. Es ist ein Geruch von faulen Eiern um ihn herum. Wieder sieht er mir nicht in die Augen.

»Lassen Sie uns bald etwas zusammen trinken«, sagt Stipe.

Er und Dr. Joe gehen gemeinsam fort. Ich folge hinterher.

Es hat aufgehört zu regnen. Ich sehe zu, wie sie an meinem Mercedes vorbei zu ihrem eigenen Wagen gehen.

Als ich mich hinter das Lenkrad setze, zittere ich von oben bis unten. Ich lasse den Motor nicht sofort an, sondern sitze da und denke über Stipes Hilfsangebot nach. War er ehrlich zu mir? Würde er Inès wirklich helfen? Und wenn ja, zu welchem Preis? Auguste auszuliefern wäre vielleicht nur die Anzahlung. Vielleicht wollte er noch mehr von Inès, und sie würde ihm nichts geben. Ich sehe Stipes Chevrolet rechts abbiegen in Richtung Boulevard Albert Ier. Ich denke daran, hinter ihm herzufahren, ihn anzuhalten und alles zu sagen. Dabei sehe ich zu, wie der Wagen am Ende der Straße anhält, den Blinker links einlegt, auf eine Lücke wartet und um die Ecke verschwindet.

»Alles in Ordnung?« frage ich Auguste.

Aus dem Kofferraum kommt Gemurmel zur Antwort. Ich drehe den Zündschlüssel um und lege den Gang ein.

Ich schließe das Tor hinter uns – Auguste lasse ich im Kofferraum, was mir eine boshafte Genugtuung bereitet, und gehe hinters Haus, wo die Fenster zur Waschküche liegen, die nicht mit Läden verschlossen sind. Ich hebe einen Stein aus dem Garten auf, sehe mich um, um sicherzugehen, daß mich niemand sieht, und zerbreche die Scheibe.

Gerade als ich aus der Eingangstür trete, höre ich auf der Straße einen Wagen halten. Ich beeile mich, das Tor wieder zu öffnen und Roger einzulassen. Gemeinsam helfen wir Inès ins Haus. Das Fieber ist gesunken, aber sie ist sehr erschöpft. Wir bringen sie ins große Schlafzimmer und setzen sie auf einen Stuhl, während ich das Bett mache, in dem Madeleine und ich viele Nachmittage und Nächte verbracht haben.

»Auguste?« sagt Inès schwach.

»Keine Angst«, sage ich zu ihr. »Auguste ist in Sicherheit. Es wird alles gut werden.«

Ich frage Roger, ob er glaubt, daß sie verfolgt worden sind.

»Nicht, soweit ich das beurteilen kann«, sagt er und sieht sich im Zimmer um. »Nicht übel hier.«

»Es gehört Bernard Houthhoofd«, sage ich.

Roger zieht eine Augenbraue hoch.

»Keine Angst. Houthhoofd ist in Katanga, und es gibt nur noch einen anderen Menschen, der das Haus benutzt.«

»Und wenn dieser Mensch herkommt?«

»Wird sie nicht. Dafür werde ich sorgen.«

Ich lasse Roger bei Inès und gehe zu dem Mercedes. Auguste reibt sich die Schultern, als ich ihn aus dem Kofferraum lasse. Ich gebe ihm den Koffer und nehme selber die Schreibmaschine. Als wir ins Haus treten, fragt er nach Inès.

»Sie ist da drin«, sage ich säuerlich, als Roger aus dem Schlafzimmer kommt.

Auguste geht zu ihr.

Roger, der ein bißchen verlegen ist – ich bin mir sicher, daß er eine solche Situation noch nie erlebt hat –, sagt obenhin: »Übrigens, ich hoffe, es macht Ihnen nichts aus, aber ich habe den Hausdiener für heute weggeschickt. Er redete ständig davon, er müsse den Rasen mähen, aber ich war mir nicht sicher, ob es klug wäre, ihn dazuhaben, wegen des Militärs und so.«

»In der Tat nicht.«

»Nun, ich denke, ich sollte mich jetzt auf den Weg machen«, sagt er mit einem Blick auf seine Uhr. »Ich spiele Tennis mit einem von den UN-Jungs. Amerikaner. Ganz famoser Bursche. Vielleicht essen wir heute abend auch zusammen im Zoo, wenn sie uns reinlassen.«

»Ich weiß nicht, wie ich Ihnen danken soll«, sage ich.

»Halb so wild«, fällt er mir ins Wort, als wolle er eine drohende Peinlichkeit meinerseits im Keim ersticken.

Er überprüft noch mal den Inhalt seines Arztkoffers und klopft seine Taschen nach den Autoschlüsseln ab.

»Ich hatte natürlich keine Stimme«, sagt er auf dem Weg nach draußen, »aber wenn ich eine gehabt hätte, hätte ich sie

Lumumba niemals gegeben. Bestimmt nicht. Viel zu eigensinnig für meinen Geschmack. Tatsache ist zwar, daß er die Wahl gewonnen hat, und ich weiß auch, daß wir alle diesem Mobutu dankbar sein sollten, weil er die Ordnung wiederherstellt, aber hier geht es doch ums Prinzip.«

»Ja, genau«, sage ich, obwohl ich nicht genau weiß, an welches Prinzip Roger dabei denkt.

»Diktatoren treten immer mit Entschuldigungen an«, fährt er fort. »Mussolini hatte seine Entschuldigungen und Hitler und Franco auch. Aber man sollte wirklich nichts mit ihnen zu tun haben. So etwas tut man nicht.«

»Ja, da haben Sie recht«, sage ich.

Ich bin gerührt von Rogers schlichten Grundsätzen. Besonders, weil er in einer Gefahr schwebt, von der er nichts zu ahnen scheint. Ich bedenke ihn mit einer Kurzversion dessen, was Stipe mir im Regina gesagt hat. Es läßt ihn kalt.

»Machen Sie sich um mich keine Gedanken«, sagt er. »Ich bin ein persönlicher Freund des Botschafters. Wenn die irgendwas Krummes mit mir vorhaben, werden sie bald merken, mit wem sie es zu tun bekommen. Dasselbe gilt auch für Sie. Sie sind britischer Bürger.«

Seine Unbekümmertheit ist ansteckend. Ich habe plötzlich das Gefühl, als wäre mir ein großes Gewicht von den Schultern genommen worden. Ich bin voller Zuversicht. Nun kann ich Stipes Drohungen in der richtigen Perspektive sehen. Wir werden diese Sache überstehen. Ich strecke die Hand aus, und als er seine hineinlegt, drücke ich herzlich zu, aus Dankbarkeit für seine praktische Hilfe, aber auch für die innere Aufmunterung. Er scheint nichts davon zu bemerken. Er sagt nur, daß er mir noch ein Malariamittel für Inès auf den Nachttisch gelegt hat. Ich gehe hinaus, um ihm das Tor zu öffnen. Er nickt einmal höflich, als er sich auf den Weg macht zu seinem Tennismatch, seinem Apéritif und seinem Dinner. Als er fort ist, fühle ich mich, als hätte ich einen alten Freund verloren.

Ich gehe zur Schlafzimmertür. Drinnen sehe ich Auguste neben dem Bett knien. Er hält Inès' Hand und flüstert auf sie ein. Zur Antwort gibt sie kaum hörbare Laute von sich. Er streicht ihr über die Stirn, und ich kann es nicht länger ertragen.

Ich gehe in die Küche und schenke mir einen Gin ein. Es ist erst kurz nach drei, aber ich fühle mich plötzlich völlig ausgelaugt. Mir fällt ein, daß ich in der letzten Nacht überhaupt nicht im Bett war. Ich habe den ganzen Tag über noch nichts gegessen. Ich werde nach Hause gehen, duschen und dann Madeleine anrufen. Ich werde ihr vorschlagen, zu mir zu kommen, statt uns wie sonst hier zu treffen. Sie wird damit einverstanden sein. Ich habe sie noch nie zuvor in mein Haus gelassen. Sie wird neugierig sein; vielleicht glaubt sie auch, die Einladung kündige einen Wandel in unserer Beziehung an. Auf jeden Fall wird sie kommen.

Ich höre ein Geräusch hinter mir. Es ist Auguste.

»Seid so leise wie möglich«, sage ich. »Im Schrank stehen ein paar Dosen mit irgendwas, und im Kühlschrank ist Bier. Das Licht würde ich lieber nicht anmachen. Das könnte ungebetene Aufmerksamkeit auf euch ziehen. Lieber früh ins Bett gehen. Morgen abend komme ich zurück, um euch abzuholen. Wann soll ich da sein?«

»Kurz vor acht«, sagt er. »Das Flugzeug wird um neun am Flughafen sein.« Ich stürze den letzten Schluck von meinem Drink hinunter.

»Ich bin im Regina Stipe über den Weg gelaufen«, sage ich. Augustes Gesicht ist keine Reaktion anzusehen.

»Er scheint seinen Humor gründlich verlernt zu haben«, fahre ich fort. »Er war sehr ernst.«

»Stipe war immer sehr ernst.«

»Ich fand ihn immer eher ironisch.«

»Ich denke, da haben Sie ihn wohl falsch interpretiert, James. Wenn alles so lief, wie er wollte, konnte Stipe es sich leisten, so zu tun, als würde er nichts allzu ernst nehmen. Aber sobald etwas anders oder gegen seine Interessen lief, kam der wahre Mann zum Vorschein. Nehmen Sie es sich nicht zu Herzen, daß Sie das falsch verstanden haben. Mir ging es genauso.«

Ich spüle das Glas aus und stelle es zum Abtropfen hin.

»Er hat einen Mordanschlag auf Patrice vorbereitet«, sagt Auguste.

Ich lache auf. »Ich glaube, das geht denn doch ein bißchen zu weit – selbst für den neuen Stipe.«

»Den Amerikanern geht in dieser Sache überhaupt nichts zu weit. Sie haben einen Wissenschaftler nach Léopoldville gebracht. Einen Giftmischer.«

Wieder muß ich lachen. Diese Geschichte hört sich an wie ein Rachedrama aus der Klassik.

»Sie nennen ihn Dr. Joe«, spricht Auguste weiter, »aber sein richtiger Name ist Gottlieb. Er hat den Auftrag, Patrice mit einem Spezialgift zu töten.«

Als dieser Name fällt, richte ich mich auf.

»Woher weißt du das alles?« frage ich.

»Nicht nur die Amerikaner haben ihre Spione in Léopoldville.«

Es ist einfach zu absurd. Ich denke an diesen lächerlich aussehenden kleinen Mann, wie er mit Stipe durch die Gegend wieselt. Ich weiß, daß Stipe Lumumba ein für allemal aus dem Weg haben will. Aber würde er so weit gehen? Mir läuft ein Schauer über den Rücken. Das beruhigte Gefühl, das Rogers Worte in mir hinterlassen haben, verflüchtigt sich. Stipes Drohungen klingen mir in den Ohren, und wieder überrasche ich mich dabei, wie ich darüber nachdenke, zu ihm zu gehen.

Ich werfe einen letzten Blick auf Inès. Sie wirkt jetzt etwas entspannter. Als ich mich zu ihr aufs Bett setze, lächelt sie mich verschwommen an.

»Das Flugzeug morgen abend ist die letzte Chance, hier rauszukommen«, sagt sie mit dünner Stimme.

»Ich weiß«, sage ich.

»Wir sind auf dich angewiesen. Wenn du nicht kommst, um uns abzuholen, haben wir keine Chance.«

»Heißt das, daß du auf jeden Fall auch mit nach Stanleyville gehst?«

Sie sagt nichts darauf.

»Ich werde kommen«, sage ich, als ich endlich weiß, wie die Antwort lautet. »Du kannst dich auf mich verlassen.«

Da ist noch so viel, was ich ihr sagen möchte, aber es gibt nichts zu sagen.

Als ich vor dem Haus vorfahre, drücke ich auf die Hupe, doch dann fällt mir ein, daß Roger Charles nach Hause geschickt hat. Während ich aussteige, um das Tor zu öffnen, kommen zwei ANC-Jeeps die Straße heraufgejagt. Ich bleibe stehen, um ihnen nachzusehen. Aber sie fahren nicht vorbei. Statt dessen kommen sie mit quietschenden Reifen zum Stehen, und ein Trupp Soldaten unter Anführung eines Hauptmanns umzingeln mich. Der Hauptmann ist ein untersetzter Mann mit weit auseinanderstehenden Augen in einem flächigen Gesicht. Seine Zähne sind einzeln stehende, farblose Stummel. Sie sind abgefeilt und mit Gold gefüllt. Er fragt mich, ob ich James Gillespie bin. Ich antworte ja, der bin ich, ziemlich von oben herab, als ginge sie das gar nichts an. Er sagt, ich müsse ihn zum Verhör ins Zentralgefängnis begleiten. Rogers Beispiel vor Augen frage ich nach dem Haftbefehl. Er reagiert umgehend und gleichzeitig ohne Eile, fast träge. Er dreht sich einfach zu dem Soldaten neben sich um, nimmt ihm das Gewehr ab und rammt mir ganz nebenbei den Kolben gegen die Schläfe. Was ich fühle, ist nicht Schmerz, sondern Übelkeit, ein überwältigendes Bedürfnis, mich zu übergeben. Ich würge und will mich vorbeugen, aber die Welt gehorcht nicht mehr der alten Ordnung. Himmel und Erde bewegen sich aufeinander zu. Der Horizont stürzt mir ins Gesicht und schwankt wieder davon. Meine Beine geben nach, ich sinke zu Boden. Zwinkernd sehe ich zu den Hirnmassen der grauweißen Wolken über mir auf. Sie wirbeln herum, und mir wird wieder schlecht. Ich spucke und würge, als mir das Erbrochene in den Rachen steigt. Das Atmen fällt mir schwer. Der Hauptmann beugt sich über mich. Meine Augen funktionieren nicht, wie sie sollten. Einen Moment lang ist er in meinem Blickfeld, dann schwimmt er davon und kommt wieder zurück. Mir ist schwindelig.

»Wo ist Auguste Kilundu?« will er wissen.

Ich höre ihn deutlich. Wenigstens meine Ohren sind in Ordnung.

»Wo ist Kilundu?«

Ich versuche zu sprechen, aber es kommt nichts raus. Ich bin mir nicht sicher, was ich überhaupt sagen will. Will ich ihm sagen, daß ich nicht weiß, wo sich Auguste aufhält, oder gerade das Gegenteil? Ich konzentriere mich darauf, überhaupt irgendwelche Worte herauszupressen. Die Anstrengung ruft wieder eine Welle von Übelkeit hervor. Ich schließe die Augen. Das nächste, was ich fühle, ist ein Tritt in meinen Bauch, und plötzlich habe ich keine Luft mehr in den Lungen. Ich gebe ein Stöhnen von mir und versuche keuchend Atem zu holen. In meiner Stirn sitzt ein stechender Schmerz. Vielleicht hat mir jemand vor den Kopf getreten, aber sicher kann ich das nicht sagen. Panik ergreift mich. Ich denke an Gehirnschäden und innere Verletzungen. Ich habe Angst, daß sie zu weit gehen und mich töten, bevor ich noch im Zentralgefängnis ankomme. Ich möchte am liebsten losbrüllen, daß ich ihnen alles sagen werde.

Dann fühle ich, wie ich an den Füßen weggezogen werde. Ich glaube, ich habe mich naß gemacht. Der Hauptmann lacht zwischen seinen abgefeilten Stummelzähnen hervor.

Ich liege zusammengekrümmt auf dem Boden des Jeeps, mit dem Gesicht direkt auf dem schmierigen geriffelten Metall. Der Hauptmann sitzt mit den Füßen an meinem Steißbein über mir und brüllt und schreit und stößt mir immer mal wieder seinen Gewehrkolben in die Seite oder versetzt mir einen Tritt. Es sind keine besonders harten Tritte, seinen Füßen fehlt irgendwie die Bewegungsfreiheit. Ich halte die Augen geschlossen und tue so, als höre und fühle ich nichts. Ich will nur noch, daß es schwarz um mich wird. Ich möchte betäubt sein, mich dem Nichts überlassen. Ich möchte mich anderen in die Hände geben. Dem Botschafter. Meinem Verleger. Stipe. Grant. George, dem UN-Presseoffizier. Roger. Egal, wem. Sie werden etwas tun. Ich kann nichts tun. Ich will nichts tun. Ich will nur hier liegen und mich in meinen Kokon von Schmerz hüllen. Ich will nicht, daß sich irgend etwas ändert. Wenn sich etwas ändert, wird es nur schlimmer werden. Lieber nicht daran denken. Ich will noch nicht einmal versuchen, meine Angst zu beherrschen. Die Anstrengung ist zu groß. Sollen die Dinge ihren Lauf nehmen, ich ergebe mich – und wenn der Weg in die Folterkammer führt. Denken hieße nur, das Entsetzen dessen, was mich erwartet, in die Gegenwart zu holen.

Der Hauptmann lehnt sich vor und legt seinen Mund an mein Ohr. Er brüllt so laut, daß ich die Worte nicht unterscheiden kann. Dann setzt er sich wieder auf, murmelt seinen Leuten in angeekeltem Ton etwas zu und schlägt mich dann ganz plötzlich – als wäre ihm das jetzt erst eingefallen – mit der offenen Hand aufs Ohr. Er zieht meine linke Hand hoch und reißt mir die Uhr vom Gelenk. Irgendein anderer durchwühlt meine Taschen. Der Hauptmann spuckt mich an, und ich fühle, wie mir der Schleim den Nacken runterläuft. Er tritt mich in den Hintern. Meine Beine reagieren mit einem unvermittelten Zucken, und jetzt fühle ich die Nässe. Ich *habe* mich bepinkelt.

Was für eine Schmach. Ich will nicht hiersein, ich will nicht, daß das alles passiert. Laßt mich gehen, bitte, ich habe doch gar nichts damit zu tun. Wenn ihr Stipe anruft, wird er euch alles erklären. Er wird euch sagen, daß ich kein Lumumbist bin. Ich bin nicht auf ihrer Seite, ich bin auf niemandes Seite. Ich sehe alle Seiten. Das gehört zu meinem Handwerk. Ich bin schon gegen das eine oder andere, ja, das gebe ich zu. Intoleranz zum Beispiel und Engstirnigkeit. Ich bin gegen Dogmen und Ideologien und all die Dinge, die uns in unseren Möglichkeiten beschneiden. Ich bin dagegen. Ich bin nicht *dafür*. Ich bin *für* gar nichts. Das könnte ich auch gar nicht. *Je suis un homme de plume.* Ich lebe für Worte, Worte sind mein Leben. Verstehen Sie doch. Nur Worte, und Worte können nicht *dafür* sein, weil sie schon alles beschrieben haben. Sie wissen zuviel, sie wissen, wohin das alles führt. Sie unterminieren, sie stellen bloß, sie stehen für sich und widersetzen sich, hineingezogen zu werden. Sie sind nicht beteiligt, und ich bin nicht beteiligt. An gar nichts. *Je suis un homme de plume.*

Der Hauptmann tritt mir gegen den Kopf.

Es ist sinnlos. Ich weiß es. Mit meinen Rechtfertigungen werde ich nicht durchkommen. Wenn ich überleben will, muß ich mich zum Nachdenken zwingen.

Der Jeep fährt über einen großen Huckel, und mein Kopf schlägt auf Metall. Wenigstens läßt jetzt die Übelkeit nach. Von immer neuen Aussetzern durchbrochen, kehrt mein Wahrnehmungsvermögen zurück. Ich lasse meine geschwollene Zunge die Zähne entlanggleiten. Sie sind, glaube ich, alle noch da. Aber da ist Blut, dickes, salziges, süß schmeckendes Blut. Es kommt von einer Platzwunde an der Unterlippe. Ich sauge das Blut ein. Kräftig sauge ich, denn diese heiße Flüssigkeit, das bin ich; ich nehme mich in mich selber auf, ich tröste mich, erinnere mich an mich. Ich bin real. Mein Blut macht mich zu etwas Realem. Ich muß nachdenken. Ich muß mir eine Version der Ereignisse zurechtlegen, die ich ihnen präsentieren kann. Die Fahrt zum Zentralgefängnis wird fünfzehn bis zwanzig Minuten dauern. Wenn ich erst in der Zelle sitze und verhört werde, werde ich keine Zeit mehr haben, mir etwas auszudenken. Mir muß jetzt etwas einfallen, und zwar etwas Plausibles. Ich muß diese wertvollen Minuten nutzen.

Was wissen sie? Fang damit an. Was wissen sie? Denk nach, denk nach, denk nach. Der schwarze Citroën. Der Wagen, der uns gestern abend anscheinend hinterhergefahren ist, als Roger mich nach Hause brachte. War das die Sûreté? Haben sie uns verfolgt, uns unter Bewachung gehalten? Wenn ja, wissen sie vielleicht schon alles. Dann wüßten sie, daß Inès zu mir gekommen ist, nachdem Roger mich abgesetzt hatte, daß ich am nächsten Morgen zu Harrys Hütte gefahren bin. Heute morgen! Seitdem sind Jahre vergangen. Sie wüßten, daß ich in Houthhoofds Haus war und Roger später mit Inès nachgekommen ist. Sie wüßten auch, daß Auguste dort ist.

Aber sie wissen es nicht. Ein Sieg! Ja! Sie wissen nicht, wo Auguste ist. Also sind sie mir nicht gefolgt, jedenfalls nicht die ganze Zeit. Warum haben sie mich also verhaftet? Denk nach. Denk nach.

Sie haben nur einen Verdacht. Das muß es sein. Sie wissen von mir und Inès, und sie wissen von Inès und Auguste. Sie tun, was überall auf der Welt bei einer Ermittlung getan wird. Sie nehmen eine Person, die bekanntermaßen mit dem Gesuchten in Kontakt gestanden hat, ins Verhör. Sie haben nichts Bestimmtes gegen mich in der Hand.

Ganz langsam werde ich zuversichtlicher. Vielleicht ist diese Situation gar nicht so ausweglos, wie sie scheint. Ich kann alles leugnen, inklusive die verräterischste Tatsache von allen, die diese ganze Geschichte erst ins Rollen gebracht hat: Ich kann leugnen, daß Inès je bei mir zu Hause war. Jemand tritt mir vors Knie. Sie treten jetzt alle, vorne und hinten, und sie bespucken mich. Es klebt in meinen Augen, an der Nase, am Kinn und in den Haaren. Das ist in Ordnung. Ich kann alles leugnen.

Ich kann alles leugnen.

Ja.

Absolut alles…

Charles.

O nein. Bitte nicht.

Charles.

Denk nach.

Der Hausdiener wird ihnen alles erzählen. Warum sollte er den Mund halten? Er ist mir gegenüber nicht loyal. Ich habe ihn geerbt, zusammen mit dem Haus. Er gehört zum Inventar. Ich habe ihn behalten. Wenigstens habe ich versucht, ein anständiger Arbeitgeber zu sein, ein bißchen mehr als üblich bezahlt, es mit den Arbeitsstunden nicht so genau genommen, aber meine Versuche, uns ein wenig anzunähern, hat er allesamt zurückgewiesen. Er mag mich nicht. Warum sollte er ihnen nicht von Inès erzählen? Er ist Bakongo, und die sind nicht gerade Freunde von Lumumba. Wahrscheinlich hat er ihnen schon alles gesagt. Da war eine weiße Frau in *nókós* Bett, als ich heute morgen zur Arbeit kam. Eine kleine weiße Frau, die krank war. Der *nókó* hat gesagt, ich soll niemanden zu ihr lassen, außer dem englischen Doktor.

Sie werden sofort wissen, wer diese weiße Frau ist.

Was bedeutet das für mich?

Nichts Gutes. Nichts Gutes.

Es ist hoffnungslos, es hat keinen Zweck. Es ist hoffnungslos.

Der englische Doktor.

Es wird immer schlimmer. Sie werden zu Roger gehen. Warum habe ich ihn da mit hineingezogen? Wie lange werden Rogers hehre Prinzipien standhalten? Nicht lange. Roger ist ein gesetzestreuer Mann, und diese Leute werden ihn bald davon überzeugt haben, daß jetzt sie das Gesetz vertreten. Vielleicht protestiert er, oder er hält ihnen einen empörten Vortrag, aber der Protest wird sehr leise ausfallen und der Vortrag sehr kurz, eine Formsache. Und dann wird er ihnen alles sagen.

Ich kann immer noch alles leugnen.

Warum nicht?

Sein Wort gegen meins.

Was, wenn sie das Haus durchsuchen und etwas von ihr finden? Ein Kleidungsstück etwa. Also gut, wir haben hier ein weibliches Kleidungsstück, aber das heißt doch noch lange nicht, daß es Inès gehört. Oder daß sie es gestern abend hier gelassen hat. Sie werden mir nicht glauben.

Wir sind jetzt in der Nähe des Gefängnisses. Nur noch ein, zwei Minuten.

Sie werden mir nicht glauben. Ich hätte nicht anfangen sollen zu denken. Warum bin ich nicht in meiner Höhle aus Schmerz und Umnebelung geblieben?

Die Zeit läuft ab. Meine Geschichte muß sitzen.

Ich entscheide mich. Ich werde leugnen, daß Inès je bei mir war. Ich werde sagen, daß ich sie nicht gesehen habe, seit – wann war noch das letzte Mal? Am Unabhängigkeitstag. Am Unabhängigkeitstag habe ich sie im Palais de la Nation gesehen. Am 30. Juni. Auf der Pressebank. Vor fast fünf Monaten.

Und Auguste?

Auguste habe ich auch nicht gesehen, seit vielen Monaten nicht. Und helfen würde ich ihm sowieso nicht. Er hat mir Inès weggenommen. Das kann ich nutzen, um meiner Aussage mehr Gewicht zu verleihen – ich werde es mir aufbewahren. Eine Trumpfkarte. Die werde ich so spät wie möglich ausspielen. Sie sind Männer, sie werden es verstehen. Warum sollte ich einem Mann helfen, der mir Hörner aufgesetzt hat?

Was noch? Ich muß sämtliche Konsequenzen durchspielen, wenn ich leugne. Ich habe Roger gestern abend gesehen, aber nur, weil ich mir bei der Schießerei vor dem Amtssitz des Botschafters eine leichte Verletzung zugezogen habe. Seitdem habe ich nicht wieder mit ihm gesprochen. Was immer er auch sagt. Mach die Geschichte nicht zu kompliziert.

Was ich heute morgen getan habe?

Was kann ich sagen, wo ich gewesen bin? Ich darf keinen Namen von Dritten nennen. Die Lüge würde zu schnell auffliegen.

Ich bin herumgefahren.

Ich bin herumgefahren, um »Eindrücke« für einen Artikel

zu suchen. Ich bin Journalist. Ja, jemand, der in Léo herumfährt. Ein Beobachter. Ein Zuschauer, der Details für einen Artikel sammelt. Nein. Das hört sich zu sehr nach Spionage an. Und wenn man ein Spion ist, ist man auch Belgier, und wenn man ein Belgier ist, ist man ein Parasit. Eindrücke für einen Roman. *Je suis un homme de plume.* Nicht mehr, mehr nicht.

Der Jeep schaukelt, als würden wir über eine Rampe fahren. Wir sind angekommen. Ich zittere unkontrollierbar. Wir halten an. Ich höre, wie hinter uns ein schweres Tor geschlossen wird. Die Stiefel der Soldaten landen knallend auf dem Beton. Wenigstens habe ich meine Geschichte parat. Sie ist eine Serie von Lügen; sie ist nicht wahr.

Die Soldaten packen mich und ziehen mich aus dem Jeep.

Wir sind in einer Art Innenhof. Zur einen Seite liegt die Außenmauer mit dem Haupteingangstor, zur anderen ein flacher, grauer Betonkasten, an dessen Eingang, einer rostfarbenen Eisentür, drei Männer in schäbigen Uniformen herumlungern. Sie schauen kaum mehr als mäßig interessiert zu mir herüber, obwohl sie hier noch nicht viele Weiße gesehen haben können. Möglicherweise bin ich sogar der erste. Dann fällt mir ein, daß Smail verhaftet worden ist. Er könnte auch hier sein.

Der Hauptmann versetzt mir einen Stoß von hinten, und die Soldaten bringen mich zu dem Betonkasten hinüber. Einer der abgerissenen Wachleute entriegelt die Eisentür. Als ich an ihm vorbei hineingehe, lachen er und seine Freunde einhellig über irgendeinen Witz.

Es kommt mir ganz so vor, als könnte der Hauptmann den Verstand verloren haben. Seine Schreie und sein hysterisches Lachen hallen durch die dunklen Gänge unterhalb des Gefängnisses. Ich glaube nicht, daß er das nur spielt. Die beiden Soldaten, die mit uns hier heruntergekommen sind, verhalten sich ganz still, und mir fällt auf, daß sie jeden Blickkontakt mit ihm vermeiden. Jetzt brummelt er wie im Selbstgespräch hastige, zusammenhanglose Wortfetzen in sich hinein.

Am Ende eines langen, schlecht beleuchteten Ganges kommen wir an eine verriegelte Tür, neben der ein Mann in gräulichbrauner, schmutziger Zivilkleidung an einem Tisch sitzt. Vor ihm liegt ein großes Buch, wie das Anmelderegister im Hotel. Der Hauptmann stößt mich nach vorne, und ich sinke an der Tür in mich zusammen. Die beiden Soldaten ziehen mich unsanft wieder hoch und drängen mich mit dem Rücken gegen die Wand. Der Hauptmann befiehlt dem Mann in Zivil, die Tür zu öffnen. Darauf folgt ein Wortwechsel in Lingala. Nach dem, was ich verstehen kann, fragt er nach meinen Personenangaben – Name, Alter, Nationalität und vermutliches Vergehen. Der Hauptmann brüllt wütend los, aber der Mann bleibt stur. Anscheinend will er auch eine Unterschrift von dem Hauptmann. Diesmal weigert er sich rundheraus und fängt dann hemmungslos zu toben an. Der Zivilist versucht in sehr vernünftigem Ton etwas einzuwerfen, aber der Hauptmann ist nicht mehr zu stoppen. Er tobt und tobt immer weiter.

Ich nütze die Unterbrechung, um meine Geschichte noch einmal durchzugehen. Alles leugnen. Inès ist nicht zu mir gekommen. Ich habe Auguste nicht gesehen. Ich weiß nicht, wo er sich versteckt.

Da ist ein Fehler. Mein Plan hat einen schrecklichen Fehler.

Auguste und Inès sind in Houthhoofds Haus. Und wenn Madeleine nun heute abend dorthin geht? Wenn sie einen anderen Liebhaber in das Bett mitnimmt, in dem jetzt Inès und Auguste liegen? Ich hatte vorgehabt, sie von dort fernzuhalten, aber das kann ich jetzt nicht mehr. Sie wird in das Haus gehen wollen. Sie wird mich anrufen, und wenn sie mich nicht erreichen kann, einen anderen. Sie wird die Tür öffnen und sofort merken, daß etwas nicht stimmt. Sie hat eine sehr präzise Wahrnehmung. Einen feinen Geruchssinn. Sie wird riechen, daß jemand anderer dort ist, eine Frau, und sie wird die Krankheit riechen. Der Geruch von dem *macaque* wird ihr auch nicht entgehen. Dann stellt sie sie zur Rede. Möglicherweise ist sie sogar bewaffnet, Madeleine hat oft eine Pistole dabei. Sie kann damit umgehen.

Es ist alles verloren. Ich wußte es. Die ganze Sache ist hoffnungslos. Ich hätte Auguste nie in Houthhoofds Haus bringen sollen. Was habe ich mir dabei gedacht? Ich hielt mich für besonders schlau, aber jetzt bin ich in meine eigene Falle gelaufen.

Der Hauptmann tobt immer noch. Der Zivilist zeigt keinerlei Regung.

Ich lasse den Kopf hängen. Dann beuge ich mich vor und stütze die Hände auf die Knie, um mich auszuruhen. Meine Beine schwanken, mir schwirrt der Kopf – und dann wird mir plötzlich bewußt, mit der blendenden Klarheit einer religiösen Offenbarung: Dir wird nichts passieren. Sie können dir nichts tun. Meine Hoffnungslosigkeit ist schlagartig verflogen. Ich besitze einen größeren Schutz, als irgendein Botschafter, Verleger, Freund oder Politiker mir bieten könnte. Mein Schutz ist mein Wissen. Ich brauche nicht unter die Folter, ich brauche nicht zu sterben. Ich brauche nicht einmal hierzusein. Ich kann ihnen sagen, was ich weiß. Warum sollte ich Auguste helfen? Ich hasse ihn. Es hat Momente gegeben, da hätte ich ihn am liebsten selbst getötet. Ich frage mich, ob ich mit dem Wissen leben könnte, Auguste verraten zu haben. Ich stelle mir vor, wie ich in zehn, zwanzig Jahren in London in meiner Wohnung sitze. Könnte ich nachts schlafen? Würden mich Gewissensbisse quälen? Würde ich in mich hineinsehen und nichts als Schwärze und Schwäche und Egoismus und Haß entdecken? Ich kenne die Antwort. Innerlich entschuldige ich mich schon jetzt bei Inès. Es ist nicht schwer. Ich habe im Laufe der Jahre so viele Menschen im Stich gelassen, und an Entschuldigungsfloskeln mangelt es mir nicht. Trotzdem, ein Teil von mir meint es diesmal ehrlich. Ich bitte dich um Verzeihung, Inès, für alles, was ich getan habe, und für alles, was ich zu tun im Begriff bin.

Der Hauptmann, immer noch bei dem Zivilisten an seinem Tisch, sieht zu mir herüber und ruft irgend etwas, einen Befehl, eine Drohung. Die Soldaten reißen mich hoch und stoßen mich wieder gegen die Wand. Ich soll stehen, befiehlt mir der Hauptmann, nicht hängen. Ich achte gar nicht auf ihn. Ich fürchte mich nicht. Ich muß mit Stipe reden. Wenn ich es dem Hauptmann sage, habe ich keine Garantie. Ich schreie los, daß ich mit Mark Stipe von der amerikanischen Botschaft reden will. Ich schreie zwei Telefonnummern und wiederhole immer wieder den Namen: Mark Stipe, Mark Stipe.

Der Hauptmann brüllt mich an, den Mund zu halten.

Ich hole Luft und mache weiter. Ich will mit Mark Stipe von der amerikanischen Botschaft reden. Er ist ein Freund von Mobutu. Er ist ein Freund von mir. Er wird es wissen wollen, wenn ich hier bin, und er wird mit mir reden wollen. Ich habe wichtige Informationen für Mark Stipe. Nur für Mark Stipe.

Der Hauptmann kommt zu mir herübergestakst. Er schlägt mich mit aller Wucht auf den Mund, packt mich an den Haaren und donnert meinen Kopf gegen die Wand. Mit der anderen Hand drückt er mir die Kehle zu und brüllt mir ins Gesicht. Ich bin fasziniert von diesen Zähnen. Von dem, was er sagt, verstehe ich kein Wort.

Er dreht sich unvermittelt um und marschiert zu dem Tisch zurück. Der Zivilist sagt etwas, der Hauptmann wischt das Register auf den Boden und funkelt ihn an. Daraufhin öffnet der Zivilist ganz langsam eine Schublade und nimmt einen Schlüsselbund heraus. Er schiebt seinen Stuhl zurück – betont langsam, um zu zeigen, wie wenig eilig er es hat – und erhebt sich, um die Tür zu öffnen. Der Hauptmann sagt irgend etwas Sarkastisches und macht dann seinen Soldaten ein Zeichen.

Wir gelangen in einen Korridor mit dicken Zellentüren auf beiden Seiten. Ist Smail hier? Es riecht nach Exkrementen. Die Betonwände sind voller Flecken. Ganz am Ende, auf der linken Seite, steht eine Tür offen. Sie schubsen mich darauf zu. Ich bin nie in meinem Leben eingesperrt gewesen. Ich will da nicht hinein.

»Ich will mit Mark Stipe sprechen«, sage ich schnell und versuche meine Stimme dabei so normal wie möglich klingen zu lassen. »Gemeinsam können wir Ihnen helfen. Wir können Ihnen helfen, Auguste zu finden.«

Alles, was ich damit erreiche, ist ein neuer Wutausbruch des Hauptmanns, und seine Schreie werden von jemand anderem aufgenommen. Jetzt explodiert es plötzlich überall. Das wilde Brüllen aus den Zellen läßt mir kalte Schauer über den Rücken laufen.

Ich darf nicht zugeben, daß ich weiß, wo Auguste ist, weil der Hauptmann dann sicher beschließen würde, es aus mir herausprügeln zu lassen. Ich muß ihn zappeln lassen. Er soll wissen, daß er nur bekommen wird, was er will, wenn Stipe dabei ist.

»Hören Sie«, sage ich, als wir der offenen Zelle immer näher kommen, »ich weiß, daß Sie Auguste finden wollen, und ich will Ihnen helfen, aber ich muß mit Stipe sprechen.«

Zum erstenmal reagiert der Hauptmann nicht mit Drohungen und Gebrüll. Wir stehen im Türrahmen zur Zelle. Ich werfe einen Blick hinein. Ich muß alles tun, um zu verhindern, daß sich diese Tür hinter mir schließt.

»Hören Sie«, sage ich entschlossen, »das Ganze ist ein kleines Mißverständnis, aber wenn Sie Stipe holen, läßt sich die Sache bestimmt ganz schnell aufklären, und wir können alle nach Hause gehen.«

Immer noch keine Reaktion. Selbst das Geheule aus den Zellen hat sich wieder beruhigt. Es herrscht völlige Stille. Der Hauptmann sieht mich mit seinen weit auseinanderstehenden Augen an. Sein Mund steht ein wenig offen, wie bei einem Boxer, der sich gerade vom letzten Treffer erholen muß. Dann beginnt er in sich hineinzulachen. Es ist kein schönes Geräusch.

Auf französisch sagt er: »Du hast den Amerikaner belogen. Stipe ist nicht mehr dein Freund.«

»Sie irren sich. Stipe ist mein Freund, mein sehr guter Freund. Er wird wissen wollen, daß ich hier bin. Er wird herkommen und mich sehen wollen.«

Das boshafte Gekicher des Hauptmanns geht in ein seltsames, dünnes Lachen über. Die beiden Soldaten werfen sich Blicke zu. Ihre Mienen lassen ahnen, daß sie gern weit fort wären.

Der Hauptmann sagt: »Stipe weiß schon, daß du hier bist, und er will dich nicht sehen.«

Er legt mir die Hand flach auf die Brust und schubst mich hinein. Die Tür fällt mit einem Knall ins Schloß, und ich bin alleine im Stockdunklen.

Ich strecke die Hände aus. Da pralle ich gegen eine Wand. Ich drehe mich um, lehne den Rücken gegen den Beton und lasse mich in die Hocke gleiten, um auszuruhen. Es riecht nach Urin. Ich kann nichts sehen. Es ist durchaus möglich, daß ich in einer Urinlake sitze. Ich strecke die Hand nach unten. Der Boden scheint trocken zu sein. Es stinkt entsetzlich. Dann geht mir auf, daß ich selber die Ursache bin. Ich zupfe mit den Fingern an den Innenseiten meiner Hose und ziehe den Stoff von den Schenkeln weg. Die Haut fühlt sich aufgescheuert an. Ich muß etwas sehen. Vielleicht gibt es hier irgendwo Licht. Vorsichtig richte ich mich auf und lasse wie ein Blinder die Hände über die Wände gleiten. Ich kann keinen Lichtschalter finden. Ich lasse mich wieder in die Hocke sinken.

Stipe. Hat der Hauptmann gelogen? Natürlich hat er das. Ich denke an die vielen Male, die ich mit Stipe zusammen gewesen bin. Wir haben so vieles gemeinsam erlebt. Er hat sich von Anfang an immer als guter Freund erwiesen. Wir haben über Bücher und Schriftsteller geredet und über Frauen. Er hat mir von Rita erzählt, seiner Studentenliebe, und von Rita, der Frau, die ihn nicht mehr liebt. Ich habe ihm meine Geschichte mit Inès anvertraut. Wir haben gemeinsam gegessen und getrunken. Wir sind gemeinsam unterwegs gewesen. Er hat mir Material gegeben, und ich habe die Artikel dazu geschrieben. Gestern abend hat er mir das Leben gerettet. Wir waren Freunde. Wir sind Freunde.

Und dann verstehe ich. Es ist genauso, wie es bei Auguste war. Stipe ist ein großherziger Freund. Auf seine Weise ist er ein Bedürftiger. Er ist stark und mächtig, er weiß, was er will, aber er will gemocht werden. Er gibt – vielleicht mit demonstrativer Geste, aber doch großzügig – und will nichts dafür zurück, außer der Loyalität, die man einem guten Freund schuldig ist. Erst hat Auguste ihn verraten. Jetzt ich. Natürlich ist er verbittert, natürlich ist er wütend. Noch vor wenigen Stunden im Regina hat er mir gesagt, er könnte mir helfen, wenn ich ihm nur alles sage. Ich habe ihm nichts gesagt. Ich habe ihn beschissen. Und jetzt bescheißt er mich.

Ich lasse mich ganz nach unten sinken. Ich strecke mich auf dem Boden aus. Es ist mir egal, worauf ich liege. Ich weiß nicht, welches Ungeziefer vielleicht über mich hinwegkrabbeln will. Mir ist alles egal.

7

Ich muß eingeschlafen sein. Wie, weiß ich nicht. Der Boden ist hart, mein ganzer Körper schmerzt, und noch nie war ich in einem solchen Zustand von Verwirrung und Angst. Trotzdem habe ich geschlafen. Ich weiß nicht, wie lange. Ich habe keine Ahnung, wie spät es ist. Als sie mich verhaftet haben, war es noch vor vier. Dreißig Minuten, eine Dreiviertelstunde höchstens, bis ich in der Zelle war. Vielleicht habe ich nur zehn Minuten geschlafen. Vielleicht ist jetzt noch nicht einmal fünf Uhr. Roger spielt vielleicht noch immer Tennis mit dem UN-Burschen. Madeleine ist vielleicht im Bad und bereitet sich auf den Abend mit einem Geliebten vor. Ich muß fast lachen bei dem Gedanken, wie sie einen *macaque* in ihrem Bett findet. Das wird ihr absolut nicht gefallen.

Inès. O Inès, wie ist es nur dazu gekommen? Ich bin hin und her gerissen zwischen meiner Liebe zu dir und meinem Haß. Ich wünschte, ich könnte mich von dir befreien. Aber niemand hat je dasselbe in mir hervorgerufen wie du. Du hast mich entdeckt, und dann wolltest du mich nicht mehr. So was passiert. Es ist nichts Ungewöhnliches. Ich glaube, ich wäre damit fertig geworden, wenn du es nur anders angestellt hättest. Wenn du es mir eines Morgens sanft gesagt hättest, so, als würde es dir etwas ausmachen, daß du mich verletzen wirst; wenn du die Hand ausgestreckt und mein Gesicht gestreichelt und mir gesagt hättest, daß deine Gefühle sich verändert haben, daß es dir leid täte … Aber da war nichts dergleichen.

Keine Behutsamkeit, keine Rücksichtnahme. Da war nur Ungeduld und Kälte und Nichtachtung. Und ich weiß, daß ich es dir noch schwerer gemacht habe, indem ich immer wieder Bestätigung verlangte. Aber ich hatte Besseres verdient. Schon allein deshalb, weil ich dich liebte und so entsetzt war und so traurig. Liebe hat auch etwas mit Verantwortung zu tun. Und die letzte Verantwortung – vielleicht auch die schwerste – betrifft das Ende der Liebe, wenn der Verlassene ein Recht hat, Hilfe zu verlangen, und diese Verantwortung hast du einfach mißachtet. Du hast dich zu deinen höheren Dingen aufgemacht, ohne an mich zu denken.

Jetzt kann ich mir nicht helfen. Ich muß ihnen sagen, was ich weiß. Das ist keine Rache. Wenigstens glaube ich das nicht. Vorhin wäre es das vielleicht gewesen, als ich dachte, Stipe würde herkommen, aber jetzt nicht mehr. Jetzt ist es eine Frage des Überlebens, und es tut mir leid. Es tut mir wirklich leid. Ich kann das Heulen wieder hören. O Inès, komm zu mir. Halte mich.

Die Tür schwingt auf. Ich glaube, ich habe wohl wieder geschlafen, aber ganz sicher bin ich nicht. Ich kann mich nicht erinnern, meine Augen geschlossen oder wieder geöffnet zu haben. Ich erinnere mich nicht an irgendwelche Träume.

Das Licht vom Korridor ist nicht hell, aber ich muß trotzdem blinzeln. Ich schirme meine Augen mit der Hand ab. Ich höre eine Stimme. Es ist nicht die des Hauptmanns. Sie ist ruhiger, aber immer noch herrisch.

»Steh auf.«

Ich tue, wie mir geheißen.

»Wo ist Auguste Kilundu?«

»Ich habe keine Ahnung«, antworte ich sofort.

Ich weiß nicht, warum ich das sage. Vielleicht nur, weil ich es mir vorbete, seit sie mich verhaftet haben und es sich in meinem Kopf festgesetzt hat, oder weil ich kurz überschlagen habe, was es mir bringen würde, wenn ich es ihnen jetzt sage.

»Los.«

Ich kann mich nur schwer bewegen. Während der Nacht – wenn es Nacht war – sind mir die Glieder steif geworden. Mein Körper wehrt sich gegen jeden Schritt.

»Los«, schnauzt die Stimme. »Beeilung.«

»Ich brauche Wasser«, sage ich.

Mein Besucher schweigt.

Mit gesenkten Augen humpele ich auf den Gang hinaus. Kaum bin ich dort angelangt, packt mich jemand am Arm und marschiert mit mir zu der verriegelten Tür. Ich stöhne leise vor Schmerz, was meine Bewacher natürlich nicht interessiert. Ich wage einen Blick in die Runde. Es sind drei, alle in Zivil. Sie sehen aus wie Polizeibeamte, gelangweilt, wohlgenährt, selbstzufrieden. Als wir den Zellenbereich verlassen, tritt einer von ihnen an den Tisch. Der Diensthabende ist immer noch derselbe Mann von vorher. Er würdigt mich keines Blickes. Der Polizist unterschreibt den Eintragungsvermerk, dreht sich um und macht seinen beiden Kollegen ein Zeichen. Wir biegen nach rechts in einen anderen Gang ein. Dort kommen wir zu einer Treppe. Wir steigen hinauf, wir treten durch eine Tür in einen kurzen Gang. Wir gehen durch eine weitere Tür. Wir treten ins blendende Tageslicht hinaus. Ich halte mir meine freie Hand über die Augen. Halb stoßen, halb ziehen sie mich über den Hof auf ein anderes Gebäude und eine andere Tür zu. Die Sonne brennt. Sie fährt mir in den Hinterkopf und versengt mir das Gehirn. Vor der neuen Tür mache ich die Silhouetten von – wahrscheinlich – bewaffneten Wachen aus. Im Näherkommen beginne ich, kleinere Details wahrzunehmen, ein paar Farben. Einer der Polizisten öffnet die Tür. Ich werde nach vorne gestoßen. Während wir vorbeigehen, erhasche ich einen Blick auf die Wachen. Einer von ihnen scheint ein Weißer zu sein. Ich gehe nur wenige Zentimeter vor ihm vorbei. Es ist ein Weißer.

»Mark?« flüstere ich mit rauher Stimme.

Stipe – wenn er es ist – reagiert nicht.

»Mark? Sind Sie das? Helfen Sie mir, Mark.«

Der Weiße bleibt stumm. Bevor ich noch mehr sagen kann, haben mich die Polizisten hindurchgeschoben und die Tür hinter uns verschlossen.

Sie zerren mich einen weiteren Korridor entlang. Eine offene Tür am Ende führt in ein Schlafzimmer. Schlafzimmer? Auf einem Bett liegt ein Mann in tiefem Schlaf. Meine Augen gewöhnen sich langsam an das Licht. Der Mann auf dem Bett wird deutlicher. Nur ist es kein Bett, sondern ein Bürotisch. Sie stoßen mich mit solcher Gewalt in den Raum, daß ich die Hand vorstrecken muß, um nicht vornüber zu fallen. Ich berühre den schlafenden Mann. Er ist kalt und klamm und weich. Ich reiße die Hand zurück. Der Mann schläft nicht. Ich sehe mich im Raum um. In einer Ecke sitzt der Hauptmann und grinst in sich hinein.

Ich sehe wieder zu der Leiche zurück. Der Kopf ist gräßlich angeschwollen. Die Verletzungen sind so schwer, daß man zunächst kaum sehen kann, daß es der Körper eines Weißen ist. Es ist Smail. Seine Hoden sind so groß wie Kricketbälle. An der Spitze seines gedrungenen Penis klebt Blut.

»Wo ist Auguste Kilundu?«

Die Stimme kommt von hinten. Ich höre die Frage, aber in meinem Schockzustand wird mir nicht klar, daß auch eine Antwort verlangt wird. Einer der Polizisten wirbelt mich herum.

»Wo ist Auguste Kilundu?«

Meine Stimme streikt.

»Wir werden Sie jetzt mit Ihrem alten Freund und dem Hauptmann allein lassen«, sagt der Polizist, »es sei denn, Sie wollen uns gleich sagen, wo Auguste sich versteckt.«

»Ich bin sehr durstig«, sage ich. »Ich hätte gern etwas Wasser. Außerdem möchte ich den britischen Botschafter sehen.«

Der Mann schwingt mir die Faust schräg ins Gesicht. Es ist ein kräftiger Schlag, wenn auch nicht schwer genug, um mich umzuwerfen. Ich gehe trotzdem zu Boden, um weitere

Schläge zu vermeiden. Jetzt treten sie mich alle drei. Der Hauptmann steht auf, um mitzumachen. Er hat einen dicken Stock dabei. Ich nehme die Hände hoch, um meinen Kopf zu schützen. Er zieht mir den Stock über Nacken und Schultern. Es ist ein kleiner Raum, und sie sind sich gegenseitig im Weg. Ich suche ein wenig Schutz unter Smails Tisch. Einer von ihnen packt mich am Fußgelenk und beginnt mich wieder hervorzuziehen. Ich halte mich an den Tischbeinen fest. Die Schläge treffen mich in meine Beine und den Unterleib. Jemand stampft von oben mit dem Fuß auf mich ein. Ich klammere mich an meinen Tisch und versuche mich ganz unter die Platte zu ziehen. Der Tisch bewegt sich. Sie ziehen weiter. Der Tisch bewegt sich, rutscht über den Boden, kippt um. Smail landet auf mir. Plötzlich hört das Schlagen auf. Einer der Leute sagt etwas. Wenige Augenblicke später schließt sich die Tür, und es herrscht Stille. Sie haben mich allein gelassen.

Ich liege still. Ich liege unter Smails Leiche, das Gesicht in den kalten Todesschweiß an seiner Brust gepreßt. Dann gerate ich – als würde ich erst in diesem Moment begreifen, in was für einer entsetzlichen Situation ich mich befinde – in Panik und schlage wild herum, um mich unter ihm vorzukämpfen. Ich stoße die Last von meinen Beinen, und als ich ganz frei bin, starre ich voller Ekel auf die Leiche. Dann krieche ich in die entfernteste Ecke. Ich wische mir das Gesicht und die nackten Arme ab, jedes Stück unbedeckte Haut, um mich von seiner Berührung und seinem Geruch zu befreien. Es stinkt nach Verwesung. Ich atme tief ein. Ich konzentriere mich, zähle, atme. Ganz ruhig. Immer ruhig, ruhig bleiben… Ich habe noch eine Geschichte. Eine Wahnsinnsgeschichte, noch viel besser als der Mord an dem ANC-Oberst. Zoubir Smail, im Libanon gebürtiger Diamantenhändler, Mitglied der Kommunistischen Partei, enger Vertrauter des geschaßten Premierministers Patrice Lumumba, zahlreichen Gerüchten zufolge ein Mann, der die heimliche Finanzierung des MNC durch die Sowjetunion in die Wege geleitet und durchgeführt hat, ermordet von Mobutus Geheimpolizei. Augenzeugenbericht über die gefolterte Leiche im Zentralgefängnis von Léopoldville. Ich kann das alles für Romane und Artikel und Theaterstücke verwerten – und meine eigene Verhaftung gleich mit. Es könnte der dramatische Angelpunkt werden, um den sich mein gesamtes weiteres Werk gruppiert. Ich werde etwas aus dem hier machen. Ja, wenn es mir gelingt, den Handel mit Stipe zustande zu bringen. Ich sehe zu Smail hinüber. *Wenn zu deinen Füßen jemand stirbt, ist es nicht deine Aufgabe, ihm zu helfen, sondern auf die Farbe seiner Lippen zu achten.* Ich muß meinen klaren Verstand behalten. Ich muß mir die Farbe seiner Lippen merken.

Nun höre man sich das an.

Dort liegt ein Mann – kein Freund, aber jemand, den ich einmal gekannt habe –, ein armseliger Haufen, keine zehn Meter von mir entfernt, und ich denke nur an meinen eigenen Vorteil. Plötzlich fühle ich mich angeekelt, zutiefst angewidert von meiner eigenen Gleichgültigkeit. War ich vielleicht nie etwas anderes? Nichts als ein selbstsüchtiger Zuschauer? Ich stöhne auf. Dann vergrabe ich mein Gesicht in den Händen und fange an zu schluchzen, aus Angst und Verzweiflung und aus Verachtung für mich selbst. Ich habe nie behauptet, daß ich mutig oder idealistisch wäre, aber ich habe meine Schwäche vor mir versteckt. Es ist mir bisher immer gelungen.

Jetzt spreche ich wirklich. Keine Tricks, keine künstliche Verbrämung, keine schriftstellerische Selbstdarstellung. Keine falschen Selbstbezichtigungen, die mich in einem guten Licht erscheinen lassen. Es gibt nichts Verborgenes oder Kompliziertes oder Tiefes oder Zweiflerisches. Ich bin ein banaler und selbstbezogener Mensch. Das ist die Wahrheit. Ich habe mit Worten maskiert. Erfundenen Worten. Gelogenen Worten. Andere – nicht alle, aber viele – gehen mir auf den Leim, aber ich mir selber nicht mehr. Früher habe ich mich gut gefühlt mit erfundenen Worten, das ist jetzt vorbei. Sie dienen dem Lügner, der sie zusammenstellt, dem Solipsisten, der ihre Wirkung berechnet, dem Egoisten, der ihre Leichtfertigkeit verschleiert und Bronze für Gold ausgibt. Andere Leute? Andere Leben? Welchen Platz haben sie in dem, was ich tue? Jeder meiner Gedanken dreht sich um mich selbst. In meiner Phantasie nehme ich selber den größten Raum ein. Andere – sofern es sie denn überhaupt gibt – drehen sich um meine Sonne. Sie leben in meinem Licht und in meinem Schatten. Wie es mir gefällt. Ich habe mich niemals ehrlich um einen anderen Menschen gesorgt. Ich bin niemals aufrichtig gewesen. Ich habe nicht ein einziges Mal irgend etwas für eine andere Person aufgegeben. Das ist keine Übertreibung. Ich mache mich hier nicht schlimmer, als ich bin, damit ich besser aussehe. Bisher bin ich immer damit durchgekommen, weil ich keine Fingerabdrücke hinterlasse und darauf achte, daß mich niemand sieht. Der arme Smail. Wie klein er im Tod aussieht, wie zusammengeschrumpft. Ich werde ihn ausstrecken. Die Haut schimmert blau an den Stellen, wo sie nicht verletzt ist. Es ist das gleiche Blau wie das der Adern von sehr alten Leuten, Männern und Frauen mit fahler, papierener Haut, die in Räumen auf den Tod warten, in denen es nach Fischpaste und Mottenkugeln riecht. Tintenblau. Ich werde ihn auf den Tisch legen. Er ist schwer, und ich bin nicht stark. Ich nehme ihn mit den Händen unter seinen Armen und stemme mich gegen das Gewicht. Sein blutiger, geschwollener Kopf taumelt nach vorne. Ich strenge mich an, ziehe und wuchte. Es nützt nichts. Ich versuche es noch einmal, aber ich kann seinen Oberkörper nicht auf den Tisch bekommen. Sanft lege ich ihn wieder ab. Ich rolle ihn auf die Vorderseite und zerdrücke dabei seine dicken, verwundeten Eier; tut mir leid, sage ich laut. Tut mir leid. Ich stehe über ihm. Seine Fingerspitzen sind schwarz wie von Frostbeulen. Ich beuge mich herunter und greife ihm um die Taille. Dann hebe ich ihn mit aller Kraft hoch. Schwitzend vor Anstrengung schwinge ich ihn zum Tisch herum. Er gleitet mir aus den Fingern. Ich stöhne laut auf bei dem Versuch, ihn zum Schluß noch ein paar Zentimeter höher zu heben, um einen Teil von ihm, egal welchen, auf den Tisch zu bekommen. Ich schaffe es nicht. Ich will ihn nicht fallen lassen, aber er entgleitet mir. Er sinkt gekrümmt zu meinen Füßen zusammen.

Die Tür geht auf. Es ist Stipe. Für Smail hat er kaum einen Blick.

Er sieht mich an und sagt: »Sie haben schon mal besser ausgesehen.«

»Sehen Sie nur, was sie mit Smail gemacht haben. Sehen Sie doch, was sie gemacht haben.«

Er blickt für eine Sekunde auf den Leichnam hinunter. In seinem Gesicht zeigt sich keine Regung. Allenfalls Langeweile. Jetzt weiß ich, was seine Arbeit ist. Ich hasse ihn.

»Wir wollen uns jetzt auf Sie konzentrieren.«

»Nein. Konzentrieren wir uns auf Sie!« schreie ich ihn an. »Konzentrieren wir uns darauf, was Sie hier machen –«

»Sie wollten mich sehen.«

»– hier in diesem Land.«

Er zuckt die Achseln und sagt: »Ich versuche dieses Land zu einem sicheren Ort zu machen.«

»Sicher für wen?«

»Leute wie Sie.«

»Lassen Sie mich da raus.«

»Sie wollen immer aus allem herausgelassen werden, Gillespie«, sagt er höhnisch, »aber Sie stecken mittendrin. Und ich meine nicht nur, weil Sie mit Leuten zu tun haben, die wir suchen. Sie stecken genauso drin wie wir alle. Leute wie Sie mögen die schmutzigen kleinen Spielchen nicht, mit denen sich Leute wie ich beschäftigen, aber ihr profitiert davon, jedesmal wenn wir spielen und gewinnen. Sie werden es nicht zugeben, wahrscheinlich würden Sie es vor sich selber leugnen, aber Sie wollen, daß ich gewinne, denn wenn ich verliere, verlieren Sie auch. Sie verlieren alles. Alle Ihre Privilegien.

Schreiben, Bücher machen, Journalismus – um nur die Dinge zu nennen, die für Sie von besonderem Interesse sind –, all das ist nur innerhalb eines bestimmten Systems möglich, und meine Aufgabe ist es, dafür zu sorgen, daß dieses System weiter Bestand hat. Manchmal muß man dafür unangenehme Dinge tun, manchmal muß man sich mit unangenehmen Leuten abgeben.«

»Wie Dr. Joe aus Paris? Oder Dr. Gottlieb, wie er wirklich heißt, wenn ich das recht verstehe.«

Stipe zuckt mit den Augenlidern. Dieses eine Mal habe ich ihn überrascht.

»Ein Giftmischer?« sage ich und dränge vor, solange er noch aus dem Gleichgewicht ist. »Das ist mehr als nur unangenehm, Mark.«

»Es gibt viel Schlimmere als Dr. Joe. Nicht die Art Leute, die man gerne zu sich nach Hause zum Essen einladen würde. Aber man tut es. Es geht nicht anders. Sie kommen und sitzen an Ihrem Tisch, und manchmal fällt es schwer, in ihrer Gegenwart das Essen runterzukriegen, aber man zwingt sich dazu. Man ißt sein Dinner und trinkt seinen Wein, weil man weiß, daß unser System – unser teures System – zusammenbricht, wenn man es nicht tut.«

Er hält inne, sieht zu Boden, dann auf Smail.

Ohne die Augen von der Leiche abzuwenden, fährt er fort: »Was ich hier in diesem Land mache? Ich sorge dafür, daß das größte und reichste Land in Zentralafrika – das zudem enorme strategische Bedeutung besitzt – nicht in die Hände der Leute fällt, die unser System zerstören wollen.«

»Halten Sie die Luft an, Mark. Demnächst erzählen Sie mir noch, man sei besser tot als rot.«

»Nein«, sagt er obenhin. »Für mich hat das mehr mit Hobbes zu tun. Besser geführt als tot. Ich habe immer daran geglaubt, daß es eine starke Führung braucht, und daran, daß man das Notwendige tun muß. Das ist wohl das einzige, was ich mit Inès gemein habe. Wie geht es Inès?«

Die Erwähnung ihres Namens reißt mich in meine schreckliche Realität zurück.

»Ich weiß es nicht.«

Stipe nickt langsam. »Sie haben sie nicht gesehen?«

»Nein«, erwidere ich schnell und eindeutig. »Ich habe Ihnen schon gesagt, daß ich sie seit dem Unabhängigkeitstag nicht gesehen habe.«

»Nicht mal in der Stadt? Nicht mal bei einer Pressekonferenz?«

»Wir verkehren in unterschiedlichen Kreisen, und Inès hat eine sehr schlechte Meinung über Pressekonferenzen.«

Stipes Lippen verziehen sich zu einem dünnen Lächeln. Danach folgt ein langes Schweigen.

»Nur damit wir uns richtig verstehen«, sagt er ohne Betonung. »Wenn Sie mir nicht sagen, wo Auguste ist, sehen Sie heute abend genauso aus wie Smail hier, und ich kann absolut nichts daran ändern.«

»Das ist gelogen, Mark«, antworte ich wütend. Ich lasse mich von seiner Drohung nicht einschüchtern. »Sie können alles daran ändern. Sie können zu Ihrer Botschaft gehen, und Ihr Botschafter könnte Mobutu sagen, daß er meine Freilassung anordnen soll, und dann wäre ich in zwanzig Minuten hier raus.«

»Okay«, sagt er mit einem knappen Lächeln. Der Punkt geht an mich. »Sagen wir also, ich würde nichts daran ändern wollen.«

»Ich kann Ihnen nicht sagen, wo Auguste ist.«

»Überlegen Sie sich das, Gillespie.«

»Ich kann es Ihnen nicht sagen, weil ich es nicht weiß.«

Er sieht mich an, und ich halte seinem Blick stand. Ich habe ihn nicht überzeugt, aber vielleicht habe ich die ersten Samen des Zweifels in ihm gesät.

»Was haben Sie gemacht, nachdem ich Sie bei Roger zurückgelassen hatte?« fragt er.

»Roger hat meinen Fuß gereinigt und mich nach Hause gefahren. Ich habe etwas getrunken und bin ins Bett gegangen.«

»Haben Sie Roger gestern gesehen?«

Ich bleibe bei meiner Geschichte. »Nein.«

»Mit ihm gesprochen?«

»Nein.«

Er macht eine Pause, bevor er weiterspricht, und wägt meine Antworten ab. Sie waren unumwunden, eindeutig, selbstsicher. Bringe ich ihn ins Grübeln?

»Fragen Sie Roger, wenn Sie mir nicht glauben«, sage ich wegwerfend. Mehr kann ich nicht tun. Es ist die logische Herausforderung von einem Unschuldigen. Sinnlos natürlich, er wird längst Vorbereitungen getroffen haben, mit Roger zu reden. Was wird Roger sagen? Ich kann nicht daran denken. Ich kann nur hoffen. Und da geht mir auf, daß es tatsächlich Grund zur Hoffnung gibt. Eine Nacht ist vergangen. Das bedeutet, daß Madeleine Augustes Versteck nicht entdeckt hat. Vielleicht ist sie am Ende doch nicht hingegangen. Vielleicht gibt es keinen anderen Liebhaber. Vielleicht bin ich der einzige. Ich fühle eine seltsame Welle von Zärtlichkeit für sie in mir aufsteigen.

»Was haben Sie gestern gemacht?« fragt Stipe.

»Gestern? Nicht viel.«

»Was genau haben Sie gemacht?«

»Bin aufgestanden, dann das Übliche. Kaffee im Garten. Ich mußte nichts abschicken, der Roman ist fertig, also habe ich eine kleine Spazierfahrt gemacht, nur so, um mich ein bißchen umzusehen.«

»Wohin sind Sie gefahren?«

»Zu den Docks, den Boulevard entlang, ohne bestimmtes Ziel. Ich bin auf einen Drink ins Regina gegangen. Dort bin ich Ihnen über den Weg gelaufen. Ihnen und Dr. Joe, dem Giftmischer, wenn Sie sich erinnern.«

»Wo ist Ihr Hausdiener?«

»Charles? Ich weiß nicht. Ist er nicht im Haus?«

»Er ist heute morgen nicht erschienen. Wissen Sie, wo er lebt?«

»Irgendwo in der Cité. Die Adresse kenne ich nicht.«

Er mustert mich eingehend. Ich habe seine Fragen ohne Zögern beantwortet. Fast glaube ich mir selber. Aber ich bin nur noch Millimeter von einem Zusammenbruch entfernt. Ich muß mich zusammennehmen, damit ich nicht zittere. Wenn er jetzt Druck macht, breche ich ein. Um ihn abzulenken, übernehme ich selber die Initiative.

»Wie kommen Sie darauf, ich wüßte, wo Auguste ist?«

»Er hält sich seit dem Putsch versteckt. Und dann, vor einer Woche, verschwindet Inès plötzlich von der Bildfläche. Sie kam nicht mehr ins Büro am Marché und zog aus der Wohnung in der Rue de la Tshuapa aus. Verschwunden. Ich vermute, daß sie zu Auguste gegangen ist, und ich habe allen Grund zu glauben, daß sie einen Fluchtweg für ihn zu organisieren versucht. Es wäre nur logisch, wenn sie sich an Sie wenden würde.«

»Das ist keineswegs logisch. Nicht nach dem, was zwischen uns beiden vorgefallen ist.«

Er wendet sich ab und legt die Hand an den Mund. Er zupft an seiner Unterlippe wie ein zerstreuter Professor.

»Ich wollte Sie schon immer mal fragen, was Ihnen so durch den Kopf geht, wenn Sie an Inès und Auguste zusammen denken, Gillespie. Ich meine, Sie müssen doch daran denken – stimmt's?«

»Ich versuche es zu vermeiden«, sage ich.

Ich weiß, wohin das jetzt führt...

»Das ist klug, sehr klug«, sagt er mit abstoßender Glätte. »Warum soll man sich mit Vergleichen quälen? Ich meine, das ist ja nicht gerade schmeichelhaft.«

...Aber ich kann mich nicht beherrschen. Ich sehe es vor meinen Augen...

»Sie sind ein Mann in mittleren Jahren, der den größten Teil seines Lebens hinter irgendwelchen Schreibtischen verbracht hat. Sie sind schlaff. Ihr Bauch hängt über den Gürtel, sämtliche Ausbuchtungen sind nicht da, wo sie sein sollten...«

…womit er mich jetzt verspottet…

»Sie haben Ihre beste Zeit lange hinter sich, und Auguste – nun ja, der Junge ist gerade mittendrin. Und das will etwas heißen bei ihm. Ich habe den Mann gesehen, wissen Sie, den ganzen Mann, wenn Sie verstehen, was ich meine, und…« – er lacht in sich hinein – »es ist schon beeindruckend. Sehr beeindruckend. Man sieht da so hin und denkt, mein Gott, das ist doch nicht fair. Sie verstehen schon, was ich damit sagen will. Ich meine, er ist wirklich riesig.« Er lacht laut auf. »Was, glauben Sie, denkt Inès, wenn sie das sieht? Ich wette, daß er sie zu einer sehr, sehr glücklichen Frau macht.«

Es ist schändlich, daß ein so plumper Schachzug mir soviel anhaben kann, aber der Zusammenbruch steht kurz bevor. Mein Inneres gibt nach. Ich schließe die Augen, aber seine Worte kann ich nicht ausschalten.

Er macht weiter: »Wissen Sie, Auguste war immer ziemlich offenherzig zu mir, wenn es um Frauen ging. Wir haben lange Gespräche darüber geführt. Wissen Sie, diese Burschen vögeln die ganze Nacht durch. Ich meine, die *ganze* Nacht. Sie können Inès doch hören, oder, wenn sie stöhnt?«

Ich sollte in der Lage sein, es einfach zu ignorieren, es als das abzutun, was es ist. Mir laufen heiße Tränen über die Wangen.

»Ich liebe diese Geräusche, Sie nicht auch? Diese Geräusche, die Frauen machen. Ich war mal in einem Hotelzimmer in Managua. Die Wände waren sehr dünn. Und da hörte ich dieses Paar, das jede Nacht zugange war. Die Frau – ach, ich kann Ihnen gar nicht sagen, was die alles für Laute von sich gab, leises Stöhnen, Schreie. Es hat mich schier verrückt gemacht. Stellen Sie sich das vor. Irgendwo in dieser Stadt hört gerade jemand Inès zu. Können Sie sie hören, Gillespie? Können Sie sie hören? Jetzt? Hören Sie. Das ist sie, es ist gleich soweit, gleich wird sie kommen.«

Ich kann sie hören. Stripe tritt ganz nah heran.

»Wissen Sie, was Auguste mir erzählt hat? Wie er es am liebsten macht?«

Er legt mir den Mund ans Ohr. Sein Atem riecht nach Essen.

»Von hinten. Denken Sie mal darüber nach, Gillespie. Wie unser guter Auguste Inès umdreht, in die Finger spuckt, um sie anzufeuchten und einen Finger reinsteckt. Und sie wartet darauf, sie weiß, was jetzt kommt. Er hat sein Ding in der Hand. Es ist bereit. Er stößt es ihr in den Hintern. Stellen Sie es sich vor. Denken Sie an das Geräusch, das sie jetzt macht. Können Sie sich das vorstellen, wenn es davon Fotos gäbe?«

Ich kann sie sehen.

»Was glauben sie, wie ihr Gesicht aussieht, wenn er das mit ihr macht? Was sagt sie, wenn sie kommt, Gillespie? Was sagt sie?«

Sie sagt *amore mio. Amore mio.* Das sind meine Worte, Worte für mich, nicht für Auguste, für niemand sonst, nur für mich, mich.

»Was sagt sie? Sie sagt es jetzt nämlich gerade. Können Sie sie hören? Ich ja. Und Auguste auch. Auguste kann sie sehr gut hören.«

Ich weine hemmungslos.

»Was fühlen Sie für Auguste?«

Ich verabscheue ihn.

»Gillespie? Was fühlen Sie für den Mann, der Ihnen die Frau gestohlen hat?«

Ich hasse ihn, ich verachte ihn…

»Sagen Sie mir, wo Auguste ist.«

… Wenn ich ein Messer hätte, würde ich es ihm ins Herz rammen.

»Sagen Sie es mir. Es wird alles gut werden. Wir können es so einfädeln, daß Inès nie erfährt, daß Sie es waren. Wir können es sogar so arrangieren, daß Sie am Ende noch wie ein Held dastehen, und Sie wissen ja, wie wild sie auf Helden ist. Sie beide gehören zusammen, das wissen Sie. Sie können zusammensein. Sie können zurück nach London gehen, oder nach Rom oder Bologna oder Irland. Sie können eine Familie gründen. Ich weiß, daß sie keine Kinder bekommen kann, aber Sie können heiraten und welche adoptieren. Und wenn Sie auf Schwierigkeiten stoßen, kann ich Ihnen auch dabei helfen. Vertrauen Sie mir. Vertrauen Sie mir, James. Ich kann Ihnen Inès zurückholen. Sie glauben mir das doch, oder?«

Ich nicke. Wie ein Kind vor den Eltern.

»Und Sie möchten das auch, oder? Mehr als alles andere auf der Welt.«

Ich nicke wieder.

»Also. Wo ist Auguste?«

»Ich weiß es nicht.«

Er schlägt mir mit dem Handrücken ins Gesicht.

»Sie lügen! Sie wollen mich bescheißen!«

Ich gebe einen tiefen Seufzer von mir.

»Mark«, sage ich so ruhig, wie es nur ein völlig Geschlagener kann, »ich würde ihn Ihnen geben. Glauben Sie mir. Wenn ich wüßte, wo er ist, würde ich Sie an der Hand zu ihm führen, und wenn Sie mir eine Pistole gäben – ich weiß nicht, vielleicht würde ich ihn sogar selbst erschießen. Aber ich weiß nicht, wo er ist, und nichts, was Sie oder irgendeiner von den Leuten hier mir antun, kann etwas herauspressen, was ich nicht weiß.«

Er starrt mich voller Verachtung an. Sein Gesicht ist rot angelaufen, und das Blut pulsiert durch die dicke, verzweigte Ader auf seiner Stirn.

»Sie haben sich sehr dumm benommen«, schreit er, »und Sie werden das noch sehr bereuen.«

Er marschiert nach draußen und schlägt die Tür hinter sich zu.

Ich sehe auf Smail hinunter mit seinen vielen Wunden. Ich habe ihn nicht gut gekannt. Eigentlich kaum. Er war ein Freund von Inès, ein Parteimitglied. Ich bezweifle, daß zwischen uns so etwas wie Freundschaft entstanden wäre, wenn wir uns besser gekannt hätten. Er war ein Gläubiger, wie Inès, und bis auf die eine Ausnahme bin ich mit Gläubigen nie zurechtgekommen. Aber niemand hat es verdient, so zu sterben. Wie haben wohl seine letzten Stunden ausgesehen? Die letzten Minuten? Vielleicht werde ich das bald wissen. Ich knie neben ihm nieder und rolle ihn auf die Seite. Ich nehme einen Arm hoch. Dann zwänge ich meine andere Hand unter seinen Knien durch. Ich halte inne, um zu atmen, meine Kraft zu sammeln. Ich wuchte mir den Körper über die Schulter und erhebe mich, unter dem Gewicht schwankend, auf die Füße. Mein Herz klopft mir bis zum Hals. Ich gehe auf den Tisch zu und lege ihn so sanft ich kann darauf ab. Und dann schwindet alles um mich herum. Ich falle nicht. Ich sinke hinunter und schließe die Augen.

Die Tür geht auf. Zwei Polizeileute kommen herein. Komm, sagen sie. Mehr gibt es nicht zu sagen. Ich folge ihnen widerstandslos. Wir gehen den alten Weg in die Zelle zurück. Sie schließen mich darin ein. Ich fürchte mich nicht im Dunkeln. Es ist mir egal, ob Stipe Roger verhört und herausfindet, daß ich lüge. Es ist mir egal, wenn Charles wieder auftaucht und ihnen von Inès erzählt. Es schert mich nicht, was mit mir geschieht. Ich bin ganz ruhig.

Ich werde nicht mehr verhört. Um fünf vor fünf lassen sie mich frei. Ich weiß die Uhrzeit, weil der Zivilist am Tisch sie in sein Buch einträgt. Ein Polizist begleitet mich durch die unterirdischen Gänge und auf den Hof hinaus. Eine Wache öffnet das Tor, und ich gehe hindurch. Niemand spricht ein Wort. Niemand sagt mir, warum ich freigelassen werde. Draußen warten dreißig oder vierzig Frauen und Kinder. Manche stehen, die meisten sitzen auf dem Bordstein auf improvisierten Lagern. Sie starren mir leer entgegen. Es sind die Frauen und Mütter und Schwestern und Kinder von den Männern drinnen. Das Tor schließt sich hinter mir. Ich sehe die Straße auf und ab und versuche meine Gedanken zu ordnen und herauszufinden, wo es vielleicht ein Taxi geben könnte.

Bevor ich losgehen kann, höre ich eine freundliche Stimme meinen Namen rufen. Es ist Stipe.

»Kommen Sie, James«, sagt er. »Ich fahre Sie nach Hause.«

»Ich nehme lieber ein Taxi.«

»Sehen Sie sich doch an. Welcher Taxifahrer wird Sie wohl mitnehmen? Kommen Sie schon.«

Er führt mich zu seinem Wagen, öffnet die Beifahrertür und hilft mir hinein. Bei jedem Atemzug spüre ich einen stechenden Schmerz in den Rippen.

Auf dem Weg zu meinem Haus sagt Stipe: »Sie wissen wirklich nicht, wo Auguste ist?«

»Ich weiß es wirklich nicht.«

»Roger ist in Brazzaville. Sieht so aus, als hätte er einen Patienten dort, der gestern plötzlich krank geworden ist. Hat ein Tennisspiel unterbrochen, um rüberzufahren und nach ihm zu sehen. Wußten Sie, daß er einen Patienten in Brazzaville hat?«

»Ich weiß so gut wie gar nichts über Rogers medizinische Tätigkeit.«

»Anscheinend haben sie im Tennisclub über Sie gesprochen. Léo ist eine kleine Stadt – man kann nichts lange geheimhalten. Sein Tennispartner arbeitet beim UN-Pressebüro. Er hatte wohl gerüchteweise von Ihrer Verhaftung gehört. Er hat es Roger gegenüber erwähnt, weil er wußte, daß Sie beide befreundet sind.«

Ich sage nichts. Ich vermute, wie Stipe vielleicht auch, daß Roger, als er von meiner Verhaftung hörte, beschlossen hat, die Fähre über den Fluß zu nehmen und in Sicherheit abzuwarten, wie sich die Dinge entwickeln.

»Haben Sie mich rausgeholt?«

»Ja«, sagt er.

»Danke.«

»Ich hoffe, was Roger sagt, wenn ich irgendwann mal mit ihm sprechen kann, stimmt mit dem, was Sie gesagt haben, überein«, fährt Stipe fort.

»Wenn Sie mir drohen wollen, Mark, steige ich lieber aus und gehe zu Fuß weiter.«

»Ich drohe Ihnen nicht.«

»Ich habe es Ihnen gesagt: Ich weiß nicht, wo Auguste ist.«

Stipe sieht stur geradeaus. Ich bin sicher, daß ich ihn überzeugt habe.

Als wir uns dem Haus nähern, sagt er: »Tut mir leid, was ich gesagt habe – über Auguste und Inès, meine ich. Ich mußte es versuchen, Sie verstehen das doch, oder?«

»Ich verstehe.«

»Es war furchtbar für mich, das zu tun, James. Ich habe mich ganz elend dabei gefühlt. Es tut mir leid.«

»Ich habe Ihnen angemerkt, daß Sie nicht mit dem Herzen bei der Sache waren«, sage ich.

Er legt mir die Hand auf den Arm und tätschelt mich freundschaftlich.

Vor meinem Haus hält er an.

»Ich habe eine Neuigkeit für Sie, die Sie wahrscheinlich nicht so gerne hören«, sagt er. »Sie werden als erstes morgen früh die offizielle Benachrichtigung erhalten, daß Ihre Anwesenheit in Kongo nicht länger erwünscht ist. Sie werden Ihnen drei Tage Zeit geben, Ihre Zelte hier abzubrechen. Es ist das beste so, James, glauben Sie mir.«

»Davon müssen Sie mich nicht überzeugen. Ich wäre auch so gegangen.«

»Wir sollten einen Arzt für Sie kommen lassen.«

»Ja, genau. Holen Sie doch Dr. Joe. Ich würde mich gern mal mit ihm unterhalten.«

Ich sehe ihn böse an.

»Wissen Sie noch, was ich über das System gesagt habe, daß es bewahrt werden muß?« fragt er.

»Wie könnte ich das vergessen?«

»Lassen Sie uns im Regina etwas trinken, bevor Sie abreisen. Ich lade Sie ein.«

»Ja, machen wir.«

»Rufen Sie mich an.«

Er drückt auf die Hupe und winkt mir beim Abfahren freundlich zu. Es ist, als hätte er nichts anderes getan, als mich von der Arbeit heimzufahren. Und warum auch nicht? Für ihn war es wahrscheinlich ein ganz normaler Arbeitstag.

Das Haus ist durchsucht worden. Meine Kleider, meine Papiere und Bücher sind durcheinandergewirbelt und zerrissen. Es macht mir nichts aus. Hier gab es nichts von Wert. Ich werde keine drei Tage brauchen. Was für Zelte hätte ich hier noch abzubrechen?

Ich gehe ins Badezimmer und sehe in den Spiegel. Mein häßliches Spiegelbild erheitert mich. Jetzt ist es endlich wahrhaftig. Gezeichnet von den Spuren wirklicher Erfahrung. Eines Tages werde ich von alledem zehren. Ich lasse mir ein Bad ein und bleibe eine Stunde im Wasser liegen. Als ich heraussteige, kommt mir der Schmerz nur um so schlimmer vor. Ich lasse das Handtuch fallen und stelle mich nackt vor den Spiegel. Ich kneife mit den Fingern in das überflüssige Fleisch an Bauch und Hüften. Was Stipe über mich gesagt hat, ist wahr. Ich bin alt und verbraucht.

Ich sollte es besser wissen, aber ich bin noch nicht fertig. Ich trockne mich ab, streiche Salbe auf die Wunden und schlucke vier Schmerztabletten. Meine Unterlippe ist aufgerissen und dick geschwollen. Ich werde mich behandeln lassen müssen. Während ich in die Stadt fahre, beobachte ich den Rückspiegel sehr genau. Auf dem Boulevard mache ich eine Kehrtwende und fahre ein gutes Stück in der Richtung zurück, aus der ich gekommen bin. Ich halte am Rand, tue so, als würde ich etwas im Handschuhfach suchen, und sehe mich vorsichtig um, als ich wieder anfahre. Es ist niemand hinter mir. Ich sollte es besser wissen, aber ich fahre trotzdem zu Houthhoofds Haus.

Ich kann mich nicht entscheiden, ob ich nun heldenmütig gehandelt habe oder einfach nur dumm. Ich kann dickköpfig sein, rachsüchtig und dann auch wieder heiter, schwer kaputtzukriegen. Aber das ist nicht der Grund, warum ich denen im Zentralgefängnis nicht gesagt habe, was sie wissen wollten. Ich habe Auguste nicht verraten, weil ich Inès verloren hätte, hätte ich das getan. Und weil ich geschwiegen habe, werde ich sie nun für immer verlieren. Ich sollte es besser wissen. Das hier ist der Stoff für eine Farce, nicht für eine Tragödie. Ich sehe mich selber auf der Bühne stehen. Und ich lache.

8

Lumumba steht vorne in der *barque*, seine Brillengläser spiegeln blinkend die letzten Sonnenstrahlen. Der alte Bootsmann hinter ihm dirigiert den Kahn über den Fluß. Die Wasserhyazinthenteppiche treiben vorbei, oben kreist das Aufklärungsflugzeug. Der kleine Roland blutet und schreit. Seine Mutter ist außer sich. Inès und die anderen aus unserem Konvoi, die den Sankuru noch nicht überquert haben, gehen, jeder wie in Trance, zum Steg hinunter. Sie können nicht glauben, daß er wieder über den Fluß zurückkommt. Die Soldaten ebensowenig. Er war ihnen schon wieder durch die Finger geglitten. Nun kommt er zurück. Freiwillig. Wir starren schweigend hinüber, wie man vor einem unerklärlichen Naturschauspiel steht. Wir alle wissen, was das bedeutet, und können es nicht begreifen. Warum sollte ein Flüchtling zurückkehren, um dem sicheren Tod entgegenzugehen? Als die *barque* näher kommt, schreit Inès auf. »Nein, Patrice! Nein!« Er gibt nicht zu erkennen, daß er sie gehört hat. Seine lange dünne Silhouette ist regungslos, sein trauriges Gesicht wie gemeißelt. Er fängt erst an zu zittern, als das Holz des Kahns an den Steg schlägt und die Soldaten vorstürmen, um ihn zu holen. Ich sehe, wie Angst in ihm aufsteigt, eine Vorahnung. In Mangai hat er seinen Anhängern heute morgen gesagt, daß er verraten und gefoltert und getötet werden würde. Die Soldaten rufen aufgeregt durcheinander, während sie ihn zu ihren Transportern führen. Als wir anderen – die Gefährten dieser verwegenen, ungeordneten Flucht – uns rings um sie scharen, stoßen sie uns wütend und gewaltsam zurück. Sie zerren Lumumba in den vordersten Transporter. Ein NCO versucht ihm die Hände auf den Rücken zu binden, aber da haben sich die Soldaten schon auf ihn gestürzt. Sie prügeln ihn wie einen Hund, jetzt können sie sich für die Massaker in Kasai rächen. Der NCO kämpft verbissen, aber er kommt gegen diese wild ausholenden Arme und Fäuste nicht an. Aufgebracht beschwert er sich bei seinen Kameraden. Um mich her wenden sich die Menschen ab. Sie können nicht hinsehen. Ich sehe hin. Natürlich tue ich das. Es liegt in der Natur meines Berufes. Es liegt in meiner Natur. Die Soldaten lassen von ihrem Prügeln ab, damit der NCO seiner Pflicht nachkommen und den Gefangenen fesseln kann. Kaum sind die Hände gebunden, machen sie weiter, als hätte ein Schiedsrichter zum Angriff gepfiffen. Der Transporter setzt sich mit einem Ruck in Bewegung. Wir stehen in der dieselstinkenden Abgaswolke und sehen ihm nach, bis er verschwunden ist. Die zurückgebliebenen Soldaten scheuchen uns herum und schikanieren uns mit ihren Fragen. Sie lassen sich unsere Papiere zeigen und überprüfen unsere Identität. Ich sehe mich nach Inès um. Sie steht mit Pauline und Roger neben dem himmelblauen Peugeot und starrt über den Fluß. Irgendwo auf der anderen Seite hastet Auguste durch den Busch. Sie hofft, daß er sich in Sicherheit bringen kann. Sie hofft, daß sie wieder zusammenkommen werden. Gelegenheit, ihn zum Abschied zu küssen, hat sie gehabt. Das Aufklärungsflugzeug ist nicht mehr da. Eine von den Frauen, die neben ihren geflochtenen Körben mit Eiern und *pilipili* und den Haufen aus kleinen, silbrigen Fischen sitzen, faltet ein paar schweißverschmierte Geldscheine zusammen und steckt sie sich zwischen die Brüste. Sie hat etwas verkauft. Zuschauer haben immer Zeit zum Essen.

Zu diesen Ereignissen hätte es nicht kommen müssen. Die ganze Episode war lachhaft, hirnverbrannt, völlig unnötig. In drei Tagen sind wir ganze siebenhundert Kilometer vorangekommen. Ein miserabler Schnitt. Dabei sind die Straßen so schlecht nicht, und der Regen hat uns weitgehend verschont. Wir hätten längst einen Steinwurf weit von Stanleyville entfernt sein müssen. Unser Fehler... Ich vertue mich immer wieder und sage *unser, wir*. Das kommt allein davon, daß ich hier, mit diesen Leuten, an diesem Ort bin; der eigentliche Grund für meine Gegenwart ist jedem klar. Ich gehöre nach wie vor nicht dazu. Ich bin aus Versehen hier, ein Fehler, Schicksal, Zufall, Dummheit, mangelndes Urteilsvermögen... Kein Wunder, daß wir es nicht geschafft haben. Seit wir die Hauptstadt verlassen haben, habe ich nichts als Fehlorganisation und Inkompetenz gesehen. Ich habe Verwirrung gesehen und Pfusch, Orientierungslosigkeit und mangelnde Führung, manchmal auch Panik. Wir waren unablässig von Gerüchten abhängig. Ich konnte keinen Plan erkennen. Da war niemand, der bei all dem Chaos einen klaren Gedanken fassen und realistische und durchführbare Alternativen bieten konnte, als die ganze Sache erst einmal schiefzugehen begann – und das tat sie praktisch vom ersten Augenblick an, als der Konvoi zum Flughafen kam, nur um zu erfahren, daß kein ägyptisches Flugzeug auf sie wartete. Sie hielten eine von ihren endlosen Besprechungen ab, obwohl Lumumbas Flucht jeden Moment entdeckt werden konnte. (*Flucht* ist hier im Grunde kaum das richtige Wort. Man denkt dabei an eine dramatische und wagemutige Aktion, dabei hat er sich einfach nur am Boden eines Wagens zusammengekauert, der dann aus der Primature heraus und ungehindert durch die Truppengürtel von UN und ANC fuhr). Manche waren der Meinung, sie sollten warten, Nasser würde sie nicht fallenlassen und das Flugzeug schon noch eintreffen, andere sagten, man solle versuchen, nach Brazzaville durchzukommen. Am Ende beschlossen sie, sich nach Stanleyville aufzumachen, wo Gizenga eine Armee gegen Mobutu und dessen neuen Verbündeten Kasavubu aufgestellt hat. Man würde Wagen brauchen für die lange Reise. Gute Wagen. Und sie waren so viele. Meinen Wagen brauchten sie. Ich hätte einfach meine Schlüssel hergeben können. In drei Tagen würde ich ihn sowieso zurücklassen. Statt dessen ging ich mit. Aus exakt denselben Gründen, aus denen ich im Zentralgefängnis nichts gesagt habe. Ich ging mit, mein Anteil an dieser Flüchtlingsposse. Mit meinen Schmerzen war es für mich eine unbequeme und anstrengende Reise, und ich konnte wegen meiner lädierten Lippe kaum essen. Aber ich wurde entschädigt – und zwar in der Art, wie ich es mir erhofft hatte. Inès war fast während der gesamten drei Tage an meiner Seite. Wir waren nicht allein. Mindestens drei von ihren Genossen saßen ständig auf dem Rücksitz. Aber immerhin nicht Auguste. Als wir erst einmal unterwegs waren, wechselte er in Lumumbas Wagen hinüber. Die Führer mußten sich beraten. Ich denke, Inès wird doch ein wenig enttäuscht gewesen sein, weil sie nicht hinzugezogen wurde. Sie verhielt sich zu Anfang sehr still. Als wir in Bulungu haltmachten, hielten sie eine improvisierte Versammlung ab. Die reinste Zeitverschwendung, aber er war nicht zu überzeugen. Da kam sie zu mir und schaute sich meine Wunden an. Sie ist eine gute und liebevolle Pflegerin. Selbst der kleinste Hinweis auf eine Krankheit hat schon immer sämtliche Krankenschwesterninstinkte in ihr wachgerufen. Sie küßte und umarmte mich wie eine Freundin, eine Schwester. Sie fragte mich aus. Ich sagte ihr nicht viel. Nichts über den Hauptmann oder Stipe, aber doch, daß ich Smails Leiche gesehen hatte. Ihre Augen füllten sich mit Tränen, aber sie kniff die Lippen zusammen und kämpfte dagegen an. »Ich habe es mir zur Regel gemacht«, sagte sie. »Keine Tränen mehr.« Sie legte ihre kleine Hand in meine, und ich schloß die Finger darum. Der Wind trug leise Wortfetzen von Lumumbas Rede und das Gemurmel der Menge zu uns herüber. Ich mußte an einen milden Tag denken, als ich noch ein Junge war und zur Schule ging und die Lehrer beschlossen, den Unterricht auf einem Feld abzuhalten. Wir saßen in der Sonne, eine leichte Brise fuhr raschelnd in die Seiten unserer Bücher, die Luft um uns her sirrte und summte von den Stimmen unserer Lehrer und den anderen Klassen. Es war etwas Besonderes, so ganz anders, wie verzaubert, die Art von Tag, die in einem Kind das Gefühl aufkommen läßt, daß das Leben noch andere, verborgene Möglichkeiten bereithält und nicht alles an der Oberfläche liegt. Mit Inès fühlte ich mich genauso, und als sie von ihren Hoffnungen und Plänen anfing, unterdrückte ich meine Verärgerung. Ich hörte einfach zu, glücklich, wieder ihre Stimme um mich zu haben, mich von ihrem Klang hinwegtragen zu lassen und mich – wenn auch nur für einen Moment – der Überzeugung hinzugeben, daß man die Dinge auch ganz anders betrachten kann und es etwas gibt, das unter der Oberfläche liegt.

Man kann das, was am Sankuru passiert ist, auch ganz anders beschreiben. Auch die Geschichte von Lumbumbas Flucht aus dem Hausarrest, die Eilfahrt zum Flughafen, die Enttäuschung bei der Ankunft und dann die lange Reise, die mit dem Übersetzen nicht weit von Port Francqui endete. Inès würde meine Version als unangemessen bezeichnen. Bekäme sie sie zu hören, würde sie behaupten, nichts von den Ereignissen wiederzuerkennen, die sie zu beschreiben vorgibt. Ihre Version ist die andere:

Sie betrachten ihn als Flüchtling, selbst die, die ihm am nächsten sind, wie Auguste und Mulele und Kemishanga, aber das ist nicht das Verständnis, das er von sich selber hat. Er ist der gewählte Premierminister, der Führer des unabhängigen Kongo, das Staatsoberhaupt, und so verhält er sich auch. Und bald erkennen alle, daß er es auch wirklich ist. Sie sehen seine würdige Haltung. Er ist ein Mann, der immer in Bewegung ist, mal hierhin, mal dorthin; er sitzt nie still. Seine Bewegungen sind voller Grazie, niemals hastig oder abrupt. Die Leute fühlen sich sofort wohl in seiner Gegenwart, denn obwohl er der Premierminister ist und alle Welt seinen Namen kennt, hat er nicht vergessen, was es heißt, ein Mann aus dem Volke zu sein. In Bulungu, unserem ersten Halt nach einer durchfahrenen Nacht, geht er los, um Proviant in einem kleinen Laden zu kaufen. Die Leute erkennen ihn sofort wegen seines auffallenden und schönen Gesichts. Die Nachricht breitet sich aus, und als er weiterfahren will, hat sich inzwischen das ganze Dorf versammelt. Sprich zu uns, Patrice, sagen die Leute. Erkläre uns, was vor sich geht. Sag uns, warum die Belgier ihre Paramilitärs herschicken, um zu brennen und zu töten. Sag es uns, warum sie Tshombé in Katanga Waffen geschickt haben. Sag es uns, warum die UN gekommen sind und nicht wieder gehen wollen. Sag es uns, warum die Amerikaner Mobutu und Kasavubu geholfen haben. Und er spricht und erklärt ihnen alles. Sie bringen uns zu essen und Bier zum Trinken. Sie wollen nicht, daß er geht, sie wollen, daß ihr Premierminister bei ihnen bleibt. Er verspricht, daß er sie niemals verlassen wird, daß er zurückkommt und daß die Sache siegen wird, der er und so viele andere gedient haben. Er sagt ihnen, daß ihnen niemand ihr Recht auf ein anständiges Leben nehmen kann, darauf, daß ihre Würde unangetastet bleibt, und auf uneingeschränkte Unabhängigkeit. Er sagt ihnen, die Belgier und ihre Verbündeten hätten einige ihrer Landsleute verführt und andere bestochen, sie hätten die Wahrheit verdreht und die Unabhängigkeit entehrt. Er sagt ihnen, sein eigenes Handeln sei kritisiert worden, manche meinten, er habe im Palais de la Nation zu unbesonnen gesprochen und sei seitdem viele Male zu direkt gewesen. Aber wie hätte er denn anders sprechen können? Tot oder lebendig, frei oder in Gefangenschaft, auf ihn kommt es nicht an. Es geht um den Kongo, um das arme Volk, dem die Unabhängigkeit in einen Käfig verwandelt wurde. Er sagt ihnen, tief im Herzen wisse er, daß sein Volk sich früher oder später von allen seinen Feinden befreien werde, und dann werde es aufstehen und nein sagen, nein zu der Schande und Herabwürdigung durch den Kolonialismus. Und er sagt ihnen, sie seien nicht allein. Die befreiten Völker Afrikas und Asiens werden immer auf seiten der Millionen Kongolesen zu finden sein, die den Kampf nicht aufgeben werden, bis zu dem Tag, an dem in ihrem Land weder Kolonialisten noch Söldner mehr zu finden sein werden. Mulele und Mungul und Auguste und Pauline drängen ihn weiter, die Soldaten könnten nicht mehr weit hinter ihnen sein. Er sagt, weder Brutalität noch Grausamkeit noch Folter werden ihn jemals dazu bringen, die Sache aufzugeben, der er sein ganzes Leben gewidmet hat. Wenn sie ihn fassen, wird er nicht um Gnade betteln. Lieber stirbt er, beseelt von seinem unerschüttlichen Glauben und im tiefen Vertrauen auf die Zukunft Kongos, als ein Leben in Unterwerfung und ohne Prinzipien zu führen. Eines Tages, sagt er ihnen, werden wir Geschichte sein, aber unsere Geschichte ist nicht die, die man in Brüssel, Paris, Washington oder bei den United Nations lehrt, sondern die Geschichte, die ein nördlich und südlich der Sahara freies Afrika schreiben wird. Irgendwann bringen sie ihn endlich ins Auto. Aber in Pukulu ist es wieder dasselbe, und ebenso in Mangai. Er sagt den Leuten, daß ihre Unabhängigkeit verteidigt werden muß, daß er sie verteidigen wird, selbst mit seinem Leben. Pauline versucht ihn fortzuziehen, bekniet ihn mitzukommen. Es heißt, da wäre ein Aufklärungsflugzeug in der Luft, die Soldaten sitzen ihnen schon auf den Fersen. Er spricht zärtlich mit seiner Frau und liebkost sie, er nimmt seinen kleinen Sohn hoch und gibt ihm einen Kuß. Pauline fleht ihn weiter an, und für sie würde er alles tun. Außerhalb von Mangai treffen wir auf einen Grenzposten. Die Soldaten umzingeln ihn und beginnen auf ihn einzuprügeln, aber er spricht zu ihnen und erzählt ihnen, was wirklich im Kongo vor sich geht. Und statt nun weiter auf ihn einzuschlagen, nehmen sie seine Hände und halten sie fest. Und als er wieder weiterfährt, jubeln sie ihm nach. Einige der Soldaten weinen sogar. Sie rufen, lang lebe Kongo! *Depanda! Depanda!* Seht euch diesen Mann an. Seht, wie sehr er geliebt wird. Und dann, am Sankuru, als er hätte fliehen können, gibt er sein Leben hin, weil er seine Frau und sein Kind nicht zurücklassen will. Obwohl Pauline den Kopf schüttelt und ihn still bittet, sich zu retten. Er steigt in die *barque* und befiehlt dem altem Bootsmann, ihn seinen Feinden auszuliefern. Wie kannst du sagen, das sei eine Farce? Wer von uns wäre zu einer solchen Geste bereit gewesen? Er hat sein Leben gegeben, weil er an etwas glaubte.

So hat es Inès gesehen. Weil für sie Träume Wirklichkeit sind.

Zwei Tage später erzählt uns Grant in Léopoldville, er habe Lumumba und die Soldaten zurückkommen sehen. Der reinste Karneval, sagt er, ein widerlicher Karneval. Mobutu stand mit verschränkten Armen da und sah zu, wie die Soldaten ihren Gefangenen schlugen und mißhandelten. Sie rissen ihn an den Haaren und warfen seine Brille fort. Triefend vor Sarkasmus las einer der NCOs Lumumbas Erklärung vor, in der er verkündet hatte, Mobutus Putsch sei illegal, und er, Lumumba, sei immer noch das Staatsoberhaupt. Als der NCO fertig war, knüllte er das Papier zu einem Ball zusammen und stopfte es Lumumba in den Hals. Lumumba zuckte nicht mit der Wimper. Er ertrug standhaft alle Entehrungen und den Schmerz. Dann wurde er fortgebracht. Grant und die Journalisten konnten nicht sehen, was dann passierte, aber sie hörten die Schreie.

Inès und ich fahren in mein Haus. Sie wartet, während ich packe. Nicht einmal eine Stunde brauche ich dazu. Dann fahren wir zu den Docks und nehmen die Fähre nach Brazzaville.

9

Wir warten beide. Sie auf eine Nachricht von Auguste, ich auf... ja, auf was? Auf das Ende, auf den endgültig letzten Moment unserer Erzählung. Sie nennt es immer noch so. Unsere Erzählung, unsere Affäre. Ich habe sie nie korrigiert, und ich werde es auch nicht tun. Unsere Affäre ist vorbei, aber unsere Erzählung wird noch ein wenig länger dauern, bis zu dem Tag, an dem ein Brief oder ein Bote hier eintrifft. Dann wird für sie Zeit sein zu gehen – und Zeit für mich zu akzeptieren, was sie mir gesagt hat.

Brazzaville ist gar nicht so schlecht. In den wirren, heruntergekommenen Straßen wimmelt und lärmt das Leben. Nachdem wir den Fluß überquert hatten, haben wir uns ein billiges Hotel gesucht und die erste Woche in einem Doppelzimmer mit Blick auf den Markt verbracht. Wir schliefen in zwei einzelnen Betten, aber sie gab mir nicht das Gefühl, weit fort zu sein. Sie ging mit mir zum Arzt, der mir einen Rippenverband anlegte und die Wunde in meiner Unterlippe nähte. Wir suchten uns zur Miete ein Haus am Fluß. Es hat einen Garten, nicht entfernt so groß wie der, den ich in Léopoldville hatte, aber er ist von einer Mauer umgeben, zurückgezogen und still. Morgens sehe ich gern den Vögeln zu. Die Bulbuls zanken sich in den Zweigen, und bunte Flugtauben kommen herbeigeflogen und hocken sich auf die Telegrafendrähte.

Inès und ich reden viel. Über den Kongo, die Unabhängigkeit, wie die Belgier die Schatzkammern ausgeräumt und das Land in den Bankrott getrieben und alles nur Mögliche getan haben, um Patrice' Pläne zu durchkreuzen. Wir reden über de Scheut und die Kolonisten, die geflohen sind. Wir reden über Mobutu und Kasavubu und die UN und Tshombé und Katanga. Wir reden über Stipe und Houthhoofd und die Artikel, die ich geschrieben habe. Wir reden sogar über Madeleine und Auguste. Da ist keine Bitterkeit, kein Vorwurf. Es ist die Bestandsaufnahme einer gemeinsamen Vergangenheit voller Zuneigung und Traurigkeit, ein Rückblick zweier Menschen, die getrennt waren, aber nun auf ganz unsichere, tastende Weise noch einmal entdecken, was sie gemeinsam haben.

Eines Tages sprechen wir wieder von uns, darüber, was schiefgelaufen ist. Sie umarmt mich und sagt, sie wisse schon, sie sei hart gewesen, aber nur, weil sie sich vor sich selber verteidigen mußte, vor der bedrohlichen Kraft ihrer eigenen Gefühle. Ich presse sie an mich und weiß mir nicht zu helfen. Ein letztes Mal sage ich, weise mich nicht ab. Ich vergrabe mein Gesicht in ihren Haaren. Sie legt mir die Hand in den Nacken und wartet zärtlich und geduldig, und ich glaube, auch voller Trauer, bis ich mich wieder in der Gewalt habe. Ich habe nie wirklich geglaubt, daß sie ihre Meinung ändern würde, aber ihr Verhalten jetzt – so offen und liebevoll – läßt mich die Dinge in einem etwas helleren Licht sehen, und mich selber auch.

Ich schreibe nicht mehr für den *Observer*, denn ich sehe jetzt, daß alles, was ich für die Zeitung gemacht habe, von Stipe beeinflußt war. Meine Stories waren wahr, sie waren peinlich genau. Aber wie Inès sagen würde: Es geht nicht immer um die Wahrheit und Genauigkeit. Damit kann man die Interessen einzelner ebenso unterstützen wie mit Lügen. Den größten Teil ihrer Zeit verbringt sie am Schreibtisch und schreibt Artikel über Lumumbas Flucht und seine erneute Gefangennahme. Sie schreibt leidenschaftlich, zornig, voller Empörung. Sie protestiert gegen seine Inhaftierung in Camp

Hardy zusammen mit Okito und Mpolo. Sie bedrängt die UN, einzugreifen und die Gefangenen zu retten; sie glaubt, Patrice' Leben hängt an einem seidenen Faden. Als Mobutu Lumumba und die beiden anderen nach Elisabethville bringen und dort Tshombés »Schutz und Obhut« überstellen läßt, schreibt sie eine glühende Hetzschrift gegen ihn. Als man nach einer Woche in Katanga nichts mehr von den dreien hört, schreibt Inès, der abgesetzte Premierminister und seine Begleiter wären höchstwahrscheinlich schon tot, und zitiert aus Lumumbas letztem Brief an Pauline. *Ich schreibe diese Zeilen, ohne zu wissen, ob sie Dich erreichen werden oder wann sie Dich erreichen werden und ob ich noch am Leben sein werde, wenn Du sie liest. Weine nicht um mich, meine Liebe. Ich weiß, mein Land, das so unendlich leidet, wird seine Unabhängigkeit und seine Freiheit zu verteidigen wissen. Lang lebe Kongo! Lang lebe Afrika – Patrice.* Wir wissen nicht genau, ob Lumumba tot ist, aber als ich sage, daß Pauline sich seine letzten Worte an sie vielleicht doch ein wenig persönlicher gewünscht hätte, schüttelt Inès langsam den Kopf. Nein, sagt sie, Pauline weiß, wie sehr er sie geliebt hat, daß er für sie den Sankuru überquert hat. Sie würde das immer wissen, und kein heute geschriebenes Wort könne ihr soviel sagen wie das, was er damals getan habe. Lieber die wenigen Worte, die ihm erlaubt sind, nutzen, um ihr zu versichern, daß sein Leben nicht umsonst war und daß das, woran er geglaubt hat, eines Tages eintreten wird.

Augustes Schweigen kann sie nur schwer ertragen. Sie weiß nicht, ob er nach Stanleyville durchgekommen ist, ob er am Leben ist oder tot. Manchmal sehe ich sie an ihrem Schreibtisch sitzen und ins Leere starren, traurig und verloren. *Persa.* Sie versucht diese vorübergehenden Gedankenwanderungen vor mir zu verbergen. Sie weiß, was sie mir damit antut.

Wir sind in diesen Tagen der Abgeschiedenheit viel mit uns selbst allein. Andere Menschen interessieren uns wenig, und obwohl wir miteinander reden, ist doch viel von unserer Zeit mit Stille erfüllt. Abends, wenn es kühler und nicht mehr so belebt ist und die Verkäufer ihre Waren zu Schleuderpreisen anbieten, gehen wir los und schlendern über den Markt. Ich liebe das Obst hier. Ich kaufe Bananen und Mangos und Orangen, Ananas und Beeren. Inès sucht das Gemüse aus und auch mal ein Huhn oder etwas Fisch. Guten Wein zu bekommen ist schwer, also kaufen wir Bier von einem jungen Mädchen, das seinen Platz auf einer kleinen Bank hat, dort, wo der Fleischmarkt beginnt. Sie nimmt uns zuviel Geld ab, aber Inès hat einen Narren an ihr gefressen und zahlt fröhlich alles, was sie verlangt.

Manchmal läßt Inès ihre Hand in meine gleiten. Ich sehe sie nicht an, wenn sie das tut. Ich erwidere nur ganz leicht ihren Druck, und so gehen wir zusammen nach Hause.

Nach dem Abendessen sitzen wir auf der Veranda zum Garten, und ich lese ihr etwas vor. Sie hat meine Stimme immer gemocht, obwohl sie etwas monoton ist und ich mich mitunter verspreche. Dann schaue ich manchmal auf und sehe, daß sie in Gedanken ganz woanders ist, mit jemand anderem. Aber es dauert nicht lange, und sie fragt, warum ich aufgehört habe, und dann lächle ich und fange noch einmal an. Wir schlafen in getrennten Zimmern.

Eines Morgens kommt ein Brief.

Lieber James,

bitte entschuldigen Sie, daß ich erst so spät schreibe. Es lag an den üblichen Schwierigkeiten – zuviel los im Büro, ein Berg unerledigter Korrespondenz, ganz zu schweigen von einem neurotischen und anspruchsvollen jungen Autor, der wie ein Kind an die Hand genommen werden mußte, damit er seinen zweiten Roman zu Ende bringt – er scheint zu glauben, meine einzige Aufgabe im Leben bestünde darin, mich um seine Belange zu kümmern.

Ihr Buch ist wunderbar – humorvoll, obwohl das Thema ernst ist, und voller Rätsel. Peter und Rosamund haben es inzwischen beide gelesen und sind derselben Meinung. (Ich habe auch deshalb mit dem Schreiben gezögert, weil ich ihre Reaktion abwarten wollte.) Rosamund konnte gar nicht wieder davon aufhören. Sie hält es für Ihr bisher bei weitem bestes Werk. Ich übrigens auch. Sicher, es ist beunruhigend und nicht eben optimistisch, aber auf seine kalte, beängstigende Weise ist es faszinierend und von aristokratischer Ironie – Sie wissen, daß ich das als Kompliment meine.

Ich komme gerade aus einer Besprechung mit dem Vertrieb und der Presseabteilung, und wir wollen im Mai damit rauskommen. Alle sind furchtbar aufgeregt. Sie werden bis dahin doch zurück sein, oder? Ihre Gegenwart wäre ungeheuer hilfreich.

Ich weiß nicht, was ich Ihnen zu Inès sagen soll, außer daß es mir leid tut. Sind Sie inzwischen darüber hinweg? Ich hoffe es sehr. Schreiben Sie im Moment an etwas? Denken Sie daran, bald etwas nachzulegen, ja? Es wäre schön, wenn wir ein bißchen Dampf machen könnten.

Die besten Wünsche, und ich freue mich auf unser baldiges Wiedersehen

Alan

Ich gehe mit dem Brief zu Inès, um ihn ihr zu zeigen. Sie ist mitten in einem Artikel mit der Aufforderung an Tshombé, einen Beweis zu erbringen, daß Patrice noch am Leben ist. Sie legt ihre Arbeit beiseite und liest, während ich neben dem Tisch stehe. Zuerst zeigt sie keine Reaktion. Dann nickt sie langsam und sieht von ihrem Stuhl auf. Sie lächelt, steht auf und umarmt mich. *Bravo*, sagt sie, *complimenti*. Sie hat sich immer gefreut, wenn ich Erfolg hatte. Nichts, was zwischen uns geschehen ist, hat daran etwas geändert.

Später, nach unserem Marktbesuch, gehen wir am Flußufer

entlang. Die Fischerboote kommen herein. Frauen und Kinder sind beim Baden. Die Sonne steht tief und taucht den Fluß in Gold. Sie fragt leise, was ich jetzt tun werde. Ich sage, ich werde wohl bald nach London zurückgehen, daß es Fahnen zu lesen gibt und den Umschlag zu begutachten, ich muß zu Besprechungen und, wie ich Alan kenne, hier und da zum Lunch. Wir gehen weiter. Ab und zu streift in der Bewegung einer den anderen, dann wieder bleiben wir stehen, um nach Léopoldville hinüberzusehen. Die Sonne schiebt sich hinter den Horizont. Ihre letzten Strahlen sind ganz plötzlich verschwunden. Schweigend stehen wir nebeneinander. Für mich gibt es nur ihren Atem, ihre Gegenwart. Unsere Gedanken verstreuen sich, wir können sie nicht einholen. Die Nacht trägt sie davon. Irgendwann sage ich, es sei jetzt dunkel, und wir sollten nach Hause gehen. Sie rührt sich nicht, und ich frage, ob alles in Ordnung ist. Sie nickt, und wir machen uns auf den Weg.

Als wir auf der Veranda sitzen, scheint mich beim Vorlesen die Stimme zu verlassen.

»Lies weiter«, sagt sie leise, »hör jetzt nicht auf.«

»Nein«, sage ich. »Ich finde das Buch nicht besonders interessant. Ich glaube, ich möchte heute früh ins Bett.«

Ich gehe hinein und lasse sie zurück. Ich fühle mich leer. In Alans Brief stand genau, was ich hören wollte, aber glücklich hat er mich nicht gemacht. Wie anders wäre es gewesen, wenn wir noch zusammen wären.

Als sie zu mir kommt, bin ich auf der Hut.

»Ist alles in Ordnung?« frage ich.

Sie setzt sich aufs Bett. Ich bringe es nicht fertig, ihr ins Gesicht zu sehen. Sie streicht mir durchs Haar, schließt die Finger und zupft ganz vorsichtig, als wollte sie mich aus meinem Schweigen herausziehen.

»Willst du wirklich nach Stanleyville gehen?« frage ich. »Wer weiß, wie lange Gizenga sich noch gegen Mobutu halten kann? Es kann täglich alles zusammenbrechen.«

»Ich weiß«, sagt sie. »Aber ich muß hingehen.«

»Warum mußt du das?«

Sie schließt die Augen und sagt: »Die Welt ist zweigeteilt, und manchmal wünschte ich, ich könnte in deiner Welt sein, James, wo man sich nicht um Politik kümmert und es eine Vielzahl von Blickwinkeln gibt.«

»Was ist daran so falsch?«

»Daran ist gar nichts falsch. Aber nur sehr wenige Menschen haben dieses Privileg. Wenn du auf der Verliererseite der Geschichte stehst, wenn du arm bist und dazu verdammt, immer nur Brot zu essen, bedeutet es, den Hunger und die Sklaverei zu akzeptieren, wenn du dich auf den Blickwinkel deines Feindes einläßt.«

Ich stöhne gereizt auf. Dieses ganze Vokabular ist mir zu pathetisch. Ich nehme ihre Hand, lege sie an meine Lippen und frage sie, ob ich irgend etwas sagen oder tun kann, damit sie ihre Pläne ändert. Sie sagt mir, daß sie mich immer noch liebt, und für einen kurzen Moment keimt wieder Hoffnung in mir auf. Und dann diese grauenvolle Worte. Sie sagt mir, sie werde mich immer lieben. Ah, diese Art von Liebe.

Und dennoch ist dies eine Nacht voller Liebe. Sie macht keine Anstalten, in ihr Zimmer zurückzukehren. Sie sitzt am Fußende meines Bettes, und wir reden. Als es später wird, zieht sie sich das Laken um die nackten Beine und rückt näher zu mir heran. Sie legt den Kopf auf meine Brust, und ich berühre ihr Ohr und den Hals und den Nacken. Sie legt die Hand auf meinen Arm und sieht zu mir auf. Wir küssen uns. Ich rutsche ein wenig tiefer, und sie setzt sich auf mich. Ich ziehe ihr das Kleid über den Kopf. Ich lecke an ihren Brüsten und fahre mit den Händen hinten in ihr Höschen. Sie streckt die Beine aus, damit ich es ihr abstreifen kann. Ich sage mir, daß das hier nie wieder ein Ende haben darf. Ich werde die ganze Nacht in ihr bleiben, ich werde sie nie wieder freigeben.

Ich glaube, ich war eingeschlafen, bestimmt nicht lange. Wenige Sekunden nur. Ich hoffe Sekunden, nur Sekunden – es wäre unerträglich, die Zeit an Schlaf zu verschwenden. Ihr gleichmäßiger Atem füllt den Raum. Ich weiß, wie sie jetzt daliegt, auf der Seite zusammengerollt, den Rücken zu mir, befriedigt und naß und in meinen Armen. Ich weiß, daß ich ihr noch mehr Wohlbehagen verschaffen kann, und ich brauche sie dafür nicht zu wecken. Sanft von hinten streicheln und ihr Dinge zuflüstern, so, daß sie nicht davon aufwacht. Ich möchte ihre Träume nicht stören. Ich möchte, daß sie beschützt ist und sicher und mein, für immer. Ich nehme die Hand hoch, um sie in ihren Nacken zu legen, und rieche sie an meinen Fingern.

Am Morgen ist sie fort. Ich springe aus dem Bett und stürze zu ihrem Zimmer. Sie ist nicht da. Sie ist nicht an ihrem Schreibtisch und auch nicht im Garten. Ich werfe mir etwas zum Anziehen über, meine Gedanken rasen, und laufe hinaus, um sie zu suchen.

Als ich sie finde, ist sie im Eiltempo auf dem Weg über den Markt zu uns nach Hause. Sie war im Büro von AP, der Associated Press. In der Hand hält sie ein Stück Papier. Es hat eine Verlautbarung über Patrice gegeben. Sie will sofort nach Léopoldville.

»Du kannst nicht dorthin«, sage ich. »Das ist zu gefährlich.«

Sie will von meinen Einwänden nichts hören.

»Ich gehe.«

Ich lasse nicht zu, daß wir uns trennen, nicht jetzt. Wir werden es gemeinsam riskieren.

Auf der Fähre zeigt sie mir den AP-Bericht von einer Erklärung, die Tshombé und der Innenminister von Katanga, Godefroid Munongo, in Elisabethville herausgebracht haben. Darin behaupten sie, Lumumba, Okito und Mpolo seien kurz nach ihrer Ankunft in Katanga aus der Haft geflohen. Den gestohlenen Wagen, mit dem sie unterwegs waren, hätten sie stehenlassen, nachdem ihnen das Benzin ausgegangen sei. Die Regierung von Katanga habe eine Belohnung für ihre Wiederverhaftung ausgesetzt, aber bevor die gesetzlichen Ordnungshüter sie einholen konnten, seien alle drei Männer von den Einwohnern eines kleinen Dorfes aus Rache für die Grausamkeiten, die Lumumbas Truppen am Volk der Baluba verübt haben, massakriert worden. Das Verhalten der Dorfbewohner sei vielleicht ein wenig übereilt gewesen, hieß es in der Erklärung weiter, aber man müsse ihre Handlungweise dennoch entschuldigen, und man werde ihnen ihre Belohnung auszahlen. Aus Furcht vor Racheakten von seiten der Lumumbisten werde man weder den Standort des Dorfes noch den der Grabstelle bekanntgeben. Als ein Reporter den Innenminister fragte, ob er und Tshombé etwas mit dem Tod der drei Männer zu tun hätten, erwiderte Munongo: »Ich will offen sein. Wenn jemand uns beschuldigt, wir hätten Lumumba getötet, dann sage ich: Beweisen Sie es.«

Ausgerechnet heute. Hätte diese Nachricht nicht vierundzwanzig Stunden später kommen können?

»Da ist noch etwas«, sagt sie.

Mir zieht sich das Herz zusammen.

»Auguste?« frage ich.

Sie nickt. Ich lasse den Blick über den Fluß wandern, über die Boote und die Sandbänke.

»Heute morgen, als du noch schliefst, ist ein Bote von der Partei zu uns ins Haus gekommen. Er ist in Stanleyville.«

»Ich bin froh, daß er es geschafft hat«, sage ich. »Will er, daß du zu ihm kommst?«

»Ja.«

»Wirst du gehen?«

Sie antwortet nicht. Es gibt noch Hoffnung.

Unsere Einreise in den Kongo ohne die nötigen Papiere vereinfacht sich maßgeblich durch die Zahlung einer kleinen Anerkennungsgebühr an die beiden hochrangigen Polizeileute, die an den Docks Dienst tun. Wir gehen in aller Eile zum Regina hinauf, um mit George, dem UN-Presseoffizier, oder, wenn sich das nicht arrangieren läßt, mit Grant oder einem der anderen Korrespondenten zu reden.

Als wir das Hotel erreichen, sehen wir eine kleine schwarze Frau herauskommen. Sie trägt ein dunkles Eingeborenengewand, ist aber von der Hüfte herauf nackt. Die Haare sind geschoren, und sie hält die Augen gesenkt. Hinter ihr tritt eine kleine Gruppe von Menschen aus dem Hotel, die ihr hinterher starren.

»Das ist Pauline«, sage ich.

Wir bleiben stehen und sehen zu, wie sie den Boulevard hinuntergeht. Die Neuigkeit macht schnell die Runde. Schon kommen Neugierige von der Cité herunter.

»Was ist los?« frage ich George.

»Sie ist gekommen, um zu fragen, ob die UN ihr helfen können, daß man ihr den Leichnam ihres Mannes aushändigt«, erwidert George. »Das Problem ist nur, ich bin mir nicht sicher, ob es überhaupt einen Leichnam gibt.«

Grant, der bei einem Grüppchen Reporter und Fotografen gestanden hat, kommt zu uns herüber.

»Mein Gott. Ich hätte nicht damit gerechnet, Ihnen beiden noch einmal hier zu begegnen.«

Er scheint ehrlich erfreut zu sein, uns zu sehen. Wir geben uns die Hand, und er fragt, ob wir es schon gehört haben.

Inès sagt, sie werde Pauline hinterhergehen.

Ein Fotograf mit Londoner Akzent fragt Grant: »Warum hat die schwarze Biene ihre Titten raushängen?«

»Das ist für die Frauen hier das traditionelle Trauerzeichen«, antwortet Grant eisig.

Er schlägt vor, seinen Wagen zu nehmen, und Pauline auf dem Boulevard einzuholen. Inès und ich steigen auf den Rücksitz, und einer der anderen Reporter setzt sich auf die Beifahrerseite neben Grant.

»Sind Sie Stipe begegnet?« fragt Grant, als wir losfahren.

»Nein«, sage ich.

»Ich an Ihrer Stelle würde ihm aus dem Weg gehen. Er war nicht gerade erfreut, als ihm klar wurde, daß Sie ihn gelinkt haben.«

Er nimmt die Avenue du Général Tombeur de Tabora, eine der kleineren, parallel zum Boulevard verlaufenden Straßen.

»Ach, übrigens«, sagt er und dreht sich zu mir um, »ich habe gehört, was im Zentralgefängnis gewesen ist.«

Der andere Journalist, den ich meiner Erinnerung nach nie zuvor gesehen habe, dreht sich ebenfalls um.

»Ja«, sagt er, und in seiner Stimme schwingt Bewunderung mit. »Dazu gehört schon was.«

Ich fühle Inès' Blick.

»Ich weiß nicht, warum ich das getan habe«, sage ich vage.

Inès legt die Hand auf meine.

»Tu lo sai«, sagt sie.

Inès denkt vielleicht, sie wüßte es, aber das tut sie nicht. Sie glaubt, ich hätte ehrenvolle, vielleicht sogar heroische Motive gehabt. Es war aber nicht so.

An der Avenue du Marché biegt Grant rechts ab. Er parkt den Wagen, und wir gehen zum Boulevard Albert 1er hinunter, und dort erwartet uns ein unglaubliches Bild. Während Pauline einsam den Boulevard hinuntergeht, ist der Verkehr zu beiden Seiten völlig zum Stillstand gekommen. Die Menschen strömen aus den Seitenstraßen herbei. Junge und Alte, Männer, Frauen und Kinder. Hunderte von Menschen, Tausende. Wir gehen zu ihnen hinunter. Ich habe alle Mühe, an Inès' Seite zu bleiben. Ich kann nicht mehr an mich halten.

»Weißt du, was du tun wirst?« frage ich sie.

Sie bleibt stehen und sieht mich an. Grant und sein Begleiter gehen indessen weiter.

»Ja«, sagt sie, und weil es so traurig klingt, weiß ich, wie sie sich entschieden hat.

»Ich weiß, ich bin selbstsüchtig«, sage ich. »Ich weiß, daß es um wichtige Dinge geht, daß deine und meine Wünsche sich gar nicht vergleichen lassen, aber was soll ich tun mit dieser Liebe, die ich für dich empfinde? Bitte geh nicht.«

Sie weint. Ich sehe fort, betrachte die Bäume und die Häuser und die Autos. Ich nehme ihre Hand in meine.

»Geh nicht.«

Ich werde von jemandem angestoßen, dann gleich von dem nächsten. Das ist die Vorhut des Volksmarsches. Die Menschen hasten vorbei. Es ist ein Strom, ein unaufhaltsamer, schwarzer Strom.

Ich sehe Inès an. Sie lächelt zaghaft zurück.

»Ist es das?« frage ich.

»Ja, *amore mio*.«

Wir werden angerempelt und herumgestoßen. Ich halte sie, versuche sie festzuhalten, aber dann wird mir ihre Hand entrissen.

»Inès!« schreie ich. »Inès!«

Sie folgt dem Strom, wird von seiner reißenden Macht davongetragen.

»Inès!«

Ich stürze hinter ihr her, aber es ist unmöglich. Ich sehe, wie sie sich kurz umdreht und mir zum Abschied zuzuwinken versucht. Dann kann ich sie nirgends mehr entdecken. Ich tauche in die Menge. Ich kämpfe mich voran. Aber ich kann sie nicht finden. Lange Zeit starre ich ausdruckslos auf die Menschenmassen. Sie ist fort.

Ein Weißer bahnt sich gewaltsam einen Weg durch die Menschen. Er kommt auf mich zu. Es ist Stipe. Er baut sich vor mir auf und starrt mich wütend an. Er mustert mich von oben bis unten. Ich bin ihm widerwärtig, für einen wie mich hat er nicht einmal Verachtung übrig. Die Menge drängt und knufft und schiebt sich an uns und um uns vorbei.

»Sie elender Wichser«, sagt er. »Nach allem, was ich für Sie getan habe.«

»Sie haben gar nichts für mich getan, Mark. Sie haben mich dazu gebracht, einiges für Sie zu tun, nur leider habe ich das viel zu spät erkannt.«

»Herrgott noch mal, was hat Inès mit Ihnen gemacht? Hat Sie wohl gevögelt letzte Nacht, was? Sie hören sich ja schon an wie sie.«

Sein Talent, den Nagel auf den Kopf zu treffen, hat ihn nicht verlassen.

»Nein«, sage ich, »ich werde nie so sein wie sie. Ich sehe einfach nicht, was sie sieht, und das wird sich nie ändern. Aber ich sehe jetzt, was Sie getan haben, Mark. Damit hatte Inès von Anfang an recht, und ich hoffe, daß sie und Auguste erfolgreich sein werden. Ich hoffe, daß eintritt, was sie sich wünschen. Ich hoffe, sie werden Sie und Houthhoofd und Dr. Joe und alle anderen wie Sie für immer aus diesem Land verjagen.«

Die Menge strömt an den beiden weißen Männern vorbei, die sich wütend und verächtlich anstarren.

»Das wird nicht geschehen«, sagt Stipe. »Auguste hat sich für die falsche Seite entschieden. Sie werden ihn fassen und an die Wand stellen. Vielleicht merkt er dann, daß er besser auf mich gehört hätte. Vielleicht geht ihm dann auf, daß ich ihm ein besserer Freund war, als Inès es je sein wird.«

»So war das schon immer mit Ihnen, Mark«, sage ich. »Solange der andere sich an Ihren Rat hält, ist alles in Ordnung. Aber in dem Augenblick, in dem er anfängt, selbständig zu denken, ist er tot.«

Sein Gesicht ist hochrot, das Blut pulsiert hinter seiner Stirn. Er kann nicht mehr an sich halten.

»Mein Rat ist immer gut. Er hätte auf mich hören sollen«, beharrt er. »Und Sie genauso.«

Er schlägt mir mit der Faust ins Gesicht. Stipe hat eine solche Kraft, daß er mich niederstreckt, obwohl kaum Platz zum Ausholen war. Er sieht kalt auf mich herunter, dann dreht er sich um und kämpft sich fluchend und Befehle ausstoßend durch die Menschenmenge. Ich versuche auf die Füße zu kommen, aber der Volksmarsch geht trampelnd und stolpernd über mich hinweg. Aus der Menge erhebt sich aufgeregtes Gemurmel. Ich versuche noch einmal hochzukommen, werde aber sofort wieder umgeworfen. Eine Frau bleibt an meinen Beinen hängen und fällt auf mich. Sie fängt hysterisch an zu schreien und bekämpft mich wie ihren ärgsten Feind, um wieder von mir loszukommen. Dann fällt noch jemand. Und noch einer. Und noch einer. Jetzt schreien die Leute und schlagen wie von Sinnen um sich. Es ist ein entsetzliches Gedränge.

Und dann – wie aus dem Nichts – fühle ich, wie mich kräftige, zupackende Arme in einen eisernen Griff nehmen, und ich werde hochgehoben und von einer unwiderstehlichen Kraft ins Freie geschleppt. »*Malàmu, nókó?*«

Ich sehe in die verschleierten Augen meines Hausdieners, und diesmal hält er zum erstenmal meinen Blick.

»Ist alles in Ordnung mit Ihnen, Mr. James?« fragt Charles auf französisch.

»Ja, Charles. Danke. Geht schon wieder.«

Man hilft den Gestürzten wieder auf die Beine, die Panik ist vorüber. Charles lächelt und nimmt mich beim Arm. Ich passe mich seinem Schritt an und gehe an seiner Seite weiter. Plötzlich erhebt sich ein ohrenbetäubendes Gebrüll aus der Menge.

Depanda!

Und für einen ganz kurzen Moment – nur für den Bruchteil einer Sekunde, als dieser Klang über mich hingeht – meine ich einen Blick auf die Träume zu erhaschen, die Inès so klar vor sich sieht.

Bardonecchia, im August 1969

Ich habe Freunde in Rom. Einige Leute sind sehr nett. Sie fragen mich, warum ich hierher in den kalten Norden komme, aber die Abgeschiedenheit kommt meinen Zwecken sehr entgegen, und außerdem ist das Wetter ab Mitte Juni meistens gar nicht mehr so schlecht. Ich treffe im Mai ein, wenn der letzte Schnee auf den Straßen weggeschmolzen ist und die Skipisten leer und keine anderen Touristen da sind als Wochenendgäste aus Turin oder Mailand oder Tagesausflügler aus Frankreich. Normalerweise bleibe ich bis Ende August. Es gibt wenig Ablenkung. Ich komme mit meiner Arbeit voran. Morgens arbeite ich drei bis vier Stunden, esse danach etwas Leichtes zu Mittag, und dann steige ich in die Berge hinauf. Ich nehme verschiedene Strecken, aber meine Lieblingsroute führt über die Via Modane westlich aus der Stadt hinaus. Den kalten, grauen Fluß zu meiner Rechten klettere ich an der alten Turmruine vorbei nach oben. Mein Weg schneidet die Straße, die sich in Schlangenlinien bis zur französischen Grenze windet, und ich gehe weiter, bis ich zu dem heckengesäumten Pfad komme. Er führt mich zu dem verlassenen, steinernen Bauernhaus. Dahinter steigen steil die bewaldeten Hänge an, wo das Wild und die Füchse zu finden sind, und dahinter erhebt sich der Berg mit seinem Geröll und seinen Felsen und den letzten Inseln aus schmutzigweißem Schnee.

Abends esse ich im Gaucho, dem Restaurant oben an der Via Medail. Hier herrscht eine entspannte und freundliche

Atmosphäre, und das Essen ist exzellent. Einer der Kellner dort, Angel, ein schöner Argentinier mit traurigem Gesicht, kommt in ruhigen Momenten regelmäßig an meinen Tisch und fragt höflich an, ob er sich wohl für einen Augenblick setzen darf. Er unterhält sich gern mit mir über Südamerika und Italien und über das Leben. Früher gehörte das Restaurant ihm, aber dann ging irgend etwas schief, worüber er nie spricht, und er verkaufte es an Gaspare, den blauäugigen Sizilianer, der vor acht Jahren hierher in die Berge gezogen ist. Manchmal, wenn ich später komme, esse ich mit Gaspare, Tommi, dem anderen Kellner, und Massimo, dem Pizzabäcker. Zuweilen stoßen noch Maurizio und Mattia aus dem kleinen Papierwaren- und Buchgeschäft auf der anderen Seite der Bahnlinie zu uns, die ich während meines ersten Aufenthaltes hier kennenlernte, als sie meine Schreibmaschine reparierten. Sie amüsieren sich alle darüber, wieviel ich trinke, dabei halte ich meinen Alkoholkonsum keineswegs für exzessiv. Ich trinke zum Abschluß immer einen kalten Limoncello oder einen Grappa, vielleicht auch zwei. Das lebendige Gespräch mit ihnen und ihre unkomplizierte Gesellschaft macht meine selbstauferlegte Einsamkeit erträglicher. Auch nach drei Jahren fragen sie immer noch, was ich hier mache. »Warum Bardonecchia?« sagen sie. »Dieses verlassene Nest.« Um zu schreiben, sage ich dann, in aller Ruhe und ungestört, aber natürlich ist das bei weitem nicht alles.

Dieses Jahr ist Alan für eine Woche zu mir heraus gekommen. Sein Ruf als Verleger ist im gleichen Maße gewachsen wie meiner als Autor. Niemand kann sagen, wer von uns beiden mehr für den anderen getan hat. Wir sprechen nicht darüber. Wir nehmen es hin, daß unser Leben und unsere Karrieren miteinander verknüpft sind, und vermeiden es, die Geschichte unserer Verbindung zu genau zu betrachten. Wie viele beruflich engagierte Männer in mittleren Jahren haben wir reges Interesse an der Natur entwickelt, als Gegengewicht zu unserer Existenz durch Bücher, nehme ich an. Und so verbringen wir, ausgerüstet mit Feldstechern, Wanderstiefeln und Taschenführern, unsere Nachmittage damit, uns gegenseitig auf unsere Entdeckungen aufmerksam zu machen: Bergfinken und Schwarzkehlchen, Schnellkäfer oder seltene Schmetterlingsarten wie den Bläuling.

Als wir an unserem letzten gemeinsamen Tag vom Berg absteigen, fragt er mich nach meinem nächsten Buch.

»Ich dachte, ich könnte vielleicht einmal etwas Historisches ausprobieren.«

»Wirklich?« sagt er überrascht. »Das wäre bei Ihnen ja ganz etwas Neues.«

»Ich habe neulich mal die Wohnung ausgemistet«, sage ich, »und bin dabei auf meine alten Notizen für meine Doktorarbeit gestoßen. Da kam ein sehr interessanter Fall von Kindesmord vor, auch sehr gut dokumentiert für die Zeit. Ich dachte, aus dem Material ließe sich vielleicht etwas machen.«

»Hört sich sehr interessant an«, sagt er.

Die Enttäuschung in seiner Stimme ist nicht zu überhören.

»Sind Sie nicht damit einverstanden?«

»Ich bin sicher, es wird ein wunderbares Buch.«

»Gibt es irgend etwas anderes, worüber ich Ihrer Meinung nach schreiben sollte?«

»O nein, nein«, sagt er. »Ganz und gar nicht. Ihnen zu erzählen, worüber Sie schreiben sollen, wäre das letzte, was ich täte, James.«

»Sie protestieren ein bißchen zuviel, Alan.«

Er zeigt auf einen kleinen, baumlosen Grashügel links vor uns, wo gerade ein Nagetier in seinen Schlupfwinkel flitzt. »Ist das ein Murmeltier?«

»Ja.«

»Ich habe noch nie eins gesehen.«

»Hier sind sie recht häufig«, sage ich.

Zurück im Apartment nehmen wir unser kaltes Bier mit auf den Balkon hinaus und setzen uns in die letzten Strahlen der Sonne.

»Möchten Sie zuerst unter die Dusche?« fragt Alan.
Ich lasse ihm den Vortritt und hole mir noch ein Bier.

Warum Bardonecchia? Sechs Jahre lang habe ich dem Wunsch, nach Italien zu fahren, vollständig widerstanden. Ich hatte mich darauf abgerichtet, alles zu vermeiden, was mich an sie erinnern konnte. Es war eine gute Trennung gewesen, wenigstens so gut, wie es in diesen Dingen überhaupt möglich ist; wir hatten einigen Boden wiedergutgemacht, und dann war da auch noch diese letzte süße gemeinsame Nacht. Aber das alles konnte nicht verhindern, daß ich später doch noch von Haß und Verbitterung heimgesucht wurde. Ich gestehe, daß ich lange – viel zu lange – unglücklich und verzweifelt war. Ich verlor mich in meiner Arbeit wie im Nebel. Ich schrieb diesen Roman, zu dem ich die Idee hatte, als Inès mich das erste Mal verließ, jene Geschichte von dem idealistischen jungen Mädchen und dem wollüstigen älteren Mann. Ein bitteres, melancholisches, komisches und vielgelesenes Buch. Es war ein großer Erfolg.

Irgendwann hatte ich mir Inès von der Seele geschrieben und mich selbst aus dem Jammertal heraus. Nach einiger Zeit konnte ich mein Leben wieder in die Hand nehmen. Ich hatte Affären; einige davon bedeuteten mir recht viel. Als ich einmal eine Autoreise durch Frankreich machte, landete ich in Modane. Die Frau, mit der ich unterwegs war, schlug einen Tagesausflug auf die italienische Alpenseite vor. Natürlich, warum nicht? Ich hatte sie aus meinen Gedanken gestrichen, ich führte mein eigenes Leben, hatte meine Arbeit, eine Geliebte – sie spielte keine Rolle mehr. Mir konnte in Italien nichts passieren.

Wir fuhren über die Grenze nach Bardonecchia. Und im selben Moment, als ich die Sprache hörte, die Menschen gestikulieren sah und den starken, süßen Kaffee schmeckte, war sie wieder da. Ich schützte irgend etwas vor, und wir brachen unseren Ausflug ab und fuhren nach Frankreich zurück. Auf dem Rückweg nach England konnte ich an nichts anderes denken als an sie.

Ich habe mir selber etwas vorgemacht, warum ich hierherkomme. Ich sagte, es sei, um den Ablenkungen in London zu entkommen und in Ruhe und Frieden zu schreiben. Aber dazu müßte ich nicht nach Italien. Ich hätte überallhin gehen können. Die Wahrheit ist, daß ich ihretwegen herkam.

Seit die Menge sie auf dem Boulevard Albert 1er von mir fortgetragen hat, habe ich sie nicht wiedergesehen. Ich habe seit beinahe neun Jahren nicht mehr mit ihr gesprochen oder sonst irgendeine Verbindung gehabt. Eines Abends im Gaucho – das war während meines zweiten Sommers – hörte ich, wie ein junger Mann am Nachbartisch ihren Namen sagte. Eine Weile der Eifersucht schwappte über mich hin. Ich sah zu dem, der da gesprochen hatte, hinüber – jung, gutaussehend, gut gekleidet – und bildete mir einen irrwitzigen Augenblick lang ein, er sei ihr Liebhaber. Angel, der bei mir saß, erkundigte sich, ob mit mir alles in Ordnung sei. Ich bat ihn, mir zu übersetzen, was der junge Mann seinen Freunden erzählte – mein Italienisch ist so schlecht wie eh und je. Angel hörte zu und sagte dann, sie sprächen über Vietnam, irgend etwas über einen Artikel von Inès Sabiani in der heutigen Zeitung. Inès Sabiani, sagte ich vage, der Name kommt mir bekannt vor. Ja, erwiderte Angel, sie gehört zu den bekanntesten Journalistinnen in Italien. Sie hat eine Serie von Sonderberichten aus Vietnam gemacht, und die jungen Leute unterhalten sich darüber. Dann fragte Angel mich nach Irland aus, was ich denn von dem Ganzen hielte, was da vor sich gehe. Eine Dummheit, sagte ich. Warum können die Iren nicht einfach erwachsen werden? Er wollte gerne wissen, worum es dort eigentlich geht. Fanatismus, Krawall machen, Starrköpfigkeit, die Weigerung, sich der modernen Welt zu stellen. Alle scheinen gleich verrückt, und es kann nur schlimmer werden. Meine Schwester ist auch infiziert. Und meine Mutter, die es besser wissen sollte, ebenfalls. Sie marschieren begeistert im Namen der Bürgerrechte. Meine Mutter ging sogar eine ganze Strecke mit einer Studentengruppe mit, die sich People's Democracy nannte und mit einem Protestmarsch von Belfast nach Derry auf irgendeine Ungerechtigkeit aufmerksam machen wollte. Siobhan schrieb mir, die Studenten hätten die alte Frau unter Applaus verabschiedet, als sie sich in Glengormley von ihnen trennte. Wenn ich mit meiner Familie spreche, was ohnehin nicht häufig vorkommt, umgehe ich das Thema.

Inès war wieder in Irland. Texte auf italienisch verstehe ich gut genug, um zu sehen, daß sie sich nicht geändert hat. Ihre Artikel in *L'Unità* sind so leidenschaftlich und denunziatorisch wie eh und je. Ich habe meine Freunde in Rom nach ihr gefragt, die wiederum Freunde von ihr kennen, und dabei herausgefunden, daß sie und Auguste nicht mehr zusammen sind. Aber ich konnte nicht in Erfahrung bringen, warum sie aus Stanleyville zurückgekommen ist, nicht einmal, wann das war. Es gibt davon verschiedene Versionen. Der einen zufolge verließen sie und Auguste Kongo nach der Niederschlagung des Simba-Aufstands und verbrachten gemeinsam einige Zeit in Gabun, bevor sie sich aus unbestimmten Gründen trennten. In der anderen ging sie fort, während Auguste zurückblieb, um an der nächsten glücklosen Kampagne gegen Mobutu teilzunehmen. In London lief ich eines Tages vor »Hatchards« Grant über den Weg. Er war inzwischen ein anerkannter Fachmann für afrikanische Fragen, als Journalist hochgeschätzt, und hatte gerade selber ein Buch veröffentlicht. Ich kaufte ein Exemplar, er signierte es, und dann gingen wir auf einen Drink an den Piccadilly und sprachen über alte Zeiten. Er erzählte mir, er habe Auguste das letzte Mal kurz vor einem Hinterhalt in Kasai mit eigenen Augen gesehen, als er mit seinem buntgemischten Trüppchen aus kongolesischen und kubanischen Soldaten von südafrikanischen Söldnern überrascht wurde. Nur wenige Wochen später erzählte mir dann allerdings ein anderer Korrespondent, Auguste lebe ganz gemütlich im Senegal, habe eine Stelle an der

Universität und sei mit der Schwester eines Ministers verheiratet. Derselbe Journalist erzählte mir auch, daß Stipe den Staatsdienst quittiert habe und nach Kongo zurückgekehrt sei, um Manager und allgemein der Mann fürs Grobe für Bernard Houthhoofd und seine Geschäftsinteressen zu werden.

Alan kommt aus der Dusche zurück. Ich trinke mein Bier aus und gehe ins Schlafzimmer.

Inès hat nie Kontakt mit mir aufgenommen. Dabei weiß sie bestimmt, daß ich mich nach ihr erkundigt habe. Wenn ich in London bin, habe ich es mir selbst nach neun Jahren noch nicht abgewöhnt, meinen Morgen auf das immer unvorhersehbare Ereignis der Post hin auszurichten. Im ersten Jahr war ich überzeugt, daß ein Brief kommen würde. Ich glaubte immer, daß sie in einer einsamen Stunde, irgendeinem Augenblick, der nicht mit Gefahr und Aufregung angefüllt war, an mich denken und den Kontakt mit mir suchen würde. Aber sie tat es nie.

Im Gaucho werden wir aufgeregt von Gaspare, Maurizio und Mattia begrüßt. Haben wir denn nicht ferngesehen? Die Bilder aus Derry und Belfast sind unglaublich. Da geht Ungeheuerliches vor sich. Es ist Krieg ausgebrochen. Alan interessiert sich mehr dafür als ich. Er treibt mich beim Essen an, verzichtet auf Dessert und Kaffee. Er will nach Hause und Nachrichten sehen.

Wir lassen uns in unsere Sessel vor dem Fernseher nieder. Straßen voller herumliegender Pflastersteine, ausgebrannte Autos, geplünderte Häuser, mit Benzin gefüllte Milchflaschen, vermummte Jugendliche, Aufständische, Fliehende, Polizei, Militär. Er sitzt da wie erstarrt.

»Mein Gott«, bricht es aus ihm heraus, »hatten Sie irgendeine Ahnung, daß so etwas passieren würde?«

Ich sage, nein, hatte ich nicht, und ich würde heute wohl früh ins Bett gehen.

Am Morgen gehe ich mit Alan zum Bahnhof. Er sagt mir, er habe seine Zeit hier sehr genossen.

»Sie haben wohl nicht die Absicht, etwas über die Vorgänge in Irland zu schreiben?« sagt er, als der Zug schon einfährt. »Sie könnten doch einen Roman dort spielen lassen. Ungeheuer interessanter Hintergrund, finden Sie nicht?«

Ich denke an die Bilder im Fernsehen. Dieser Ort ist für mich nicht ungeheuer interessant.

»Nein«, antworte ich. »Nein, ich denke nicht. Das ist nichts für mich.«

»Nein«, sagt er nach einer Weile. »Wahrscheinlich haben Sie recht.«

Ich reiche ihm sein Gepäck in den Zug, und wir schütteln uns die Hände. Alan ist ehrgeizig, und manchmal kann er auch ein wenig aufgeblasen sein, aber er ist ein feiner Kerl. Jetzt bin ich traurig, daß er abfährt.

Als ich ins Apartment zurückkomme, steht mir der Sinn nicht nach Arbeit. Statt dessen gehe ich die Via Medail hinauf, über die Brücke und an der Via Modane entlang, meine Lieblingsstrecke. Ich komme an der Turmruine und dem alten Steingehöft mit dem brennesselüberwucherten Garten und den moosiggrauen Balken vorbei. Ich laufe weiter durch den Wald und die felsigen Hänge hinauf, wo das Geröll unter den Füßen knirscht wie zerbrochenes Glas.

Ich setze mich auf einen Felsbrocken mit Blick über das Tal. Inès hat mir einmal in einem Brief geschrieben – den ich immer noch besitze –, ich sollte wissen, wo sie zu finden sei, und wie. Ich habe lange gebraucht, um zu verstehen, was sie meinte. Ich mußte an einem Ort suchen, von dem Skeptiker wie Stipe und Zweifler wie ich und Grant und Roger, wie die meisten von uns, sich nicht vorstellen können, daß irgend jemand wirklich dort sein möchte – jemand, der gesunden Geistes, erwachsen und vernünftig ist. Es ist ein Ort, den wir belächeln und verhöhnen, und von dem wir manchmal auch behaupten, er existiere gar nicht. Aber ich habe kurze Blicke darauf geworfen, als Patrice am Sankuru in die *barque* stieg, um über den Fluß zurückzukommen, und dann wieder an meinem letzten Tag in Léopoldville, als die schweigende Menge Pauline den Boulevard hinunter folgte und Charles mich von der Straße aufhob. Im Zusammensein mit Inès bekam ich eine Ahnung davon. Sie ermutigte mich, zeigte mir den Weg. Sie versprach mir, daß ich sie an diesem Ort würde finden können. Aber ich konnte nie zu ihr gelangen. Ich war stets zu sehr der Beobachter, der *homme de plume*; ich stand ungläubig daneben. Meine Vorlieben sind die eines Schriftstellers, der am Rande stehen und sich nicht einordnen will und die große Masse meidet. Es wollte mir nicht gelingen, sie zu finden, und dieses Mißlingen wird mich zeichnen für den Rest meines Lebens.

Auf dem Berg ist kein Mensch. Nur ich, der ich mich ohne verbindliche Weltsicht geborgen fühle. Man hört nur das Sirren der Drachen, die brüllenden Hirsche und wie sich das Schmelzwasser leise ins Tal ergießt. Ich glaube, ich muß diesen Ort verlassen und nie wieder zurückkommen.

Anmerkung des Autors

Das vorliegende Buch ist frei erfunden. Wer sich in der Geschichte von Belgisch Kongo besser auskennt, wird feststellen, daß gewisse Episoden den Erfordernissen der Geschichte angepaßt wurden. Nichtsdestotrotz entsprechen aber der grobe Handlungsablauf und viele Details der Wahrheit.

Die Literatur zur Unabhängigkeit Kongos ist zu umfangreich, um sie hier aufzuzählen, aber ich möchte zumindest darauf hinweisen, wieviel ich ihr schuldig bin.

Ich danke der Society of Authors, die meine Forschungsreise nach Zaire 1995 finanziell unterstützt hat.